Marcia Gomezcoello
¡YO EXTERMINÉ AL ÚLTIMO HOMBRE!

Copyright © 2023 Marcia Gomezcoello
¡YO EXTERMINÉ AL ÚLTIMO HOMBRE!
ISBN: **9798377466499**
Library of Congress Control: **2023903787**
Todos los derechos reservados

Impreso en los Estados Unidos de América
Edición y diseño interior por Yorman Mejías
Portada por Marcia Gomezcoello

Esta es una obra de ficción, cualquier similitud con personas reales, vivas o muertas, o hechos reales, es pura coincidencia. Queda prohibida la reproducción total o parcial, la transformación, la distribución o disposición pública por cualquier medio conocido o por conocerse sin la previa autorización de la autora.

A mis hijos: Prince Michael Avecillas y Ashley Jade Avecillas, que son la razón de mi vida.

A mis queridos y venerados padres: Ramón Ezequiel Gomezcoello e Inés Leonor González.

A mi tío Dr. Flavio González.

AGRADECIMIENTO

A mi editor Yorman Mejías, por su dedicación y paciencia para la realización de esta obra y a todos los lectores que gustan de mis obras.

Marcia Gomezcoello
¡YO EXTERMINÉ AL ÚLTIMO HOMBRE!

CAPÍTULO I
EL PRINCIPIO DEL FIN

Era el minuto cuarenta y cuatro, USA llevaba ventaja con tres goles a uno sobre México, el estadio estaba al reventar, la gente eufórica gritaba y cantaba a garganta llena por su equipo favorito en una pelea de pitos y voces entremezclados e inentendibles. Más de noventa mil almas juntas voceaban consignas de aliento, parecía un gigantesco ronroneo colmenar. La emoción inundaba cada cabeza, cada corazón, cada alma, los banderines flameaban por todos lados, muchos fanáticos llevaban sus caras tatuadas con los colores de su equipo, los locutores se desgañitaban cantando el tercer gol del partido. Tras mencionar el nombre del jugador que había realizado tal hazaña, los comentaristas enmudecieron por unos segundos, en el estadio solo se escuchaba un dantesco murmullo, algo acababa de pasar en el campo, los jugadores corrieron y se aglomeraron alrededor de su compañero, no se alcanzaba a divisar lo que estaba sucediendo, luego de eternos cuarenta segundos de incertidumbre se pudo observar que el goleador se había desplomado en la esquina. Los paramédicos no tardaron en acudir en su ayuda, la incertidumbre se paseaba por todo el estadio, el rugido que hasta hace algunos minutos parecía interminable y ensordecedor se quedó increíblemente en un sepulcral silencio.

El grupo de jugadores se dispersó dando paso a los paramédicos, que cargaron a toda prisa la camilla con el jugador lesionado, salieron de la cancha lo pusieron en la ambulancia y se lo llevaron.

A pesar del accidente que acababa de ocurrir y sin saber lo que le había pasado al jugador, el partido se reanudó y todo parecía regresar a la normalidad hasta que en el minuto ochenta y ocho, otro jugador cayó nuevamente, pero esta vez del equipo contrario, en vano los paramédicos trataron de reanimarlo, el esfuerzo fue inútil, el joven convulsionaba terriblemente sin que nadie pudiera ayudarlo y en cuestión de contados minutos falleció en la misma cancha. ¡El árbitro central decidió dar por terminado el partido! Se anunció por los altavoces que en vista de la tragedia ocurrida y a pesar de no haberse cumplido el tiempo reglamentario, darían por terminado el partido ante el bullicio y el desconcierto total de la multitud.

El viejo reloj una vez más no sonó, tercer día que fallaba, pero Natalie no veía el momento para comprar uno nuevo, al igual que su esposo no disponían de tiempo para ocuparse de cambiarlo y confiaron una noche más en el traicionero artefacto.

De no ser por los ladridos del perro que vivía en la casa de al lado, que siempre lo hacía a las siete de la mañana, Lorenzo y Natalie se hubieran quedado dormidos quien sabe hasta qué horas de la mañana, ya que la noche anterior debido a su trabajo se acostaron muy tarde y además muy cansados.

Sintieron que el tiempo los comía sin piedad. «¡Cómo pasa el tiempo!», exclamó Natalie, pero por suerte ella se bañaba en la noche así que no tuvo problema en vestirse rápidamente, lavarse los dientes, peinarse y preparar algo de café en lo que su esposo se afeitaba, entraba en la ducha, se vestía, peinaba y corría al comedor para atragantarse una media taza con café caliente y salir corriendo, aunque esa mañana no tenía ningún apetito por lo que salió en ayunas.

«¡Ya comeré algo después!», pensó, además estaban muy retrasados. Los dos trabajaban en el mismo lugar y en el mismo proyecto, que por cierto era ultrasecreto, pertenecían a un grupo de científicos selectos. A Natalie le encantaba la biología y todo lo que tuviera que ver con los microorganismos, por lo que obtuvo un doctorado en Biología, a pesar de su apariencia algo descuidada poseía una belleza natural poco cultivada. Era esbelta, con su cara perfilada, ojos color miel, labios muy bien formados y carnosos, cabello ondulado castaño claro sobre los hombros, para ella la moda o usar trapos nuevos o llamativos le parecía muy superfluo, le gustaba lo práctico y lo sencillo, al igual que su carácter, no se complicaba con nada ni por nadie, era más paciente que su esposo cuando se presentaba cualquier problema, pero era muy testaruda cuando era necesario. A sus treinta años no estaba dispuesta a amargarse la vida por un día de retraso o por cualquier otro problema. Con la sutileza que le caracterizaba, agarró su cartera, cogió sus llaves y fue a sentarse en el puesto del copiloto, mientras Lorenzo, por su parte, más atolondrado y estricto en cuanto a la puntualidad, agarró su portafolio y gruñendo corrió al volante.

Lorenzo era dos años mayor que su esposa,

doctor en Física, era bien parecido, siempre traía su cabello rubio corto y muy bien peinado, pulcro al vestir, aunque tenía una buena estatura, no era realmente atlético, sin embargo, no tenía ni un kilo de grasa extra en su cuerpo, le gustaba mantenerse siempre en forma, su cara muy bien afeitada le daba un aire de masculinidad que combinaba muy bien con sus vivaces ojos verdes.

Eran la pareja ideal, se acoplaban el uno al otro a la perfección gracias al amor que se prodigaban desde el día que se conocieron cuando ingresaron a la universidad, debido a un accidente o tal vez a propósito cuando Natalie dejó caer unas hojas y unos libros al piso en el preciso momento en que Lorenzo pasaba por ahí. Ese fue el día en que sus miradas se cruzaron nerviosamente y sus alientos se mezclaron cuando el uno y el otro trataban de disculparse como transmitiéndose sus más íntimos pensamientos.

Iban con media hora de retraso, pero como dijo Natalie: «¡No podemos retroceder el tiempo!». Así que a pesar de que Lorenzo conducía lo más rápido que las leyes de tránsito lo permitían, su obligada resignación le dijo que lamentablemente llegarían tarde un día más.

Luego de veinte minutos en la carretera, se desviaron a la derecha por una vía secundaria que los iba alejando de la ciudad, tomaron un pequeño camino boscoso y después llegaron hasta una amplia y maciza puerta de hierro forjado donde a pocos pasos se levantaba una pequeña cabina con un guardia que luego de saludarlos muy amablemente les abrió el pesado portón y los dejó pasar tan pronto verificó que eran las personas indicadas. Tras un corto recorrido llegaron finalmente a un complejo de edificios de un piso.

Las instalaciones estaban rodeadas de un enorme bosque con frondosos árboles, arbustos de toda clase, prácticamente una selva, estaba cercada con vallas electrizadas y letreros de precaución por lo que el ingreso a este lugar era por la entrada principal y solo de personal autorizado.

En la parte frontal del edificio había un pequeño redondel con flores multicolores en cuyo centro se levantaba una estructura de cemento con un letrero rectangular de color celeste en el cual se veía un logo en color blanco de una silueta de cabeza humana de la que sobresalía un cerebro, debajo de esta con unas letras grandes decía CIE y más abajo en letras más pequeñas se leía «Centro de Investigaciones Estatales». En la parte lateral de los edificios había un parqueadero para el personal de la planta.

Finalmente, los esposos Leiva se estacionaron y bajaron del vehículo aparentemente resignados. Al llegar frente a la puerta cada uno introdujo su tarjeta en la ranura para su respectiva identificación, inmediatamente una puerta de metal maciza se abrió permitiéndoles el ingreso a las instalaciones.

Saludaron a sus compañeros, pero como siempre lo hacían con los atrasados los recibieron con risas y bromas.

—¡Por lo visto se les pegó las sábanas!
—No, más bien creo que anoche hubo farra. ¡Jajaja!
—¡Ah! ¡Por favor, muchachos, no es para tanto!

—protestó Natalie que casi nunca perdía la paciencia mientras se ponía su mandil blanco para luego dirigirse a su puesto de trabajo. Lorenzo en cambio fue al lugar donde hacían unas pruebas aéreas con un chimpancé.

—Buenos días... Discúlpenme, muchachos, esta vez sí que se me hizo tarde. ¿Qué hay de novedades?

—Hola, Lorenzo —saludó su amigo de manera despreocupada haciendo anotaciones en una hoja de control.

—¡Qué hay, George! ¿Alguna novedad?

—Mmm... bueno, hasta ahora nada, todo va bien, como ves la miniplataforma se ha mantenido estable, la hemos movido de un lado a otro y Bananito ni se ha inmutado del movimiento, está cómodamente sentado en la rama de su árbol, además de que ha caminado por un momento, el movimiento no le ha producido ningún cambio en su comportamiento, no le causa mareo, ni ha tratado de lanzarse al vacío.

—¡Perfecto! ¿Y del combustible qué me dices?

—Como ves está funcionando a las mil maravillas.

Y es que el proyecto en el que estaban trabajando era muy complejo, revolucionario, jamás realizado hasta ese momento por persona o institución alguna y solamente personal de las altas esferas del gobierno estaban enterados, era el «Proyecto Bosque Verde» o el PROBOVE como lo llamaban todos los empleados, proyecto que por fin había entrado en su última etapa, la etapa de prueba. De manera que, para el perfeccionamiento y revisión final, el grupo de científicos que habían sido convocados debían permanecer en el complejo del CIE para ultimar todos los detalles a partir del próximo día y por un lapso de por lo menos tres semanas. Debido a esto el director del proyecto, el doctor Richardson, recordó al personal convocado que en el tiempo que pasarían en las instalaciones no les iba a faltar absolutamente nada y únicamente tendrían que ir por su ropa y otros objetos personales que cada uno de ellos creía conveniente y necesario.

CAPÍTULO II
EL COMANDO

Al otro lado de la ciudad, un grupo de cinco hombres y una mujer, se alistaban en una casa de campo a unas cuatro horas aproximadamente de la ciudad de New York, perdida en medio de la maleza, a la cual se podía acceder solamente por una angosta carretera de tierra que se abría en un amplio espacio para aparcar cuatro o cinco vehículos.

La casona era de dos pisos de ladrillo, techo de teja entre gris y negro por el hongo que se había formado debido a la humedad, una chimenea sobresalía en la parte posterior, tenía un balcón que ocupaba la mitad frontal de la casa y que daba a un amplio dormitorio, en la otra mitad se veía dos ventanas medianas. En la parte lateral derecha un minibalcón que daba a otro dormitorio, adornado con una maseta cuadrada de donde colgaba lo que había sido alguna vez unas enredaderas, dándole un toque de abandono a la casona. En la planta baja se podía ver un amplio porche con columnas de madera sobre unos soportes de piedra y cemento. Pegada a la pared estaba una larga banqueta también de madera y a la izquierda la entrada principal. La casona se podría decir que no había sido habitada por algún tiempo, pero se notaba que la habían arreglado recientemente. Contaba con tres dormitorios, el que daba al balcón lo habían acondicionado con tres camas literas, el de la parte posterior lo ocupaba el coronel y finalmente el tercero en la parte lateral lo iba a ocupar la mujer que llegaría dos días después a formar parte del grupo, todas las habitaciones tenían baño.

La planta baja se abría en una amplia sala con mueblería de cuero donde sus ocupantes se reunían para ver televisión, jugar cartas, conversar o beber cerveza, más allá estaba el comedor con una mesa para ocho personas y una amplia cocina muy bien equipada, en la parte posterior estaba una oficina donde se podía ver un gran escritorio, un cuadro grande y dos pistolas de colección pendían de una pared.

Contaba con un gran campo de entrenamiento al estilo militar, ahí estaban tendidas unas dos docenas de llantas, un muro de cemento y otro de malla para escalar, cuerdas, barras, campo de tiro y un sinnúmero de otros sistemas.

Una vez que todos los integrantes del grupo habían tomado posesión de cada uno de los lugares a los cuales fueron asignados, el coronel los entrenaba y preparaba con toda estrictez y tácticas militares, hacían ejercicios matutinos, lucha, caminatas, trotes y más.

Aprendieron cómo usar, desarmar y armar algunas armas, hacían tiro al blanco con maniquíes, botellas, latas y algunas frutas hasta conseguir exactitud en sus tiros por si lo necesitaban.

El grupo estaba liderado por el excoronel del ejército Rodrigo López, hombre rudo de piel canela, mediana edad, cuerpo atlético muy bien cuidado a pesar de su edad. Durante su vida militar se jactaba de ser estricto y respetable ante sus subalternos hasta el día en que su secretaria lo denunció por acoso y abuso de autoridad, caso que en un inicio estuvo a punto de ser archivado hasta que aparecieron dos mujeres más que lo denunciaron, por lo que luego de un tormentoso juicio lo dieron de baja y prisión por tres años de los cuales solo cumplió ocho meses por buen comportamiento, pero su esposa le pidió el divorcio y se fue con sus dos hijos a vivir en otro estado.

Despechado como estaba ante aquel terrible deshonor, juró vengarse de todos los que le habían hecho daño, se recluyó por casi un año en su casona apartada de la civilización y que después la utilizaría como centro de concentración y entrenamiento. Ya en la ciudad, no perdió la costumbre de salir a correr por lo que una mañana después de su acostumbrado trote matutino se dirigió a la cafetería que siempre iba los fines de semana o cualquier día que se le antojaba, encontrándose con su amigo que lo había conocido justamente en aquel lugar. La amistad que tenían era muy buena, a pesar de la diferencia de edades, en ocasiones se veían para jugar tenis en el club o se encontraban de vez en cuando en el gimnasio o en la cafetería. Así llevaban casi por dos años hasta cuando el joven empezó a interesarse más en la vida del militar. Por boca del mismo coronel sabía que era retirado del ejército, pero no contento con esta información, decidió investigar por su cuenta descubriendo el oscuro pasado de este por lo que «¡Bingo!», se dijo a sí mismo, «¡Este es el que necesito!».

Consciente de que podría recibir un rechazo o quizá una aceptación que sería lo mejor si lograse conseguirlo, propuso al militar un trabajo ofreciéndole pagar una fuerte suma de dinero.

El militar como era de esperarse se lo quedó mirando en silencio por unos segundos.

—Bueno, discúlpame si acaso te ofendí, pero en mi tonta cabeza imaginé que tal vez como estás retirado y eres un militar con larga trayectoria, experto y...

—No he dicho nada y no te he dado mi respuesta aún —interrumpió el coronel.

—¿Entonces qué me dices?

—En primer lugar, me estás hablando de un trabajo muy peligroso por lo que me acabas de explicar, en segundo lugar, yo no lo podría realizar solo, necesito por lo menos cinco miembros más para conformar un equipo y este equipo tiene que ser con personas que quieran arriesgarse a realizar este trabajo, a más de que necesitaríamos un experto en computación, necesito entrenar a la gente y acondicionar un lugar y...

—Podrías quizá, tú mismo conseguir a las personas adecuadas y de tu confianza, por el dinero no te preocupes, ¡solo dime lo que necesitas y listo! ¿Entonces qué, aceptas?

—¿De cuánto tiempo disponemos?

—Digamos que de un mes aproximadamente, mañana te entrego los planos y te doy más detalles, yo te aviso la fecha exacta con una semana de anticipación. ¿Entonces qué, aceptas o no?

—¡Trato hecho! —dijo el coronel mirando fijamente los ojos de su joven amigo, estrechando su mano y despidiéndose hasta el siguiente día.

«¡Es un trabajo fácil!», se dijo camino a casa. «Además de que ganaré una buena suma de dinero, ahora solo tengo que conseguir a la gente y yo sé dónde encontrarla».

Al siguiente día y después de haber recibido todos los detalles concernientes al trabajo, el coronel puso manos a la obra. «Solo hay dos guardias, la vigilancia es computarizada, con un experto será rápidamente solucionable», pensó.

Dos días después consiguió sin mayor esfuerzo a la gente que él creyó conveniente a los que daría un riguroso entrenamiento. Tenían que estudiar todo, paso a paso, revisar hasta el mínimo detalle para no fallar. Con el tiempo se habían aprendido de memoria todo el edificio, cada lugar, cada sección, a los empleados más importantes, además se aprendieron el nombre, apellido, dónde vivían, qué hacían, sus profesiones, sus familiares, todo ¡absolutamente todo! Solamente esperaban el momento oportuno y la orden para llevar a cabo su plan.

Dos de los miembros eran jóvenes de entre veintidós y veintitrés que respondían al nombre de Cotton y Delfín, el coronel los reclutó en una de las gangas muy conocidas de la ciudad, su jefe les prestó a los muchachos para el trabajo, «¡Solo porque me ofreces pagar muy bien!», le dijo balanceando su cabeza y haciendo una señal extraña con sus manos.

Otro miembro era un exconvicto al que le decían La Rata, hombre rudo y que se jactaba de no temerle a nada, al ver su cara era difícil descifrar sus sentimientos, tenía un cuerpo muy bien trabajado y en su brazo izquierdo se veía un tatuaje de una calavera en medio de unas extrañas enredaderas, había cumplido una condena de cinco años por atraco a mano armada, y que como ya tenía su vida complicada, no le importó meterse en una misión que además de parecerle interesante le daría una jugosa suma. El coronel lo había conocido de casualidad en un bar cuando se tropezó con él, este sin más lo empujó casi tumbándolo, el coronel se incorporó hábilmente, se podría decir que casi del piso, luego le lanzó un puñetazo en la cara enviando al individuo al suelo, armándose tal trifulca que provocó que los guardias de seguridad los sacaran a empujones, prácticamente rodaron en la calle. Al ser lanzados, quedaron sentados en mitad de la vía, se miraron de arriba abajo y sin más se pusieron a reír.

—Soy el coronel Rodrigo López —le estiró su mano.

—Y yo soy La Rata —respondió segundos después.

Ese fue el momento en que se hicieron amigos. Tiempo después le propuso el trabajo y lo aceptó muy gustoso.

Pasó a formar también parte del equipo John, un joven delgado, de mediana estatura, con cara de científico o ratón de biblioteca, pirata informático experto en programación de computadoras, de unos veintisiete años, rebelde que buscaba una oportunidad para pertenecer a cualquier grupo que le pagara muy bien por sus conocimientos y que varias veces se había librado de caer en manos de la justicia por robar información confidencial, vivía de lo poco que ganaba aquí y allá y este proyecto, al igual que al resto del grupo, le pareció muy interesante y productivo y a él lo había enviado la misma persona que contrato al coronel.

Gina Lawrence la mujer que formaría parte del grupo, era exmilitar que se había retirado del ejército por problemas emocionales. Era delgada, mediana estatura, veintiséis años, soltera, no quería comprometerse seriamente con nadie, experta en artes marciales y aviación, le gustaba hacer lo que le venía en gana sin que nada le afectara, alegre divertida, trabajaba en una discoteca de *bartender* donde justamente fue reclutada por el coronel, John se la había recomendado como una persona de confiar.

El equipo así formado disponía de un buen arsenal de armas con sus respectivas municiones, sistema de comunicación individual con miniauriculares y micrófonos para comunicarse, a más de ropa negra, botas militares y pasamontañas.

Al coronel le habían ordenado no lastimar a nadie porque querían realizar un trabajo limpio, por lo cual el entrenamiento de aquellos hombres fue muy riguroso y minucioso.

—¡Este plan no puede fallar! Como saben, el lugar tiene solo dos guardias, del resto del sistema se va a encargar John. En cuanto él nos dé la señal nosotros entramos. John intercambiará las imágenes y desconectará las alarmas, tú y tú se encargan del guardia. —Señaló a La Rata y a Cotton, el resto me sigue hasta la siguiente puerta y entramos. ¿Alguna pregunta?

—No, no, no. —Se escuchó indistintamente.

—¡Perfecto! ¡Entonces nos vemos el lunes a las mil seiscientas!

CAPÍTULO III
LA CAPITANA

Martha Navarro había pasado todas las pruebas físicas, psicológicas e intelectuales de las Fuerzas Especiales, superando inclusive a sus compañeros masculinos, ya que algunos habían quedado rezagados o eliminados. Su cara endurecida por los entrenamientos la hacían parecer a una verdadera amazona, su lema era: «En cuerpo sano, mente sana», siendo una asidua asistente del gimnasio donde se sentía como pez en el agua.

Ella nunca olvidó aquella vez que fue enviada a Kabul a una misión demasiado peligrosa, casi suicida, pocos o digamos que nadie consiguió lo que ella logró. En su misión tuvo que enfrentarse a expertos terroristas que según informes del servicio de inteligencia habían colocado misiles a ser lanzados sobre la ciudad de New York.

Estaba a cargo de trescientos soldados aproximadamente, hombres y mujeres. Es así como una noche un pequeño grupo de cinco hombres del batallón comandado por el teniente Fábrega salió a una inspección de rutina y a la tarde ya no se supo nada más de ellos, por lo que sintiendo que la seguridad de sus hombres estaba bajo su responsabilidad decidió ir a buscarlos. Escogió a cuatro de sus mejores soldados y salieron en un todoterreno luego de haber recibido información confiable del lugar donde supuestamente el grupo fue emboscado, por varios días los buscaron sin tener éxito.

Navarro no se dio por vencida y salió nuevamente en el claroscuro de la tarde con los mismos hombres uniformados de camuflaje en color gris. Tras una hora de viaje y mientras el sol casi desaparecía detrás de las montañas en un rojiamarillo cubierto de una fina y extraña capa de una especie de talco anaranjado que empañaba el paisaje, llegaron a un pequeño pueblo donde todo se veía lleno de chatarra, edificios destartalados y destruidos, calles de tierra con hoyos ennegrecidos, producto de los terribles ataques sufridos. Los habitantes del lugar no se extrañaron al verlos rondando por allí, ya estaban acostumbrados a que las fuerzas militares de Estados Unidos hicieran patrullas por cualquier lado, sin embargo, el pequeño grupo no quiso arriesgarse y evitando llamar la atención más de la cuenta salieron a las afueras de la ciudad y aprovechando un montón de chatarra escondieron allí el vehículo de manera que este quedó hábilmente camuflado.

Una vez que el manto negro de la noche se apoderó completamente del lugar, decidieron dispersarse tratando de encontrar alguna pista o algún informante que los llevara a dar con el paradero del grupo desaparecido.

Nadie se veía en las calles por el toque de queda, tan solo se divisaba lánguidos destellos de luz en las pocas casas que habían quedado aún con electricidad, las carreteras estaban envueltas en una silenciosa negrura, de pronto la capitana logró divisar una pequeña sombra que se deslizaba con rapidez y con gran habilidad avanzó a agarrarlo, era un niño de unos doce años aproximadamente, que sin duda había salido por algún mandado. Le preguntó si había visto otros militares como ella, pero el niño se quedó paralizado sin entender nada de lo que le preguntaba, «¡Qué tonta! ¡Cómo me vas a entender si no hablas mi idioma!», se dijo. Le hizo algunas señas pensando que tal vez así conseguiría algo, pero fue inútil, presintiendo que el niño en cualquier momento echaría a correr, sacó de uno de sus bolsillos una pequeña barra de chocolate y se la ofreció, tras unos interminables segundos de incertidumbre, el niño tomó la barra, se quedó estático y luego agarró la mano de la capitana, caminaron un corto trayecto, el pequeñuelo estiró su brazo y apuntó con el dedo a una especie de fortaleza, se soltó de la capitana y tan pronto como pudo se echó a correr perdiéndose en las tinieblas a pesar de las insistentes e infructuosas llamadas que le hizo.

Quince minutos después todos se volvieron a agrupar en el sitio acordado sin ningún resultado. La capitana relató a sus hombres lo que le acababa de suceder indicándoles la fortaleza que estaba a unos cuantos metros sobre una pequeña colina, la misma que se veía tenuemente iluminada. Se deslizaron sigilosamente hasta llegar al lugar que parecía una fábrica. En una esquina se alzaba una edificación de dos pisos, en cada una de las tres esquinas del recinto había una torre de vigilancia, esta estaba rodeada de enormes murallas de cemento en cuya parte superior había una pequeña valla de fierro.

—Hoy va a ser imposible de inspeccionar esta fortaleza, mi capitana —dijo en susurros uno de sus hombres.

—Tiene razón, hay tres torres de control y las

murallas son muy altas, rodeémosla con cuidado para dar un vistazo ligero del lugar —susurró.

Se deslizaron como gatos en la oscuridad analizando la estructura, todo estaba muy silencioso, solo la tos del guardia de una de las torres se escuchó haciendo que el grupo se pegara a la pared camuflándose para no ser descubiertos.

—Regresemos a la base para realizar un plan de ataque —ordenó la capitana en susurros.

Del mismo modo que vinieron, retornaron caminando con cuidado y sigilosamente por entre los escombros hasta llegar por fin al todoterreno, se embarcaron, prendieron el motor que retumbó en medio del sepulcral silencio y se marcharon siguiendo la ruta por donde habían venido, siempre alertas a cualquier ataque a pesar de la soledad del camino donde el polvo se levantaba opacándolo todo, siendo apenas iluminado por los faros del vehículo.

Como todos los días, cuando unos cuantos hilos de sol empezaban a besar los picos montañosos, el acostumbrado estruendo de la alarma despertaba a todos los soldados en aquella base, anunciando un nuevo día de labores. En la oficina, la capitana ya estaba analizando minuciosamente cómo iban a penetrar la extraña fortaleza que parecía realmente impenetrable, el tiempo era vital en esos casos, tenían que apresurar el rescate si es que el grupo de exploradores estaban allí y estaban vivos. Navarro estaba decidida a regresar pasara lo que pasara, ella no estaba dispuesta a perder a ninguno de sus hombres, por alguna razón el niño le señaló con el dedo aquel lugar, lástima que no hablaba el idioma, quizá con otra pequeña golosina hubiera conseguido más información.

«¡Regresaremos esta misma tarde en el claro oscuro!», se dijo. Igual que la vez anterior, esperaron el atardecer, pero esta vez le acompañarían siete militares, de los mejores que ella consideraba. No sabía qué era lo que iba a encontrar en aquel lugar, ni cuántos estaban en la fortaleza, «obviamente no es una fábrica, si así fuera no habría tres torres de vigilancia. ¡Ya veremos!», se dijo, convocando a los hombres que la acompañarían.

Les explicó el plan paso a paso, todos estaban muy atentos, aunque la mayoría de ellos pensaban que era una decisión acelerada y muy riesgosa, pero no tenían ni voz ni voto para contradecirla.

—¡En estos casos no tenemos que perder ni un solo minuto! —dijo—. El tiempo es crucial si queremos rescatar a nuestros soldados.

—Pero, ¿cómo sabemos que están ahí y que están con vida? —preguntó uno de los soldados.

—En realidad no sabemos, pero sé que están ahí, tengo una corazonada, además el niño me señaló el lugar.

Se escuchó un murmullo en el lugar. «¡Por una corazonada!», fue una exclamación casi inaudible que lamentable o afortunadamente llegó a los oídos de la capitana.

—¡No me importa lo que piensen, partimos a las mil setecientas!

Quieran o no, ella era de mayor rango en el lugar y nadie podía hacer nada más que obedecer sus órdenes. Efectivamente partieron en dos todoterrenos, atravesando aquella carretera en medio de una nube de aquel fino talco amarillento que los cubría, los hacía toser y se pegaba en sus rostros.

Ya en el lugar dejaron los vehículos en el mismo sitio que la primera vez, todo estaba igual, oscuro y silencioso, se dividieron en cuatro grupos, deslizándose sigilosamente en medio de los escombros, cada uno de ellos sabía lo que tenía que hacer. Al llegar al lugar, arrastraron sus cuerpos por las paredes de la fortaleza y con armas silenciosas dispararon a los guardias de cada una de las torres, luego engancharon una cuerda en una de las murallas y empezaron a escalarla con tal agilidad que parecían gatos subiendo a un tejado. Una vez dentro, caminaron en silencio y a hurtadillas con sus trajes negros que los camuflaba muy bien en medio de las tinieblas, el lugar era muy grande, uno de ellos deslizó el pesado picaporte de la entrada principal dejando una abertura imperceptible. A una señal de la capitana fueron escudriñando poco a poco, cuando llegaron al otro extremo del lugar se sorprendieron al mirar que, en un enorme patio iluminado con unas tenues farolas, dos misiles balísticos intercontinentales estaban listos para ser disparados. Nunca imaginaron encontrar allí mismo lo que tanto habían estado buscando en días anteriores. La capitana hizo una seña para que los siete militares se distribuyeron cuidadosamente buscando a los rehenes.

Cerca de los misiles cuatro individuos conversaban y reían en su idioma, ajenos a todo lo que estaba pasando a su alrededor. No se veía nadie más, solo se escuchaban voces a lo lejos que provenían sin duda de la casona, ¿cuántos eran? No sabían, a pesar de que estaban convencidos que era una misión suicida y que arriesgaban el pellejo, ya estaban ahí y tenían que continuar adelante pasara lo que pasara.

Por fin, la capitana llegó hasta una puerta de hierro con una pequeña ventana enrejada en la parte superior, se asomó por ella e iluminó con una diminuta linterna logrando divisar en su interior unos hombres acurrucados en el piso, inmediatamente hizo una señal de avanzada a dos soldados.

«¡Ahí están!», susurró señalando la puerta. Segundos después, para su desgracia, uno de los individuos del lugar alcanzó a divisar sus sombras en medio de las tinieblas y gritó dando la alarma al resto de individuos que se encontraban allí, produciéndose de inmediato una gran balacera, la capitana y sus hombres disparaban con sus ametralladoras al lugar donde se veían las ráfagas. En medio del fuego cruzado ella se deslizó sigilosamente hasta la puerta de fierro, dio un tiro sobre el candado haciendo saltar las argollas. Acto seguido ingresó a su interior de un solo tas, metralla en mano.

—¡Que nadie se mueva! —vociferó.

—No dispare, por favor, somos soldados americanos —se escuchó en la negrura—. ¡Somos rehenes!

Ahí estaban los cinco hombres que salieron a la inspección. Dos estaban mal heridos, se apoyaron unos en otros y se apresuraron a salir en medio de la balacera. El lugar se había convertido en un infierno de disparos, explosiones e incendios.

En ese momento nadie pensó en el gran peligro que corrían por los misiles que se encontraban en el patio y que afortunadamente estaban al otro extremo.

En medio de aquel fuego cruzado uno de los militares logró comunicarse con la base pidiendo refuerzos, mientras la capitana en un avance suicida al lugar donde se veían las ráfagas, lanzo una granada, la explosión hizo brincar una mezcla de pedazos de pared, polvo, tablas y cuanta cosa convertida en escombros. Tras de media hora de combate se hizo el silencio, finalmente cesaron los disparos, la capitana y dos de sus hombres chequearon paso a paso la casona, diez minutos más tarde los refuerzos llegaron y tomaron posesión del lugar. Contabilizaron un total de diez hombres que yacían muertos en el piso. Uno de los terroristas se quejaba mal herido. Afortunadamente los misiles seguían intactos.

CAPÍTULO IV
AIRSIBLE

De regreso a su casa, Lorenzo y Natalie se ocuparon en preparar las cosas que iban a llevar al CIE. Desde el siguiente día tenían que quedarse en la institución por un lapso de veinte días para ultimar detalles del proyecto, no podían perder ni un solo día más, lo tenían casi listo para la presentación a las más altas autoridades, incluido el presidente de la nación.

En el ajetreo de acomodar las maletas con lo necesario, a Natalie le cogió los nervios que ella misma no sabía por qué. Empezó a empacar una gran cantidad de ropa y productos, Lorenzo se la quedó mirando sin explicarse la manía repentina de su esposa y le recomendó que no llevara tantas cosas, que no estaban mudándose de casa, a pesar de que ella no era muy complicada en su arreglo personal, pues su crema facial y loción para el cuerpo no podían faltar, además de la secadora de cabello, peinilla, cepillo, pasta dental etcétera, etcétera. Luego un frasco con espuma de afeitar porque quería lucir un vestido y unos pantaloncitos cortos.

—Pero, ¿cómo, dos espumas? —protestó Lorenzo, ya estoy llevando la espuma de afeitar cariño —dijo aturdido al mirar el segundo frasco.

—No, mi amor, esa es mi espuma, la que tú usas es muy fuerte, la que yo llevo es más suave —le respondió desde el baño.

—¡Bah! ¡Mujeres! Una espuma es una espuma... —murmuró.

Aunque estaban seguros de que todo saldría bien, los dos en cierta forma se sentían algo nerviosos y era justificable, porque el proyecto estaba yendo a ser presentado al presidente. «¿Y qué tal si falla?», pensaba Lorenzo sin hacer notar su preocupación a su esposa. «Todo está bien, pero no se sabe a última hora», se susurró, era el trabajo de su vida. Esa noche después de la cena, se pusieron a conversar acerca de cuántas autoridades irían.

—A mí me da más preocupación el presidente.

—No veo porqué —respondió Lorenzo disimulando también su preocupación.

—Es que es el presidente, lo he visto solo por la tele, pero no en persona.

—¡Bah! Es como cualquier ser humano.

—Tienes razón, no hay que preocuparse, creo que mejor vamos a dormir, mañana tenemos que levantarnos muy temprano, esta vez no podemos atrasarnos de ninguna manera.

—Así es, mi amor, vamos. —Bostezó Lorenzo.

Esa noche ninguno de los dos pudo descansar bien, dormían a ratos, la noche se hizo interminable, cerca de las seis, el timbre del despertador les hizo brincar, apenas si habían podido dormir un par de horas.

—¡Por fin suena este vejestorio! —masculló Lorenzo.

—Y yo que no he pegado los ojos en toda la noche... —murmuró Natalie restregándose la cara y estirándose como un gato perezoso.

—Debemos levantarnos, cariño, así nos sintamos cansados. —Lorenzo bostezó poniéndose en pie.

Aunque la fatiga se había apoderado de sus cuerpos, los dos se levantaron muy soñolientos y bostezando a más no poder.
—Una ducha refrescante nos hará despertar —dijo Lorenzo adentrándose en la regadera, mientras Natalie preparaba el desayuno.

Por fin tenían suficiente tiempo para ducharse, desayunar, vestirse y dirigirse a su trabajo. Cogieron sus dos pequeñas maletas, la acomodaron en la cajuela, chequearon que todo en la casa estuviera bien, la aseguraron, colocaron la clave de la alarma y se fueron confiados en que tres semanas era un tiempo relativamente corto y que pronto estarían de regreso.
Solo las personas más importantes del proyecto tenían que enclaustrarse dentro del complejo en su afán de ultimar los más mínimos detalles del Proyecto Bosque Verde. Todo iba viento en popa, los científicos estaban muy felices porque el invento de Lorenzo y Natalie habían dado los mejores resultados, el revolucionario condensador que habían creado era único y cambiaría sobremanera a la humanidad, nadie nunca imaginó que esta maravilla de la tecnología utilizaría como combustible el aire y estaba listo para ser probado en lo que ellos llamaban el *airsible* del Proyecto Bosque Verde (PROBOVE). Era uno de los proyectos más ambiciosos e inigualables que jamás se había realizado, se consideraba como algo fantástico una maravilla por primera vez creada y que estaba en el *top*

secret. Tan solo los del CIE y pocos miembros del gobierno sabían de su existencia.

Aunque no habían probado el *airsible* a escala real todavía, Lorenzo estaba completamente seguro de que sería un verdadero éxito ya que todas las pruebas que realizaron en modelos a escala así lo indicaron y estaban a tan solo veinte días de saberlo.

Apenas llegaron los esposos Leiva al CIE, fueron ubicados en su respectiva habitación y Lorenzo de inmediato inicio su trabajo revisando con lujo de detalles todo el sistema de funcionamiento, se trasladó al cuarto de controles y desde allí chequeó cada una de las máquinas, se movía por aquí y por allá que todo estuviera perfecto, principalmente el condensador de las gigantescas turbinas, las mismas que tenían un sistema muy complejo con un sinnúmero de micro y macroconexiones, alambres de colores, soldaduras y miles de inentendibles códigos escritos en el sistema de funcionamiento.

Las maquinarias tenían un retroalimentador, sistema de succión, sustentación y movimiento, que aunque este era un poco lento y que Lorenzo pensaba perfeccionarlo jamás habían creado hasta ese momento maquinarias iguales, y que según dijeron, con este proceso no se contaminaría el medio ambiente a más de la fuerza y la potencia que producía que de dar resultado las multinacionales se pelearían y venderían el proyecto en billonadas, ya que este sistema se podría aplicar a cualquier otro tipo de maquinaria.

Este único y ambicioso proyecto que estaba a punto de ser inaugurado era una especie de isla flotante de forma circular a la que llamaron *airsible*, que medía aproximadamente cuatro acres, su base de sustentación era una plataforma de metal muy liviana, pero casi indestructible que habían logrado con la aleación de algunos metales debajo de la cual estaban colocadas unas gigantescas maquinarias parecidas a turbinas que tenían la forma de un cubo y que cada una de ellas contenía el condensador que hacía que flotara, cuatro estaban distribuidas alrededor y una en el centro, la base de cada una tenía unas plataformas de caucho que servía para amortiguar el aterrizaje. En los bordes de la isla estaba colocada una cubierta de cristal retráctil antibalas que, en caso de una lluvia excesiva, granizada o cualquier otra necesidad, se cerraba herméticamente englobándola en su totalidad. Era completamente habitable, tenía caminillos intermedios que conectaba las diferentes edificaciones, había un microvehículo con el que se podía recorrer perfectamente toda la isla, estaba provisto de un helipuerto donde descansaba un minihelicóptero para dos personas al que bautizaron como «*el baby*».

Más allá se veía una pequeña base militar bien acondicionada con un variado arsenal; a pocos pasos una casa completamente amoblada con todas las comodidades como para diez personas, además de una pequeña biblioteca, bodega con una gran cantidad de herramientas e implementos básicos; centro de salud provisto de una variedad de insumos médicos y medicinas, incluyendo instrumentos para realizar una cirugía menor, laboratorio; despensa con comestibles para cinco años; semilleteca con una variedad inigualable de granos, flores, frutos y más; un corral que ya albergaba algunos animales domésticos como una pareja de vacunos, porcinos, ovinos, aves de corral y hasta una pareja de perros *bichon frise*.

Al otro extremo se veía una caseta en la cual funcionaba el centro de controles con un sistema computarizado de última generación, que se retroalimentaba con energía solar, había una red de cisternas para recolectar agua de lluvia, además de una increíble máquina capaz de atrapar la humedad y convertirla en suficiente agua bebible en caso de sequía, de manera que por escasez de agua no se sufriría. Tenía un generador de electricidad que estaba colocado cerca del centro de control y que funcionaba igual que el resto de los sistemas.

Además de los jardines hábilmente colocados tenía una pequeña cancha de tenis, una buena porción de terrenos cultivables, un pequeño bosque y hasta una colina en la cual estaba un puesto de vigilancia equipado con cámaras y transmisores, y como si esto fuera poco, una valla electrificada la rodeaba en su totalidad de tal manera que la única forma de ingresar a ella era desactivándola desde el centro de controles o con un control remoto.

CAPÍTULO V
ASCENSO

Veinte hombres con ropa de camuflaje se precipitaron sigilosamente por la puerta que afortunadamente estaba sin el seguro, gracias a la precaución que tuvo uno de los hombres de la capitana. En medio del silencio que finalmente reinaba en el lugar buscaron precavidamente a sus compañeros hasta que por fin dieron con el grupo de rehenes que estaban apostados en un rincón de la fortaleza esperando ayuda.

—¡No disparen! —fue la voz que salió de la oscuridad.

—Aquí están, aquí están —susurró uno de los recién llegados.

Enseguida algunos se apresuraron a ayudar a los heridos y llevarlos a las ambulancias, mientras otros se distribuyeron por diferentes lugares chequeando de que no hubiese nadie más. Exploraron palmo a palmo todo el recinto encontrando un amplio arsenal con armas de todo calibre, una caja fuerte llena de dinero que un experto la abrió cuidadosamente y una gran cantidad de paquetes con al parecer cocaína. Tan pronto comprobaron que ya no había nada de qué preocuparse tomaron posesión del lugar, montaron guardia y estaban alerta a lo que podría suceder

La capitana ordenó que un especialista se acercara a mirar el estado en el que se encontraban los misiles y que los desactivaran, porque se dieron cuenta de que estaban teledirigidos con destino a New York como les habían informado.

Fue un gran éxito y un gran botín, sin duda alguna. La hazaña y osadía de la capitana ya recorría por todo el personal militar, tanto localmente como en su ciudad natal, New Jersey, luego en todo el país, la noticia se filtró sin saber cómo en la televisión, la radio y la prensa.

Los militares rescatados fueron hospitalizados y se les realizaron una revisión minuciosa de su estado físico y psicológico. A tres de ellos les dieron de alta tras pocos días de permanencia en el centro hospitalario, luego de comprobar que se encontraban en buenas condiciones. Dos continuaron hospitalizados y su recuperación fue lenta.

Tras ocho meses en Kabul y de haber cumplido con éxito, Navarro fue ordenada a regresar a la base en New Jersey a rendir un informe detallado de todo lo acontecido durante su misión. En su permanencia en aquellas lejanas tierras y pocos días después del enfrentamiento con el enemigo, en medio de la menuda lluvia que caía sobre la ciudad, la capitana se dirigió al hospital en donde aún se encontraban dos de los cinco rehenes que habían sido más torturados.

Según dijeron la tarde en que los cinco militares salieron a la inspección, fueron emboscados en medio de la carretera de regreso cuando la negrura se había apoderado del lugar, a pesar de que estaban alertas en aquella zona tan peligrosa, debido a los constantes ataques terroristas que se daban con frecuencia, tres vehículos con hombres enmascarados y armados hasta los dientes los acorralaron, uno detrás, otro al lado y otro delante; los desarmaron, los obligaron a bajarse del todoterreno, les ordenaron tirarse al piso a empujones y luego ataron sus muñecas, acto seguido los metieron en uno de los vehículos después de colocarles unas bolsas negras de tela en sus cabezas. Todo sucedió tan rápido que no tuvieron ni la menor oportunidad de defenderse, fueron trasladados con rumbo desconocido, el viaje duró casi una hora y era por demás sacudido que los hacía saltar de las banquetas, finalmente los dos vehículos pararon, los rehenes escuchaban un sinnúmero de diálogos en el idioma de esa localidad que ninguno de ellos entendió lo que decían, los bajaron del camión y los llevaron a empujones dentro de la fortaleza.

Cerca del pesado portón de fierro los despojaron de sus capuchas y los lanzaron dentro de un oscuro cuartucho. Encerrados como estaban y en medio de las tinieblas sabían que lo que les esperaba sin lugar a duda era la muerte, sospecharon que estaban en manos de los terroristas que habían causado tanto daño en las últimas semanas. Trataron de idear en vano un plan de escape sin mayor éxito.

Una hora después, tres desconocidos con túnicas, turbantes y armados hasta los dientes ingresaron en el cuarto oscuro iluminándolos con unas potentes linternas y apuntándolos con armas de grueso calibre, uno de ellos preguntó en un inglés mal pronunciado que apenas se le entendía quién estaba al mando, tras el mutismo que todos guardaron, agarraron a uno de ellos y le propinaron una golpiza, luego lo tiraron al piso.

—¿Quién está al mando? —volvió a vociferar

el individuo.

Nadie respondió, agarraron uno al azar, le iluminaron la cara con aquella potente luz haciendo que el rehén se defendiera moviendo su cabeza de un lado a otro acurrucándose en vano, dándose cuenta de que no obtendrían respuesta, lo agarraron por el brazo y lo sacaron a empujones, nada pudieron hacer el resto de los compañeros que vociferaban preguntando a dónde lo llevaban.

Fue conducido a la casona a un cuarto que parecía oficina y que estaba lleno de papeles en desorden, donde un individuo abarbado de mediana estatura vestido de túnica con un chaleco a cuadros estilo militar y un turbante azul lo esperaba sentado detrás de un escritorio.

—¿Cuál es tu nombre y tu rango? —preguntó el individuo al militar que estaba esposado y parado en su delante ya que no tenía ningún rango debido a que se lo quitaron a propósito, no pronunció ni una sola palabra.

—¿Cuál es tu nombre y tu rango? —El hombre se exasperó parándose delante del militar y al ver que no respondía, le propinó un puñetazo en el abdomen que le hizo encogerse por el dolor. El individuo dijo unas cuantas palabras inentendibles en su idioma haciendo que los dos hombres que estaban detrás del militar lo agarraran por los brazos y lo llevaran a otra habitación que estaba pobremente iluminada, lo ataron a una silla y lo destellaron con una luz terriblemente potente que lo encegueció. Le preguntaron varias veces lo mismo sin obtener resultados por lo que le propinaron una terrible paliza que le hizo perder el conocimiento, luego le lanzaron un cubetazo de agua para que despertara. Uno de los individuos agarró su cabello halando su cabeza hacia atrás y le preguntó nuevamente, pero nada obtuvo, le propinaron otra terrible paliza y lo devolvieron inconsciente al cuarto oscuro. Tomaron a otro militar al azar como la primera vez y le dieron el mismo trato con la diferencia de que este si dijo su rango, pero no dijo su nombre.

—Soy sar... gento... —se quejó después de la terrible paliza que le dieron, al ver que no dijo nada más, lo electrocutaron y le dieron una nueva paliza dejándolo inconsciente como al anterior. Sin obtener ninguna información lo arrastraron y lo lanzaron en el cuarto oscuro junto con los otros compañeros.

En aquel cuartucho permanecieron quince días sin saber nada del exterior hasta el momento en que escucharon las balaceras, estaban dispuestos a lo que sea pasara lo que pasara, de pronto, las argollas de la puerta saltaron con la explosión de un disparo y una mujer gritó: ¡Nadie se mueva!

Y es así que ahora Navarro caminaba en medio de la lluvia hasta que finalmente llegó al hospital y acudió al Departamento de Traumatología donde todavía permanecían los dos militares, uno de ellos tenía una fractura en la tibia y peroné izquierdos, estaba enyesado hasta más arriba de la rodilla y su pierna sobresalía de las sábanas, su cara se veía completamente edematizada con sus parpados equimóticos entre negro y morado por múltiples contusiones recibidas, sus ojos casi no se veían a través de una angosta hendidura como ojales, era el teniente Antonio Fábrega, que apenas se le podía reconocer. El otro militar estaba en más deplorables condiciones, le habían cortado una falange de su mano izquierda, su pierna derecha y brazo izquierdo estaban fracturados, su cara completamente edematizada y equimótica igual que su compañero.

La capitana saludó al teniente y al sargento que ocupaban la misma habitación por petición del teniente, estaban completamente irreconocibles, en su mente se dibujó el rostro del teniente que ella recordaba, nada quedaba de aquel espigado y masculino hombre, por segundos lo miró con detenimiento. Dándose cuenta del extraño interés que sentía por él, trató de disimular lo más que pudo preguntándose a sí misma en lo más escondido de su mente por qué razón se había fijado en él, algo le atraía, algo tenía aquel hombre que a pesar de verlo allí tirado en una cama como una piltrafa no podía quitarle la vista de encima, sintió un escalofrío generalizado con una pequeña ruborización facial, en segundos reaccionó, y acto seguido, dirigió su mirada a donde se encontraba el sargento.

—Sargento, ¿cómo se siente?
—Muy bien, mi capitana, gracias por preguntar.

Luego sin poder evitarlo se dirigió al teniente:
—¿Y usted, teniente?
—Muy bien, mi capitana.
—Me alegro, deseo que se recuperen pronto y favorablemente.
—Gracias, mi capitana —corearon.

Durante el tiempo en que los dos militares estaban hospitalizados, la capitana no dejó de ir al hospital de vez en cuando con el pretexto de mirar la evolución de sus hombres, pero ella no iba para eso, aunque se negaba a aceptarlo, cada vez se fijaba en el teniente con ansiedad escondida que lo disimulaba muy bien con altivez y altanería valiéndose de su mayor rango.

Fábrega se iba recuperando poco a poco y su cara nuevamente empezaba a tener su forma real. Para cuando salió del hospital, Navarro y Fábrega estaban completamente enamorados, aunque ninguno quería aceptarlo, él porque la veía como un amor imposible, ya que su rango era menor y ella por la misma razón, pero al contrario.

Un día en que la capitana como siempre salió a su trote matutino tropezó inexplicablemente con el teniente, la mañana estaba espléndida, fresca y con un raro fulgor, aunque en el fondo sospechaba que aquel encuentro era previamente planeado, a ella no le importó, estaba tan feliz de verlo, Antonio se había recuperado completamente y ahí estaba, trotando junto a ella, él pensó jugarse el todo por el todo y acercarse a ella de forma diferente, «¡Así me rechace!», pensó.

A medida que pasaban los días y los meses, la lucha por conseguir lo que tanto deseaba se le había cumplido al teniente, que mucho tuvo que hacer para que Martha le aceptara, pero tanto va el cántaro al agua que finalmente logró conquistarla y llegaron a tener una relación seria, habían compaginado tan bien que el destino los doblegó y no dudaron en declararse su amor mutuamente.

Seis meses después de que todos aquellos héroes regresaron a los Estados Unidos, la capitana Martha Navarro y el resto de los militares que le acompañaron en su misión fueron ascendidos y condecorados en una solemne ceremonia de gala con la asistencia del presidente, otros altos miembros del Gobierno y la plana mayor.

A Martha Navarro por su valentía y osadía a más de la medalla al valor la ascendieron a coronel del Ejército, rango que por primera vez obtenía una mujer tan joven. Por su parte al teniente Antonio Fábrega lo ascendieron a capitán. El resto de los militares fueron también ascendidos con el rango que les correspondía en medio de música castrense y varios disparos al aire de los cañones de guerra.

CAPÍTULO VI
LOS PREPARATIVOS

En las instalaciones del CIE todo el personal se movía de un lado a otro en sus tareas normales al igual que los esposos Leiva. El salón de labores era grande y amplio, iban y venían, traían, llevaban, acomodaban, limpiaban, en fin, parecía una colonia gigante de hormigas, apresurando el trabajo, ya que el día de la demostración estaba muy cerca. Cuando el reloj marcaba las cinco de la tarde, como todos los días, cada uno de los que no habían sido designados a permanecer en la institución, recogía sus cosas, hacían fila e iban marcando uno a uno su tarjeta de salida, y regresaban al siguiente día a continuar con sus labores, solo se quedaban los que habían sido escogidos.

El cuarto que habían asignado a cada uno de ellos eran tamaño medio, cómodos, el piso de cerámica blanco brillante como espejo y múltiples enchufes. Tenían una amplia cama metálica, una lámpara de velador a cada lado sobre una mesita metálica pegada a la pared, junto a esta había un guardarropa incorporado que de no ser por la puerta con espejo que tenía, nadie sabría que este existía, en su interior contaba con varios cajones, además de una plancha eléctrica con cordón retráctil, más allá se veía el cuarto de baño con *toilette* automático, una pequeña ducha con puertas de cristal, botiquín, espejo iluminado y una minisecadora de pelo, además de otros accesorios y productos.

Los científicos y el resto de personal que habitaban en la institución alargaban sus horas de trabajo hasta las nueve de la noche, hora en que se reunían a tomar un pequeño refrigerio, mientras conversaban acerca del proyecto reuniendo nuevas ideas o en muchas ocasiones cansados de la monótona conversación se ponían a contar una serie de chistes que los hacían reír como niños.

En medio de las risas y carcajadas despreocupadas del grupo, el estruendoso sonar de una alarma desdibujó sus rostros de felicidad, todos corrieron al gran salón de donde estaba saliendo una gran humareda que se esparcía por todo el lugar. George y Lorenzo se apresuraron a coger el extinguidor para apagar el incendio, afortunadamente no fue nada grave, chequearon minuciosamente la falla y concluyeron que, si no hubieran estado en las instalaciones, otro hubiera sido el resultado y quizá el proyecto se hubiera echado a perder.

—No pasó de ser un mal susto —dijo George.

—Afortunadamente el incendio no se propago —respondió Natalie.

—Mañana chequearé con lujo de detalles todo el sistema —dijo el ingeniero Samuel Douglas mirando el estropicio que a pesar de que era relativamente pequeño quizá retrasaría la inauguración, cosa que no le pareció nada agradable a Lorenzo que no estaba muy convencido de que el incendio había sido accidental, pensaba que había algo más en aquel suceso, por lo que a pesar de que todos se retiraron a descansar, sin poder conciliar su sueño, se dirigió al gran salón y empezó a chequear paso a paso para ver lo que realmente había sucedido.

«¡Fue una sobrecarga! ¡Pero cómo! ¿Quién pudo haber saboteado así el sistema?», se hablaba a sí mismo. «¡Alguien quiere dañar el proyecto y no sé por qué ni para qué! ¡Tenemos un traidor entre nosotros! Pero, ¿quién?

Esa noche casi no pudo dormir pensando en sus sospechas, que de ser cierto estarían en peligro, pensó. A pesar de que deseaba sobremanera compartir con su esposa lo que había descubierto, no se atrevió a despertarla, la vio dormir tan plácidamente que decidió esperar hasta el siguiente día.

Muy temprano en la mañana como a las cinco, en medio de truenos y relámpagos, el ingeniero Samuel, que tampoco había podido dormir muy bien, se levantó y se dirigió al gran salón, se acercó al lugar del daño y tampoco pudo creer lo que veía. Pues alguien sobrecargó el sistema, pero no quiso llegar a ninguna conclusión como lo hizo Lorenzo, más bien decidió adelantar el trabajo en lo que el resto del personal llegaba.

«No podemos retrasarnos. Lewis debió equivocarse, eso tiene que ser sin lugar a dudas», pensó.

—Creo que no debemos precipitarnos a ninguna conclusión —dijo Samuel cuando vio llegar a Lorenzo.

—Pues, yo no estoy de acuerdo, una falla de estas es intolerable.

—Cierto, pero primero tenemos que descartar una falla humana.

—Lewis nos tendrá que dar una explicación —dijo Lorenzo visiblemente enojado.

¡Yo exterminé al último hombre!

Cerca de las ocho el personal empezaba a llegar y a tomar su lugar. El ambiente estaba cargado de un olor a cables quemados y a humo, todos se preguntaban qué había pasado, pero nadie tenía una respuesta.

Lorenzo, Samuel y Lewis se reunieron en la oficina del director, el doctor Arthur Richardson, mientras el resto cuchicheaban acerca de lo sucedido.

—Le juro, doctor Richardson, que todo quedó muy bien conectado y asegurado, de ninguna manera dejé como ustedes me acaban de describir, soy muy precavido con eso.

—Pero, ¿cómo? ¿Estás seguro de lo que nos estás diciendo? —preguntó Samuel.

—¡Yo no te creo nada de lo que dices! Tú eres el único que te encargas de ese sistema —se exasperó Lorenzo.

—Es cierto, pero todo quedo bien. Siempre soy muy cuidadoso, se lo juro, doctor.

—Si no fuiste tú, entonces hay un traidor entre nosotros —dijo Richardson—, por lo tanto, nada de lo que hemos hablado tiene que salir de aquí hasta que realicemos una investigación. Regresen a sus puestos. ¡Y de esto nada a nadie! ¡Simplemente fue un corto y listo!

Los tres hombres salieron de la oficina intrigados uno más que otro, pero después de la cara de sorpresa de Lewis, Lorenzo pudo darse cuenta de que en realidad el hombre parecía inocente o que era un gran actor. Sea lo que fuere, lo iba a estar vigilando muy bien. Los tres hombres se dirigieron al gran salón a continuar con su trabajo y cuando llegaron al lugar George ya se había hecho cargo junto a otros técnicos, acelerando el proceso de componer lo dañado debido a que «¡no debemos perder tiempo, ya que el día de la inauguración está cerca!», dijo cuando los tres se acercaron para ayudar.

A parte del cortocircuito que puso nervioso a todo el personal, ninguna otra contingencia ocurrió durante los días de permanencia de los científicos. Faltaba tan solo un día «¡Gracias a Dios!», dijo Natalie, lanzando un profundo suspiro, todo está casi listo, estaban muy nerviosos y chequeaban minuciosamente cada cosa, nada podía fallar, nada debía fallar.

—¡Pasado mañana será el gran día! —exclamó Natalie a su esposo en una mezcla de alegría, satisfacción y nerviosismo, estaban en su habitación, donde por fin, después de muchas noches de desvelo quizá podrían dormir un poco, aunque parecía que no por lo entusiasmados y preocupados que estaban.

—Es cierto, amor, solo falta un día.

—¿Estás nervioso?

—No puedo negarlo, sí estoy un poco nervioso, es la primera vez que vamos a poner en marcha nuestro proyecto, tú sabes que a gran escala es diferente.

—Es verdad, también estoy muy nerviosa, hemos probado una y otra vez el sistema y estoy convencida de que nada va a fallar, ¡lo decreto!

—También estoy convencido que todo va a salir muy bien, es mejor que descansemos, nos espera un largo día.

—Así es, mi amor, hasta mañana. —Natalie dio

un beso a Lorenzo apagó la lámpara del velador y se acostaron.

Entre las ocho personas que se habían estado quedando en las instalaciones, dos eran técnicos, tres físicos, dos biólogas y un ingeniero.

Arthur Richardson era el director del proyecto, eminente físico que toda su vida soñó con realizar este proyecto y que después de una lucha interminable y peticiones constantes logró por fin conseguir del Gobierno el presupuesto necesario para llevarlo a cabo. Hoy, a sus cincuenta y ocho años los veía casi realizados, por lo que puso todo su esfuerzo, al igual que Lorenzo Leiva, otro físico muy inteligente y creativo que inventó el sistema retroalimentador del *airsible*, y que, junto a su esposa, la doctora Natalie Leiva, bióloga, trabajaban a brazo partido intercambiando ideas para las mejoras del proyecto. Natalie lo apoyaba en todo y también le discutía cuando ella no estaba de acuerdo en algo, resultando certera en la mayoría de los casos. «¡Qué haría sin ti!», solía decirle Lorenzo a Natalie cuando al contradecirle ella le ganaba las apuestas.

George Smith, igual que Lorenzo, se había graduado en Física, era soltero, tenía un cuerpo atlético de piel bronceada que hacía resaltar sus ojos azules y su cabello rubio bien cortado, estaba obsesionado por alcanzar fama y dinero, hizo hasta lo imposible para que lo incluyeran en este proyecto valiéndose incluso de las influencias de Lorenzo. Los dos se conocieron en la universidad donde fueron compañeros, allí conoció también a Natalie enamorándose perdidamente de ella, pero que lamentablemente nunca fue correspondido, pues el corazón de la joven ya le pertenecía a Lorenzo.

Todos ellos fueron convocados para convivir unos cuantos días en lo que terminaban y presentaban el proyecto. Allí estaba también Ross Stone, joven bióloga de unos veintisiete años, delgada, pelo negro azabache que resaltaba en su piel blanquísima. Entró a formar parte del programa, luego de un reñido concurso de méritos y conocimientos, logrando unirse a este sinigual grupo y donde hizo muy buena amistad con Natalie y Lorenzo. También estaba el ingeniero Samuel Douglas, muy creativo y detallista, estaba cerca de sus cuarenta, era delgado, mediana estatura, vestía lentes con una apariencia clásica de científico, trabajaba en el CIE prácticamente casi toda su vida profesional. A pesar de que su rostro se veía sereno, estaba muy preocupado de haberse separado de su esposa y de sus dos hijas, el día que le tocó irse a recluir en el complejo, su esposa se quedó un poco molestada del estómago y eso lo tenía inquieto, estuvo a punto de renunciar, pero ella lo animó y lo tranquilizó, además le dijo: «Si algo me pasa te lo haré saber de inmediato, querido, vete sin preocupaciones y haz lo que tengas que hacer». Durante el tiempo que él permaneció recluido, afortunadamente no recibió ninguna llamada ni noticia preocupante.

Es así como los días restantes de permanencia en el complejo reinó la camaradería entre todos los huéspedes y todo hubiera sido perfecto de no ser por el misterioso incendio que se produjo en una de las instalaciones y que afortunadamente no pasó a mayores, de todas maneras, Lorenzo estaba alerta.

«Tan solo falta un día», pensó sin poder conciliar el sueño, por lo que se levantó a dar una vuelta para chequear si todo estaba bien.

—¿Tú tampoco puedes dormir? —le sorprendió el doctor Richardson.

—Sí, así es, vine a dar una vuelta a ver si no había ninguna novedad. ¿Y usted?

—Ya ves... este es el sueño de mi vida, espero que todo nos salga bien, también vine a dar una vuelta.

—Creo que nos estamos preocupando en vano, hemos hecho la prueba hasta el cansancio y hasta ahora nada ha fallado, afortunadamente logramos reparar el daño que produjo aquel incendio que hasta ahora no me explico qué fue lo que pasó.

—Es cierto, tienes razón, yo también he quedado intrigado con eso, pero como dices, todo está afortunadamente bien, sin ninguna novedad por el momento. Esperemos que así siga hasta el viernes.

—Esperemos que sí, bueno es mejor que vayamos a descansar...

—Sí, creo que sí, hasta mañana, Lorenzo.

—Hasta mañana.

CAPÍTULO VII
INEXPLICABLE

Los médicos hicieron hasta lo imposible por revivirlo, minutos después de llegar al hospital el joven jugador de fútbol falleció en la sala de emergencias, los familiares no habían sido notificados aún, tampoco sus compañeros de equipo. El personal de médicos y enfermeras estaban desconcertados, no entendían qué es lo que realmente tuvo aquel desdichado joven, su muerte fue tan rápida que no tuvieron tiempo de realizar ninguna maniobra de resucitación, ni tratamiento, ni exámenes, era una enfermedad muy rara y desconocida. El jefe de emergencias, doctor Soria, ordenó que llevaran el cuerpo para la necropsia obligatoria y de rigor.

«¡Oh Dios! ¡Se ve tan joven, pobre muchacho!», exclamó una enfermera cubriéndolo con una sábana. Tras unos diez minutos de espera, llegó el camillero como era su costumbre en estos casos, el hombre acercó la camilla a la cama y junto con las dos enfermeras lo alzaron halando la sábana por las puntas, lo trasladaron de un lado a otro, enseguida después de un par de bromas con sus compañeras de trabajo, el hombre empujó la camilla como innumerables veces lo había hecho, para él era lo más normal realizar esta faena, en todos los años que trabajó en aquel hospital no había nada que lo perturbara, había visto de todo o casi todo. Empujó la camilla a través de los largos y blanqueados pasillos, entró en el elevador para personal autorizado, se saludó con una compañera que salía del mismo y en medio de alegres silbidos aplastó el botón que lo llevaría hasta la planta baja donde estaba la morgue. Con su monótono y acostumbrado silbido continuó empujando hasta llegar a una puerta metálica, giró de espaldas y empujó la puerta, todo para él era rutinario y por lo tanto automático, ingresó a un cuarto amplio y frío, alineó la camilla del fallecido junto a otras que había en el lugar, buscó silenciosamente con su cabeza, caminó de un lado a otro y luego sin ver a nadie vociferó varias veces el nombre del doctor de turno, no obtuvo respuesta alguna. A pesar de que todo estaba tan silencioso y sepulcral para él era lo más común.

«El doc. debe haber salido», pensó. Como siempre lo había hecho en esos casos se puso a conversar con el difunto sin ninguna preocupación alzando la sabana que cubría su rostro inerte. «Aquí te dejo amigo. Ya el doc. verá lo que hace contigo. ¡Qué pena, eres tan joven! ¡Dios te tenga en su santa gloria!». Se persignó y lo cubrió nuevamente. Cuando estaba a punto de abandonar el lugar el hombre sintió un extraño mareo, apoyó una de sus manos en la pared y caminó tambaleándose hasta agarrarse de la manezuela de la puerta de salida. No entendía lo que le estaba ocurriendo.

«Debe ser el cansancio y la peste que emana de este lugar. Tengo que pensar seriamente en buscar otro trabajo», se dijo. Se sintió realmente mal por lo que tuvo que pedir permiso y marcharse a su casa. Los síntomas empeoraron, tuvo fiebre y delirio toda la noche, su esposa estaba asustada por lo que llamó a la ambulancia. Lo llevaron al mismo hospital donde hasta hace algunas horas había trabajado con la misma puntualidad de siempre. El doctor que lo atendió fue el mismo que le había pedido el día anterior que llevara el cadáver del joven futbolista a la morgue.

Sus compañeras se sorprendieron al verlo en tan precarias condiciones y pensar que hasta solo unas horas él caminaba por todo el hospital y con su peculiar silbido llegaba a recoger los cadáveres. La fiebre que presentaba era muy alta y alarmante, le canalizaron una vena para poder administrarle la medicación, se quejaba moviendo su cabeza de un lado a otro, sin lugar a duda la fiebre le estaba produciendo terribles pesadillas. Un par de horas después, el hombre empezó a presentar severas convulsiones que lo hicieron votar espuma por la boca y sangrar por los oídos y ojos, hasta que lamentablemente entró en coma. Lo intubaron para poder darle oxígeno, pero luego de dos días de haber agotado todos los tratamientos disponibles, el camillero perdió irremediablemente su lucha contra la muerte.

Nadie había relacionado la muerte del joven futbolista con la del camillero, eran dos casos aparentemente aislados, dos enfermedades completamente diferentes, pues lejos estaban de imaginar una relación hasta tres días después cuando el doctor Soria empezó a sentirse realmente mal, todo le daba vueltas y vueltas y su cabeza la sentía pesada y agigantada como si le hubiese crecido al doble o triple, le dolía con un dolor que nunca antes había sentido, estaba casi fuera de sí, no sabía qué hacer, sintiendo que iba a desplomarse alcanzó a sentarse en una silla que estaba cerca de la cama del paciente que atendía.

—¿Le pasa algo, doctor? —le preguntó la enfermera al verlo que tambaleaba.

—No... no es nada. No se preocupe, debe ser el exceso de trabajo. Creo que iré a descansar un rato.

—¿Te sientes bien? —preguntó su compañera de turno.

—Sí, no te preocupes, voy a estar en la habitación, cúbreme por... favor... —alcanzó a decir.

—Claro que sí, ve sin cuidado.

Caminando a paso lento tambaleándose como si estuviera alcoholizado se dirigió por el largo pasillo hasta llegar a una habitación que utilizaban los residentes cuando les tocaba las veladas, con dificultad abrió la puerta y alcanzó a tirarse en una de las dos camas que había en aquel cuarto. Todos los compañeros se quedaron muy preocupados y las enfermeras no dejaban de hablar por todos los pasillos acerca de lo que le acababa de pasar al doctor Soria, la noticia de que se había enfermado corrió como un reguero de pólvora y en cuestión de minutos todo el hospital se enteró de la condición del facultativo.

—El doctor se desvive por los pacientes. —comentó una enfermera.

—¡Es verdad! —dijo otra.

—Es cierto, cuando él hace la guardia nunca descansa.

—Pobre doctor, creo que es muy exagerado —dijo otra.

—Yo pienso que es un buen doctor y así tiene que ser un doctor, aunque claro con sus límites.

—Él no tiene límites y ahí están las consecuencias.

—Creo que mejor me voy a verlo, no vaya a ser que necesite algo —dijo una de ellas media hora después.

La enfermera golpeó la puerta varias veces llamando al médico, pero no obtuvo respuesta. «Debe estar dormido, mejor lo dejo descansar», pensó y se fue a continuar con sus labores. Para cuando su compañera de turno tuvo tiempo de ir a verlo lo encontró ardiendo en fiebre, de inmediato dio la alarma del mal estado en el que se encontraba y lo hospitalizaron. Extrañamente tenía síntomas parecidos a los del joven futbolista y del camillero. Presentaba severas y alarmantes convulsiones, su colega estaba muy preocupada por lo que empezó a sospechar que posiblemente se estaban enfrentando a una enfermedad contagiosa, pero quería asegurarse para dar la alarma, además en esos momentos tan urgentes solo pensaba en salvar a su compañero.

El jefe de emergencia acudió en su ayuda, minutos después también se presentaron los médicos tratantes y especialistas, todos estaban muy preocupados por la enfermedad tan agresiva que de un momento a otro empezó a presentarse en el doctor Soria. Le administraron altas dosis de anticonvulsivantes que le sirvió momentáneamente porque las convulsiones continuaban. En su afán por salvarle la vida, todos se concentraron en realizarle todo tipo de análisis de sangre y otros exámenes, además de probar una serie de tratamientos que ninguno dio resultado.

«¡Entubémoslo!», dijo el médico tratante que se

encontraba en ese instante junto al paciente y que notó como poco a poco se le iba apagando la vida sin que pudieran hacer nada por él, había caído en un coma inevitable e inentendible, en ese estado las convulsiones habían parado y el personal se retiró quedando la habitación en silencio, tan solo se escuchaba el pitido de todas las máquinas a las que lo habían conectado. Dos enfermeras se turnaban vigilando el progreso del paciente momentos en que la doctora de turno aprovechó para ir a la oficina del jefe del hospital y plantearle lo que había estado sucediendo en el lapso de tan solo tres días.

—¿Está usted segura? —recalcó el jefe.

—Sí, doctor, me atrevería a decir que esta enfermedad es muy contagiosa y peligrosa, nunca hemos visto casos iguales.

—¿Y por qué no se me ha informado de esto antes?

—Estábamos esperando los resultados de las autopsias y de los análisis.

—¿Y entonces, en qué se basa para pensar que la enfermedad del doctor Soria es contagiosa?

—Es que hace tres días estuve de turno justamente con el doctor Soria y atendimos a un joven futbolista y luego lo de don Bautista, el camillero, con las mismas convulsiones que el doctor Soria, por eso pienso que esta enfermedad posiblemente es contagiosa.

—¡Quiero ver inmediatamente los resultados de las autopsias y los resultados de los análisis! —dijo cogiendo el teléfono y marcando primero a la morgue y después a los laboratorios.

Luego de haber dado la alarma, la doctora de turno regresó a su lugar de trabajo, estuvo muy pendiente de su compañero, aparentemente evolucionaba favorablemente lo que tranquilizó a todo el personal, cosa que les facilitó atender a la enorme cantidad de pacientes que hubo esa noche.

El amanecer del siguiente día se presentaba nublado, frío y paramoso, la doctora Rocha terminaba su turno y estaba despidiéndose del compañero que la iba a relevar, en ese mismo instante se oyó unos gritos y la luz de la alarma titilaba insistente.

«¡Es del doctor Soria!», dijo una enfermera. Los dos jóvenes galenos corrieron a la habitación, Soria presentaba severas convulsiones que lo hacían retorcer, la noticia corrió como reguero de pólvora por todo el hospital, los jefes de planta acudieron en su ayuda, le administraron medicación, realizaron varias maniobras de resucitación, *shocks* eléctricos, en fin, pero nada dio resultado, el doctor Soria dio su último suspiro sin que nadie pudiera hacer nada por él, igual que los dos anteriores pacientes, echaba espuma sanguinolenta por la boca y sangraba por nariz y oídos.

Los compañeros de trabajo, los médicos de planta y los tratantes, quedaron perplejos sin saber qué fue lo que causó la muerte de tan joven galeno, nunca habían enfrentado una enfermedad tan violenta y agresiva. Tras las exigencias y la premura que ameritaba aquellos casos, obtuvieron los resultados de las autopsias y de los análisis de sangre sumado a la similitud de los síntomas dieron inmediatamente la alarma al Centro para el Control y la Prevención de Enfermedades.

CAPÍTULO VIII
SORPRENDIDOS

Cuando Martha salía a la vida civil para visitar algún amigo o familiar o verse con su novio, procuraba vestir con elegancia, sobria y muy femenina, apariencia que no se parecía en nada a la recia Martha del Ejército. Sus ojos verdes irradiaban la chispa del amor cuando se encontraba con Antonio. Se la veía hermosa, con su silueta esbelta, su cabello castaño y su tez bronceada le daba unos aires de misterio. Antonio muchas veces se preguntaba cómo es que había conquistado a aquella inigualable mujer, cada vez que la veía, la amaba más.

Al capitán Antonio Fábrega lo habían enviado a una misión y estaba a tan solo cinco días de su regreso, por lo que los contaba uno a uno y no veía el momento para abrazar a su amada y darle una sorpresa. Él era el típico militar de cara endurecida, cuadrada, adornada por su abundante barba recién afeitada, cuerpo atlético, tez bronceada y sus ojos café claros dormilones que encerraban un aire picaresco que cualquier mujer desearía explorar.

Martha estaba muy ilusionada con el regreso de Antonio sin sospechar siquiera las intenciones que él tenía. Lo esperaba con ansias y estaba organizando una fiesta sorpresa de bienvenida en donde todos sus familiares y amigos estarían presentes.

Le quedaba tan solo dos días y ella había repartido su tiempo entre el trabajo y la organización de la fiesta. Hacía tres meses que no lo veía y las veces que hablaba por teléfono con él era un tiempo muy corto por lo que realmente lo extrañaba. El día en que la llamó para informarle que por fin iba a abordar el vuelo de regreso, apresuró los preparativos para que aquella noche todo estuviera dispuesto.

Los invitados empezaron a llegar y ya estaban aleccionados de lo que tenían que hacer. Se había esmerado como nunca en su arreglo personal, estaba exquisitamente hermosa y elegante. El retorno soñado de Antonio era cuestión de horas, Martha se había justificado de estar enferma para no ir a recibirlo, esto le causó mucha tristeza, además de preocupación por lo que aceleró las cosas para poder regresar pronto.

Había atardecido y con ella la oscuridad estaba empezando a apoderarse del lugar dejando ver tan solo unos cuantos hilos dorados en el inmenso horizonte. Antonio por fin podía dirigirse a su casa que, aunque el viaje de regreso fue largo no le quitó el entusiasmo de encontrarse con su amada. A su llegada el sol ya se había ocultado en su totalidad, todo estaba oscuro y unas pequeñas partículas blancas y fluorescentes de nieve cubrían ligeramente el pavimento, uno de los soldados lo esperaba en un todoterreno.

—¡Esta bien, soldado, descanse! Yo manejaré —le ordenó.

—¡Sí, mi capitán!

—Puede retirarse.

—¡Sí, mi capitán!

Estaba a solo diez minutos de su casa, tras el corto recorrido, se estacionó junto a la acera, se bajó del auto, todo estaba muy tranquilo. «¡Demasiado tranquilo!», pensó. Era las nueve de la noche, supuso que Martha dormía. Estaba tan silencioso que el menor ruido se amplificaba, sus pisadas retumbaban en el pavimento por lo que empezó a caminar en puntillas, con curiosidad se asomó por una de las ventanas constatando que la casa estaba en tinieblas. Se acercó a la puerta, sacó unas llaves de su bolsillo, la introdujo en la cerradura y la abrió con mucho cuidado y caminó en puntillas, no quería que Martha despertara. «¡Que caray! Ya no sé ni dónde está el interruptor. ¡Todo está tan oscuro!», susurró tanteando. En medio de las tinieblas se paró por unos segundos frente a la pared hasta que sus pupilas se acomodaran a la oscuridad para tratar de localizar el interruptor, por fin alargó su mano y en el instante en que sonó el ¡clic!, un estruendoso coro de «¡sorpresaaaa!» lo dejaron casi infartado.

«¡Mi amor!», Martha se abalanzó a su cuello y besó al sorprendido Antonio que no tuvo tiempo para reaccionar, estaba estático y temblando. «¡Bienvenido, te estábamos esperando con ansias!

Todos se acercaron a saludarlo entre risas, bromas y abrazos. Antonio jamás se imaginó el fiestón que le esperaba. Apenado caminó sonreído entre los invitados agradeciéndoles sus saludos, olvidó el cansancio del viaje y empezó a disfrutar de todo lo que Martha le había preparado, luego sonó la música y el baile se armó. Luego de un par de horas, Martha invitó a que pasaran a la mesa.

—Queridos amigos, agradezco a todos su presencia y quiero hacer un brindis por Antonio que es una persona muy importante en mi vida, como todos saben, él es el hombre que amo y es justamente por su llegada que estamos hoy todos reunidos. ¡Salud! ¡Salud, mi amor!

—¡Aaaah! —interrumpió Antonio—. Antes de concluir este brindis quiero decir algo. Les gradezco también por su presencia, por esta sorpresa que para mí fue insospechada, pero que me queda un profundo agradecimiento para todos, aunque casi me matan de un infarto. —Todos carcajearon—. Saben, yo quise darle una sorpresa a Martha, pero fui yo el sorprendido, estoy realmente feliz y también nervioso. —Todos rieron nuevamente—. Quiero... —Metió la mano en su bolsillo derecho—. Quiero... —repitió—. Esto iba a hacerlo mañana en una cena, pero dadas las circunstancias... —rio visiblemente nervioso—. Aprovechando esta oportunidad... —Se arrodilló ante Martha que estaba a su lado—. ¡Quiero pedirte que seas mi esposa! ¿Me aceptas?

—¡Oooh! —Las mujeres corearon al unísono.

Martha lo miró, estaba perpleja, emocionada que por unos segundos se quedó muda y en suspenso, sus mejillas se enrojecieron y como nunca le rodaron un par de lágrimas, luego le dio el sí, acto seguido Antonio tomó su mano y le colocó un solitario en su dedo anular, se paró, la tomó entre sus brazos y la besó tiernamente.

—¡Bravo! —corearon los invitados emocionados.

De este modo, quien realmente se llevó la sorpresa, fue Martha. La fiesta para el recibimiento de Antonio había terminado, todo salió más que perfecto, el brindis, la cena, finalmente el silencio, la paz, la tranquilidad, aunque también estaba el desorden y las montañas y montañas de trastos para lavar y basura que recoger.

—Déjalo para mañana, mi amor —dijo Antonio ronroneando como gato mientras se envolvía en el cuerpo de su amada besándola por el cuello hasta llegar a su boca. Luego como dos locos enamorados, en un derroche de pasión y deseo lograron llegar hasta la alcoba donde consumaron su amor. Se habían extrañado intensamente y si no fuera por las obligaciones que tenía cada uno, no hubieran salido nunca de esa luna de miel.

Dormidos como estaban después de una larga noche fueron despertados por una estridente música del teléfono.

—Mi amor, contesta por favor...

—No es el mío, es el tuyo... masculló Antonio entre dormido y despierto.

Martha con ojos aún adormilados chequeó su teléfono.

—Es de la base... ¡Aló! Sí... entiendo... —Luego se dirigió a su prometido—. Mi amor... Antonio, levántate... tenemos que ir a la base, ¡el caos se está apoderando de New York! —dijo olvidándose del sueño.

—Pero, ¿qué... qué está pasando?

—No sé exactamente, pero nos informan que hay hasta saqueos.

—¡Saqueos! —exclamó estirándose como negándose a levantarse.

Tras las insistencias de Martha, Antonio por fin se puso en pie, luego los dos se vistieron de uniforme, tomaron un vaso con jugo, rápidamente subieron al todoterreno y se dirigieron a la base donde se reunieron con algunos jefes.

—El motivo por el cual estamos aquí reunidos es porque hemos recibido una orden presidencial para ir a la Casa Blanca para protegerla por el caos que se está formando en Washington debido al asesinato del líder comunitario Víctor Ávila, lo cual ha revolucionado la ciudad, hay incendios en las calles y saqueos de muchos de los almacenes del centro de la ciudad, es por eso que la comisión formada por la coronel Navarro y el capitán Fábrega irán a Washington, y el capitán MacArthur ira a New York —concluyó el general Marshall.

—¿Cuándo partiremos? —preguntó Navarro.

—¡De inmediato! ¡Saldrán a las mil cien! De manera que tendrán que llevar lo estrictamente necesario. Les espero en el aeropuerto.

—¡Sí, mi general! —corearon Navarro y Fábrega.

En la Casa Blanca los altos mandos ya se habían congregado en la sala de crisis ubicada en el ala oeste, entre ellos estaba el presidente y sus consejeros, el personal del Consejo de Seguridad Nacional, el jefe de gabinete, el jefe de Estado Mayor del Ejército, el jefe de Inteligencia Militar, entre otros.

—El motivo de esta reunión no es solamente por los disturbios caóticos que se están dando en las ciudades debido a las protestas por el alza del pasaje y el asesinato del líder comunitario, sino que tenemos un problema aun mayor que debemos resolver lo más pronto posible. Hemos recibido un comunicado urgente del Centro para el Control y Prevención de Enfermedades, de que ha aparecido una enfermedad desconocida y muy contagiosa, que de no poner en orden las ciudades inmediatamente, esta enfermedad podría convertirse en una epidemia o quizá en una pandemia, por lo tanto, necesitamos la intervención no solo de la Policía sino también del Ejército —dijo el presidente.

Durante la reunión hubo mucha controversia al respecto de mandar al Ejército a las ciudades, sin embargo, tras una larga deliberación se llegó a la conclusión de que primero debían enviar una comisión investigadora y después se tomaría cualquier resolución o intervención de las fuerzas armadas, que en realidad pensaron era una exageración.

CAPÍTULO IX
¡HEMOS FRACASADO!

Cuando el manto de la noche empezó a deslizarse lentamente a lo largo del horizonte tornándolo de un tenue rojiamarillo, el coronel López y su comando estacionaban sus dos furgones de color negro a una distancia considerable, escondiéndolos en medio de la maleza que rodeaba el lugar, vigilantes y ansiosos esperaban pacientemente a que los últimos vestigios de luz desaparecieran.

Vestidos todo de negro con botas militares, guantes, pasamontañas, teñidos de negro alrededor de los ojos dejando ver tan solo sus globos oculares blancos, que brillaban como microfaros y con sus respectivas armas de grueso calibre, empezaban a deslizarse sigilosamente como gatos en medio de las tinieblas, sus pisadas eran casi imperceptibles, de vez en cuando se escuchaba un crujido al pisar la hojarasca. Sin haber estado allí nunca, conocían el lugar palmo a palmo. John se quedó en el furgón desde donde manipulaba la computadora y demás aparatos de alta tecnología incorporada en la parte posterior del mismo.

—¡Recuerden que solo tenemos dos minutos para entrar! —les recordó el coronel en susurros.

Todos asintieron con la cabeza. Tal como lo habían planeado, se deslizaron rápidamente y se detuvieron a unos cuantos pasos de la entrada principal, cuatro se quedaron esperando a un lado mientras Delfín y La Rata se apartaron cuando John les comunicó que las cámaras ya estaban apagadas, los dos hombres se dirigieron a hurtadillas hacia la caseta de control, que a pesar de que su interior estaba muy bien iluminado, el guardia se había quedado dormido sentado con su cabeza apoyada en la ventana, los individuos se acercaron sigilosamente, La Rata se deslizó al interior y le propinó un tremendo golpe en la cabeza al guardia con la cacha de su revólver dejándolo inconsciente, luego lo amordazaron con cinta aislante, ataron sus manos y piernas con la misma cinta y lo dejaron tendido en un rincón. Terminada la tarea los seis se juntaron y avanzaron a trote hasta cerca del edificio y esperaron escondidos entre los carros estacionados hasta cuando John les dio la señal de avanzada, había sustituido las imágenes de las cámaras convirtiéndolos en hombres invisibles.

Cotton fue el primero que se separó del grupo, deslizándose como una ágil serpiente hasta la puerta principal, en ese momento se comunicó con John diciendo una clave. «Dos», susurró en el minimicrófono que pendía de su oreja derecha. Acto seguido, se escuchó un pequeño clic de la cerradura, de inmediato la puerta se abrió, Cotton ingresó al interior con tal habilidad que se hizo invisible a los ojos del guardia que ni siquiera se inmutó de su presencia. Cotton se acuclilló debajo del mostrador deslizándose hasta ponerse delante del guardia, luego de lo cual le propinó un veloz y terrible golpe en la cabeza que no le dio tiempo ni siquiera de pestañear, semejante golparrón lo dejó inconsciente. Enseguida lo amordazó y maniató colocándolo a un lado, terminado su trabajo se comunicó con el resto, que sin perder ni un segundo se juntaron en el vestíbulo.

El coronel hizo una señal de avanzada y todos continuaron por los pasillos muy bien iluminados, pero que en esos momentos estaban completamente silenciosos y solitarios con las oficinas algunas abiertas y la mayoría cerradas. Continuaron por un corto trayecto hasta llegar al fondo del pasillo, donde se toparon con una puerta amplia de la misma estructura de la anterior, pero que a diferencia de la última esta era de dos hojas, maciza en color plomo, tenía una pequeña ventana circular en la parte superior, cerradura de seguridad con panel de botones.

John la desactivó en cuestión de segundos, tras un clic, todos se precipitaron al interior del gran salón donde aún se encontraban los ocho huéspedes, que al mirar la invasión de aquellos desconocidos enmascarados sus almas se les salieron de sus cuerpos.

—¡Tírense al piso todos! ¡Vamos, al piso! ¡Boca abajo, rápido! —gritó el coronel—. Todos se quedaron sorprendidos, asustados y no hallaban explicación de lo que estaba ocurriendo, alzando sus brazos hacia arriba se tiraron al piso.

—Pero, ¿qué está pasando? ¿Quiénes son ustedes, qué quieren? —avanzó a vociferar Lorenzo.

—¡Silencio! ¡Al piso todos, dije! —gritó de nuevo el coronel. Todos obedecieron sin chistar palabra, Lorenzo volteo la cabeza para mirar quiénes eran.

—¡No se mueva o le vuelo la tapa de los sesos! —voceó La Rata.

—Les aconsejo que nadie se mueva, que colaboren y nadie saldrá lastimado —dijo el coronel, luego vociferó—: Y ahora quiero al doctor Leiva. —

Todos se quedaron en completo silencio —. ¡Quiero al doctor Leiva! —volvió a repetir.

—Yo soy el doctor Leiva, ¿qué quiere?

—Párese y hágase a este lado. —Señaló el lado izquierdo.

—Muy bien. Ahora, la doctora Leiva y la doctora Stone.

Las dos mujeres asustadas y temblorosas sin explicarse lo que estaba sucediendo, se levantaron y se pararon al lado de Lorenzo.

—El doctor Smith, colóquese al lado de las dos mujeres —ordenó.

—El doctor Richardson, acá a la derecha. ¡Los demás se quedan en el piso! —Tres de los atacantes les apuntaban con sus armas y el resto lo hacían a los que se pusieron de pie.

El coronel se acercó a Lorenzo y lo miró fijamente a los ojos luego le dijo.

—Doctor Leiva, sé que usted es el que inventó algunas de las maquinarias para el Proyecto Bosque Verde, por lo tanto, quiero que me entregue los planos del *airsible* y del condensador.

—¡No tengo planos! —le respondió nervioso.

—Mire, doctorcito, no juegue conmigo porque le va a ir muy mal —gritó apuntándolo con el arma.

—Estoy diciendo la verdad, no tengo los planos, los he destruido, ¡todo lo tengo en mi cabeza! —respondió tartamudeando y atemorizado, mientras las dos mujeres se abrazaban llenas de pánico.

—¡Muy bien! —El coronel hizo una señal y La Rata amartilló el revolver apuntando la cabeza del doctor Richardson.

—Si no me entrega los planos, mi compañero le volará los sesos a su jefe —amenazó el coronel lleno de furia ante la respuesta. Las mujeres lanzaron un grito. El malhechor sabía que disponía de solo unos cuantos minutos para que se activara nuevamente el sistema operativo de las cámaras y de las alarmas, entonces, en unos cuantos minutos arribaría toda la guardia nacional. Ante la negativa de Lorenzo, tenía que tomar una resolución inmediata.

De pronto, en su afán por librarse del individuo que lo apuntaba, el doctor Richardson le dio un empujón y ¡bum!, se escuchó un ensordecedor sonido aunado a los gritos de horror de las mujeres, el arma de La Rata se disparó irremediablemente sobre el doctor Richardson, que cayó al piso sangrante y mal herido, la bala tocó su pecho. Todos quedaron paralizados, las mujeres lloraban.

—¡Mierda! —vociferó el coronel—. Tenemos que salir de aquí inmediatamente, ustedes llévense a las dos mujeres y ustedes a estos dos.

—¡Vamos! Caminen, caminen… ¡de prisa! —Empujaron a los rehenes y salieron al trote mientras el coronel caminando de espaldas se dirigió hacia la puerta apuntando al resto de personas que se encontraban en el piso.

Ya fuera del laboratorio, aseguró la puerta por fuera, destruyendo el panel de seguridad con la culata de su arma y corrió detrás del resto del grupo, una vez que los rehenes se vieron fuera de peligro los dos técnicos y el ingeniero Douglas se levantaron del piso y se apresuraron hacia el doctor Richardson, que agonizaba, lo colocaron sobre una mesa y enseguida activan la alarma.

—¡Rápido! Hay que llamar una ambulancia —dijo Douglas, mientras la técnica trataba de controlar la hemorragia, alguien marcó el número de emergencia.

Los cuatro estaban muy alterados sin saber ni entender lo que acababan de vivir, temblaban horrorizados, no concebían cómo es que esos individuos habían entrado en las instalaciones que supuestamente eran tan seguras, y además, cómo llegaron a saber de aquel proyecto tan secreto que solo era conocido por personal autorizado.

—Todo va a salir bien, doctor, resista... resista, por favor, la ambulancia está en camino... —le decía una de las técnicas que había trabajado con él por casi siete años, mientras el otro trataba de abrir la puerta ingresando la clave de seguridad una y otra vez sin mayor éxito, por lo que sin saber qué más hacer patea y sacude la puerta con desesperación.

En medio del ensordecedor ruido que producían las alarmas de la institución, que se activaron automáticamente, los malhechores obligaron a correr a los científicos fuera del complejo, se internaron en el bosque, suben una pequeña colina alumbrados tan solo por las linternas, llegaron hasta una pequeña planicie donde estaban estacionados los dos furgones y forzaron a los cuatros científicos a punta de pistola a subirse en los vehículos, luego como almas que lleva el diablo condujeron a toda velocidad.

CAPÍTULO X
EL ENEMIGO INVISIBLE

El Ejército esperaba la orden para ingresar en las ciudades, mientras la Policía no se daba abasto con todas las trifulcas, saqueos y manifestaciones violentas que se producían. Washington, New York y otras ciudades estaban en estado de emergencia, pero a los revoltosos nada de eso les importó, continuaron enfrentándose a los miembros de la Policía lanzando pedazos de madera, botellas y lo que encontraban. Como saldo de todo este revolú hubo un sinnúmero de heridos y arrestos que llenó los retenes locales.

Mientras las ciudades permanecían convulsionadas sin que hubiese una solución inmediata, llegó finalmente el informe médico a las manos del director del hospital, tanto de las autopsias como de los laboratorios, los mismos que envió con carácter de urgente un oficio detallado al Centro para el Control y la Prevención de Enfermedades y estos a su vez al presidente de la nación.

La enfermedad continuaba avanzando sin control y sin que las autoridades tomaran cartas en el asunto, a pesar de que ya había llegado el informe a manos del presidente, quien desde la sala de telecomunicaciones se dirigió a la nación llamando a la calma y al orden, sin mencionar absolutamente nada sobre la nueva patología por consejo de sus asesores que no querían que se formara más caos en las ciudades, según dijeron. Pensaron que no había motivo de alarma, «¡Debe ser una más de esas enfermedades estacionales!», dijo un representante. «Y pronto será controlada», dijo otro.

Como resultado de las manifestaciones y a medida que transcurrían los días, los contagios aumentaron, los pacientes llegaban en forma desmedida a los hospitales. En contadas horas se veían hombres convulsionando sin control, otros sangrantes y otros inertes en camas, camillas, en el piso y en donde cabía uno. Allí tirados por doquier estaban médicos, enfermeros y gente que trabajaba en las oficinas sin que nadie pudiera hacer nada. El personal médico no se daba abasto con semejante caos. Las autoridades nunca imaginaron aquella barbaridad, habían tomado las cosas como algo solucionable a nivel local, pero la situación se estaba saliendo de control. La enfermedad desconocida empezaba a esparcirse a otras ciudades a una velocidad inimaginable. La bomba reventó cuando detectaron diez casos en uno de los hospitales de Washington, por lo que sin pérdida de tiempo decidieron que la vida del presidente y del alto mando debía protegerse y refugiarse en el búnker presidencial secreto junto con sus familias hasta aclarar completamente qué clase de enfermedad era a la que se enfrentaban.

La coronel Navarro y el capitán Fábrega, que ya se encontraban en Washington fueron asignados para la protección del presidente y de su familia, por lo que se trasladaron junto con ellos al refugio.

Ante tan terrible tragedia empezaron a hacer campañas a través de todos los medios de comunicación con medidas básicas de higiene como el de usar mascarillas, lavado de manos, distanciamiento social y enclaustramiento obligatorio. Finalmente, el mandatario lanzó un urgente informe noticioso directamente desde su refugio:

—Atención, atención, con carácter de urgente el presidente se dirigirá a la nación. —Luego de una breve pausa apareció el mandatario tras un podio.

—Queridos ciudadanos, declaro un estricto estado de emergencia en el país, todos los habitantes deben permanecer obligatoriamente dentro de sus hogares, repito... todos deben permanecer dentro de sus hogares, evite cualquier contacto con el resto de personas, lávese muy bien las manos y usen mascarillas, estamos enfrentando una terrible y desconocida enfermedad. Según últimos informes que hemos recibido de los científicos, al parecer esta patología está afectando aparentemente solo a personas del sexo masculino. Lamentablemente aún no sabemos nada sobre la causa y cómo apareció, están realizando los estudios pertinentes y los resultados los estaremos dando a conocer a la población en la brevedad posible, por lo que se ruega a todo el mundo que sigan al pie de la letra las próximas indicaciones que se estarán emitiendo. Debido a los disturbios de los últimos días, he ordenado militarizar las ciudades más afectadas. ¡Que Dios nos proteja a to... Ziiii... —La imagen televisiva desapareció.

Ante el terrible caos que estaba provocando la mortal enfermedad, todos se hallaban completamente desorientados y Martha no era la excepción por la enorme responsabilidad de cuidar al primer mandatario y su familia, haciendo cumplir al pie de la letra todas las medidas de salud y seguridad necesarias, ella sabía que no podía darse el lujo de bajar la guardia en ningún momento, y por otro lado su preocupación de sentirse enferma de un momento a otro con ese extraño malestar estomacal y esas nauseas.

«¡No puede ser lo que estoy pensando! ¡No, ahora no!», se dijo. Afortunadamente el lugar donde estaban contaba con enfermería a la cual se dirigió. Le entregaron una tira reactiva para comprobar embarazo, tras una corta espera, no lo pudo creer, miró varias veces la tira como queriendo borrar lo que en ella miraba. «¡Está positivo!», dijo exasperándose, se lo mostró a la enfermera y ella lo corroboró. «¡No es oportuno tener un bebé en este momento! ¿Y ahora que voy a hacer?», pensó.

—Gracias —dijo a la enfermera.
—¡Felicitaciones!

Martha no contestó nada y salió presurosa introduciendo la prueba en uno de los bolsillos de su uniforme.

«¡No se lo puedo decir a Antonio aún! Al menos no en estos momentos. Si se lo digo no va a estar de acuerdo que continúe con mi trabajo», pensó. Se dirigió a su habitación, ahí estaba Antonio, ella se veía intranquila, pero Antonio se veía muy raro.

—¿Pasa algo, amor?
—No sé, extrañamente me siento agotado —Antonio respondió sentándose sobre la cama.
—No será que...
—No, no te preocupes, debe ser porque no pude dormir bien anoche, sabes. Escuché que la situación esta caótica allá afuera.
—¡Acuéstate y descansa, yo me haré cargo de

todo! —dijo dándole un beso—. Iré a dar una vuelta asegurándome que todo esté bien.

El increíble búnker presidencial en donde estaban ellos y algunas otras autoridades supuestamente era a prueba de todo desastre, casi cincuenta aproximadamente eran las personas que se habían alojado en aquel lugar muy bien equipado y con todo lo necesario. Tenía minidepartamentos para cada familia con una pequeña salita de estar y un baño completo, había una cocina, comedor comunitario con varias mesas y sus sillas, dos piscinas hermosamente decoradas con jardines y arboles bonsái, un invernadero listo para cultivar con su respectiva luz casi similar a la del exterior, bodega con alimentos almacenados como para cinco o seis años, teatro con una gran variedad de películas, cuarto de lavado y planchado, sistema de luz y agua, enfermería provista con medicinas básicas, juegos para niños y hasta una sala de tiro. En la parte posterior del búnker estaba el salón de juntas con un sistema de telecomunicaciones muy bien equipado. Solo personal seleccionado y gente cercana al presidente ocuparon aquel lugar, así como también gente para el servicio y cocineros con sus familias, la admiración de todos cuando llegaron allí fue muy grande, solo el mandatario y unas cinco personas más sabían de la existencia de aquella paradisíaca estancia hasta el día en que fue ocupada.

Apenas se instalaron, los funcionarios empezaron a realizar sus respectivas labores, las mujeres y los niños fueron a las áreas recreacionales, otros iban a los jardines, efectuaban cualquier otra actividad en lo que se organizaban y se repartían las tareas, pero muy corto fue el tiempo en que pudieron disfrutar de aquel maravilloso lugar, el enemigo invisible también penetró aquellas paredes supuestamente infranqueables y el caos no se hizo esperar. En vano se habían refugiado con todas las medidas de seguridad, los habitantes del sexo masculino empezaron a enfermarse sin que nada se pudiera hacer. Muchos estaban infectándose y el presidente no era la excepción, comenzó con fiebre alta durante todo el día y toda la noche y al siguiente día con convulsiones incontrolables. En un momento de lucidez mandó a llamar a la coronel Navarro por ser la de más alto rango, sabedor de que los hombres estaban expuestos al contagio.

—Por lo que sabemos, coronel... —se esforzó tosiendo varias veces—, la enfermedad es mortal y solo ataca al sexo masculino, usted es la de más alto rango en este lugar, por eso le mandé a llamar y le voy a hacer entrega del balón nuclear —dijo completamente agotado.

En presencia de su esposa y su pequeña hija le hizo jurar que lo cuidaría con su vida y lo utilizaría de una manera responsable si el caso así lo ameritaba. El mandatario se veía tan mal que en cuestión de dos días falleció irremediablemente, a pesar de todos los esfuerzos que la doctora hizo por salvarlo, nada se pudo hacer por él. Al siguiente día, Antonio también ardía en fiebres, Martha estaba desesperada, por primera vez en su vida se quebraba de dolor al mirar a su amado que se debatía entre la vida y la muerte. Pasó dos noches en vela cuidándolo, haciendo todo lo que hasta ese momento se podía hacer, aplicándole paños de agua en la frente y abdomen y administrándole puntualmente la medicina que la doctora le había recomendado, pero nada se pudo hacer por él, la enfermedad era muy agresiva. A las tres de la tarde, aproximadamente, el capitán Antonio Fábrega daba su último suspiro en los brazos de su amada.

Martha se despedazó por dentro, estaba fuera de sí, su cabeza se le agrandó al doble, no sabía qué hacer, se abalanzó sobre el cuerpo de su amado abrazándolo con un llanto interminable, doloroso e inconsolable, luego cayendo de rodillas en el piso lanzó un estruendoso y desgarrador grito que hizo retumbar el búnker, mientras la doctora Estrada trataba de calmarla sin mayor éxito, estaba tan consternada y también lloraba sin consuelo al sentirse completamente inútil y no poder hacer nada por nadie y más fue su dolor al recordar que días atrás ella también perdió a su esposo, sintió que de nada sirvió haberse sacrificado, «¡Tanto estudio para nada!», susurró al contemplar el llanto desesperado de Martha arrodillada junto a la cama de Antonio.

No había dónde esconderse del invisible asesino, nadie estaba preparado para esta terrible tragedia. Los habitantes del búnker empezaron a desesperarse después de ser testigos de la muerte de algunos hombres que provocó múltiples trifulcas acusatorias. Todos decidieron huir, ¿pero huir a dónde? Se arriesgaron y salieron de aquel lugar que se convirtió en un sitio lleno de tragedia y llanto.

CAPÍTULO XI
TODO FUE UN FRACASO

Les ataron las manos, a Natalie y a Ross las hicieron subir en uno de los furgones en la parte de atrás junto con dos secuestradores, Gina estaba al volante. En el otro vehículo subieron a los dos rehenes también atados junto con los otros tres individuos del comando, uno de ellos al volante y los dos restantes atrás. Los vehículos atravesaron el bosque sobre la hojarasca por un corto trayecto, luego salieron a la calzada acelerando a toda velocidad haciendo balancear a los pasajeros de un lado a otro.

Los furgones no tenían ventanas laterales y además como estaba muy oscuro los prisioneros solo podían mirar por el parabrisas, pero no alcanzaban a identificar nada del paisaje ni por cuáles rutas los llevaban, tampoco se atrevieron a preguntar por miedo a que les dispararan, ya que durante todo el trayecto los apuntaban con sus armas. Todos iban en completo silencio, solo las miradas se cruzaban de un lado a otro.

Tras un largo viaje, los rehenes sintieron que los vehículos se desviaban y se metían a una carretera de tierra, los faros iluminaban la gran polvareda que los cubría haciendo casi imposible la visibilidad del camino, pero eso no detuvo a los secuestradores, se notaba claramente que conocían muy bien el trayecto.

Natalie no pudo soportar la incertidumbre de no saber su destino, y a pesar del terrible temor que estaba viviendo y arriesgando su propia vida consciente de que la podían matar se atrevió a preguntar con voz temblorosa y entrecortada, y que lamentablemente en aquel silencio vocal su voz retumbó en los oídos de los individuos que no habían pronunciado palabra durante todo el viaje.

—¿A dónde nos llevan?

—¡Cállese la boca! ¡O aquí mismo la dejamos tiesa! —vociferó cruelmente uno de los enmascarados.

Natalie saltó del susto y se puso más nerviosa de lo que ya estaba al contemplar cómo el individuo encapuchado le apuntaba con esa enorme y temible arma, sintió un terrible escalofrío en todo el cuerpo ante semejante amenaza y decidió realmente no abrir su boca para nada durante los restantes minutos del trayecto, quedando todo nuevamente en silencio, solo los motores sonaban cansados y pujantes atravesando la carretera pedregosa, mientras todos continuaban balanceándose de un lado a otro en los asientos laterales.

Habían transcurrido casi cuatro horas entre el secuestro y el recorrido de los furgones, que finalmente enlentecieron la marcha cuando llegaron al parqueadero donde pararon y se estacionaron uno al lado del otro, de inmediato los respectivos choferes se bajaron y abrieron la puerta posterior de cada uno de los vehículos, obligando a los rehenes a que bajaran primero, mientras los individuos se quedaron dentro apuntándolos con sus armas, luego todos salieron y continuaban en completo silencio. El lugar estaba casi en tinieblas, se veía las sombras de los árboles que danzaban al compás del viento como monstruos gigantes, tan solo se escuchaba el siseo de las hojas, el repetitivo canto de los grillos y el croar de las ranas hasta que fueron interrumpidos por un «¡caminen!», que voceó uno de los individuos empujándolos hasta llegar a la puerta de la casa donde se estaban quedando los malhechores durante su tiempo de entrenamiento.

Una vez en el interior, el coronel ordenó que los desataran y los condujeran al segundo piso para encerrarlos en uno de los dormitorios, mientras pensaban qué harían con ellos.

—¡Tú te quedas a vigilar la puerta! —ordenó el coronel a Cotton.

Los cuatro estaban muy nerviosos, una vez se quedaron solos dentro de la habitación trataron de abrir la ventana para quizá escaparse por allí, pero todo fue en vano, ya que esta estaba muy bien asegurada con barras de hierro.

—¡Todo es inútil! —dijo Lorenzo.

George se acercó a la ventana y la sacudió con fuerza, pero para su desgracia las barras eran tan gruesas que ni siquiera se movieron.

—¿Y ahora qué nos va a pasar? ¡Estos individuos están locos! —dijo Natalie nerviosa, sentándose sobre la única cama que había en la habitación.

—Cálmate, mi amor, tenemos que pensar la manera de cómo escapar con vida —le susurró Lorenzo.

—Debemos tener paciencia, pero estar alertas —dijo George acomodándose sobre el piso.

Los integrantes del comando se reunieron en el

porche, La Rata prendió un cigarrillo, Gina se sentó en la banqueta junto a John, Delfín se apoyó en uno de los pilares del lugar y empezaron a discutir entre sí, estaban exasperados, contrariados y desilusionados, se echaban la culpa unos a otros.

—¡Todo fue un fracaso! ¡Esto es una mierda! ¡Es tu culpa! Tú le disparaste a ese doctor, dijimos que no heriríamos a nadie… —gritó Gina.

—No fue mi culpa, ese doctorcito me empujó y el arma se me disparo —voceó La Rata.

El lugar se convirtió en una estruendosa discusión en una mezcolanza de palabras insultantes y de reclamo hasta que el coronel vociferó:

—¡Silencio! —Todos callaron de inmediato luego continuo: ¿No se dan cuenta que tenemos visitas inesperadas? Ya mañana veremos qué haremos con ellos, dejen de discutir y todos iremos a descansar como seres racionales —dispuso.

—¿Descansar? ¡Juum! ¡Yo no podré cerrar ni un ojo! —refunfuñó John.

—Y yo, ¿cómo voy a descansar cuando están ocupando mi cuarto? —protestó Gina.

—Tendrás que ocupar la litera que está libre —respondió el coronel.

—¡Jash! —Gina se encogió de hombros mientras los cuatro hombres reían.

—Cotton va a hacer la primera guardia, luego la hará La Rata y después la hará Delfín, así que, señores, a descansar.

Los cuatro prisioneros llenos de temor escuchaban las voces inentendibles de la discusión y se susurraban entre sí preguntándose qué es lo que estará pasando y cómo se habían enterado estos individuos de aquel proyecto y quiénes eran.

—Ahora más que nunca estoy convencido de que hay un soplón en la institución; primero el incendio y ahora esto —susurró Lorenzo.

—¡Es cierto! —corroboró Ross.

-Pero, ¿cómo pudo pasar esto? ¿Cómo burlaron la seguridad? Preguntó Natalie en susurros.

—¿Para qué querrán los planos del *airsible*? ¿Y quién ordenaría esto? —cuchicheó George.

—¡Quién sabe…, no lo entiendo! —respondió Lorenzo.

—¿Qué va a pasar ahora? ¡Pienso que nos van a matar si no les entregamos los planos! —Natalie se apresuró a decir.

—¡Sí, creo que sí! —corroboró George—. Según veo estos individuos son capaces de todo, Lorenzo. ¡Creo que debes entregarles los planos o todos moriremos!

—¡Calma! Mientras ellos quieran los planos del proyecto no nos harán daño, voy a darle largas al asunto hasta ver qué podemos hacer.

—¡Pero, el único que sabe de los planos eres tú! —George alzó un poco su voz—. ¡El resto prácticamente estamos fuera!

—No creo, de ser así ya nos hubieran matado. Nos quieren para algo más —respondió Lorenzo.

—Estos individuos conocían nuestros nombres y quién sabe qué más sabrán de nosotros —agregó Natalie asustada.

—¡Es cierto! —afirmó George.

—La Policía ya debe estarnos buscando y ojalá que nos encuentren pronto. Pobre doctor Richardson, espero que se encuentre bien. Estos son unos asesinos, vi al doctor muy mal herido, y Samuel y los dos muchachos técnicos, ¿qué habrá sido de ellos? Además, ¿qué vamos a hacer? Supuestamente mañana teníamos que realizar la demostración del *airsible* —se lamentaba Ross.

—¡Cierto! ¡Lo había olvidado completamente! —se sorprendió Lorenzo.

—¡Todos lo olvidamos! —exclamó George en voz alta sin recordar por unos segundos el lugar en donde estaban.

—¡Silencio! —retumbó una voz grave y potente del otro lado de la puerta.

—Shhhhh... mejor nos acostamos —susurró Natalie.

—Yo no podré descansar, ¿cómo descansar en estas circunstancias? —suspiró Ross.

—Debemos tratar de hacerlo, ya mañana quizá se nos ocurra algo y podamos salir librados de esto, o quizá con suerte y la Policía nos rescata, por ahora creo que debemos descansar un poco, las dos mujeres pueden ocupar la cama y nosotros dormiremos en el piso —opinó Lorenzo sentándose en el suelo.

Natalie le pasó una colcha a cada uno de ellos y se acostó de un lado de la cama, Ross hizo lo mismo acomodándose al otro lado, mientras los dos varones se acurrucaron como pudieron.

Aquella noche fue una de las más largas que cada uno de ellos tuvo, las mujeres dormían a saltos a pesar del cansancio que tenían no podían conciliar el sueño, ni se diga los dos hombres que tirados en el piso no pudieron pegar los ojos, más bien estaban embebidos cada uno en sus interminables pensamientos tratando de encontrar una solución sin imaginar lo que el destino les tenía preparado.

CAPÍTULO XII
¿VAN A ALGÚN LADO?

Amaneció y parecía que no había amanecido, todo estaba cubierto de una espesa y lechosa neblina que no dejaba divisar nada alrededor, Natalie se había levantado muy temprano sin poder conciliar el sueño y trataba de reconocer el lugar a través de la ventana, nada se veía, todo estaba tan oscuro y un poco fresco, al parecer el lugar donde los habían llevado estaba muy aislado de la ciudad. A pesar de la neblina, una oscura sombra que parecía ser unas montañas se alzaba delante de la casa.

«Estamos en el campo, muy lejos de la ciudad y, ¿ahora qué nos va a pasar? ¿Qué vamos a hacer? ¿Qué nos van a hacer?», pensó. «¡Afuera esta tan nublado, no se puede divisar nada! ¿En dónde estaremos?», continuó perdida en los laberintos de sus pensamientos.

Miró a sus tres compañeros que dormían y no los quiso interrumpir, se deslizó con mucho cuidado hasta sentarse al borde de la cama, pero de pronto... ¡bump! sonó un portazo capaz de despertar hasta a los muertos. Todos se levantaron de un solo tas y con el corazón en la boca al escuchar el estruendo. Dos hombres encapuchados se precipitaron al interior apuntándolos con sus armas.

—Tú, ¡vente conmigo! —dijo uno de ellos agarrando a tirones por el brazo a George.

—¿A dónde se lo llevan? ¿A dónde se lo llevan? —fueron los gritos de las mujeres tratando de defenderlo.

En la desesperación Lorenzo forcejeó con uno de los hombres para defender a su compañero, pero este se volvió y le propinó un puñetazo en la cara haciéndolo revolcar por el piso en medio de los desesperados gritos de las mujeres que sollozaban.

—¿Estás bien, mi amor? —Natalie se precipitó donde había caído Lorenzo.

—Sí, no te preocupes, estoy bien, estoy bien...

—¿Qué vamos a hacer ahora? —dijo Ross visiblemente nerviosa y sollozante.

—No tengo ni la menor idea —respondió Lorenzo masajeando su mejilla izquierda y poniéndose de pie.

—¿Para qué se habrán llevado a George? ¡Tengo mucho miedo! ¡Y si lo matan y luego nos matan a nosotros! —dijo Natalie desesperada.

—No sé qué vamos a hacer, pero tenemos que mantener la calma para pensar mejor.

—Mi amor, creo que debes entregarles lo que nos piden.

—Si hacemos eso, de seguro nos matarán sin remedio.

—¿Entonces qué haremos? —preguntó Ross desesperada.

—Tenemos que tratar de negociar, de alguna manera, de eso depende que vivamos o que nos maten.

Luego, por unos segundos reinó el silencio, solo se escuchaba el zumbido de una mosca en la habitación, los tres se sentaron sobre la cama, mientras que George fue trasladado a la oficina del coronel, al llegar frente a la puerta Delfín la tocó sin dejar de apuntar a su rehén.

—¡Pasa! —se escuchó desde del interior.

En el silencio de la habitación Lorenzo se acercó a la puerta, trató de oír algo, aguzó el oído, nada, luego agarrando con cautela la manija de la puerta la movió suavemente, para su sorpresa y sorpresa de todos no la habían dejado asegurada y nadie vigilaba, la abrió suavemente.

—¡Vamos, salgamos! ¡De prisa! —susurró.

Los tres salieron y se deslizaron sigilosamente en puntillas tratando de no producir el más mínimo ruido, no había nadie en los corredores, todo estaba tan silencioso, Lorenzo tomó la delantera y les indicaba con el dedo por dónde tenían que dirigirse, bajaron las escaleras pausadamente hasta llegar a la sala, luego se dirigieron a la entrada principal, Lorenzo movió la manija tratando de abrirla, pero no pudo, estaba asegurada.

—¡Busquemos otra salida, debe haber otra! —susurró.

Como gatos se deslizaron paso a paso mirando de un lado a otro. Caminaron por un corredor semioscuro, del fondo salían unas voces que discutían. Lorenzo hizo una seña para que esperaran mientras él se acercaba a tratar de escuchar lo que decían. Caminó en puntillas y pegó su oído a la puerta por unos segundos haciendo una seña de silencio con su dedo índice a las mujeres que se encontraban a un par de pasos, lo que escuchó lo dejó boquiabierto, no podía creer lo que acababa de oír, quedó en *shock*, por unos segundos permaneció paralizado sin poder moverse, pero su cerebro le dijo que tenían que huir y se activó de inmediato ante el peligro que corrían. Empezó a hacer una serie de gestos y muecas para que las dos mujeres retrocedieran lo más rápido y silencioso que pudieran, pero cuando estaban en medio camino La Rata les apuntó con su revólver.

—¿Van a algún lado? —dijo amartillando su arma.

Los tres levantaron sus brazos presintiendo que ese sería el último respiro que darían.

—¿Qué hacen aquí y quién los dejó salir? —gritó.

De inmediato el coronel salió de la oficina y Delfín apareció.

—¿Qué está pasando?

—Está pasando que estos tres querían escaparse...

—¿cómo? ¿Y dónde está al que le tocó hacer la guardia?

—Aquí, coronel —respondió Delfín avergonzado—. Solo fui un momento al baño y...

—Pero, ¿cómo pudieron salir? ¿Acaso no aseguraste la puerta? ¡Eres un inepto!

—¡Déjeme que les vuele la tapa de los sesos! —vociferó La Rata.

—¡De ninguna manera, nada de eso! —respondió enojado el coronel—. Delfín, llévatelos, enciérralos en el sótano y has guardia. Pero, si intentan escapar nuevamente, ¡dispárales!

—¡Sí, señor, lo siento, señor! —A punta de pistola los llevó hasta una puerta blanqueada.

—Ábrela —le dijo el individuo.

Lorenzo agarró lentamente la manija y la manipuló hacia la derecha como tratando de detener el tiempo.

—¡Muévete! —le gritó el hombre mirándolo con impaciencia, luego los empujó obligándoles a bajar las escaleras, prendió el foco y los encerró. Las dos mujeres sollozaban sin poder creer lo que les estaba ocurriendo, mientras que el coronel muy contrariado con todo lo que acababa de pasar regresó a la oficina.

—¿Crees que habrán escuchado nuestra conversación?

—Espero que no, porque de ser así sin lugar a dudas no vivirán para contarlo...

En aquella casona nada se sospechaba de lo que ocurría en las ciudades, los rehenes llevaban días secuestrados, todos estaban recluidos por orden del jefe intelectual del asalto, pero John el joven pirata informático no aguantó este encierro, esa noche no pudo conciliar el sueño, se había pasado la mayor parte de la noche en vela. Así es que su insomnio lo hizo salir a respirar aire fresco, era alrededor de las cuatro de la mañana, el día no había clareado y el astro rey aún dormitaba revolcándose en sus colchas de algodón, la brisa soplaba insistente produciéndole un temblor en todo el cuerpo que lo hizo sacudirse y sacar un cigarrillo de su bolsillo, Gina al escuchar a su compañero salir del dormitorio decidió hacer lo mismo.

—Ya estoy aburrido de este lugar, no tenemos señal en la televisión, ni siquiera el estúpido radio funciona por falta de baterías, ¡y mi teléfono está muerto! —protestó—. Y como si esto fuera poco desde anoche he tratado de ingresar en mi computadora sin mayor éxito. ¡Siento que algo malo está pasando!

—¿A qué te refieres? —preguntó Gina.

—Pues a eso, a que algo malo está pasando, ¡este silencio me está matando! Así es que iré a la ciudad y luego a mi apartamento.

—¡Estás loco! El coronel nos dijo que debíamos permanecer aquí, sin llamar la atención porque la Policía debe estar buscándonos. Además, tú sabes que estamos fuera de la ciudad, algún cable debió caerse con el viento y por eso creo que no tenemos señal ni en la tele ni en la computadora.

—Puede ser... ¡Pero no voy a quedarme aquí esperando como un tonto! Yo me las arreglaré para no llamar la atención y hasta que el resto me extrañe, ya estaré de regreso, además no creo que nadie sepa quiénes somos, porque si no recuerdas todos llevábamos pasamontañas...

—Sí, pero aun así no debemos salir.

—¡Pues lo siento, pero me voy!

Diciendo esto dio la media vuelta y se perdió en la oscuridad, mientras Gina en susurros lo llamaba tratando de hacerlo desistir, a lo lejos se escuchó el motor del auto que tras breves segundos desapareció.

Una hora después cuando el horizonte se empezaba a pintar de algunas fibras desordenadas e incandescentes, el coronel se ponía de pie para realizar su acostumbrado trote matutino, bajó al comedor y notó que Gina se había quedado dormida en una de las sillas con la cabeza entre sus brazos y sobre la mesa. «¡Esta mujer! Seguro que tuvo algún problema con los compañeros y por eso prefirió amanecer de este modo», pensó acercándose lentamente para luego tocar su espalda. Ante el roce del coronel, Gina despertó de un solo salto, semidormida miró de un lado a otro tratando de reconocer el lugar.

—¿Tuviste algún problema con alguno de los muchachos que preferiste dormir sobre la mesa?

—Ah... Oh... buenos días, coronel... —dijo restregando sus ojos para aclarar su visión—. No, no, es que John...

—¿Qué pasa con John? —interrumpió el coronel.

—No sé cómo decirle...

—¡Solo diciéndolo!

—Es que él salió a la ciudad muy temprano...

—¿Qué? —vociferó haciendo saltar nuevamente a Gina—. Pero, ¿con qué permiso se ha atrevido a abandonar esta estancia? ¿Por qué no me avisaste? ¿Sabes el riesgo en el que estamos? ¡Pero, qué estúpido muchacho! ¿Y para dónde fue?

—Según me dijo que a su departamento porque aquí no teníamos ni música!

—Santo Dios! ¡Si por su culpa nos descubren, juro que yo mismo lo mataré! —dijo enfurecido.

CAPÍTULO XIII
CAOS

Después del caos que se formó en el búnker, todos los que lo habitaban habían abandonado el lugar con rumbos desconocidos. Martha en cambio se dirigió a su base en un avión de la Fuerza Aérea junto con otros militares.

Cuando se encontró a solas su llanto era inconsolable y no le permitía pensar con claridad, nunca se había sentido de esa manera, el dolor intenso la doblegaba, sostenía entre sus manos el pequeño cofre dorado en el cual se leía el nombre del único hombre que amó y amará «Capitán Antonio Fábrega», lo que más le dolió fue que no se le pudo realizar ni siquiera una ceremonia de despedida como él se merecía, tan solo estaban pocos familiares y unos cuantos amigos. Tras una corta velación, le dieron cristiana sepultura en el camposanto militar, luego de lo cual todos se despidieron y se marcharon, mientras Martha se dirigió a su casa a pesar de las insistencias de su madre de llevársela con ella.

Con el corazón destrozado, aquella tarde se sentó en una pequeña banqueta que estaba en la parte posterior de su casa, miraba con llanto en sus ojos el álbum de fotos que había coleccionado, tantos recuerdos, tantos momentos compartidos con Antonio, juntos vivieron la más hermosa historia de amor, desde cuando lo conoció hasta cuando lamentable y prematuramente él se fue. Ella tocaba su vientre con ternura porque sabía que allí estaba la prolongación del amor que se tuvieron durante el tiempo que vivieron juntos.

Cansada de llorar y recordar todas las cosas que quedaron solo en aquellas mudas fotografías, se tendió en su cama y allí se quedó dormida por cuatro largas horas, luego de lo cual despertó con un intenso dolor en su vientre. Martha se retorcía, primera vez que había experimentado aquel dolor desconocido e intenso, desesperada se puso en pie notando una gran mancha de sangre en su vestido, sintió que su corazón se le salía por la boca y un inevitable escalofrío recorrió todo su cuerpo. Haciendo un esfuerzo sobrehumano cogió su teléfono y lo marcó, luego se recostó.

En cuestión de diez interminables minutos el timbre empezó a sonar como loco.

—Pase, ¡la puerta está abierta! —gritó desde el segundo piso.

Era la doctora Nancy Rocha, que tras escuchar de donde salían los gritos se apresuró por las escaleras. Martha se retorcía en la cama.

—Vine lo más rápido que pude —dijo, colocando su pequeño maletín sobre el velador—. ¿Qué es lo que te está pasando?

—No lo sé, estoy sangrando...

—¿Desde cuándo?

—Hace una media hora, estaba dormida y desperté con un extraño dolor en mi vientre, fui al baño y...

—Te voy a chequear...

—Pero, ¿qué es lo que me está pasando? ¿Está bien mi bebé? No dejes que le pase nada, por favor... —se quejaba y lloraba.

¡Yo exterminé al último hombre!

—Tranquila, respira... no te esfuerces —dijo mientras la examinaba.
—Lo lamento, Martha, tienes que ser muy fuerte.
—¿Qué... qué pasa?
—¡Lo siento!
—No, no... por favor, no... por favor, nooo...
—¡Lo siento mucho! El aborto fue espontaneo.
—¿Por qué, por qué? —Lloraba desconsolada.
—Cálmate, cálmate, ven, tómate esta pastilla, te vas a sentir mejor, anda tómatela.
—No la quiero... no...
—Llamaré a tu mamá...
—No, no lo hagas, no le digas nada, por favor...
—Pero, no quiero que te quedes sola...
—No te preocupes, si tienes que irte, vete, no te preocupes por mí, voy a estar bien.
—Me sentiré mejor si te tomas esta píldora, de lo contrario llamaré a tu madre.
—Está bien —dijo en medio del llanto—. Haciendo un esfuerzo sobrehumano cogió la pequeña y redondeada pastilla y se la tragó.

Nancy se sentó al borde de la cama tratando de consolarla, mientras ella continuaba con un llanto desmedido, un llanto hasta ese día desconocido que le salía desde lo más profundo de su cuerpo, de su alma, su corazón se había partido en mil pedazos, el haber perdido lo que ella más amaba en este mundo, le hacía perder la razón, nadie le había preparado para eso, de qué le valió tanto entrenamiento, tanto reconocimiento, sus medallas, sus rangos, todo lo vio terminado, borrado, sin sentido ante aquel dolor tan grande que estaba viviendo. Ya no le importaba nada, quería desaparecer, dormir, dormir y no despertar, estaba envuelta en un laberinto interminable de preguntas sin respuestas, estaba resentida con la vida, con ella misma, con el mundo entero. Cansada de llorar y por el efecto de la medicina que la doctora la había recetado empezaba a quedarse dormida poco a poco.

La doctora no estaba dispuesta a dejarla sola en esas condiciones, de manera que en cuanto constató que se había quedado dormida, llamó inmediatamente a su madre. «Lo siento, amiga, pero no puedo dejarte sola, pronto estará aquí tu madre», susurró cogiendo su maletín y marchándose.

Todo lo notó tan silencioso, el cuarto se había agrandado al doble, sus parpados estaban tan pesados y su lengua la sentía acartonada, poco a poco fue abriendo sus ojos, miró de un lado a otro, estaba borroso, su mente en blanco no sabía dónde estaba, tras unos cuantos segundos volvió a su triste realidad, se incorporó, se sentó y se puso a llorar como un bebé con un llanto incontenible, como jamás había llorado, se sentía tan triste, tan amargada, tan desdichada, no se explicaba por qué la vida la estaba castigando de esa manera. «¿Por qué?», se preguntaba una y mil veces maldiciendo su vida y su suerte hasta que miró de reojo una figura a su lado que empezó a consolarla, le colocó su cabeza sobre su falda y la acarició con ternura, mientras ella descargaba toda su tristeza y su amargura, luego dándose cuenta, secó sus lágrimas con sus manos, alzó su cabeza y contempló el rostro entristecido de su madre.

—Mamá, ¿cómo te enteraste? —preguntó aún llorosa.

—Nancy me llamó.

—Le dije que no lo hiciera, no quería que te arriesgaras, oí que afuera es un caos.

—Hizo bien, no podía dejarte sola. Siento tanto lo que te está pasando, tienes que ser muy fuerte, hija mía.

—No puedo, mamá... ¡estoy deshecha!

Por primera vez su madre vio a su única hija en esas condiciones, jamás se imaginó que le iba a pasar algo así, ella siempre era tan fuerte, nada la doblegaba, era tan altiva y ahora mirarla ahí tirada sobre esa cama, hecha una bola de dolor, de tristeza, como un guiñapo, le causaba tanta nostalgia y en su cabeza se repetía una y mil veces «¡pobre, hija mía!».

—¡Te hice una sopita de pollo!

—No quiero nada, no tengo apetito... solo quiero morir.

—No digas eso, hija mía. El dolor pasará, ya lo verás, pasará. —Se acercó, la abrazó y acarició su cabeza como tantas veces lo había hecho cuando la pequeña traviesa necesitaba de su consuelo.

Cansada de llorar se quedó dormida nuevamente en tanto que su madre velaba con tristeza su sueño.

Mientras Martha en su depresión se había recluido en su casa, las ciudades estaban completamente convulsionadas, se veía gente corriendo despavorida, todo se había descontrolado, el miedo era general, el egoísmo hizo presa de cada ser humano, ya que cuando veían que algún compañero o familiar caía violentamente convulso sobre la calzada, huían y nadie se atrevía a prestarle ayuda al infeliz. Eran pocos los amigos o familiares que trataban de ayudar al desvalido a costa de su propia vida. Los alimentos empezaron a escasear después del primer informe televisivo que dio el presidente, toda la gente se abarrotó en los supermercados, en las tiendas, en las farmacias y en donde podían encontrar cosas de utilidad para su encierro.

Las familias se refugiaron en los subterráneos con los escasos recursos alimenticios que lograban conseguir, tenían miedo de todo y de todos. Las mujeres horrorizadas se desesperaban y estaban desconsoladas viendo caer uno a uno a sus padres, esposos, hijos, hermanos, parientes, amigos. A lo largo del país se veía por doquier carros chocados, incendios que nadie controlaba, saqueos que muchos individuos realizaban haciendo caso omiso de las advertencias de las autoridades. La gente empezó a inmigrar en masa al campo, a otras ciudades más pequeñas o a otros países, lo que provocó que la enfermedad se expandiera de pueblo en pueblo, de ciudad en ciudad y de país en país sin el más mínimo control y con una rapidez increíble.

En contadas horas las ciudades se iban convirtiendo en fantasmas. A pesar de que las instituciones militares habían tomado todas las precauciones supuestamente adecuadas para el caso y se habían acuartelado junto con sus familiares, nada dio resultado, en cuestión de meses cayeron más de la mitad de los varones de todas las edades y de todas las razas, por lo que las familias desesperadas también abandonaron los cuarteles. Pero, «¿a dónde?», se preguntaban y con la desorientación a cuestas se las veía caminando para tratar de refugiarse en el campo o en los bosques.

Con el paso de los días la violencia se apoderó de los que se arriesgaban a salir de sus hogares en busca de alimento y agua, había terror por doquier. Nadie obedecía órdenes de nadie ni tampoco las cumplía, los cadáveres se amontonaban y se descomponían peligrosamente causando una peste incontrolable. «Es el fin del mundo», clamaban los religiosos.

CAPÍTULO XIV
¡ESTAMOS EN PELIGRO!

Tras tres horas de manejo, John ingresó al garaje del condominio donde vivía, todo estaba tan silencioso, pero a pesar de eso no le puso mucha atención, subió al ascensor, había solo un hombre de mediana edad, pulsó el botón de su piso, y se quedó muy silencioso en lo que llegaba, salió sin ni siquiera mirar a su acompañante anónimo, caminó por el corredor hasta el tope, dio vuelta a la derecha y se paró frente a la tercera puerta, sacó la llave de su bolsillo, la introdujo en la envejecida cerradura y la abrió, todo estaba tan oscuro y olía a rancio, de forma automática subió el *switch* del interruptor y se iluminó tenuemente la sala cocina comedor del pequeño departamento, que estaba en completo desorden, tal cual lo había dejado, la computadora enterrada en cientos de papeles, ropa y otros artefactos tirados por doquier, platos con comida a medio comer lleno de hongos e insectos; en otras palabras: un basural.

Entró pateando unas cajas que las había dejado cerca de la puerta. Lo primero que hizo fue buscar el control remoto en medio del desorden para prender la televisión, apuntó al aparato, pero no apareció ninguna imagen, lleno de ira empezó a cambiar uno y otro los canales, la pantalla estaba granizada, no había nada.

«¿Qué es esta mierda?», dijo tirando el control sobre el sofá. Se acercó a la tele y le dio algunos manazos tratando de que el aparato funcionara, pero nada, cansado se dirigió a su computadora, la prendió, trató de entrar al internet y tampoco había nada. «¿Qué es lo que está pasando?», se dijo en alta voz. «Me ausento unos días y todo se me descompone, hasta el internet me han cortado». Caminó hacia el refrigerador buscó algo, pero no había nada. Contrariado se lanzó sobre el sofá y se quedó pensativo por unos minutos. «¡Jash! Otra vez tengo que salir, aunque sea por una cerveza», se habló parándose y poniéndose su suéter, salió y le echó llave a la puerta. Nadie se cruzó en su camino, eso era muy raro, ahora sí, esto le llamó la atención, se dirigió hacia la tienda de la esquina, estaba casi desabastecida, solo encontró una paca de cervezas de las que a él no le gustaban, papitas fritas u otro bocadito no había, en las estanterías solo se veía uno que otro enlatado, extrañado de ver así aquel lugar se acercó a pagar lo poco que había encontrado.

—¿Cuánto le debo?

—Son veinte con cincuenta...

Sin aguantar más la curiosidad preguntó:

—Disculpe, ¿por qué está tan desabastecida su tienda?

La mujer extrañada alzó sus cejas, «¿Este es un loco o me está echando bromas, como no puede estar enterado de lo que estamos viviendo?», pensó.

—Me extraña que me lo pregunte —dijo luego de unos segundos.

—No, pues... es que siempre su tienda ha estado llena y no solo de productos, sino de gente...

—¿Se está burlando usted de mí?

—No, señora, nada de eso...

—Y usted, ¿por qué no se ha ido?

John se quedó helado, un escalofrío cubrió todo su cuerpo, «¿Es que acaso esta señora sabe del asalto y me ha reconocido?», pensó turbado.

—¿Ido? ¿A qué se refiere? —se arriesgó a preguntar.

—¿Es que no sabe de la peste? —le dijo la mujer admirada de la ignorancia o del osado quemeimportismo de aquel joven.

—¿Peste? ¿Dice usted peste? No he sabido nada de eso, ¿a qué se refiere?

—Pero, ¿en dónde se ha metido usted? Toda la gente a huido, sobre todo los varones, me llama mucho la atención que usted no lo haya hecho.

—Es que he estado recluido por varios días en mi apartamento y como si fuera poco me han cortado la tele y el internet —respondió tratando de ocultar su ignorancia.

—Pues, debe huir o recluirse nuevamente porque está en peligro de muerte.

John salió de la tienda más confundido y desorientado que nunca, «¿qué es lo que realmente está pasando? ¿Qué es lo que la mujer me quiso decir?», se preguntó, no tenía la menor idea, se apresuró a llegar a su apartamento y tratar de componer la tele, ¡ese vejestorio! o tratar de conectarse al internet, no en vano era un excelente ingeniero en computación y pirata cibernético. Empezó a manipular cables, destornilladores, tijeras y cuanta cosa, moviéndose de un lado a otro, finalmente una imagen entró en su computador. Abrió una y otra página, nada había del asalto al CIE, lo cual era extremadamente extraño debido a lo importante que era aquella institución, por fin encontró lo que estaba buscando. Se quedó espeluznado, leyó la noticia de principio a fin, de inmediato prendió su impresora y sacó una copia, se apresuró a recoger lo más necesario en una pequeña maleta de mano, «¿Qué más me falta, qué me falta?», se decía rascándose la cabeza y moviéndose sin saber qué hacer. Echó mano a unas baterías y los pocos ahorros que tenía escondidos en la pared del closet, salió de su apartamento, le puso llave y se dirigió presuroso hasta su vehículo.

Natalie y Ross estaban que temblaban del susto después del fallido intento de huida que habían tenido, mientras que Lorenzo se paseaba de un lado a otro ensimismado.

—Tenemos que escaparnos de aquí a como dé lugar. —Por fin reaccionó.

—¿Qué te pasa, amor? ¿Por qué estás tan nervioso, qué fue lo que oíste allá arriba?

—Nada, amor, no te preocupes, pero debemos tratar de salir de aquí, estos son unos asesinos y estamos en grave peligro.

—La Policía debe estar buscándonos —dijo Ross.

—Ojalá... de todas maneras así nos estén buscando, ¿cómo van a dar con nosotros? Estamos fuera de la ciudad, además todos estos individuos llevaban pasamontañas —respondió Natalie, mientras Lorenzo nuevamente no se inmutaba de lo que ellas decían, él se paró en frente de la pequeña ventana, cavilando, embebido en una maraña de pensamientos interminables.

—Pienso que algo oyó allá arriba y no nos quiere decir —susurró Natalie.

—También pienso lo mismo.

—Y ahora, no sé qué vamos a hacer. Míralo, está como en otro mundo.

Las dos mujeres lo observaban en silencio, pero él no se daba cuenta, continuaba perdido en el espacio y en el tiempo, con la mirada en el vacío.

—¿Qué habrá pasado con George? Estoy muy preocupada, desde que se lo llevaron esta mañana no hemos sabido nada de él —susurró Natalie.

—¿Y si le hicieron algo malo?

—Eso estoy temiendo y por eso Lorenzo está así y no nos quiere decir nada…

—¿Piensas que lo ma…? —preguntó Ross.

—¡Ni lo menciones!

—Shhh… ¿Pasa algo?

Finalmente, Lorenzo salió de su ensimismamiento.

—Estábamos hablando de George, no sabemos nada de él. ¿crees que le hayan hecho algo malo?

—No, no lo creo —se limitó a contestar.

—¿Cómo lo sabes?

—No lo sé…

En ese instante entra uno de los hombres enmascarados.

—Tú, vienes conmigo…

—No, por favor, no… No se lo lleven, por favor.... ¿A dónde se lo llevan? —Natalie se asió al brazo de Lorenzo, el individuo le apuntó con su arma y la apartó.

—No te preocupes, querida, no va a pasar nada...

—No, por favor, no...

Natalie lloraba suplicante, Ross la consoló y luego se sentaron sobre el sofá y lloraron juntas.

Lorenzo fue llevado a empujones escaleras arriba.

—Camina... —El individuo lo empujó apuntándolo con su arma.

—¿A dónde me llevan?

Caminaron por el largo pasillo donde horas antes él y las dos mujeres habían estado, llegaron a la puerta y el individuo la tocó, un hombre enmascarado la abrió y el otro lo empujó al interior. Pudo ver una amplia oficina con un estante de libros en su parte posterior, un gran escritorio, dos sillones, un gran cuadro y dos pistolas antiguas pendiendo de una pared que no le fueron indiferentes. El individuo lo invitó a sentarse.

—Doctor Leiva, le voy a pedir solo una vez y nada más, entrégueme los planos y las fórmulas del Proyecto Bosque Verde.

—Ya le dije que no lo tengo en forma física, lo tengo solo en mi cabeza...

—Si no me las entrega, nunca más volverá a ver a su esposa y a su amiga. ¿Entendió? —vociferó haciendo temblar a Lorenzo.

—Está bien, está bien, le voy a dar todo lo que me pide, pero primero tiene que liberar a mi esposa y a mi amiga. Todo lo tengo en mi casa en una memoria *flash*.

El individuo se quedó pensando por unos segundos, se paró y se puso a caminar de un lado a otro mientras el otro continuaba apuntando a Lorenzo con su arma.

—¡Muy bien! Mañana iremos a su casa, pero si me miente, ya sabe lo que le va a pasar a su esposa y a la otra mujer y le juro que solo las verá en pedacitos. —Le agarró por las solapas—. ¡Llévatelo! —ordenó al individuo que lo apuntaba.

Lorenzo fue conducido nuevamente al sótano y Natalie lo recibió con abrazos y llanto. Momentos después se escuchó un sinnúmero de voces en la planta alta. Lorenzo puso el dedo en su boca para que las dos mujeres se callaran y poder quizá escuchar algo de lo que decían aquellos individuos, se pegó a la puerta, había una serie de palabras discordantes, las voces se iban perdiendo poco a poco hasta desaparecer.

—¿Pudiste escuchar algo?
—Casi nada, solo tres palabras.
—Que dijeron.

Lorenzo se quedó en silencio por unos segundos.

—Amor, ¿qué dijeron?
—¡Estamos en peligro!
—¿Qué?
—Eso… eso es lo que alcancé a escuchar al in-

dividuo. Dijo estamos en peligro.

—¿Será que por fin nos están buscando y quizá ya saben dónde estamos? —preguntó Ross esperanzada.

—Quien sabe, pero nosotros si estamos en peligro real y tenemos que escapar de aquí a como dé lugar.

—Pero, ¿y George? —exclamó Natalie en susurros.

—Olvídate de él, él va a estar bien.

—Pero, ¿cómo? ¿A qué te refieres con que va a estar bien? Está en manos de esos criminales…

—Olvídate de él, amor. Él sabrá defenderse. Ahora lo más importante es pensar en cómo salir de aquí —recalcó.

CAPÍTULO XV
LA ESPERA

No pudieron dormir en casi toda la noche pensando que en cualquier momento se abriría la puerta y entraría alguno de esos desconocidos enmascarados, las dos mujeres estaban convencidas de que George estaba muerto porque desde el día que lo llevaron nunca más lo volvieron a ver y que Lorenzo lo sabía, por esa razón no les quería decir nada para no asustarlas, en cambio Lorenzo ocupaba su mente pensando en cómo escapar, tenía solo unas cuantas horas para encontrar una solución antes de que amaneciera.

Esa noche fue una de esas noches que cuando se tiene problemas se da vueltas y vueltas en la cama sin poder conciliar el sueño, mirando el techo en medio de las tinieblas, aprendiéndose de memoria cada tabla, cada deformidad rústica de la pared, cada desportillo de pintura en los marcos de la ventana, esperando con ansias que aparezca el astro rey, al mismo tiempo deseando con vehemencia que no lo haga porque eso significaría tal vez el fin de sus vidas. Lentamente el día empezó a clarear, filtrábase un lánguido hilo de luz por la diminuta ventana, que si no fuera por su existencia no sabrían si es de día o si es de noche. Afortunadamente el sótano estaba muy bien amoblado, tenía un dormitorio con dos camas, baño y una pequeña sala con televisión, la misma que Ross varias veces había querido hacer funcionar sin mayor éxito. Estaban muy preocupados, esperaron toda la mañana a que apareciera alguno de los individuos, pero nadie apareció.

—No entiendo qué está pasando, el hombre dijo que vendría por mí a primera hora —comentó Lorenzo muy nervioso— ¿Qué estarán tramando?

—Tengo mucho miedo de que quieran hacernos daño... y si ya no les interesa los planos y más bien...

—Ni lo menciones, no te imagines nada por favor, Ross, que me pongo más nerviosa.

—Yo más bien creo que algo malo les está pasando a ellos y debemos averiguarlo como sea —comentó Lorenzo tratando de mirar a través de la diminuta ventana.

—¿Qué te imaginas, amor?

—No lo sé, se me hace muy raro porque el individuo me amenazó con hacerles daño si no les entregaba los planos y que iba a venir por mí a primera hora.

—¡Esto está realmente extraño! —dijo Ross.

Los tres se acomodaron en los sofás imaginando mil cosas, la espera fue interminable, pasaron y pasaron las horas y cada vez se sentían más intrigados y muy nerviosos hasta que a media mañana, más o menos, según se pudieron dar cuenta por la posición del sol, la puerta del subterráneo se abrió y se volvió a cerrar de un solo golpe, se escuchó también el sonido de un artefacto metálico arrastrarse por el piso y el del picaporte al cerrarse. Lorenzo en dos pasos subió las escaleras hasta el pequeño descanso junto a la puerta, habían dejado tres recipientes plásticos sobre una charola metálica con al parecer sopa, tres cucharas, tres servilletas y una media hogaza de pan.

—¡Muero del hambre! —dijo Ross agarrando la suya.

—Yo no tengo hambre... más bien me da nauseas. —Natalie no quiso coger la suya.

—No, mi amor, tienes que comer algo, quien sabe hasta cuando nos den una nueva ración —dijo Lorenzo poniendo el recipiente junto a ella, lamentablemente tuvo mucha razón, ya que por ese día esa fue la única comida que tuvieron.

Pasaron algunos días más sin que se supiera nada de nadie, solo la puerta se abría y se cerraba dejando los tres recipientes con comida una sola vez al día, esto los estaba matando de hambre. Lorenzo no desistía en la posibilidad de escapar de alguna manera, todo estaba muy raro, los tres no dejaban de preguntarse qué será lo que estaba sucediendo, lejos estaban de imaginar la realidad de las cosas.

A medida que su vehículo avanzaba por la ciudad, no podía creer lo que veía, cuando llegó a su apartamento lo hizo en la oscuridad de un día que aún no acababa de despertar por la extraña niebla que cubría todo, pero ahora, en la claridad del día, estaba espeluznado contemplando el desastre, la caótica situación, frente a sus ojos estaba un dantesco espectáculo de caos, tragedia, todos corrían por todos lados, había vehículos chocados, casas que se incendiaban, gente vandalizando todo, otros corriendo, llorando, cadáveres en las aceras, en las calles... «¡Es el fin del mundo!», se dijo espeluznado con un escalofrío que cubrió todo su cuerpo. Su vehículo era uno de los pocos que circulaba, por lo que asustado como estaba tomó una carretera secundaria tratando de esquivar en lo posible tanta convulsión, dio muchas vueltas tratando de encontrar una salida, la mayoría de las calles estaban obstaculizadas llenas de escombros y chatarra, finalmente logró dar con la carretera que lo llevaría hasta la casona.

Manejó como un loco, estaba espeluznado con todo lo que había visto. Tras cuatro horas interminables por fin llegó al parqueadero haciendo chirrear las llantas de su auto viejo como nunca lo había hecho en medio de una fría y lánguida tarde. Gina, Cotton y La Rata, que estaban sentados en el porche se pararon de un solo salto. John bajó del auto y con paso apresurado llegó hasta la casa, llevaba consigo una pequeña maleta y algunos papeles, haciendo caso omiso de lo que le decían sus compañeros se dirigió directamente a la oficina a la cual también lo siguieron el resto. Sin tocar la puerta y en medio de los reproches del resto se introdujo en la oficina.

—Pero, ¿qué es este desmadre? ¿Qué les pasa? ¿Por qué entran así en mi oficina? ¿Acaso no les enseñaron a tocar la puerta?

—¡Señor! Usted no tiene idea de lo que está pasando allá afuera. Mire, mire estas copias que he avanzado a sacar de mi computadora, todo es un caos, todos los hombres están muriendo, hay cadáveres por todos lados y…. y…. Hablaba de manera desesperada, incoherente y sin control moviéndose de un lado a otro.

—Calma. Calma, que no te estoy entendiendo

nada.

—Solo mire estas copias...

El coronel tomó la hoja y lo leyó de principio a fin.

—Pero, ¡qué tontería es esta! Prendan la tele para mirar las noticias.

—No hay, señor, desde hace unos días que no hay transmisión.

—Nadie me dijo nada, y yo que pensé que ninguno de ustedes quería mirarla y por eso no la prendían. Saldré de inmediato a la ciudad a averiguar qué mismo es lo que está pasando...

—Es mejor que no vaya, todo es un caos. Además, me dijeron que la enfermedad es muy contagiosa. Creo que no debe ir, señor.

—No estoy contento con lo que me acabas de decir, de modo que iré a averiguar.

—¿Y qué hacemos con los prisioneros? Supuestamente mañana íbamos a llevar al doctor a su casa.

—Creo que por el momento lo dejaremos para el miércoles. Vigilen bien a los prisioneros en lo que yo regreso, ¡Gina, tú te quedas al mando!

—¡Cómo! ¿Vamos a estar bajo las faldas de una mujer? —protestó La Rata.

—¡Así es! Y más vale que todos ustedes se comporten si quieren recibir su parte.

—¡Bah!

—Mañana saldré a las cuatrocientas y estaré de regreso lo más pronto que pueda.

Todos se retiraron intrigados, John no paraba de hablar, «¡Estamos en peligro!», repetía y salió al porche junto con Gina a quien contó con lujo de detalles todo cuanto había visto y como era de esperarse ella no le creyó del todo.

—¡Ah! ¡Estás exagerando!

—Pues no, no es así... es tal cual te lo he contado.

—Si dices que eso está pasando, entonces el doctor ya se hubiera comunicado, de ser real esto, ya lo hubiéramos sabido.

—No se ha comunicado por lo mismo, ¿acaso no entiendes? Nada funciona, todo es un caos...

—¡Bueno! Yo esperaré hasta que el coronel regrese y ahí sabremos realmente lo que pasa. Mientras, iré a descansar. Buenas noches, loquito... jajaja.

Como lo había anunciado y con la puntualidad que le caracterizaba, el coronel se había marchado mientras todos dormían. Cerca de las ocho, como siempre se congregaron en el comedor para desayunar, menos Cotton, que continuaba haciendo guardia, sentado junto a la puerta del subterráneo, estaba leyendo una revista de tiras cómicas.

Pasaron dos días y el coronel no aparecía por ningún lado por lo que todos estaban completamente descontrolados sin saber qué hacer.

—¡Se los dije! ¡Se los dije! Y ninguno me quiso hacer caso...

—Y ahora... ¿qué es lo que decide que hagamos la señora jefa? —dijo irónicamente La Rata

Gina se quedó en silencio y pensativa luego dijo:

—Debemos esperar...

—Esperar, ¿y qué vamos a esperar? ¡Por favor!

—Pienso que dos cosas pueden estar pasando. O el coronel nos abandonó o está muerto —John se apresuró a contestar.

—¡Estas loco! ¡Cómo nos va a abandonar si esta es su casa! Yo sigo pensando que debemos esperar y eso es lo que haremos, a todos nos consta que el sistema de comunicación está echado a perder, así que solo nos queda esperar con paciencia, el coronel sin duda debe estar haciendo algo, ya se comunicará, estoy segura.

—¡Sé que está muerto! Como todos los demás en la ciudad, yo mismo lo vi con mis propios ojos y nosotros también lo estaremos...

—A ti no te ha pasado nada y pienso que al coronel tampoco le va a pasar nada.

—Pues no lo sé, pero desde ayer estoy muy mareado...

—Yo no me voy a sentar a esperar al coronel, ¡me largo!

—¿Y el dinero que tienen que pagarnos? ¿Quién se va a responsabilizar de eso? —preguntó Delfín.

—El coronel dijo que volvería y volverá, además esta es su casa yo no creo que desaparezca dejando aquí su casa, ¿o sí?

—¡Está muerto, yo sé que está muerto! —contestó John agarrándose la cabeza.

—¿Y los prisioneros? ¿Qué vamos a hacer con los prisioneros? —interrumpió Delfín.

—Lo que sea que quieran hacer a mí no me importa, yo me largo ahora mismo —vociferó La Rata.

—¡No puedes irte! Tenemos que esperar, tú sabes muy bien que yo tengo el mando y te ordeno que te quedes.

—¡No! No voy a seguir haciendo caso a unas insignificantes faldas. —La Rata subió a su habitación, recogió unas cuantas pertenencias y se marchó sin que nadie pudiera detenerlo, ni los gritos de Gina ni las suplicas de John. Desde ese día nunca más supieron de él.

—¿Y ahora qué vamos a hacer, Gina? —preguntó John.

—¡Esperar!

CAPÍTULO XVI
LOS CUERPOS

A Martha su madre la había convencido de irse junto con ella a su casa de campo, ella era su único familiar, ya que su padre había fallecido cuando apenas era una pequeña niña. Allá se refugió, vivió toda su tristeza y derramó todo su llanto. Con el paso del tiempo fue apaciguando su dolor hasta que un día finalmente decidió salir a recorrer el lugar, desde ese día todas las mañanas salía a caminar en el bosque siguiendo un pequeño riachuelo que pasaba en frente de la casa sumida en sus interminables y dolorosos recuerdos, recapitulando lo que había vivido con su amado y aquello que creía su alivio le duró tan corto tiempo en su vientre. Del resto no quería recordar nada más.

Mil veces se preguntaba por qué nunca pudo conocer la carita del fruto de su amor, ¿cómo hubiera sido? ¿Cómo lo hubiera llamado? Jamás imaginó que estas dos pérdidas la doblegarían a tal punto de bloquear su cerebro y no importarle en lo absoluto el mundo exterior ni lo que estaba pasando, se olvidó de su trabajo, de sus amigos, de absolutamente todo. En las tardes se sentaba junto a su madre a contemplar el ocaso mientras ella le traía una taza con chocolate caliente y galletitas, que en un inicio tomaba por insistencias de su madre, y que luego acostumbrada a esta deliciosa rutina, cuando su madre se demoraba en la parcela donde se dedicaba al cultivo de hortalizas, granos y frutos, ella iba a la cocina y preparaba la humeante y deliciosa bebida que llevaba a la mesita del porche y esperaba a que su madre se sentara a su lado para disfrutarla contemplando la magnífica vista rojiamarilla que se iba pintando lentamente en el horizonte, hasta que poco a poco el brillante color desaparecía tornándose gris, momento en que las dos ingresaban al interior de la casa, preparaban algo para la cena, iban a la sala, su madre se sentaba frente a ella y se ponía a tejer cualquier prenda mientras Martha leía un libro o una revista, aunque muchas veces se quedaba como momificada con la mirada contemplando el infinito vacío sin escuchar los llamados que su madre le hacía.

—Lo siento, mamá. No te escuché.

—Hija mía, no es bueno que continúes en este estado, pienso que ya debes retomar tu trabajo, debes salir y ver qué está pasando realmente en la ciudad.

—No puedo, aún me duele mucho. Ni siquiera me interesa lo que está pasando. Además, pienso que todo debe estar ya controlado.

—Ha pasado casi un mes y no sabemos nada, estamos completamente aisladas, no tenemos televisión, ni radio, ni nada. Creo que es hora de salir y si no quieres ir tú, iré yo, además quiero comprar algunas cosas que ya nos están haciendo falta. ¿Deseas acompañarme?

—No, mamá, ve tú.

—Está bien, como quieras, mañana muy temprano voy al pueblo, ¿quieres que te traiga algo?

—No, no te preocupes, no necesito nada.

Las dos mujeres se despidieron y cada quien se

retiró a descansar en sus habitaciones. Mientras Martha continuaba durmiendo, un atrevido fino hilo resplandeciente pinchó su ojo derecho haciéndola cubrirse con su brazo, se arrastró más a la izquierda de su cama evitando la pequeña franja de luz que se filtraba a través de la unión de las cortinas. Tras unos minutos de desperezo recordó a su madre, se levantó de inmediato y fue a la cocina, pero ella no estaba, fue al dormitorio y la llamó, pero no estaba, luego bajó a la pequeña huerta la llamó y tampoco obtuvo respuesta.

«¡Qué tonta soy! Debió haber ido al pueblo, pero que testaruda es…», se dijo llenando su vaso con jugo de naranja, luego de lo cual subió a su habitación, se cambió, se puso su ropa deportiva y como todas las mañanas fue a su caminata a lo largo del riachuelo. El sol estaba radiante y ardía por lo que se animó a meterse al agua en un pequeño y escondido recoveco donde las aguas mansamente se acumulan como en una piscina limpia y transparente. Todo estaba tan solitario, solo se escuchaba el dulce concierto de las aves, el canto interminable del riachuelo que estaba más caudaloso que otros días y el suave murmullo de los árboles que danzaban cuando la brisa jugueteaba al pasar, de pronto, Martha divisó a lo lejos que un bulto se acercaba poco a poco hacia ella, puso atención a algo que se movía en medio de las aguas, no podía creer lo que veía, sí, estaba convencida, no había la menor duda, algo tenía que hacer, se puso alerta, a unos dos metros de distancia pudo divisar claramente lo que era.

«¡Dios mío es un cuerpo! ¡Es un cuerpo!», exclamó. En ese instante un terrible sacudón eléctrico en su cerebro la estremeció recorriéndole como una serpiente helada. Nadó acercándose al bulto que se había atascado entre un grupo de piedras y logró llevarlo hasta la orilla. Era un hombre de unos treinta a cuarenta años, al parecer había muerto recientemente, en ese momento todo le vino a su mente en segundos como una película de horror. Sin pensar en nada se echó a correr abandonando el cuerpo en la orilla. Jadeante llegó hasta la casa, se paró en el porche para tomar aire y dándose cuenta de que estaba solo en ropa interior entró de prisa a la casa y se metió en la ducha, sus pies estaban lastimados porque había olvidado sus zapatos. Mientras el chorro golpeaba con fuerza su cabeza derramó todo su llanto, en ese momento pensó que tenía que endurecerse y no seguir sufriendo, prometiéndose que nadie la quebraría de nuevo para hacerla padecer como le había sucedido durante todo ese tiempo. Desde ese día decidió que sus dos amores quedarían para siempre en lo profundo de sus pensamientos y de su corazón como sus únicos tesoros. Agobiada y cansada como estaba fue a sentarse en las sillas del porche para esperar a su madre, «¡Nunca más lloraré!», se dijo mirando la pequeña callejuela de tierra hasta donde esta era visible.

Al constatar que su madre aún no aparecía decidió regresar a donde había dejado el cuerpo, «¿quién será ese hombre? ¿Habrá muerto por la enfermedad? ¿Aún no estará controlada?», se preguntaba y caminó a paso acelerado hasta llegar al lugar.

Se paró al lado del fallecido y lo miró detenidamente, su rostro se veía atormentado y a primera vista no tenía ningún rastro de violencia, trató de no tocarlo por lo que busco una rama, la deshojó y cortó la punta, acercándose nuevamente al cuerpo trató de abrir un poco su ropa, algún rastro de heridas, nada. «¡Debe ser por esa maldita enfermedad!», se dijo mientras pensaba en qué podía hacer con el cadáver.

«¡Mamá ya debe haber regresado!», se habló acelerando el paso. «Mamá, mamá», la buscó por todos lados, pero no la encontró. «Aún no regresa», se dijo, entonces buscó una pala entre las herramientas y regresó donde yacía el desconocido, cavó una fosa poco profunda y lo colocó allí, luego lo cubrió con tierra, hojarasca y ramas que encontró en el lugar.

Se había hecho ya la una de la tarde y su madre no aparecía, incluso había cocinado algo, empezó a preocuparse y a sentir cargo de conciencia por haberla dejado ir sola a sabiendas de que posiblemente la enfermedad aún no estaba controlada, se paseaba de un lado a otro muy nerviosa hasta que finalmente escuchó el sonido de un motor que se acercaba.

«¿Será ella?», se preguntó, estirándose para poder mirar a través de los arbustos. El auto venía a toda velocidad como si alguien lo estuviera persiguiendo. Efectivamente era ella, conducía dejando una enorme cortina de polvo a lo largo de la carretera, finalmente llegó frente a la casa y se parqueó chirreando las llantas ante el asombro de Martha que se apresuró a su encuentro.

Había transcurrido un día más y aún no se sabía nada del coronel López, John se quedó en su cama porque sintió que su cabeza le daba vueltas y vueltas y no tuvo ánimo de levantarse, por su parte Gina fue a preparar algo de comer, La Rata se había ido sin hacer el menor caso, mientras Delfín tomó el turno de Cotton para vigilar a los prisioneros. Solo Gina y Cotton se reunieron a desayunar. Gina extrañada por la ausencia de John lo llamó desde la salita sin obtener respuesta, por lo que decidió subir y ver en qué se ocupaba el loquito, como acostumbraba a llamarlo. Entró en la habitación y lo miró acostado de medio lado con la cara a la pared.

—¡Pero, cómo! Oye, loquito, ¿todavía estás en la cama? Se te pegaron las sábanas, eres un ocioso... levántate que ya he preparado el desayuno.

Gina se acercó poco a poco al no obtener respuesta.

—John... ¡John! —Se paró junto a él—. ¡Ah! ¡No te hagas el gracioso! —le dijo mientras lo haló por su hombro derecho. Un estruendoso grito se escuchó en toda la casa.

Delfín y Cotton corrieron escaleras arriba para ver lo que sucedía.

—¡Está muerto! ¡John está muerto! —Sollozaba Gina.

Delfín se acercó con recelo recordando todas las cosas que días antes John les había contado.

—¡Aléjate! —le gritó Cotton—. John dijo que esta enfermedad era muy contagiosa y lo más seguro es que murió por eso y lo que debemos hacer es largarnos de aquí!

—¿Y me van a dejar sola? —Gina se exasperaba.

—Pues, tú verás si quieres venir con nosotros o quedarte, porque para mi convencimiento el coronel debe estar muerto, por eso no ha regresado....

—Sí, es mejor que nos vayamos... —acolitó Delfín tratando de coger algunas pertenencias.

—¡No recojas nada y vámonos!

—¿Y nuestro dinero?

—Ya después veremos si lo cobramos, por ahora tenemos que largarnos.

—Pero, ¿qué voy a hacer con John? Por lo menos ayúdenme a sacarlo de la casa....

—¡Ni locos! —Los dos muchachos corrieron escaleras abajo, se embarcaron en su auto y nunca más se supo de ellos.

Gina estaba en *shock*, no podía creer lo que le estaba ocurriendo, se quedó completamente sola, todos se habían marchado de una u otra forma, «pero ¿qué es lo que está pasando realmente? ¿Cómo me vine a meter en este atolladero? ¿Y ahora qué voy a hacer con los rehenes y con John? ¡Mierda!», se dijo.

CAPÍTULO XVII
EXTRAÑO SILENCIO

—Algo está ocurriendo y no sé qué es, ¡pero es algo muy grave! —dijo Lorenzo acercando su oreja a la puerta.

—¿Por qué piensas que está ocurriendo algo, amor?

—¿No escucharon? Una mujer gritó.

—No, yo no escuché nada, ¿y tú, Natalie?

—No, tampoco yo. ¿Será que tienen otra rehén?

—No lo sé, pero esto está muy extraño y ya han pasado varios días y nadie nos ha venido a buscar, ya casi no nos traen comida y no podemos seguir así. Voy a llamarlos.

—Pero, amor... creo que no debes hacer eso, ¿y si vienen y nos matan?

—No lo creo, si no ya lo hubieran hecho... —Lorenzo se acercó a la puerta—. Hola... hola... ¿me escuchan? Quiero hablar con su jefe —vociferó en vano golpeando la puerta con la palma de su mano, no obtuvo respuesta.

Todo ese día no habían probado comida y estaban desesperados sin saber absolutamente nada, la casa estaba muy silenciosa, tan solo se escuchaba el soplar del viento, que intruso se deslizaba por la hendidura de la pequeña ventana.

—¡Muero de hambre! —se quejó Ross—. ¿Por qué no han traído nada para comer? ¿Acaso piensan matarnos de hambre?

Natalie fue al baño y se la escuchó vomitar.

—¿Estás bien, amor?

—Sí, no te preocupes. Debe ser por falta de comida —respondió desde adentro.

—¡No es cierto! Desde ayer la he visto que va al baño a vomitar —le susurró Ross a Lorenzo.

Natalie salió del baño demacrada y sintiéndose de lo peor, Ross se apresuró a ayudarla a que se recostase en el sofá.

—¿Desde cuándo te estás sintiendo mal, mi amor? —le preguntó Lorenzo sentándose sobre el piso junto a ella, mientras Ross se dirigió al dormitorio.

—No es nada, amor, ya te dije que debe ser por falta de comida, tengo mucha hambre.

—No me mientas, Ross me ha dicho que has estado con nauseas desde ayer.

—¡Ah! ¡Esa chismosa!

—¡Te estoy escuchando! —dijo Ross desde el dormitorio, cogiendo una colcha para dársela a su amiga mientras Lorenzo se incorpora y se acerca a la pequeña ventanilla, no se veía a nadie y ya empezaba a oscurecer, pero lo que fue más llamativo para él y que recién se dio cuenta es que solo había un vehículo en el parqueadero.

—Será que estás…. —Ross le dijo al oído a Natalie.

—Shhh… ni lo menciones, en estos momentos sería terrible —le contestó en susurros.

Gina se sentó en el porche sin saber qué hacer, había escuchado los llamados de los rehenes, pero no le importó, se sentía impotente, todos la habían abandonado y lo que era peor, con un cadáver a cuestas, ignoraba totalmente lo que estaba pasando en la ciudad, ni qué clase de enfermedad era esa que acabó con su compañero en tan solo un par de días, estaba realmente asustada, «¿Qué voy a hacer?», se hablaba ofuscada. «Lo primero es lo primero», se dijo. Fue a la alacena, cogió dos hogazas de pan, tomó algunas frutas, un cartón de leche y algunos otros comestibles, los colocó en un pequeño cajón, se puso su pasamontañas y se dirigió a la puerta del subterráneo, la abrió y colocó los comestibles donde siempre lo había hecho.

Los tres rehenes se pusieron alertas cuando escucharon la puerta abrirse, en ese instante Lorenzo reaccionó.

—Señor, señor... ¿cuándo nos sacan de aquí? Quiero hablar con su jefe, escuche, escuche.

No obtuvo respuesta alguna, el supuesto individuo cerró la puerta, echó cerrojo y solo se oyó cómo se alejaban los pasos. Después de haber dejado la comida que según ella calculó les duraría un par de días, por si se demoraba por alguna razón, se montó en el carro de John, encendió el motor y se fue como alma que lleva el Diablo haciendo chirrear sus llantas, los tres rehenes pudieron escucharla y corrieron a mirar por la ventanilla parándose sobre el sofá.

Ahora sí estaban completamente convencidos de que algo pasaba y no sabían si para ellos era bueno o malo, por lo que Lorenzo vuelto loco empezó a sacudir la puerta tratando de abrirla.

—Ten cuidado, por favor, amor, que te van a oír y quien sabe que nos puedan hacer...

—Yo creo que no hay nadie en la casa, no sé por qué razón todos se han ido, miren cuanta comida nos han dejado, ¿qué será lo que está pasando?

—Y si están por ahí y... —dijo Ross hecha una bola de nervios.

—Lo vamos a comprobar... —interrumpió Lorenzo agarrando una silla.

—Pero, ¿qué vas a hacer?

—Ya lo verás... Heeey... Sáquennos de aquí... Sáquennos de aquí... —Empezó a golpear la puerta una y otra vez.

—Pero, ¡estás loco! Esa gente nos puede matar...

—No, creo que no hay nadie en la casa de lo contrario ya hubieran venido y como vieron ya no hay ni un solo carro en el parqueadero. Tenemos que salir de aquí inmediatamente, de alguna manera. He estado analizando todo y es la única forma. Ross, tú eres delgada. Creo que tú sí cabes por la ventanilla.

—¿Yo?

—¿Tú crees que quepa por ahí? —preguntó Natalie preocupada.

—Intentémoslo —dijo Lorenzo, rompiendo la angosta ventanilla con la silla y limpiando el resto de los cristales rotos que habían quedado.

—Ven, Ross, intenta...

—Pero, tengo mucho miedo, ¿y si regresan y me atrapan?

—Ya hubieran venido con tanta bulla que he

realizado, por alguna razón creo que nadie está en la casa.

Ross se paró sobre el sofá, pero estaba hecha una bola de nervios, le temblaba todo el cuerpo, sintió su cabeza embotada, Lorenzo la tranquilizó y la ayudó a trepar.
—Cuidado, Ross, por favor —dijo Natalie.
—Sube, Ross, sube. Agárrate bien, yo te sostengo.

Afortunadamente su cuerpo encajó, su larga cabellera la tuvo que entrenzar para que no se enredara al realizar su odisea. Avanzó a trepar, luego se arrastró como pudo, logrando finalmente su cometido, todos suspiraron profundamente, enseguida Lorenzo le dio algunas indicaciones. Como la ventanilla estaba en la parte lateral de la casa, Ross tenía que ir hacia la parte delantera y casi no podía caminar por el pánico que sentía, miró de un lado a otro, todo estaba tan silencioso, solo el viento soplaba con una fuerte brisa que hacía que los árboles se bambolearan con un monótono siseo producido por las hojas.
Avanzó a hurtadillas sin bajar la guardia, efectivamente el parqueadero estaba sin vehículos, dio la vuelta a la esquina de la casona y poco a poco se fue acercando a la puerta principal, sintió que no podía seguir avanzando, su cuerpo no le daba para más, pero se puso en ánimo y se dijo para sí: ¡Es ahora o nunca! Y caminó paso a paso temerosa, mirando de un lado a otro hasta llegar al porche, no se veía a nadie, de pronto, un sonoro golpe la hizo saltar del sus-

to, se dio la vuelta con los ojos desorbitados, era un madero que había caído por la fuerza del viento, su corazón le regresó al pecho, estaba completamente asustada, pero decidió seguir adelante, la puerta de entrada misteriosamente estaba semiabierta por lo que con gran susto corrió y se escondió tras unos arbustos pensando que quizá alguien iba a salir. Esperó por unos cuantos minutos y nada pasó, la puerta continuaba en el mismo estado, entonces decidió acercarse una vez más, paso a paso, lentamente, volteando su cabeza a todos lados mientras Lorenzo y Natalie se mordían las uñas preguntándose por qué se demoraba tanto. Ross decidió introducir su cabeza por la hendidura y miró a todos lados, el silencio era sepulcral, avanzó en puntillas y se dirigió hacia la puerta del subterráneo, con mucho cuidado haló el picaporte que apenas hizo un click, finalmente abrió la puerta donde Lorenzo y Natalie la esperaban ansiosos.

Lorenzo puso el dedo en su boca en señal de silencio y les dijo que esperaran en la entrada, Natalie trataba de impedir que fuera por el pasillo donde en días anteriores los habían atrapado, pero Lorenzo no cedió a sus peticiones. En puntillas llegó hasta la puerta de donde había escuchado aquella conversación que no quería recordar, colocó el oído por si escuchaba algo, pero nada. Por fin se atrevió a abrir la puerta de la oficina, estaba completamente vacía, no había nadie, aprovechó para rebuscar los cajones y encontró un revolver que lo tomó sin vacilar, luego de chequear las balas, salió y se dirigió al lugar donde había dejado a las dos mujeres, les hizo una señal de que se escondieran y subió escaleras arriba revólver en mano, Natalie no aguantó la curiosidad y fue detrás de Lorenzo, igual hizo Ross que no quería quedarse sola. «¡Si vamos a morir, moriremos todos!», dijo en susurros subiendo las escaleras junto a Natalie.

Cuando Lorenzo chequeaba las habitaciones de la parte de atrás se escuchó tal grito que inundó toda la casa y le congeló hasta los huesos. Lorenzo corrió hacia el lugar donde salió el grito, ahí encontró a Natalie y Ross abrazadas contemplando el cuerpo cadavérico de John.

—¿Qué hacen aquí? Les dije que se escondieran. ¿Qué es lo que está pasando? —las regañó al mirar a las dos mujeres aterrorizadas.

Natalie señaló con el dedo, Lorenzo se acercó y miró al hombre con restos de sangre seca en sus ojos y su boca, luego lo chequeó para ver si tenía alguna herida de bala, no encontró nada, rebuscó en los bolsillos y encontró una billetera con algunas tarjetas de crédito y su identificación que decía John Fisher ingeniero en sistemas.

—Es muy extraño todo esto, ¿qué le habrá pasado a este hombre y por qué lo dejarían aquí abandonado?

—¿Cómo sabes que lo dejaron abandonado? Tal vez fueron a buscar el ataúd y están a punto de regresar.

—Es cierto, debemos apresurarnos y salir de aquí lo más pronto posible... ¡Vamos!

Los tres bajaron a toda prisa, salieron de la casa y corrieron hacia unos arbustos.

—Pero, ¿en dónde estamos, a dónde iremos? —

preguntó Natalie.

—Es cierto, ¿a dónde iremos?

—No sé en dónde estamos, pero hay que salir a la carretera, creo que estamos muy apartados de la ciudad por el tiempo que tardamos en llegar aquí cuando nos secuestraron. Esperen aquí, voy por algunas cosas.

—Pero, amor, alguien puede venir... No vayas.

—Tengo que ir. Ustedes no se vayan a mover de aquí, si me demoro más de diez minutos, no me esperen, váyanse y no regresen por mí, ¿entendido?

—Pero, amor...

—Por esta vez hazme caso, por favor, y no me contradigas. Ross, por favor no me vayan a seguir como lo hicieron. ¿Está bien?

—Está bien, entendido, pero no tardes, por favor.

Lorenzo corrió nuevamente a la casona, agarró la mochila que vio en el cuarto donde yacía John, la vació lo más rápido que pudo y rebuscó en el guardarropa, tomó tres abrigos y una delgada manta, luego fue a la cocina y cogió lo que encontró llenando la mochila con frutas, galletas, botellas de agua y otras cosas que quizá pensaba iban a necesitar. Estaba muy nervioso y temía que de un momento a otro alguien aparecería, pero estaba preparado, chequeó el revólver y lo colocó nuevamente en su cintura, pero a pesar de que la casa estaba completamente silenciosa no se confió y se apresuró en salir.

Las dos mujeres respiraron aliviadas al verlo regresar, los tres se colocaron los abrigos, Lorenzo cargó la mochila y como lo habían decidido caminaron y caminaron por el borde de la carretera, siempre alertas a lo que pudiera pasar, estaban muy cansados. El astro rey les anunciaba que por ese día era suficiente y que no era posible darles más luz para que continúen con su recorrido, por lo que sin más remedio Lorenzo les dijo que lamentablemente por esa noche tendrían que quedarse en medio del bosque.

—Pero, no podemos, amor, tengo mucho miedo que nos quedemos aquí en medio de este fantasmal bosque, moriremos de frío.

—Pues, no podemos hacer nada, tenemos que buscar un lugar donde refugiarnos antes de que caiga la noche o verdaderamente nos congelaremos.

—¡Dios mío! ¿Por qué nos pasa esto? —clamó Ross.

CAPÍTULO XVIII
LA TRISTE REALIDAD

Martha estaba sorprendida por la manera como su madre había ingresado al garaje, se apresuró a encontrarla.

—Pero, ¿qué te pasa mamá? ¿Por qué vienes como loca? ¡Pudiste tener un accidente!

Su madre estaba llorando y no podía contenerse.

—Hija mía, no tienes ni la menor idea de lo que está pasando allá afuera…

—Cálmate, mamá, me estás asustando. Ven, tómate este vaso con agua y cuéntame qué fue lo que viste.

—Las ciudades son un caos, la enfermedad no ha sido controlada y más bien se ha dispersado por todo el mundo, hay cadáveres en estado de descomposición por todos lados, no hay donde comprar nada, incendios por todos lados, mujeres llorando a sus muertos, la mayoría de las carreteras están bloqueadas, y como si fuera poco un individuo se me lanzó encima del vehículo y creo que lo he matado, ¡estamos al final de los días! —Sollozaba desconsolada.

—¡Cálmate! Ya todo pasó. Yo tengo la culpa de haberte dejado ir sola, perdóname mamá.

—Está bien, hija, no te culpes, sé muy bien por todo lo que has pasado.

—Sabes, sé que la enfermedad no ha sido controlada —dijo completamente ofuscada.

—¿Por qué lo dices?

—Pues, hoy en la mañana encontré un cadáver en el río, en un inicio pensé que era un asesinato, luego me di cuenta de que posiblemente había muerto por esa maldita enfermedad, ya que no presentaba ninguna evidencia de que lo hayan herido o haya sido violentado, tenía las mismas características que Antonio.

¿Y ahora? ¿Qué piensas hacer, qué vamos a hacer?

—¡Tú nada! Te quedaras aquí en la casa, afortunadamente tenemos todo lo necesario para que puedas sobrevivir tranquilamente, además esta casa está bien apartada de la ciudad. Y yo... pues tengo que regresar de algún modo a Washington.

—Pero, ¿te has vuelto loca? La mayoría de las calles están bloqueadas y...

—Tengo que hacerlo, mamá.

—¿Y después qué piensas hacer?

—Veré cómo está la situación y de acuerdo con eso regresaré y nos quedaremos aquí hasta que pase la pandemia.

—¿Cuándo piensas irte?

—Mañana a primera hora.

—¡Dios mío! —exclamó su madre persignándose.

En ese momento Martha recapituló una vez más todo lo que le había pasado desde el encargo que le hizo el presidente hasta la reclusión que había estado viviendo absorta de toda la realidad, tenía que salir y ver la situación, de modo que esa noche se acostó temprano, aunque no pudo conciliar muy bien el sueño.

    Sobresaltada se despertó a la madrugada y su cabeza era un torbellino de pensamientos recordando los momentos vividos en aquel infame búnker, donde falleció su amado y sobre todo algo que le sobresaltó sobremanera fue que había roto la promesa al presidente cuando él confió en ella entregándole lo más valioso y peligroso, que debido al gran dolor que en esos momentos sentía lo había dejado escondido sin importarle nada. Se reprochaba y se reprocharía para siempre haber puesto sus sentimientos personales primero antes que a su deber y por eso juró nunca más volver a hacerlo.

    «¡Soy una estúpida! ¿Cómo pude haber dejado semejante arma mortal? ¿Lo habrá encontrado alguien en el lugar que lo escondí? ¡Cómo pude haber roto mi juramento! Me dejé llevar por los sentimientos, no me perdonaré jamás si alguien encontró el balón», dijo lanzándose de un solo salto al piso y poniéndose a caminar como un animal furioso, después de haber pasado por semejante dolor y haber olvidado aquello que podría acabar con el mundo, estaba enojada consigo misma, muchas veces trataba de consolarse sin lograrlo, a pesar de los cuidados y la compañía que su madre le había prodigado, su alma y su cuerpo estaban completamente heridos.

    Luego, sentada junto a su ventana, contemplaba cómo el día empezaba a despuntar con su característico fulgor azulado que se iba tornando poco a poco en un naranja que pintaba sin permiso las rebeldes motas de algodón que adornaban el horizonte, a pesar de que Martha se sentía cansada, no quiso esperar ni un solo momento más para emprender el viaje.

Sin pérdida de tiempo tomó una ducha. En una pequeña maleta colocó solo lo básico, bajó al comedor y admirablemente su madre ya le había preparado un delicioso desayuno, a pesar de que era apenas las seis de la mañana.

—Ven, mi amor, el desayuno está servido y quiero que, si vas a emprender este tan lejano y peligroso viaje por lo menos vayas bien alimentada, también te preparé una lonchera y algunos otros comestibles porque vas a necesitarlos.

—Buenos días, mamá. —Le dio un beso en su mejilla—. No debiste levantarte tan temprano, yo misma me hubiera preparado algo ligero.

—Nada de eso, ¡qué ligero ni que nada! Tú no sabes cómo está allá afuera y tengo mucho miedo que te vayas así.

—No te preocupes, primero voy a ir a mi casa y llevaré alguna de mis armas.

—Peor todavía, voy a estar muy nerviosa y preocupada sin saber nada de ti, no tengo ni teléfono, ni televisión ni nada y si tuviera tampoco pudiera comunicarme o informarme porque todo está muerto.

—Estaré bien, ya verás, más pronto de lo que te imaginas habré regresado.

Martha se despidió de su madre con un abrazo tan largo como nunca antes lo había hecho, ella le dio su bendición en medio de un llanto incontrolable y con gran dolor se quedó parada en el porche mirando cómo el vehículo en el cual iba su hija se alejaba y desaparecía en medio de una intensa polvareda. Su corazón se partió en mil pedazos porque no sabía si la volvería a ver y qué suerte correría en medio de aquel desbarajuste que ella misma fue testigo el día anterior.

Como lo había dicho, el coronel López se levantó ni bien empezó a clarear el día, tomó una ducha y sin más se dirigió a su vehículo, lo encendió y salió con rumbo donde su amigo, todos aún continuaban durmiendo. Tras tres horas de conducir, finalmente arribó a la ciudad, pero se encontró con un gran desastre de personas corriendo por todos lados, supermercados abarrotados de gente y otros casi vacíos, en ese instante recordó el desesperado relato de John.

«Pero, ¡qué diablos! ¿Qué está pasando realmente?», se dijo. Enseguida aceleró por donde más pudo y finalmente llegó hasta la casa de su amigo, timbró varias veces, luego de lo cual se escuchó la voz de una joven al otro lado de la puerta.

¿Quién es?
—Buenos días, ¿está el doctor?
—¿Quién lo busca?
—Soy el coronel López.
—Pues no, el doctor no está…
—¿Y sabe dónde lo puedo encontrar?
—Según dijo que iba a su trabajo.
—Gracias por la información. —Se apartó de la puerta y se dirigió a su vehículo.

«Creo que todo lo que dijo John es verdad», se

habló. López decidió arriesgarse e ir a buscar a su amigo. Manejaba buscando la vía más accesible para llegar al lugar que supuestamente su amigo había ido, «quizás esté ahí, quizás no». Con preocupación miró a la gente corriendo por todos lados, personas llevando carros llenos con productos de primera necesidad, pero se arriesgó y continuó su camino. Cuando hubo llegado se acercó con precaución a la entrada principal, se estacionó a un lado y miró, la caseta de vigilancia estaba completamente vacía y la puerta estaba abierta, por lo que decidió ingresar, manejó un corto trayecto y estacionó en el parqueadero.

«Uno de estos autos debe ser de él», pensó. -que diferente está todo!

Salió del auto con cuidado siempre alerta, todo estaba muy solitario, no había ni un alma. Se dirigió a la entrada muy bien conocida por él y «¡qué diablos!», vociferó al mirar la puerta semiabierta. Sacó su arma y caminó a hurtadillas y vigilante, el lugar se veía completamente solitario, siguió avanzando paso a paso por los corredores de igual manera que lo hizo días atrás, por fin llegó al gran salón, revólver en mano miró de un lado a otro no había nadie solo estaba un sinnúmero de maquinarias extrañas, computadoras, alambres, escritorios, sillas y más. Caminó más allá y vio una serie de aparatos destrozados al igual que algunas computadoras y continúo buscando, llegó hasta un complejo de habitaciones, las chequeó una por una, luego escuchó una tos que salía del fondo del pasillo. Se acercó poco a poco y se paró en la puerta.

—¡George! Te he estado buscando por todos

lados —dijo al mirarlo.

—¿Qué haces tú aquí? —Tosió.

—Te estoy buscando, desde que te fuiste de la casa nunca más supe de ti, así que te vine a buscar.

—Pues como ves, ¡todo es una catástrofe!

—Pero, ¿y nuestro acuerdo?

—Ya no hay acuerdo, ni compromiso, ni negocio, ni nada. ¡Nada! —Tose.

—¡No me hagas esto! ¿Cómo que no hay negocio, y los muchachos? ¿Qué les voy a decir a los muchachos, que ya no hay nada, así de fácil?

—Pues lamentablemente así es, ¿no te das cuenta? Estamos siendo atacados por un maldito virus, la ciudad es un caos, el país está hecho un verdadero caos, el mundo es un caos, el proyecto ya no existe, han destruido las maquinarias y no hay como reconstruirlas porque no tengo los malditos planos y como si fuera poco, los interesados en el negocio están muertos. ¿Entendiste? ¡Muertos! ¡Todo se fue a la maldita sea! —Tose varias veces.

—¿Y entonces qué mierda voy a hacer con los rehenes y con mis muchachos? —vociferó.

—¡Nada! A tus muchachos decirles la verdad, que ya no hay nada. Y a los rehenes, pues deshacerte de ellos como habíamos quedado o lo que tú decidas. —dijo alzando sus brazos y dejándolos caer con un sonoro sonido, luego de toser varias veces—. Este maldito virus está acabando con todos nosotros y cuando todo esto pase, reharemos nuestros planes.

—Rehacer nuestros planes… ¡Vete al diablo! —gritó—. Yo confié en ti, hemos planeado este golpe desde hace mucho tiempo, tú me prometiste mucho dinero —vociferó agarrando de las solapas a George que no dejaba de toser.

—¡Es cierto! Pero, ¿no te has dado cuenta aún de todo lo que está pasando? ¿Que no ves que todos los hombres están muriendo? En vez de estarme reclamando nada, deberías ir con tus hijos. —Tose violentamente haciendo que López se estremezca.

—¿Y cómo me voy a dar cuenta si he estado allá aislado sin saber nada? Y tú que dijiste que ibas a regresar nunca lo hiciste, yo esperando como un estúpido. Si no hubiera sido por John no hubiéramos sabido nada.

—¡No pude hacer nada! Cuando llegué aquí ya la gente estaba enloquecida, me dijeron que todos habían huido y vine pensando apoderarme del proyecto y qué pasa, me encuentro con la terrible sorpresa de que todas las maquinarias de control están destruidas.

—¿Y qué mismo es ese maldito proyecto del que tanto has hablado y que me prometiste el oro y el moro y ahora me dices que ya no hay nada? —vocifera iracundo.

—Pues, el proyecto es... es... —George se desvanece y cae al piso.

—George... George... ¡Maldita sea, George! ¿Qué te pasa? —Lo sacude y luego le toca la yugular—. ¡Está muerto! ¡Diablos! ¡Y ahora qué hago!

CAPÍTULO XIX
CASUALIDAD

Una gota de lluvia cayó sobre la nariz de Natalie, luego en la cara de Ross y en la cabeza de Lorenzo.

—Tenemos que refugiarnos en algún lado antes de que oscurezca completamente y de que se desate la lluvia.

—Pero, ¿en dónde nos vamos a refugiar? —Natalie refunfuñó.

—Miren allá... ¡Es una choza!

Los tres corrieron en medio de la lluvia y por fin llegaron hasta una vetusta y pequeña casucha abandonada, fantasmal y destartalada de tiras de madera y con un agujero en el techo, tenía una puerta y dos ventanas con restos de lo que alguna vez había sido cristal en la parte lateral. Lorenzo empujó con fuerza la puerta atascada debido al monte que había crecido alrededor, estaba llena de telarañas y más allá se veía una generosa gotera. La lluvia se convirtió en tormenta con truenos y relámpagos por varias horas. El frío les congelaba los huesos, por lo que Lorenzo trataba de hacer una hoguera con los pocos leños secos que encontró en el interior y sobre una especie de fogón. Luego de algunos intentos, finalmente consiguió encender una nutrida llamarada que crujía alegremente, los tres se calentaron y se cubrieron con la manta que precavidamente había llevado Lorenzo.

—Debemos tratar de dormir algo —dijo Ross

acomodándose en el piso frío.

—Traten de dormir ustedes, yo cuidaré de que no se apague el fuego —respondió Lorenzo.

Él se pasó casi toda la noche en un duermevela interminable cuidando que el fuego no se apagara y dándole vueltas y vueltas a sus pensamientos tratando de explicarse todo lo que les estaba sucediendo. «¿Qué habrá sido del resto de los compañeros y amigos de trabajo?», se preguntaba. No tenía la más mínima idea de lo que realmente estaba pasando en las ciudades, su cabeza se ocupaba en pensar en Samuel, en Arthur. «¿Qué habrá sido de Arthur después de que estos criminales le dispararon? ¿Nos estarán buscando? ¡Claro que sí! ¡Qué tonto, cómo voy a pensar que no nos están buscando, por supuesto, la Policía debe estar por todos lados!», se dijo en susurros. «Gracias a estos criminales la demostración debieron haberla suspendido y yo que tenía tantas ilusiones», pensaba. «¿Y George? ¡Jummm! ¿Qué habrá pasado con ese traidor?», murmuró. Finalmente, tras una larga vigilia se quedó profundamente dormido.

Natalie se había despertado en la madrugada y ya no pudo conciliar el sueño nuevamente, vio la flama casi apagarse por lo que le echó algunos leños más. Había parado de llover y el olor a tierra mojada le provoco unas nauseas locas, por lo que, sin aguantarse más, salió de la pequeña choza para vomitar, Ross se había percatado del asunto y la siguió.

—¿Estás bien?

—No, me siento de los diablos, pero no le avises a Lorenzo, por favor, que no quiero preocuparlo.

—¿Cuándo piensas decirle a Lorenzo que estás embarazada?

—No lo sé, no quiero preocuparlo más de lo que está.

—Creo que más le vas a preocupar si no le dices nada, ¿y si te pasa algo?

—Si le digo ahora va a ser peor, yo lo conozco, no va a querer que caminemos y quizá va a querer dejarnos aquí e ir a traer ayuda y la verdad no quiero que eso pase.

—Pienso que eso sería lo mejor, porque así como estás algo malo le puede pasar a tu bebé.

—Si nos quedamos aquí, entonces sí nos va a pasar algo malo, ¿no ves que no tenemos nada? ¡No tenemos abrigo, ni comida, ni nada!

—Entonces, ¿cuándo se lo dirás?

—Cuando lleguemos a la ciudad.

—¿Y qué tal si más bien regresamos a la casona?

—¡Estás loca! ¿No te acuerdas que hasta un muerto hay allá?

—¿Pasa algo? —preguntó Lorenzo interrumpiéndolas.

—No, amor, solo estábamos conversando de todo lo que nos está pasando

—¡Qué bueno que el fuego continúe prendido! Está un poco frío, vengan a calentarse y a comer algo para reanudar la caminata, ya está clareando.

Lorenzo repartió un pedazo de pan, una media manzana y un bocado de agua a cada uno y luego reanudaron el viaje.

Tras un par de horas de conducir, Martha llegó hasta la ciudad y se quedó espeluznada, paralizada y no daba crédito a lo que estaba contemplando, nunca pensó ver tamaño desastre, las calles estaban llenas de escombros, casas incendiadas, supermercados vacíos y saqueados, cristales rotos, carros chocados, gente corriendo de un lado a otro, cadáveres por todos lados y en descomposición. Contados autos circulaban temerosos por algunas carreteras aún no obstaculizadas. Aceleró el vehículo y se dirigió hasta su casa, de inmediato pensó que también pudo haber sido saqueada con toda seguridad.

Llegó hasta una carretera donde ya no pudo avanzar por la cantidad de cascotes que había, así que decidió esconder su auto entre los escombros y caminar. Desde ese lugar hasta su casa había una distancia considerable, pero realmente no estaba muy lejos. Mientras avanzaba, pensaba en su madre, en sus familiares y en sus amigos. «¿Qué habrá sido de todos ellos?», se habló. «¡Diablos, esto es espantoso!», continuaba hablando sola mientras sorteaba los despojos. Por fin a un par de cuadras de su casa contempló una figura conocida, estaba dudosa de si era o no era la persona que pensaba. Aceleró el paso y finalmente la pudo mirar con más claridad.

«¡Es Gina! Gina...», gritó. La mujer no la escuchaba y continuó avanzando, perdiéndose al virar la esquina, Martha se apresuró y echó a correr por en medio de los restos lo más rápido que podía para tratar de alcanzarla, ella estaba segura de que era su excompañera, a la que hace mucho tiempo no había visto.

«Gina, Gina», gritó nuevamente colocando sus dos manos alrededor de su boca para amplificar su voz. Por fin la mujer dio la vuelta y la miró sin reconocerla. Martha se aproximó a ella y la saludó.

—Hola, ¿te acuerdas de mí?

—No. ¿Quién eres tú?

—Fuimos compañeras en el Ejército. ¿Recuerdas?

—Pues no, no recuerdo nada, debes confundirme con otra persona.

—¡Cómo! Acaso no te acuerdas que nos pusieron a hacer pruebas de sobrevivencia y las dos nos perdimos por tres largas horas en ese infernal bosque y gracias a que tú habías puesto unas marcas que después de tanto buscarlas las encontramos, pudimos salir.

—¡Sí, claro! Ahora lo recuerdo, eres la bonita del equipo. Has cambiado mucho... no te reconocí.

—Sí, bueno...

—Estoy espeluznada de ver que no han podido solucionar nada, estuve en una misión cuando me enteré de la enfermedad, luego decidí quedarme en la casa de campo de un amigo y no pensé que esto empeoraría —dijo Gina.

—Igual me pasa a mí, estaba con mi madre en su casa de campo y también me encuentro con este desastre, pensé que ya estaba controlado. Me alegra haberte encontrado porque quiero proponerte algo.

—¿De qué se trata?

—De un viaje...

—¿Viaje a dónde?

—¿Podrás hacer un viaje conmigo a Washington? ¿Aún le haces a la aviación?

—Hace un par de años que no lo hago, trabajé un tiempo haciendo viajes cortos para los ricos, tú sabes, los taxis aéreos.

—¡Oh! ¿Y qué me dices, hacemos el viaje? Por la paga no te preocupes...

—Mmm... creo que sí, si tienes un aparato que vuele. Pero no en este momento, porque tengo que hacer algunos asuntos, estoy urgida por llegar a la casa de mis padres, quiero saber cómo se encuentran y si necesitan algo.

—Entonces, ¿qué tal esta tarde como a las cuatro, en la base?

—Claro, allá nos vemos.

Las dos mujeres se despidieron y cada quien tomó su rumbo. Martha continuó el camino a su casa. Todo estaba tan desolado, no se veía ni un solo ser viviente, cuando llegó, se paró en frente de su residencia, desafortunadamente como lo había pensado, su casa no se había librado del saqueo, contempló el espeluznante paisaje interior revuelto y destrozado, algunas ventanas estaban rotas, no había nada entero, «¡Mi cama!», exclamó. Fue al dormitorio y un terrible escalofrío cubrió todo su cuerpo cuando entró, todo estaba destrozado, pero afortunadamente su cama estaba en la misma posición, aunque su colchón lo habían cortado y destripado quizá buscando dinero, se acercó a ella y comenzó a empujarla y lo hizo con toda la fuerza que pudo, le estaba costando mucho trabajo, ya que esta descansaba sobre una gran alfombra, cuando finalmente pudo liberarla lanzó un profundo y largo suspiro, como hace mucho tiempo no lo había hecho, luego se quedó sentada y pensativa sobre el piso por algunos minutos. Se paró y enrolló la alfombra y ahí estaba, nadie la había violentado, la pequeña puerta, estaba intacta, puso la clave. Era su bodega privada y secreta, sacó un par de armas que guardaba celosamente y las puso sobre la cama, hurgó más adentro y sacó un fajo de billetes, todo el ahorro de su vida y los colocó en una pequeña maleta de nailon. Así listo el equipaje, lo volvió a poner en el compartimento secreto, lo cerró con la clave y lo selló con el cerrojo, luego acomodó nuevamente la alfombra y haló la cama poco a poco haciendo un gran esfuerzo porque la sentía muy pesada. Se arriesgó a dejar todo ahí de nuevo, «No puedo andar llevando todo esto ahora», se dijo. Después de sudar la gota gorda buscó algo de ropa, solo había quedado una vieja manta en un rincón, un pantalón militar y una camiseta de color verde aceituna que se los puso, y luego el abrigo que había traído, de este modo se dirigió a la base en el vehículo que había escondido horas antes.

«Gracias, madre», dijo mientras manejaba comiendo una manzana que ella la había colocado en su mochila.

CAPÍTULO XX
DESPEDIDA

Al igual que Martha, Gina siguió su camino, le esperaba un buen trayecto y el único medio de transporte que disponía eran sus pies, así es que se apresuró y continuó, estaba confundida mirando todo el desastre, las mujeres salían a las calles gritando y pidiendo ayuda cuando alguno de sus familiares caía convulsionando, pero nadie acudía, ya no se escuchaba ni a los policías ni a las ambulancias, solo explosiones por doquier, ella estaba admirada ante aquel holocausto. Apresuró el paso para llegar a casa de sus padres, hace mucho tiempo que no los veía, tenía mucho miedo y vergüenza de regresar, pero ahora tenía que hacerlo, quería constatar que estuvieran bien.

Por fin divisó la casa en medio de la humareda que salía de otra casa a media cuadra de la de sus padres, los vándalos estaban saqueándola y echándole fuego. Con cuidado se acercó poco a poco y esperó escondida tras unos autos estacionados hasta que los malvados se marcharon, luego con cautela caminó hacia la casa, las ventanas estaban cubiertas con madera al igual que la puerta, se veía solo la mitad, timbró varias veces y nadie respondió, entonces se decidió a golpear con insistencia hasta que alguien vociferó pidiendo que se marchara porque estaba armado.

—¡Soy yo! —voceó.
—¿Quién?
—Soy Gina.

Alguien corrió las cortinas oscuras y miró por

una pequeña hendidura, al comprobar que era la persona que decía ser, se oyó como si abrieran mil cerraduras.

—Mamá...
—Hija...

Las dos mujeres se abrazaron tan fuerte como nunca lo habían hecho antes, su madre se echó a llorar y le contó que su hermano había fallecido y que lo habían cremado.

—¿Y papá? ¿Y Gabriela?
—Tu padre está en el sótano y tu hermana en su dormitorio.

Gina bajó al sótano y contempló a su padre acomodando algunas latas de comida, al escuchar los pasos preguntó quién había golpeado tanto...

—Te dije que no te fueras de curiosa a mirar porque te pueden ver y van a querer entrar —reclamó pensando que era su esposa.

—Soy yo, papá...

Su padre se dio la vuelta y se la quedó mirando, apático, distante, resentido. Gina tenía recelo de mirarlo, hacía ya tanto tiempo que se había ido y nunca los llamó ni dijo donde estaba y ahora estaba allí, un profundo dolor se reavivó en el corazón de su padre que no quiso ni mirarla.

El día que desapareció dejando aquella nota de que no la busquen nunca porque no regresaría, destrozó el corazón de sus padres, sobre todo el de su padre que desde ese día la dio por muerta. Gina le saludo y le pidió perdón de rodillas diciéndole que se arrepentía de todo lo que les había hecho sufrir, que lo quería mucho y que se alegraba de verlo bien, su padre estaba estático y no contestó nada, luego comprendiendo que ya no pertenecía a aquella casa se marchó abrazando a su madre y a su hermana con lágrimas en los ojos y con el corazón destrozado, igual quedó su padre que a pesar de no haber dicho ni una sola palabra al ver que su hija se marchaba le dio la bendición en silencio y lloró hasta el cansancio.

Lorenzo, Natalie y Ross salieron de la casucha y caminaron por medio del bosque evitando la carretera por temor a que alguno de los secuestradores apareciera, ellos sabían que aquellos individuos eran muy peligrosos y andaban armados.

Caminaban sin parar hasta que Natalie cayó en la cuenta de que la carretera había desaparecido y que se encontraban en medio de la maleza de aquel bosque desconocido donde todos los árboles eran completamente idénticos

—¡Estamos perdidos! —exclamó Ross.

Habían dado vueltas y vueltas sin darse cuenta y no sabían el camino, mientras tanto en medio del sonido interminable del danzar de las hojas y arbustos por la posición del sol calcularon que posiblemente era el mediodía, estaban muy cansados sobre todo Natalie que sin más se sentó sobre un árbol caído por lo que decidieron descansar un poco antes de continuar, mientras Lorenzo les pidió que no se movieran de allí en lo que él reconocía el lugar.

Aprovechando el momento a solas y la curiosidad de Natalie le hizo preguntar a su amiga algo de su vida. Ross era muy callada y casi no hablaba de ella, entonces se animó y le contó que era adoptada y que en realidad nunca conoció a sus verdaderos progenitores, sus padres adoptivos la habían traído desde Kemerovo, una ciudad rusa, y que ellos le dieron amor y educación, los quería mucho y sufrió como nunca cuando fallecieron en un accidente. «Yo era la consentida de mi padre, siempre me llamaba princesa, ese día fue el más duro de mi vida, me deprimí mucho, lloraba a diario, si no hubiera sido por Robert, él era mi novio, no sé qué hubiera hecho. Él iba todos los días a la casa y salíamos juntos a caminar y me distraía de ese modo. Dejé mis estudios casi por un año, en ese entonces tenía veinte. No quería defraudar el sacrificio que mis padres hicieron y no quería quedarme a media carrera, así es que retomé mis estudios y me gradué. Para ese entonces ya me había enojado con mi novio. Presenté mis papeles en el CIE, jajaja… creí que me iban a rechazar, yo miré a tantos aspirantes que estaban allí haciendo línea para el trabajo, "no creo que me cojan", pensé, pero me dije a mí misma que no había nada peor que no tratar, si uno no trata nunca sabrá el resultado. Así es que, dejaré que sean otros los que me digan si valgo o no. Y ya ves, me escogieron para el trabajo y una semana después los conocí a ustedes y ahora, venos aquí, sentadas contándote mi historia, ¿y tú?

—Bueno, Lorenzo y yo somos de New Jersey, ahí vive nuestra familia, estudiamos en la misma universidad, pero en diferentes escuelas como tú sabes…

Y es que Natalie era la primera de tres hermanos de una familia muy tradicional, al igual que la familia de Lorenzo. Él era el mayor de cuatro varones. Ella lo conoció en la universidad después de un encuentro provocado por Natalie, ese mismo día él le pidió el número de teléfono y sin pensarlo dos veces se lo dio, creyó que jamás la llamaría, pero no fue así, como se lo había dicho, al siguiente día la llamó y se citaron en una cafetería. Desde que se vieron hubo química entre los dos, empezaron a salir y a pesar de lo duro de sus carreras, se las arreglaban para encontrarse, aprovechaban hasta el más mínimo momento para pasarla bien y estar juntos. Con el tiempo, se hicieron novios, estaban tan enamorados el uno del otro que ni bien se habían graduado, Lorenzo le pidió matrimonio, hicieron una gran ceremonia con familiares y amigos en un hermoso salón decorado con rosas blancas. «Aún recuerdo ese día», dijo Natalie suspirando, «fue el más hermoso de mi vida, Lorenzo estaba allí parado esperándome en el altar, todo él esbelto y hermoso y yo acercándome poco a poco del brazo de mi padre con mi vestido blanco, con una larga cola. Comimos, bailamos hasta cansarnos. Y mi pastel era gigante con rosas blancas y filos dorados, brindamos y finalmente nos despedimos de todos y fuimos al hotel, al siguiente día hicimos nuestras maletas y fuimos a nuestra luna de miel en Hawái».

—¿Y qué hay de George, cómo lo conocieron?

—George era compañero de Lorenzo en la universidad, cuando yo ya estaba con Lorenzo siempre se me insinuaba, pero la verdad es que no le hice mucho caso, lo tomaba como una broma de amigos. Cuando Lorenzo fue a trabajar en el CIE, también lo hice yo y luego dos años después de que Lorenzo empezó el proyecto PROBOVE George le pidió que lo incluyera y así lo hizo.

—Sabes, estoy muy preocupada por él, nunca más lo vimos, ¿qué le habrá pasado?

—Esperemos que nada, de esos criminales se puede esperar lo peor.

—¡Es cierto! Aunque Lorenzo no se preocupe, yo sí...

—Muchachas, he encontrado el camino, creo que tomaron un buen descanso, ¡hora de marcharse! —exclamó Lorenzo apareciendo por entre los arbustos.

—¡Ay no!

—Tenemos que continuar, creo que aún nos falta mucho por andar.

A pesar del cansancio, las dos mujeres reanudaron la caminata y luego poco a poco sus sombras se iban proyectando a medida que iban avanzando por medio de los árboles y arbustos, esta vez Lorenzo estaba orientado, pero lamentablemente una vez más debían buscar algún refugio antes de que les cogiera la noche. A medida que continuaban su trayecto encontraron un pequeño hundimiento en medio de los arbustos donde decidieron quedarse, buscaron algunas ramas para hacer una pequeña fogata y con las más largas y frondosas hacer una especie de choza para cubrirse del frío nocturno. Los tres estaban realmente asustados de estar una vez más a la intemperie.

CAPÍTULO XXI
ESTAMPIDA

López estaba horrorizado, en todos sus años de vida jamás pensó ver semejante apocalipsis, tenía que darse prisa y llegar hasta donde estaban sus dos hijos, eso era lo que más le importaba en esos momentos, y ya después regresaría a la casona y arreglaría cuentas con el resto de muchachos, así que sin más salió huyendo de la oficina de George, no quería que nadie descubriera que él había estado allí, llegó al gran salón y ahí se quedó por unos segundos contemplando las máquinas destruidas, todo el lugar estaba completamente vacío, nunca supo ni entendió de qué mismo se trataba el mentado proyecto ni por qué costaba tanto dinero para que George fuera capaz hasta de traicionar a sus propios amigos y compañeros de trabajo.

«Confío en que Gina pueda controlar toda la situación hasta mi regreso», se dijo, y salió corriendo del lugar. Manejó a toda velocidad por donde pudo, hasta que se quedó atascado en la vía que daba al puente, había un tráfico del diablo, todas las carreteras adyacentes ya estaban bloqueadas y se veían filadas y filadas de vehículos, los puentes estaban abarrotados, los claxon chillaban a más no poder, pensando que quizá con este infernal sonido los carros se moverían, cosa que nunca pasó, lo que causó que todos bajaran de sus vehículos provocando un éxodo masivo de personas que trataban de huir de la catástrofe, sin imaginarse que la mayoría probablemente ya estaban contagiados de la terrible enfermedad. En esos momentos de apuros ignoraban completamente las medidas de seguridad que el Gobierno les había dado.

López también tuvo que abandonar su vehículo y al igual que el resto se puso a caminar tratando de cruzar el puente. De pronto empezaron a caer muchos hombres con convulsiones, sangrado ocular y nasal a causa de la enfermedad, lo que provocó que la gente se volviera histérica y empezaran a correr despavoridos formándose tal estampida jamás vista en la historia de la humanidad. La gente perdió el control, estaban fuera de sí, solo querían salir del puente y huir sin respetar quien se cruce en su camino. Hombres, niños, mujeres y ancianos corrían en una mescolanza de seres y colores por donde podían, muchos eran pisoteados y morían en el intento. Era una catástrofe sin límites, menos de la mitad de las personas lograron salir de aquella hecatombe y estaban muy lastimados, con heridas cortantes, raspaduras y hasta fracturas. La mayoría lloraba al contemplar tal desastre, clamando al cielo para que aparecieran sus familiares, que se habían quedado atrás y que lamentablemente nunca salieron. Nadie se atrevió a regresar y algunos se marcharon con el corazón destrozado después de haber esperado horas y horas. Algunos se quedaban en vano sentados al borde de la carretera. Otro grupo continuaba corriendo sin parar tratando de alejarse de la multitud lo más rápido que podían.

El coronel López fue uno de los que huía lo más rápido que pudo, logrando separarse del gentío. A pesar de su edad, su físico le permitió seguir avanzando hasta alejarse considerablemente del resto de personas.

«Gracias a Dios que logré salir con vida. No puedo creer que esté pasando esta barbarie», se dijo mientras respiraba con dificultad sin parar de caminar. «Y yo que no le quise creer ni una sola letra a John, ¿qué será de ellos? No sé ni cómo comunicarme para informarles de todo este caos», pensaba sin parar de caminar hasta que por fin el horizonte empezó a pintarse de un amarillo intenso anunciando el final del día. «Estoy tan lejos de mis hijos, pero no voy a parar hasta llegar, ¡cueste lo que me cueste!», se dijo.

Natalie, Lorenzo y Ross reanudaron su caminata en un afán de salir a la carretera principal y encontrar algún ser compadecido que les dé un aventón, pero ni un solo vehículo apareció en su camino, lo cual les llamó mucho la atención. El viento soplaba de cuando en cuando alzando espesas cortinas de polvo que los cubría de pies a cabeza haciendo que en sus bocas sintieran las diminutas piedras que crujían al choque con sus dientes provocando escupitajos repetitivos a más de fuertes apretones de ojos para tratar de evitar la polvareda.

—Creo que estamos demasiado alejados de la ciudad. Por aquí no circula ningún vehículo y nosotros estamos siendo alimentados por esta horrorosa polvareda —protestó Natalie.

—¡Probablemente! La verdad es que no tengo ni la menor idea de nuestra ubicación —dijo Lorenzo volteando de un lado a otro.

—¡Tenemos que estar alerta por si aparecen

esos malhechores!

—Sí, es cierto lo que dice Ross, tenemos que estar alerta, y si pueden, por favor, aceleren el paso para avanzar un poco más porque ya mismo cae la noche.

Continuaron caminando a paso considerable, a pesar del malestar que Natalie tenía, trataba de no hacerle notar a Lorenzo. Por fin vieron el final del camino vecinal, salieron a la carretera asfaltada y crecieron sus esperanzas de que alguien apareciera, estaban rodeados de un bosque espeso lleno de arbustos y follaje.

—¡Por fin salimos de esa polvareda! —dijo Ross

Estaban muy cansados, habían caminado todo el día y solo veían carretera y bosque.

—Creo que debemos buscar un lugar donde quedarnos —dijo Lorenzo dándose cuenta de que en un par de horas el astro rey estaba por perderse en el horizonte.

—¿Y qué? ¿Vamos a quedarnos una noche más en este horrible lugar?

—Lamentablemente así es, amor, no hay otra alternativa y creo que debemos introducirnos ahora mismo en el bosque para buscar un lugar.

—¡Dios mío! —exclamó Ross.

Esta vez no tuvieron mucha suerte para encontrar refugio, además no querían adentrarse mucho en aquel lugar agreste y desconocido, por lo que Lorenzo les pidió que recogieran la mayor cantidad de ramas posible para construir nuevamente una choza como lo habían hecho antes, donde pasaron la noche entre dormidos y despiertos con el alma en los labios y escuchando el interminable y multiestruendoso sonido que realizaban las ranas y cuanto insecto habitaba aquel lugar.

La noche se les hizo infinita y finalmente se empezaba a escuchar el dulce concierto de las aves que anunciaban el nuevo día. Lorenzo despertó primero, buscó en su mochila algo para comer, afortunadamente tenían aún alimentos, pocos, pero tenían. Sacó una barra de chocolate, que luego de cortarla en tres pedazos iguales despertó a las dos mujeres que de una u otra forma se habían quedado finalmente dormidas, cada uno de ellos comió su respectivo pedazo, aunque Natalie hizo un gran esfuerzo para lograr comer su desayuno migaja a migaja, luego de lo cual reanudaron su caminata en el claroscuro del amanecer.

Cinco horas habían caminado siguiendo la carretera, no sabían si habían tomado el lado correcto o iban al lado equivocado, Natalie y Ross estaban muy agotadas y se quejaban de dolor en sus pies. Lorenzo no dejaba de darles ánimo para que no se dieran por vencidas y continuaran hasta encontrar algún lugar o alguien que los llevara a la ciudad. Las dos mujeres se habían sentado al borde de la carretera para descansar hasta que a lo lejos pudieron divisar que finalmente un vehículo se acercaba.

—Mira, Lorenzo, allá, un vehículo se acerca…

—¡Por fin alguien aparece! Esperemos que pare y quiera llevarnos a la ciudad.

—¿Y si es uno de esos malhechores?

—Esperemos que no, de lo contrario no sé qué nos pueda pasar. Si es alguno de esos malhechores ustedes tienen que correr y escapar, prométanme que van a huir. ¡Prométanme!

—Pero, amor, ¿cómo vamos a dejarte en manos de esos asesinos?

—Tienen que huir —insistió Lorenzo, cogiendo los hombros de las dos mujeres—. Ross, prométeme que, si son esos hombres, vas a llevar a Natalie lo más lejos que puedan.

—Te lo prometo, Lorenzo, confía en mí, me la llevaré, aunque sea a rastras.

—Natalie, tienes que huir, por favor. No es hora de ser testarudos.

—Está bien, amor, pero no quiero dejarte. —Lloraba.

—Ahora vayan y escóndanse detrás de esos árboles.

—Pero, amor...

—¡Por favor, no discutas! —Lorenzo se enojó.

Las dos mujeres se salieron de la carretera y corrieron a esconderse como Lorenzo les había pedido mientras el vehículo se aproximaba poco a poco por la larga e interminable vía. Lorenzo se puso al filo de la carretera y empezó a hacer señas alzando sus brazos en el afán de que el conductor parara. La camioneta pasó de largo, pero unos metros más allá paró. Desconfiado trató de mirar quién era el conductor, pero no lo reconoció, de todas maneras, decidió arriesgarse y se echó a correr hasta alcanzar el vehículo. Era una mujer relativamente joven la que manejaba aquella camioneta negra doble cabina.

—Buenas tardes, señora —fue su saludo cansado después de correr.

—Buenas tardes —dijo la mujer desconfiada hablando a través de una pequeña hendidura que había abierto en su ventana.

—Disculpe, usted, nos podría llevar a la ciudad, tenemos varios días caminando, estamos cansados y no tenemos vehículo.

—¿Quiénes? —preguntó la mujer, demostrando suma preocupación y mirando por el retrovisor para cerciorarse que estuviera fuera de peligro.

—No se asuste, por favor. Somos gente de bien, soy el doctor Leiva y estoy con mi esposa y una colega, es que nos secuestraron y estamos perdidos, queremos llegar a la ciudad. Por favor, ayúdenos.

La desconocida no respondió y estaba en el dilema si creerle o no creerle, además no se explicaba cómo este hombre estaba tan tranquilo y no se le notaba en nada ninguna preocupación, pareciera que ni se inmutara con todo lo que estaba pasando. Por fin, ante la insistente súplica, la mujer pidió ver a las dos supuestas mujeres, a lo que Lorenzo le indicó que estaban escondidas en el bosque porque tenían miedo de que quizá el conductor de esa camioneta hubiera sido uno de los secuestradores y no se querían arriesgar.

—¡Suba atrás! —le dijo.

La extraña condujo de retro hasta que Lorenzo dio unos golpes en la camioneta pidiendo que se detuviera y le esperara en tanto él llamaba a las supuestas mujeres.

Natalie y Ross salieron a la carretera y se aproximaron al vehículo, la desconocida las miró destartaladas, llenas de polvo y hojarasca, se les notaba que estaban muy cansadas.

—Ella es mi esposa y ella mi colega —dijo Lorenzo esperanzado que la mujer se decidiera a llevarlos.

—¡Suban! —por fin dijo.
—¡Gracias, Dios! —clamaron Natalie y Ross.

CAPÍTULO XXII
DEMASIADO TARDE

Su entrada en la base fue una gran sorpresa, todo se veía vacío, quedaban unos pocos militares, casi todos se habían marchado con sus familias por la terrible pandemia y los que se encontraban aún allí estaban a punto de marcharse. Del personal de alto rango solo había quedado una capitana que sorprendida al reconocer a Martha se apresuró a saludarla.

—¡Mi coronela! ¿Qué hace usted aquí? Todos la dimos por muerta.

—¿Por muerta? ¿Por qué? —preguntó sorprendida.

—Es que de un momento a otro desapareció sin dejar rastro, la hemos buscado por todos lados y no la logramos localizar, la llamamos por teléfono, preguntamos a sus amigos y nadie daba razón de usted desde el funeral de su prometido.

—Es cierto, desaparecí. Quise desaparecer por un tiempo debido a las circunstancias, vine para enfrentarme a mi respectivo castigo por haber cometido semejante error, es que el dolor no me dejó pensar, no me dejó actuar, pero estoy aquí —luego mirando de un lado a otro preguntó—. ¿Desde cuándo está la base tan vacía?

—Días después de su desaparición, todo se volvió un caos. La mayor parte de los hombres han muerto, aquí solo ha quedado un par de compañeros y yo, nadie más. Sabe, perdí a casi toda mi familia, solo quedamos mis dos hermanas, mi madre y yo.

—¡Esto es terrible! Nunca imaginé que esto pasaría, yo estaba recluida en el campo en casa de mi madre. Según me han contado todas las familias han enlutado, las ciudades se han convertido en una mortandad espantosa y esto hay que reorganizarlo. Pero dígame, ¿se ha sabido algún detalle de la enfermedad?

—Hay solo dos científicas que están estudiándola, el resto han fallecido o se han ido…

—¡Qué lamentable! Necesito hacer un viaje urgente, ¿tenemos una aeronave disponible?

—Sí, mi coronela.

—¡Qué bien! A las cuatro llegará una piloto, hágala pasar a mi oficina por favor.

—Sí, mi coronela.

Martha estaba impresionada todo estaba sin control por lo mismo tenía que apresurar el viaje a Washington y cumplir el juramento que le hizo al presidente antes de que él muriera, si el balón caía en manos indebidas sería una catástrofe. Dio un recorrido por todo el lugar, no era ni la sombra de lo que había sido antes de esta terrible pandemia, se veía tan desolado con olor a muerte por todos lados, en aquella base solitaria ella era la de mayor rango, todos habían huido o se habían recluido tratando de salvar a sus familiares en vano. Con curiosidad empezó a recorrer las oficinas de sus superiores todo estaba vacío que se podía escuchar el silencio, entró en la oficina del general Roger y se paró frente a un sinnúmero de diplomas y condecoraciones que pendían unas de la pared y otras estaban estratégicamente colocadas en un estante, con detenimiento contempló uno a uno los títulos y los certificados, los mismos que los iba leyendo detalladamente y con admiración movía su cabeza afirmativamente, ahí habían quedado las fotos de sus familiares, libros y documentos que en otras circunstancias ella nunca hubiera tenido acceso, de pronto le entró una curiosidad mórbida por saber qué era lo que tenía y guardaba en su escritorio un general. Un escalofrío recorrió todo su cuerpo y automáticamente salió a mirar si alguien aparecía, pero no vio a nadie, todo estaba tan silencioso, tan lúgubre, comprobando que no había nadie se regresó a la oficina y se paró frente al escritorio. «¿Qué guardarás aquí?», se preguntó en susurros, tenía mucha curiosidad por saber qué guardaba el general en sus cajones. «Al fin y al cabo, el pobre ya está muerto y su familia no creo que tengan tiempo de venir por estos lares en estos momentos», pensó.

Sin aguantar más, empezó a abrir uno a uno los cajones hasta que uno tenía seguro, eso le llamó más la atención, buscó la llave por todas partes, entre los documentos entre los libros, no la encontró por ningún lado. «¡Qué diablos estoy haciendo!», se habló. Se quedó pensativa por unos segundos, y luego, sin aguantar su curiosidad continuó con la búsqueda, hasta que finalmente sin encontrar nada, tomó el cortapapeles y empezó a forcejearlo, pero no obtuvo éxito. «¿Qué será lo que guarda nuestro general tan celosamente?», se dijo. Luego encontró un clip, lo introdujo con mucho cuidado en la cerradura y tras unos cuantos movimientos el pestillo cedió, abrió el cajón cuidadosamente, había un fólder negro y un sobre amarillo, chequeó el fólder y había algunos documentos que los ojeó rápidamente uno a uno.

«¡Jummm, parece que mi general estaba lavando dinero! ¡Qué fichita!», pensó. Enseguida abrió el sobre y vio que había unas fotos. Las sacó lentamente y las miró una a una. «¡Wow! ¡Vaya! ¡Qué sorpresas tiene la vida! ¡Esto me puede servir algún día! Pero, si me descubren estoy frita», dijo colocando el folder bajo el brazo y cerrando el cajón. Tuvo mucho cuidado al salir de aquella oficina, cerciorándose de que nadie la viera.

Ya en su oficina, Martha pensaba en cómo un general podía haberse involucrado en semejantes negocios. «¡Aunque yo también estoy haciendo cosas indebidas metiéndome en lo que no es mío!», dijo, pero, se encogió de hombros. Embebida como estaba en lo más profundo de sus pensamientos, escuchó unos funestos golpes que le alertaron y la llevaron nuevamente a la realidad.

—Pase —respondió luego de unos segundos.

—Mi coronela, afuera está la persona que me dijo.

—Hágala pasar, por favor.

—Sí, mi coronela.

Tras un par de minutos de espera.

—Hola, Gina, pasa, toma asiento.

—Gracias. ¿A dónde me dijiste que hay que dirigirse exactamente?

—Bueno, tenemos que ir a la Casa Blanca…

—Cómo, ¿acaso tú tienes acceso a la Casa Blanca?

—Digamos que en cierta forma.

—Como sea, creo que allá también debe ser un caos como acá. ¿Estás segura que quieres ir para allá?

—Completamente, tengo un asunto muy importante que hacer.

Diciendo esto las dos mujeres caminaron a la pista.

・・●●・・

López caminaba kilómetros y kilómetros como nunca lo había hecho, que sus zapatos empezaron a sentir el estropicio de la planta sobre la calzada, estaba muy fatigado y no había en donde descansar, todo el caos producido por aquella terrible pandemia había puesto a la gente en un desorden desmedido y en un desbarajuste total, finalmente vio un paradero, el lugar estaba desierto, las tiendas estaban cerradas no había nadie en el lugar y ni vehículos pasaban por la carretera. Se sentó cerca de la entrada, sus zapatos estaban destartalados y sus dedos le sobresalían.

«Debo conseguir algo de agua, comida y unos zapatos», pensó. Tras descansar unos cuantos minutos trató de abrir la puerta de entrada, pero le fue imposible, las puertas eran macizas, buscó algo con que romper los cristales, al parecer todo adentro estaba intacto, nadie se había atrevido a entrar. Por fin encontró una piedra, se acercó a la puerta y la lanzó varias veces logrando finalmente quebrar el grueso cristal, después de asegurarse de que nadie estuviera por allí, se sacó su chaqueta la envolvió en su mano derecha y quitó algunos cristales que aún estaban adheridos a la puerta. Con precaución ingresó en su interior y miró que todos los almacenes estaban asegurados con rejas de metal, afortunadamente para él uno de los almacenes de ropa no tenía rejas, rompió los cristales con la misma piedra e ingresó a su interior y tras dar un vistazo rápido tomo un suéter y se lo puso, luego buscó la talla de sus zapatos y se los puso dejando los suyos en vez, agarró una mochila forzó la caja y tomó lo que había, cien dólares en billetes pequeños y monedas, se acercó a una máquina expendedora de refrescos y golosinas, colocó algunas monedas y llenó su mochila con agua, refrescos, papitas fritas, platanitos, galletas y otras golosinas.

«¡Ahora sí estoy armado!», se dijo y retomó su caminata. Lo hizo por varios días alimentándose de lo poco que tenía en su mochila, durmió donde pudo y a veces bajo la inclemencia de la lluvia, no asimilaba aún por qué diablos le estaba pasando toda esta tragedia, por primera vez en su vida pudo darse cuenta de que no era nada ni nadie, valoró su vida y la vida de sus hijos, ¡qué arrepentido estaba de todo lo que había hecho, de todo lo que hasta ese momento había vivido! A lo largo de su recorrido fue reprochándose haber perdido los mejores años de su vida dedicado a la diversión en los bares y con mujeres, cómo se arrepentía no haber disfrutado de su hogar y de sus hijos, ahora lo único que quería en su vida era llegar hasta donde ellos estaban y abrazarlos, decirles cuánto los quería y pedirles perdón de rodillas si fuese posible.

A medida que avanzaba en su viaje se sentía cada vez más cansado, nadie aparecía por ningún lado, la vía estaba completamente desolada, al parecer él era el único que se había arriesgado a hacer tan lar-

¡Yo exterminé al último hombre!

go viaje a pie. Finalmente, la ciudad se iba dibujando a su paso, las casas se veían desoladas, continúo caminando, atravesando las calles que estaban llenas de escombros y vehículos varados en las vías y cadáveres por doquier, su corazón empezó a acelerar su ritmo, no pensó encontrar allí también tamaño desastre, aligeró el paso, estaba ansioso por llegar a la casa donde vivían su exesposa y sus dos hijos. Por fin llegó, timbró varias veces, nadie contestó, se asomó por la ventana, no se veía ni un alma, hasta que decidió romper el ventanal de la puerta de la cocina, metió su mano, abrió la cerradura e ingresó, todo se veía tan desolado que le helaba la sangre de pies a cabeza. Subió las escaleras, entró en el dormitorio y se quedó espeluznado, el cuadro que contempló fue de terror, le salió el alma del cuerpo, sus dos hijos yacían en la mitad del dormitorio y su exesposa tirada en el piso junto a un frasco de unas pastillas desconocidas. Se agarró la cabeza y gritó como nunca en su vida lo había hecho, cayendo de rodillas lloraba como un condenado, acarició los cuerpos fríos e inertes de sus hijos sin dejar de sollozar. En ese momento sintió que su existencia no valía nada, cansado de llorar se había quedado dormido junto a los cadáveres de sus familiares, para cuando despertó estaba bañado en sudores y ardía en fiebres, se arrepintió de todo lo que había hecho en su vida y de cómo desperdicio el tiempo al no dedicarse a su hogar y a sus hijos, en medio de sus delirios sintió que debía reunirse nuevamente con su familia, se acostó al lado de la mujer que nunca dejó de amar y que nunca debió dejar y allí se quedó para siempre.

CAPÍTULO XXIII
TRAIDOR

La mujer estaba impresionada por la tranquilidad de sus tres pasajeros y no hallaba explicación por lo que decidió salir de su curiosidad.

—¿Y dicen que han estado secuestrados?

—Así es, señora.

—¿Y cómo es que lograron escapar?

—Todos los secuestradores de la casa desaparecieron, no sabemos por qué, es un completo misterio.

—Debieron haber huido por lo de la pandemia...

—¿Pandemia? —corearon los tres pasajeros.

—¿Acaso no saben?

—En realidad no sabemos nada —dijo Lorenzo.

—Todo el mundo lo sabe, imagino que por esa causa los secuestradores se marcharon, la pandemia empezó hace unas tres semanas, hay caos por todos lados y lo peor es que son afectados solo las personas del sexo masculino.

—¿Qué? —se escuchó al unísono nuevamente.

—¡Santo Dios! —exclamó Natalie—. Ahora entiendo por qué abandonaron el cuerpo.

—¿Qué cuerpo?

—Es que uno de los secuestradores yacía muerto en la casa.

—Pues si se acercaron a él usted debe estar ya contagiado —dijo la mujer dirigiéndose a Lorenzo.

—¡No puede ser! —exclamó Ross tapándose la boca con su mano, los tres se estremecieron y un escalofrío los cubrió de pies a cabeza que hizo helar su sangre quedando paralizados y sin pronunciar palabra.

La mujer explicó con lujo de detalles todo lo que había estado pasando durante el tiempo que los tres habían estado secuestrados, los mismos que no acababan de salir del espeluznamiento.

—Hay cuerpos por todos lados —comentó la mujer con sangre fría, pues para ese tiempo ya nada le extrañaba y continuó—: yo perdí a mi padre y a mi hermano hace dos semanas —dijo con tristeza.

—¡Dios mío! —exclamó Natalie casi sin poder articular palabra mientras Lorenzo se había quedado completamente mudo.

—Pero díganme, ¿a dónde se dirigen? Quizá los lleve, ya que creo que este es el único vehículo circulando.

Los tres se vieron la cara sin saber qué contestar, Natalie tomó la decisión pidiendo que los llevara a New York. Mientras continuaban estupefactos y a pesar de la seriedad con que la mujer les relataba la situación aún no estaban del todo convencidos, les pareció una extraña y exagerada historia.

—¡El lugar a donde quieren ir está muy lejos! —protestó la mujer.

—Por favor, señora, le pagaremos muy bien en cuanto lleguemos, además si estamos siendo azotados por una pandemia y no hay vehículos disponibles como usted dice no podremos movilizarnos a ningún lado, le suplicamos que nos lleve hasta allá, ¡estamos muy cansados!

—Es que de Pennsylvania a New York...

—¡Pennsylvania! —repitieron mirándose los unos a los otros.

—¡Así es!

—Mire, aquí tengo mi reloj, es de oro, se lo doy a cambio de que nos lleve....

La mujer se quedó en silencio.

—Señora, tenga este anillo, pero por favor llévenos a New York —agregó Natalie.

—Está bien, está bien, solo porque me han caído bien y porque les tengo pena...

Después de aproximadamente tres horas de viaje atravesando una larga e interminable vía rodeada de frondosos bosques con hojas entre café y amarillo y donde se veía una que otra vivienda, por fin el área empezó a parecerles familiar, tras unos minutos más de recorrido Lorenzo indicó por dónde debía ir. A medida que avanzaban se quedaron espeluznados al ver el desastre que se iba dibujando poco a poco ante sus ojos, todo era una catástrofe, realmente no había vehículos circulando durante todo el trayecto y como si esto fuera poco empezaron a aparecer cadáveres tirados en calles y aceras emanando la fetidez de la descomposición.

Los tres científicos estaban petrificados al contemplar aquel apocalíptico espectáculo y se quedaron completamente sin palabras. Tras media hora más de viaje sorteando las carreteras llegaron hasta la entrada principal del CIE, Lorenzo indicó que los dejara en aquel lugar, luego de lo cual se despidieron y agradecieron a la desconocida que los había llevado hasta allí.

Todo estaba tan silencioso, Natalie caminó a hurtadillas como si fuera una delincuente y se acercó a la caseta de control, no había nadie, estaba completamente vacía.

—¡No hay nadie!

—Ten cuidado, amor.

—¿Crees que debemos entrar? —preguntó Ross.

—Amor, creo que no debemos entrar, ¿qué tal si te contagias? —se apresuró a decir Natalie.

—Al parecer no hay nadie y pienso que sí debemos entrar para ver qué está pasando realmente.

Caminaron el corto trayecto que daba hasta el parqueadero, había tan solo cuatro vehículos, uno era de Lorenzo y Natalie, otro de Ross, uno desconocido y otro Ross lo reconoció como de George.

—¡George! Pero, ¿qué habrá pasado con George? —pregunto Natalie entre la admiración y la intriga.

Lorenzo no respondió y ni se inmutó acerca de la pregunta de su esposa, lo cual a ella y a Ross les pareció muy extraño, las dos se miraron y realizaron un gesto de extrañeza. Pero, consideraron prudente guardar silencio, ya que Lorenzo se les había adelantado y caminaba a paso ligero hasta la entrada del edificio, que por cierto estaba semiabierta. «¡Qué diablos!», susurró. Con precaución la abrió y detuvo a las dos mujeres que le seguían. «Quédense detrás de mí», les advirtió y luego se sintió como si fuera un forastero o un extraño caminando con mucha precaución, al ver la soledad del lugar empezó a preguntar en voz alta si había alguien en el lugar.

—¡Hola! ¡Hola! ¿Hay alguien aquí?

Nadie respondió, todo estaba tan silencioso, el ambiente olía a muerte y peste. Caminaron sigilosamente hasta el salón principal y la sorpresa para los tres científicos fue fatal, algunas máquinas habían sido destruidas, Lorenzo y Natalie se quedaron en *shock* y no podían creer lo que veían, mientras Ross se dirigió a los dormitorios, estaba temblorosa, cautelosa miraba de un lado a otro, todo estaba desértico, a medida que se acercaba a su dormitorio un olor putrefacto se hacía más evidente, sigilosamente y tapando su nariz con su brazo caminó hasta el lugar de donde salía aquella terrible pestilencia que hería hasta la fibra más íntima de su cerebro, segundos después lanzó un terrible y profundo grito que retumbo en todo el lugar. Lorenzo y Natalie que estaban momificados contemplando el destrozo corrieron al lugar de donde salieron los gritos.

«¡Es Ross!», alcanzó a decir Natalie corriendo detrás de Lorenzo. Allí estaba llorando desesperada en el umbral de la puerta a pesar del olor que percibía. Sus dos amigos se acercaron y no podían creer lo que miraban, Lorenzo se abrió paso por entre las dos mujeres. «¡Traidor!», dijo con furia. Fue la primera palabra que le salió al contemplar el cadáver de George, que yacía tirado en la mitad de su oficina. Las dos mujeres se quedaron atónitas mirándose la una a la otra, mientras Lorenzo se acercó al cadáver y empezó a bolsiquearlo.

—Lorenzo, no te acerques, ¿acaso estás loco? ¿Qué haces? —gritó Natalie desesperada.

—Busco su teléfono...

—Te vas a contagiar.

—A estas alturas no viene al caso que me cuide, ya debí haberme contagiado allá en la casona.

—¡Santo Dios, qué impudente! —exclamó Ross.

—Pero, ¿para qué quieres su teléfono!

—¿No te das cuenta de que allí podemos encontrar mucha información?

Lorenzo continuó buscando en los bolsillos, finalmente encontró el celular, luego tomó el cargador que pendía de un tomacorriente y nuevamente se abrió paso por en medio de las dos mujeres y se encaminó al gran salón, mientras las dos lo siguieron sin chistar palabra y sin entender absolutamente nada.

—¿Me quieres decir qué es lo que está pasando? ¿Por qué llamaste traidor a George?

¡Dios mío! Pero, ¿qué le pasó a George, por qué esta acá? —Ross sollozaba.

—¿Recuerdan el día en que tratamos de escapar y nos descubrieron? —preguntó Lorenzo.

Las dos mujeres asintieron con su cabeza.

—Pues, ese día descubrí quién realmente era nuestro querido amigo George...

—¿A qué te refieres? —preguntó Natalie.

—Pues, como deben recordar yo me acerqué a la puerta para escuchar las voces que salían de esa oficina y pude oír claramente la conversación de George y el jefe de los delincuentes que nos secuestraron.

—¿Y que fue eso que oíste?

—Los dos discutían y entre una de las cosas que pude escuchar claramente fue lo que el individuo dijo, que no sabía qué hacer con nosotros a lo que George, nuestro famoso amigo, le respondió que se deshiciera de nosotros después que yo les entregara los planos.

—¿Qué? ¡Santo Dios! —Las dos mujeres exclamaron al unísono.

—Eso no es posible, yo conozco a George desde hace mucho tiempo y no lo creo capaz de hacernos daño —protestó Ross.

—Pues en realidad no lo conociste, tu amigo fue el que planeó el asalto y secuestro del que fuimos victimas —Las dos mujeres se quedaron impactadas al escuchar aquellas terribles acusaciones.

—¡Ahora entiendo todo! Es por eso que estabas tan extraño —dijo Natalie.

—Pues sí, así es. No quería decirles nada para no preocuparlas más de lo que ya estaban.

—Aún sigo creyendo que estás equivocado —dijo Ross—. No creo que George haya sido capaz de hacer una cosa así...

En ese instante fueron interrumpidos por un sonido, Lorenzo puso su dedo en la boca para que las mujeres se callaran, luego caminó lenta y sigilosamente al lugar de donde provino aquel ruido y se apresuró a mirar.

—María, espera, ¿qué haces aquí? —Se sorprendió al mirar a la mujer que trataba de huir.

—¡Doctor, está vivo!

CAPÍTULO XXIV
EL BALÓN

La curiosidad de Gina no se hizo esperar y preguntó el motivo tan urgente de aquel viaje.

—Es que tengo que finiquitar unos asuntos.

—¿En la casa presidencial?

—Así es.

—Todo debe ser un caos allá…

Martha alzó su ceja y movió su cabeza de forma afirmativa dejando notar que no quería ahondar en el tema, mensaje que fue muy bien entendido por Gina, que inmediatamente cambió de conversación.

—¿Cómo está tu madre? Mucho tiempo que no la veo.

—Ella está muy bien, gracias, en su finca como tú sabes, le gusta cultivar, ¿y tus padres cómo están?

—Hoy fui a su casa, están recluidos en el subterráneo, mi padre está bien, pero mi hermano había fallecido, estoy deshecha por eso, esa maldita enfermedad.

—Lo siento mucho.

—Gracias. ¿Has sabido algo de esta enfermedad?

—La verdad no, solo sé que se contagia por vía aérea, desde que empezó esta pandemia he estado recluida con mi madre después que perdí a mi esposo y a mi hijo.

—Lo siento mucho.

—Gracias, pero no perdamos más el tiempo y marchémonos.

—Sí, claro.

Luego de un corto recorrido las dos mujeres llegaron a la pista de aterrizaje e iniciaron su viaje. Un manto blanco y lechoso se tendía a lo largo de todo el horizonte, el UH-60 Black Hawk surcaba el cielo a más de doscientas millas por hora, no era un buen día para volar, había fuertes correntadas de aire que hacían tambalear la aeronave, pero los nervios de acero de Gina no le hacían mella, ya había volado antes en circunstancias peores. Martha se veía aparentemente tranquila, pero el nerviosismo le asaltaba cada vez que los sacudones se hacían más fuertes, aunque su cara endurecida no demostraba su preocupación, afortunadamente el horizonte empezaba a despejarse pintándose de azul, el paisaje iba cambiando paulatinamente, ya podía verse el majestuoso Capitolio, el imponente obelisco blanco al extremo oeste del National Mall, el Pentágono como un gigante dormido en aparente calma.

—¿En dónde vamos a aterrizar?

—Directo en el helipuerto de la Casa Blanca....

—¡No! Eso creo que no va a ser posible, nadie me contesta, ni me ha dado permiso...

—Es que nadie te va a contestar.

—¿A qué te refieres?

—Solo haz lo que te digo, no hay nadie en la Casa Blanca.

—¡No lo haré! No me voy a exponer...

Martha se exasperó y sacó su revolver apuntándola.

—¡Te dije que aterrices en la Casa Blanca!

—¡Eeeh! ¡Está bien! Como tu digas... no tienes

que enfadarte de ese modo. No respondo de lo que pueda pasar...

—¡Solo haz lo que te digo!

De esta manera Gina acercó el helicóptero y lo fue asentando poco a poco, hasta completar el aterrizaje, el ruido alertó a un grupo de saqueadores que al mirar la aeronave militar empezaron a huir por donde más podían. No se veía a nadie vigilando el lugar, todo parecía estar completamente abandonado, un gran silencio se hizo presente al terminar el estruendoso ruido que hacían los rotores y las hélices. Martha le pidió que la esperara en lo que ella regresaba.

El ambiente se sentía tenso y abrumador, Martha bajó rápidamente de la aeronave y tan pronto puso un pie en tierra firme corrió hacia la Casa Blanca, alerta y vigilante ante cualquier contingencia miraba a todos lados cuidadosamente, no había nadie, tal pareciera que la humanidad hubiera desaparecido, con precaución empujó la puerta que estaba semiabierta, se introdujo en su interior con mucho cuidado, no se veía ni una alma, la casa había sido vandalizada y saqueada, algunos muebles estaban tirados por todos lados, los destrozos estaban al paso, continuó caminando y sin bajar la guardia se dirigió directamente al lugar donde escondió el balón. «¡Espero que esté ahí!», se dijo en una mezcla de escalofrío y nerviosismo, a pesar de que juró nunca volver por el dolor que le producía aquel lugar, tuvo que hacerlo, debía hacerlo, su sentido del deber la obligaba.

Descendió por el ascensor secreto, todo estaba solitario, el silencio se hacía estridente en sus oídos edematizados por el suspenso, arma en mano se movía de un lado a otro, se dirigió a la habitación que meses atrás le habían asignado, al parecer después de la huida de sus ocupantes nadie más había ingresado en el lugar, todo se veía en su sitio. Abrió con cuidado la puerta del clóset, solo una sudadera pendía de un armador, la arrinconó, acercó una silla y se subió en ella, retiró una pieza de madera del tumbado, se estiró lo más que pudo para tantear el lugar, por fin agarró una cuerda de nailon y tiró de ella, un profundo suspiro llenó sus pulmones con oxígeno, que minutos atrás le estaba siendo negado por el estrés y la incertidumbre.

Tras pequeños tirones a la cuerda finalmente logró agarrar la manija de un gran maletín que lo bajó con cuidado y lo colocó sobre la cama, «¡Espero no haber olvidado la combinación!», pensó manipulando el artefacto, abrió su tapa y «¡bingo!», dijo en susurros, todo estaba bien. Lo cerró con cuidado y se dispuso a regresar.

Con todo este trajín, Martha no se dio cuenta de las intenciones de Gina, que no pudo aguantar la curiosidad de descubrir qué era lo que vino a hacer en la Casa Blanca, cómo supo que podía aterrizar sin ningún permiso y qué escondía. «¿Dónde estará toda la guardia?», se susurró, si bien la pandemia estaba en todo su alto nivel, no pudo concebir que semejante institución estuviera completamente sola, de esta manera decidió seguirla a una distancia considerable y sin que Martha se diera cuenta. Gina estaba que no salía de su asombro al descubrir semejante lugar que ella jamás imaginó que existía, se deslizó con mucho

¡Yo exterminé al último hombre!

cuidado como un gato silencioso hasta la habitación donde entró Martha y la observó desde el umbral, cumplida su misión se retiró de la misma manera que entró, viéndose ya libre de ser descubierta, se echó a correr sin parar hasta llegar al helicóptero en donde como si nada hubiera pasado se la veía tranquilamente sentada en el puesto de pilotos.

—¡Listo! —dijo Martha—. ¡Ya podemos regresar!

—¿Qué es lo que hay en ese maletín que te hizo volar con urgencia hasta acá? Si se puede saber...

—Son unos documentos muy valiosos para mí y que no podía perderlos bajo ningún concepto —respondió.

—¡Qué bueno que los recuperaste!

—Sí, me disculpo por haberte apuntado con mi arma, es que estaba muy preocupada por mis documentos...

—Está bien, no te preocupes, pero por favor no lo vuelvas a hacer, porque me pones muy nerviosa.

Diciendo esto alzaron el vuelo de regreso a la base. La curiosidad de Gina preocupó a Martha, ya que sintió que ella no estaba del todo convencida, «¡debo tener mucho cuidado! Si alguien descubre mi secreto... no, no, no lo puedo permitir, si cae en manos inadecuadas estaremos perdidos».

Luego del aterrizaje las dos mujeres se despidieron y tomaron caminos separados, Gina se marchó con rumbo incierto y Martha decidió regresar a su casa con el cuidado de siempre y nerviosa de haber dejado una vez más su tesoro en la casa, «¡Soy una tonta confiada!», se reprochó. Se acercó como un ladrón vigilando los alrededores, se escuchaban gritos por doquier, la ciudad estaba convulsionada, pero ella lamentablemente nada podía hacer al respecto, así es que no quiso perder más su tiempo, entró y se dirigió a lo que fue su dormitorio, afortunadamente todo se había mantenido igual como lo dejó, empujó su pesada cama y sacó el pequeño maletín con las armas que había guardado horas antes. Para cuando ella decidió regresar a casa de su madre ya había caído la noche y como si fuera poco, se había desatado una fuerte tormenta con truenos y relámpagos que iluminaban la oscuridad de su habitación, que por cierto le recordó que la energía eléctrica estaba completamente ausente en toda la casa.

«¡Mierda! Justo ahora esta tormenta, parece que está lloviendo perros y gatos. Tendré que quedarme aquí esta noche», dijo buscando en medio de la oscuridad algo con que abrigarse. Fue una noche larga y horrible, dormir en un colchón roto y con aquella delgada manta que encontró en el rincón no fue nada agradable, pero Martha estaba acostumbrada a sortear cualquier dificultad que se le presentaba. Durante la mayor parte de la noche permaneció despierta escuchando el estruendo de la tormenta, mil cosas venían a su mente, cosas que no quería recordar y que le lastimaban, pero que eran inevitables no recordarlas, ahora se encontraba allí en su casa. «¡Mi casa! ¡Qué irónica es la vida! Esta casa parece no ser mi casa, tan extraña, destruida, vandalizada, triste, fría…», por fin, después de interminables pensamientos agolpados se había quedado dormida por un par de horas, un agudo grito la hizo saltar de su cama.

Tomando su arma que la había colocado bajo la almohada se aproximó a la ventana, miró con detenimiento los alrededores, no había nadie en las calles, los gritos salían de la casa vecina, la mujer lloraba y gritaba por la pérdida de su hijo. «Esto es una catástrofe», se dijo y sintiéndose impotente, sin saber qué hacer decidió tomar sus cosas y dirigirse a la casa de su madre, la tormenta había pasado y el sol estaba en todo su esplendor. «¿Qué? ¡Es casi las diez! ¡Muero de hambre!».

CAPÍTULO XXV
SIN CULPA

—Escuché ruidos y estaba muy asustada. Pensé que eran esos criminales que habían regresado de nuevo a destrozarlo todo.

Los tres científicos estaban sorprendidos al encontrar a la joven mujer en la institución.

—¿Tú estabas aquí?

—Sí, doctora, tuve que quedarme aquí con mi mamá, porque afuera todo está terrible, lo siento mucho...

—¿Y sabes quién ha hecho este desastre? —preguntó Lorenzo.

—Sí, lo he visto todo. El doctor George me pidió que hiciera la limpieza, lo cual estaba cumpliendo como él me ordenó, en eso veo que unos hombres aparecen y se meten, como todo estaba ya sin control ni vigilancia, no había ni guardias ni tampoco había nadie, mi mamá y yo corrimos a escondernos en la yarda, aseguré por dentro la puerta secreta de acceso, la verdad no reconocí a ninguno, nunca los he visto antes, lo que sí sé es que el doctor George, que en paz descanse... —Se persigna—. Pasó aquí más de una semana queriendo componer las maquinarias que destruyeron los delincuentes, se lo veía muy cansado, pero entonces llegó otro extraño, este sí habló con el doctor, después de un rato el hombre salió prácticamente huyendo, yo no supe por qué, me asomé con cuidado llamando al doctor, él no me contestó, lo llamé varias veces y nada, fui a su oficina y lo encontré tirado en el piso, muerto.

—Pero, ¡cómo!

—¿Lo mato?

—No, creo que no, porque el doctor parece que ya estaba contaminado con esa terrible enfermedad, se lo veía muy mal, tosía bastante, muchas veces le dije que se fuera para su casa, pero no me hizo caso, estaba obsesionado con hacer funcionar las máquinas y me dijo que me quedara a cuidar la isla, por eso nos quedamos.

—¿Cuándo pasó esto?

—Hace tres días. Yo no sabía qué hacer con el cuerpo, por eso lo deje allí. Hoy vine a ver si podía sacarlo, pero los escuché y pensé que eran nuevamente esos malhechores por eso corrí tratando de huir.

—¿Y el doctor Richardson y el resto, qué sabes de ellos? —preguntó Natalie muy intrigada.

—El doctor Richardson falleció lamentablemente pocos minutos después que ustedes se fueron, aquí se formó un caos, vino la policía, disque iban a hacer muchas investigaciones, pero como ustedes saben, se vino encima esta pandemia y todo quedó en la nada. Justo esa noche me tocó hacer mi turno y yo desesperada llamé a la ambulancia, pero ya no pudieron hacer nada. Al siguiente día, vinieron pocos a trabajar y los que vinieron empezaron a retorcerse en el piso, nos asustamos y huimos porque así nos ordenaron, quedando todo abandonado.

—¡Dios mío! —exclamaron las dos mujeres al unísono.

George había planeado todo cuidadosamente, las ganancias serían cuantiosas, tendría su futuro asegurado con este revolucionario invento. El índice de fallar era bajo, solo tenía que encontrar la persona adecuada y eso era lo importante, después de todo la institución no tenía muchos guardias de seguridad, ya que muy pocos conocían lo que allí se trabajaba, el proyecto era completamente secreto, de esta manera nadie sospecharía lo que iba a pasar ni tampoco acerca de él, así es que ese día antes de que el sol lanzara sus primeros suspiros luminosos se levantó con mucha energía y felicidad, realizó sus acostumbrados ejercicios, se duchó y como estaba libre se dirigió a la cafetería para desayunar como acostumbraba, de paso y con suerte se encontraría con su amigo. «¡Ahí está! Le voy a proponer el trabajo y estoy casi convencido de que va a aceptar», pensó. «Y si no, buscaré a otra persona», se dijo a sí mismo. Aunque el preferiría que fuese su amigo. Ya había conseguido a los compradores, le pagarían millones.

—Hey, Rodrigo, ¿cómo estás? —Dio la mano y le palmeó la espalda—. Varios días que no te he visto por acá...

—Sí, así es. He estado un poco atareado.

Los dos amigos ocuparon una mesa y luego de una corta conversación, George propuso al coronel aquel trabajo aparentemente perfecto, tan solo tenía que conseguir los planos del condensador y la fórmula del combustible que utilizarían para el funcionamiento de la isla y desaparecer. «Todo estaba muy bien planeado, pero nunca conté con la aparición del maldito virus», dijo tratando de reparar las maquinarias que habían destruido vándalos desconocidos, afortunadamente no descubrieron la isla gracias a que María, la muchacha de la limpieza, cerró a tiempo la puerta de acceso.

Mientras trataba de arreglar las maquinarias recordó aquel día que dio la orden de que se deshicieran de sus compañeros con toda la sangre fría. «Sí lo hice, ¿y qué? ¡Y lo volvería a hacer!», se dijo, aunque su alma le quemaba por dentro se negaba a sentir culpa. Toda la vida estuvo muy celoso de su amigo Lorenzo, él siempre estaba primero, desde la universidad los profesores lo alababan y decían que era el mejor, después en su vida profesional consiguió y supo cómo ser el jefe de semejante proyecto y como si fuera poco le quitó a la mujer que amaba, «¡yo la vi primero! ¡Estúpido!», se hablaba. Estaba fastidiado con todo y finalmente vio una buena oportunidad para deshacerse de una vez y por todas de todos, «¡principalmente de ese desgraciado que lo único que hizo fue arruinarme la vida!», vociferó. Sus ideas le daban vueltas en su cabeza al recordar lo que le dijo al coronel sin encontrar otra solución.

—Tengo que irme de aquí...

—¿Estás loco? Se supone que estas secuestrado, ¿qué vas a decir cuando te aparezcas por allá?

—Ya veré yo lo que hago, tú solo ocúpate de todo, recibirás lo que acordamos y más.

—Pues, no sé cómo, ya que hasta ahora no hemos conseguido nada. Tu amigo no ha soltado prenda.

—¡Maldita suerte! Todo se ha complicado...

Tienes que sacarle los planos a como dé lugar si es posible mata a las mujeres y después deshazte de él. —Segundos después se escucharon los gritos de La Rata.

—Quédate aquí y no vayas a salir, algo está ocurriendo con los rehenes —dijo el coronel encontrándose con la gran sorpresa de que los rehenes habían tratado de escapar.

—Llévenlos al subterráneo y enciérrenlos —ordenó que los vigilaran muy bien.

El coronel regresó a la oficina, estaba muy intrigado con todo lo que había pasado.

—¿Crees que habrán oído algo de nuestra conversación? —preguntó George.

—A estas alturas ya no importa, al fin y al cabo, pronto dejaran de existir —dijo sentándose detrás de su escritorio.

Una vez que todo estaba en calma y en aparente orden, George salió de la oficina y se marchó en uno de los vehículos de su amigo Rodrigo y se fue pensando esconderse en su departamento en lo que se calmaban las aguas, pero nunca contó con que el destino le jugaría una mala pasada.

A una semana de su supuesto secuestro el caos ya se había apoderado de toda la ciudad, estaba devastada, destruida, no podía creer lo que estaba viendo. «Pero, ¡qué diablos!», vociferó completamente sorprendido al ver todo fuera de control, con vehículos chocados, gente corriendo por todos lados, gritos, llantos, exclamaciones. Enlenteció la marcha de su vehículo mirando todo sin entender, por fin paró en una gasolinera, bajó del auto, se acercó a una pequeña tienda de productos, estaba cerrada, se paró por unos minutos sin saber qué hacer, luego preguntó a un muchacho que llevaba una mascarilla:

—Disculpa, ¿qué está pasando?

—¿De dónde saliste, amigo? ¿Acaso no sabes lo que está pasando? Todos estamos huyendo de la enfermedad.

—¿Enfermedad?

—Así es, amigo, desde hace una semana todos los hombres según dicen estamos siendo afectados por un maldito virus y más vale que huyas tú también... —diciendo esto echó a correr perdiéndose al doblar la esquina.

«¡Solo eso me faltaba!», se dijo, se montó en su vehículo y se dirigió a su casa. Atormentado por todo lo que le estaba pasando, maldecía una y otra vez, se dio cuenta de la ausencia de buses y los taxis eran contados, ingresó en su vivienda y de inmediato prendió el televisor. «¡Qué diablos!», no había nada, todos los canales tenían bandas de colores en sus pantallas o estaban granizadas. Movió los cables quizá en su ausencia se desconectaron, pero todo fue inútil. Ahí estaba su celular, la pantalla negra, muerta. Se acercó al cargador de baterías, lo conectó y mientras se recargaba fue a buscar algo de comer. Encontró algunos enlatados, agarró una sopa, la puso en un tazón y la colocó en el microondas. Pensaba en la historia que iba a contar al resto de compañeros tras su secuestro, tenía que ser muy convincente, «deben estar trabajando», se dijo, ya después que Rodrigo consiga los planos del proyecto decidiré qué hacer. Nunca imaginó que el estúpido de Lorenzo se pondría tan difícil, en ese instante mil recuerdos se agolparon en su cabeza.

«¿Que habrá sido de Richardson? ¿Habrá muerto? Deben estar buscándonos, a pesar de todo lo que supuestamente está ocurriendo, creo que deben estar buscándonos, ¡eso es seguro!», se habló mientras continuó manipulando el control de la televisión tratando de encontrar alguna señal. «¡No puede estar todo muerto!», continuaba hablándose. Contrariado se acercó a su celular, lo activó tratando de encontrar alguna información, pero nada, no había señal, no había internet, no había nada. «¡Tengo que abastecerme inmediatamente!», se dijo.

En ese instante la alarma del microondas sonó, sacó su sopa y se puso a comer, su cerebro estaba confundido sin saber qué hacer, mientras comía se le vino una idea, apresuró en terminar su sopa, cogió las llaves de su auto y salió. En las calles los vehículos estaban enloquecidos, no sé ni cómo avanzó a llegar a la institución, todo se veía desértico, no había guardias ni gente, se parqueó y luego ingresó al edificio, abrió la puerta secreta de acceso y se fue a la yarda para chequear la isla, también estaba solitaria. Afortunadamente los animales habían sido atendidos, pero no sabía por quién, ya que no encontró a nadie, de inmediato se le ocurrió algo y diez minutos después estaba golpeando la puerta de María. Él recordó a la muchacha que limpiaba su departamento y que además trabajaba en la institución. La mujer con el alma en la boca se asomó con mucho cuidado por la mirilla de su puerta.

—¡Es el doctor! —dijo en susurros.

George golpeaba con insistencia luego de mirar el cambio de luz bajo la puerta, sabía muy bien que alguien estaba adentro.

—María, ábreme la puerta, por favor.

Segundos después María se arriesgó y la abrió.

—Doctor, ¡qué milagro! Todos lo dieron por muerto.

—¿Por muerto? ¿Por qué?

—Es que desde que desaparecieron nunca más se supo de ustedes y pensamos que si no los mataron los secuestradores, posiblemente lo hizo la enfermedad, ya que nunca se recibió una llamada pidiendo rescate ni nada. —La muchacha apesadumbrada se persigna—. -También murió el doctor Richardson que en paz descanse…

—¿Murió Richardson?

—Sí, que en paz descanse… —Se vuelve a persignar—. ¿Y los otros doctores, están bien?

—No lo sé, yo logré escaparme para pedir ayuda y no he encontrado a nadie, acabo de llegar y estaba a punto de denunciar a la Policía cuando me encuentro con esto, ¿qué diablos está pasando?

—Dicen que ha aparecido un virus que ataca solo a los hombres… —En ese instante aparece la madre de María ofreciendo un café, George saluda y agradece la gentileza—. He visto horribles cosas, por todos lados hay saqueos, robos asesinatos, muertes, mi madre y yo no hemos salido de la casa desde cuando todo esto empezó, estamos horrorizadas, ya casi no tenemos comida y no sabemos qué hacer.

—¿Hay alguien que se haya hecho cargo de la institución?

—No lo sé, al siguiente día del secuestro, vinieron los del Gobierno, nos estaban interrogando, pero todo quedó en la nada porque los hombres empezaron a enfermarse, entonces nos ordenaron que nos fuéramos. Prácticamente salimos huyendo a reunirnos con nuestros familiares, sobre todo después del único mensaje que dio el presidente pidiendo que nos mantengamos en nuestras casas.

—Doctor, ¿le pasa algo?

—No, no te preocupes, debe ser el cansancio.

—¿Por qué no va a descansar? Además, usted no puede estar andando por ahí, se puede contagiar...

—No, no me va a pasar nada, además no me he encontrado con nadie, eres la primera persona con quien hablo desde que llegué.

—Pero le veo muy agotado, debe ir a descansar.

—Lo que vine a proponerte es que vayas a la institución, hagas un poco de limpieza y te hagas cargo del cuidado de la isla.

—No puedo, no puedo dejar a mi madre sola...

—No te preocupes por mí, hija mía.

—Tu madre puede venir con nosotros y así las dos se ayudan. ¿Qué dices? —interrumpió George.

—Siendo así, está bien, doctor, pero, ¿cómo me voy? No hay transporte.

—Pasaré por ustedes a primera hora, lleven lo necesario como para quedarse un largo tiempo.

—Sí, doctor.

CAPÍTULO XXVI
COMPLOT

Martha salió de la ciudad evitando las calles principales en una retahíla de pensamientos tratando de planear su próximo paso, sabía que lo que llevaba era muy peligroso y no podía caer en manos indebidas, estaba dispuesta a proteger el balón a como diera lugar. Mientras conducía miraba el estropicio que había por doquier, durante su trayecto no vio ni un solo policía, trató de sintonizar la radio y no había nada. Estaba alerta, miraba por los espejos a la gente que gritaba por todos lados, estaba concentrada y preocupada por salir de la ciudad, buscaba una calle por donde desviarse, lejos estaba de imaginar lo que le estaba por ocurrir y que cambiaría su vida para siempre.

Después de casi dos horas de ir por un lado y por otro, continuó por la desértica autopista, manejó por casi media hora, luego se desvió por un camino vecinal, consultó su reloj, era casi el medio día, «Apenas llegue a la casa me daré una buena ducha, comeré algo y dormiré un poco», se dijo acelerando el vehículo. Cuando alcanzó la pequeña lomita se sorprendió al ver tres vehículos desconocidos estacionados en frente de la casa de su madre.

«¡Qué diablos!» se dijo aparcando su todoterreno a un lado de la carretera en medio de unos arbustos. Se bajó del vehículo, cogió el balón y se apresuró a esconderlo en medio de unas rocas cubriéndolo con algunas ramas secas, luego sacó su arma y se deslizó cuidadosamente por entre los arbustos llegando hasta el parqueadero donde estaban los desconocidos vehículos, con mucho cuidado se deslizó hasta llegar a la parte posterior de la casa y con gran asombro miró por la ventana de la cocina a su madre sentada en una silla mientras un militar la apuntaba, dos miraban por la ventana y otra hacía guardia escondida tras la puerta. Sin duda la esperaban. No sabía qué hacer, se sentía completamente impotente, tenía mucho miedo de que su madre saliera lastimada, «Pero, ¿por qué? ¿Qué es lo que quieren y cómo dieron con esta casa que prácticamente estaba fuera del mapa?», pensaba una y mil veces. Se paraba para mirar por la ventana y se acuclillaba, nadie sospechaba que ella estaba allí, «¡tengo que hacer algo inmediatamente!», pensó. Pero no sabía qué hacer, por primera vez se sintió completamente impotente. Se paró nuevamente para mirar y lo que vio le congeló la sangre hasta los huesos.

«¡Gina! ¡Maldita seas! ¡Pero como no me di cuenta!», se dijo agarrando su cabeza iracunda y desesperada, ella se había parado junto a su madre. «¿Y quién es ese?», se sentó de nuevo, no lo reconoció, tenía las insignias de capitán y apuntaba a su madre sin ningún reparo gritándole.

—¿Dónde está? ¡Responda!

—Ella no va a venir. Déjeme en paz, ¿qué quieren de mi hija? —vociferó su madre en medio del llanto.

De pronto, se escuchó una detonación. Martha se incorporó y contempló con horror como su madre caía al piso mal herida mientras la humareda que emanaba del arma se esparcía en cámara lenta como si el tiempo se hubiera detenido, de forma distorsionada escuchó los gritos de Gina y otra voz que reclamaba «Pero, ¿qué has hecho idiota?». Sin pensarlo, en segundos Martha pateó la puerta de la cocina disparando por donde más podía y gritando con un dolor horrorizado. En medio de los disparos Gina se tiró al piso y se arrastró detrás de un sofá y allí permaneció paralizada. Fueron segundos interminables de disparos a mansalva hasta que todo quedó en un sepulcral silencio. Ya se veían los cadáveres esparcidos por todos lados, luego un grito de dolor aterrador salió de la garganta de Martha al constatar que su madre terminaba de dar el último suspiro en sus brazos, su corazón se partió una vez más en mil pedazos y a pesar de que estaba fuera de sí, sintió que alguien se movía y trataba de escapar, instintivamente se movió y le apuntó con su arma.

—¡No te muevas o te vuelo la tapa de los sesos! —dijo en un mar de dolor y llanto.

—No me mates, por favor, no me mates…

—¡Te mataré con mucho gusto y lentamente! —vociferó con rabia y venganza.

—No, por favor, me obligaron a decir en dónde vivía tu madre, por favor… Amenazaron con matarme y matar a mi familia.

—¡Mentira!

—¡Es verdad! ¡Te lo juro! Si no me matas te diré algo que te va a servir para vengarte de los que quieren verte muerta.

—¡Cállate!

—Lo compartiré contigo… si no me matas lo

compartiré contigo.

—¿Por qué vinieron? ¿Qué querían? ¡Contesta! —Continuó apuntándola sin escuchar las suplicas de Gina.

—Dijeron que tú tenías el balón y te lo querían quitar...

—¿Y cómo se enteraron? —vociferó.

—No lo sé. No lo sé. Te lo juro —continuaba sollozando.

—Después ajustaré cuentas contigo —dijo, finalmente recordando a su madre, con un profundo dolor y a pesar de la rabia que sentía bajó su arma y se acercó al cuerpo, alzó su cabeza, la abrazó, la besó y lloró hasta cansarse. Gina la contemplaba desde lejos y sin que se diera cuenta se alejó poco a poco, luego corrió hasta su auto, lo prendió y cuando estuvo a punto de marcharse se arrepintió, sin saber por qué, regresó junto a Martha y trató de calmarla.

—¡Ya no me queda nada! —sollozaba con un llanto incontrolable. En ese momento pidió a Gina que le ayudara a darle cristiana sepultura. Enterraron el cuerpo de su madre bajo un enorme árbol de cedro que estaba en la parte posterior de la casa, allí colocó una cruz de madera y un ramo de flores del huerto que tanto amaba.

—Adiós, madre mía, pronto nos volveremos a ver.

En ese instante su corazón se endureció y supo que nunca volvería a ser la misma que un día fue, de rodillas junto a la tumba de su madre juró no llorar ni sufrir más. Minutos después de honrar a su progenitora, esparció combustible en toda la casa y le prendió fuego, quería borrar todo lo que le causaba tanto dolor, no quería que quedara ni un solo recuerdo de su vida pasada. Gina la contemplaba sin decir palabra, ella estaba dispuesta a mantener su mentira costara lo que costara, sabía muy bien que si Martha se enteraba de que ella fue la que dio información a la general Reynolds acerca del balón estaría muerta, pero nunca imaginó que iba a suceder toda esta terrible tragedia, además a ella la obligaron a decir dónde se estaba quedando con la amenaza de matar a su familia si no lo hacía.

Una vez que Martha se sintió un poco más tranquila le dijo:

—Es hora de poner el orden y de hacerles saber quién va a gobernar desde hoy en adelante.

—¿A qué te refieres?

—¡Ya lo verás!

Martha se dirigió a su todo terreno, mientras Gina la siguió atrás.

—¿A dónde vas? —vociferó—. ¡Respóndeme!

Martha no contestó, solo se dirigió a paso ligero siguiendo la vereda hasta perderse en los arbustos ante la incógnita mirada de Gina, que trató de seguirla, pero no lo hizo, más bien fue a su auto, encendió el motor y cuando estuvo a punto de marcharse con admiración vio que Martha tenía un maletín negro en su mano, se montó en su todoterreno y se fue levantando el polvo.

«¡Ahí está el balón!», exclamó Gina, en esos momentos se le vino mil de ideas, no sabía qué hacer, finalmente resolvió seguirla de cerca. Manejaban por en medio del desastre hasta llegar a la base militar.

Martha no ingresó al interior luego de darse cuenta de que Gina la estaba siguiendo, en cambio la esperó aparcada a un lado de la base.

—¿Y qué, vas a perseguirme por todos lados?

—Martha, tú sabes cómo está la situación y estoy dispuesta a unirme a ti para lo que sea.

—No puedo confiar en ti, estoy segura de que tú me traicionaste….

—Tú sabes que no es verdad, me amenazaron, Martha. Yo no les dije nada del balón, ¿cómo iba a saber que tú lo tenías?

—¡No me mientas! Tú me llevaste a la Casa Blanca.

—Sí, pero yo nunca imaginé nada. Te lo juro. Déjame unirme a ti, no te vas a arrepentir…

Martha se quedó pensando por unos segundos, pero luego tomó la decisión de que Gina podría serle muy útil en sus propósitos: «¡Y ya después veré lo que hago contigo, traidora!», pensó.

—¡Está bien! Entonces camina…

Cada quien se subió en su respectivo vehículo e ingresaron en la base, la misma que como la vez anterior estaba completamente vacía. Martha buscaba a alguien por allí hasta que por fin alcanzó a ver a la capitana que la había recibido anteriormente.

—¡Zabala! Vengase para acá —vociferó.

—¡A su orden, mi coronela!

—Convoque a una reunión a todos los que se encuentren acá.

—Pero, es que están solo dos más, mi coronela.

—Pues bien, en diez minutos en mi oficina.

CAPÍTULO XXVII
IRÉ YO

—Amor, ¿has logrado desbloquear el teléfono de George? —preguntó Natalie

—No, no lo he podido hacer aún, me he descuidado de hacerlo por tratar de restaurar el funcionamiento de las computadoras para poner a funcionar el *airsible*, hoy lo haré.

—¿Y tú? ¿Has logrado algo?

—Aún no, es un virus desconocido, se parece a una estrella, nunca lo había visto antes, lo que no me explico es por qué tú no te has contagiado, ¿qué es lo que te hace inmune? ¡Has estado en contacto directo con ese tipo de la casa y con George y no te ha pasado nada!

—Pues, quizá porque ya estaban muertos.

—No, no es verdad, tú sabes que a pesar de que estén muertos son potencialmente contagiosos.

—Pues, no lo sé, ¡tú eres la bióloga! —Rio.

—¡Jash!

Y es que Natalie fue de la idea de tomar unas muestras de sangre de George antes de cremarlo para analizarla, estudios que habían estado haciendo junto con Ross desde hace un mes tiempo en el cual luego de haber ido a sus respectivas casas a traer algunas cosas prefirieron recluirse en el CIE, tanto para protegerse como para tratar de recomponer las maquinarias. Será por un corto tiempo, pensaron, pronto todo volverá a la normalidad y retomaremos nuestras vidas, sin embargo, estaban muy preocupados por sus familiares, pero no podían hacer nada, estaban completamente aislados, sin teléfonos, sin televisión, ni radio, ni combustible suficiente como para realizar un viaje. A pesar de que se mantenían ocupados, Ross estaba aburrida y quería saber qué estaba ocurriendo en el exterior.

—¡Creo que es hora de salir y enterarnos de lo que está pasando! —dijo.

—No podemos, porque justamente no sabemos qué es lo que está sucediendo, además no tenemos ni combustible —respondió Lorenzo.

—¡Pero ya ha pasado tanto tiempo!

—Así es, Ross, ¿crees que no quiero también salir e ir a ver qué ha ocurrido con nuestras casas y con nuestras familias? Pero no podemos. Por el momento este es el único lugar para quedarnos, aquí estamos seguros.

—Pero, podemos hacerlo en la noche.

—Es muy peligroso, creo que aún no se ha controlado la situación. ¿Recuerdas esos tipos que vinieron la otra noche tratando de entrar? —preguntó Natalie.

—Sí, claro, pero creo que uno de nosotros debe salir y mirar, ¿qué tal si ya pasó todo y nosotros aquí'

—Pues, no lo creo, porque de ser así, alguien ya hubiera venido a proteger la institución. Si salimos, nos arriesgaríamos a traer el virus e infectar a Lorenzo.

—Pero, ¿no me has repetido hasta el cansancio que él es inmune?

—Sí, pero no estoy completamente segura.

—¡Es que estoy desesperada! Este silencio altera a cualquiera. Además, quizá podemos conseguir algo para el bebé.

—¿Bebé? —Lorenzo se quedó en *shock*—. ¿De qué bebé estás hablando, Ross?

—¡Uy, lo siento! ¡Creo que metí la pata!

—Natalie, ¿qué está pasando? ¿Qué es lo que me has estado ocultando?

—Creo que mejor los dejo solos. —Ross se alejó.

—Y bien, estoy esperando una explicación.

—Es que, es que... bueno... cómo te digo... ¡Es que estoy embarazada!

—¡Cómo! —Se emociona, pero luego se enoja—. ¿Cómo me has podido ocultar algo tan importante? ¿Y cuánto tiempo tienes?

—Nueve semanas, más o menos.

—¿Qué? Pero, ¿por qué me lo has ocultado? ¿Cómo pudiste? Ahora entiendo esos extraños malestares en esa casa y en el bosque. Pudo haberte pasado algo... —Lorenzo camina de un lado a otro agarrándose su cabeza.

—Mi amor, por favor, no te molestes conmigo, la única razón por la que te oculté fue porque no me hubieras dejado ni caminar, ni hacer nada y no quise ser un obstáculo.

—Pero, pudo pasarte algo. ¡Por Dios! ¿Y cuándo pensabas decírmelo, eh? ¿Qué estabas esperando? ¿A que naciera el bebé?

—Te lo iba a decir en estos días. Lo siento amor, ¿me perdonas? —Natalie puso cara de niña mimada.

Lorenzo la miró con ternura, la abrazó, la besó y se estremeció solo en pensar lo que le hubiera podido ocurrir a su amada esposa, «es una imprudente, pero la amo con toda mi vida», pensó. Sin aguantar la emoción empezó a vociferar.

—¡Dios mío! Mi amor. Voy a ser padre, ¿te das cuenta? ¡Voy a ser padre! No me vuelvas a ocultar nada, amor, por favor —le dijo agarrándola por los hombros.

—¡Está bien, te lo prometo!

En ese momento tomó una decisión que en otras circunstancias jamás lo hubiera hecho.

—Voy a salir esta noche —dijo

—¿Cómo? No, no puede ser. Tú mismo dijiste que era muy peligroso.

—Es cierto, amor, pero como dijo Ross tenemos que saber qué es lo que está pasando, estamos aquí tanto tiempo encerrados e incomunicados y es mejor que sepamos a qué atenernos.

—Es que te puede pasar algo o te puedes contagiar, amor. Ross, dile...

—¿Acaso no me has repetido hasta el cansancio que soy inmune?

—Sí, pero...

—¡Iré yo! —intervino Ross.

—Nada de eso, voy a ir yo y no se hable más. Amor, no te preocupes, no me va a pasar nada, te lo prometo.

—Doctores, la comida está lista, ¿van a servirse? —interrumpió María.

—Sí, ya vamos... gracias, María.

Se dirigieron a casa de la isla, atravesaron la

amplia puerta maciza y secreta que luego la cerraron tras sí con los respectivos códigos de seguridad y caminaron un par de minutos por una vereda rodeada de una tupida vegetación, hasta llegar a unas escaleras de metal por las cuales subieron unos cuantos escalones, nadie ni en un millón de años sospecharía la existencia de aquel maravilloso proyecto muy bien disimulado en medio de una extensa y tupida vegetación, luego caminaron unos pocos metros dirigiéndose a una pintoresca casona rodeada de hermosos jardines muy bien cuidados que siempre llamaba la atención de Natalie, que no se cansaba de alabar a doña Lucrecia por el cuidado que daba a ese hermoso rosal multicolor.

Al ingresar al interior de la casa se podía percibir el delicioso aroma de la comida caliente que emanaba desde la cocina y que lamentablemente Natalie no pudo soportar, haciendo que se dirigiera al baño ya con mayor confianza porque finalmente Lorenzo se había enterado. A nadie le impresiono esa reacción.

—Ya lo sabían, ¿verdad? —dijo mirando a todos.

Todos se vieron las caras y asintieron. Mal que no tiene remedio, como en todo, el interesado es el último que se entera. Terminada la cena Lorenzo se despidió de todas para salir y averiguar en qué estado estaba la situación. Por más que Natalie trató de persuadirlo fue imposible, aunque Ross se arrepintió de haber insinuado y haber dado la idea, nada convenció a Lorenzo que ni bien el manto de la noche empezó a cubrir el horizonte, se despidió de su esposa de su amiga y de las dos mujeres del servicio que las acompañaban.

—Es por nuestro bien, Ross tiene razón, además, ya estamos quedándonos sin ropa —dijo a su esposa despidiéndose con un tierno beso—. Ross, cuídala, por favor, cuídense todas y no vayan a salir ni a abrirle a nadie!

—Cuídate tú también... —respondieron con sus caras entristecidas y sollozantes.

Se deslizó sigilosamente como un gato asustadizo apenas salió del edificio de la institución. Afortunadamente el traje que llevaba era negro, una camisa desgastada y pantalones de mezclilla con algunos agujeros diminutos en las esquinas de sus bolsillos, y una gorra que Natalie le había hecho desbaratando el único suéter negro que tenía.

La frialdad nocturna carcomía sus huesos, no del todo por el frío, sino por el aire a mortandad que inundaba el ambiente. Avanzaba asustadizo por entre los árboles y arbustos hasta dar con la carretera, acompañado solamente por el intenso sonido del silencio, interrumpido tan solo por el danzar de las ramas, que inventaban figuras nocturnas asustantes que lo ponían más alerta, «¡Un largo recorrido me espera!», pensaba mientras caminaba por el borde solitario, había ido y venido mil veces por esa misma carretera, pero en su auto, nunca imaginó lo lejos que estaba la institución, finalmente pudo vislumbrar en las tinieblas unos cuantos y escasos puntos lejanos de luz titilantes de lo que posiblemente era la ciudad.

«Está tan oscuro que ni a mí mismo me veo», se dijo en susurros frotando sus heladas manos. Unas cuantas casas empezaron a asomarse, pero todas estaban a oscuras, los postes de luz en tinieblas. Siguió avanzando, siempre alerta, ingresó a la ciudad, Manhattan solitaria, la oscuridad cubría todas sus calles y los edificios solo eran un parapeto enmudecido, gigantes inertes, todo tan silencioso, nunca imaginó ver a la Gran Manzana ser la gran tinieblas, en medio de su ensimismamiento y su admiración, un escalofrío cubrió todo su cuerpo cuando escuchó unas voces, se escondió tras unos autos destartalados que se habían quedado abandonados en medio de la calle.

«¡Muévanse! ¡Muévanse!», decían unas mujeres vestidas con uniforme militar en color negro a otro grupo de mujeres aparentemente civiles que se resistían ante las agresiones que recibían, hasta que una estridente y luminosa detonación irrumpió el silencio cuando una de las militares disparó a quemarropa a la mujer que les gritaba «¡asesinas!».

Lorenzo no entendía lo que estaba pasando, sin realizar el más mínimo movimiento, se quedó observando todos los sucesos hasta cuando el grupo de mujeres se fueron alejando por en medio de las mudas avenidas, dejando el cuerpo tirado en el asfalto quedando nuevamente en sepulcral silencio. Decidió seguir avanzando para ver si lograba averiguar algo más, nadie había por las calles hasta que al doblar una avenida sintió un apretón, un apretón en su nariz y boca que no le dejaba respirar y una torsión de brazo que impedía su movilidad, aquella fuerza devastadora lo arrastraba hasta introducirlo en un oscuro sótano y tirarlo bruscamente sobre el piso.

—¿Quién eres? —le gritó el desconocido mientras Lorenzo tirado en el piso no sabía qué hacer ni qué responder.

—¿Quién es usted?

—Yo te pregunté primero, ¿quién eres y de dónde saliste?

—Mi nombre es Lorenzo y...

—Y...

—Estoy buscando alimentos...

—¿Estás loco, que no ves que todos los hombres estamos muriendo? No deberías estar en la calle.

—Es que como le digo, salí en busca de alimentos, pero ¿por qué me arrastró de ese modo?

—¿Acaso no sabes?

—No, en realidad no sé nada porque he estado recluido e incomunicado.

—Pues, si no has muerto con el virus, tienes mucha suerte, pero tu suerte puede cambiar porque puedes ser eliminado por las «aniquiladoras», como se hacen llamar.

—¿Aniquiladoras?

—Así es, están al mando de una cruel mujer y están eliminando a todos los hombres sanos y enfermos, además de que reclutan a las mujeres para ponerlas bajo su mando.

—Pero, ¿quién es esa mujer?

—Se hace llamar La Comandante. Están experimentando con todos los hombres que encuentran con el cuento de que quieren encontrar una vacuna, yo logré escapar y me estoy escondiendo en este sótano.

—Pero, ¿tú no has enfermado?

—Hasta ahora no y ni tú, por lo visto.

—No, pero ahora tengo que marcharme y le agradezco mucho por la información.

—Creo que debes quedarte, porque ya está clareando y si te ven caminando por ahí, seguro serás su conejillo de indias. Soy Fernando...

—Mucho gusto, yo soy Lorenzo.

En contra de su voluntad, Lorenzo tuvo que pasar todo el santo día encerrado en un funesto y oscuro sótano esperando otra vez que el manto de la noche lo cubriera, en ese lapso se había quedado dormido un par de horas hasta cuando Fernando lo despertó y lo invitó a comer un pedazo de pan y un vaso con agua.

—Es todo cuanto puedo ofrecerte —le dijo apesadumbrado—. A mí también ya se me está acabando la despensa.

A Lorenzo le dio mucha tristeza mirar al individuo en aquellas lamentables condiciones y pensar que él hasta comida caliente tenía. A pesar de que no le faltaban ganas para invitarlo a la institución no lo hizo porque no quería poner en riesgo, sobre todo a las mujeres. Al cuestionamiento disimulado de Lorenzo, el individuo contó con lujo de detalles lo que sabía acerca de cómo inicio aquella terrible pandemia y cómo se empoderó La Comandante.

CAPÍTULO XXVIII
FIDELIDAD O MUERTE

El silencio sepulcral de la noche fue interrumpido por el estruendoso sonido de una pantalla gigante que se encendió en Times Square con una imagen en barras a colores como el arcoíris, luego tras unos segundos apareció una mujer joven con ropa militar en color negro anunciando que su comandante en jefe se dirigiría a la nación en unas dos horas. La noticia corrió como pólvora, después de tanto tiempo finalmente vieron por un par de minutos una imagen en la pantalla, la terrible enfermedad había hecho colapsar todo el sistema satelital y por ende las compañías televisivas, radiales, internet y la totalidad del sistema económico. Entonces la gente se preguntó quién era esa tal comandante y a quién le interesa saber que ella se dirigiría a la nación en semejantes congojas que cada familia estaba sufriendo por causa de esa maldita enfermedad. Todo el sistema público estaba colapsado sin reglas y sin control, ¿quién tenía tiempo para seguir reglas? En un inicio la criminalidad había aumentado y también había disminuido de tajo por la afección que los hombres estaban sufriendo, cada familia trataba de dar cristiana sepultura a sus miembros masculinos como podían, la mayoría quemaban los cadáveres en las calles, otros cavaban sus propias fosas donde podían, hasta en sus yardas. Cargaban un inmenso dolor a cuestas al ver a sus seres amados consumirse en contadas horas, caer muertos y luego buscar en donde enterrarlos, aunque muchos quedaban abandonados en la calzada, los más autoritarios acudían a los cementerios locales y allí cavaban sus propias fosas y ante la extinción tan brutal de la raza masculina estas tareas las empezaban a realizar las mujeres, que en su afán por ganar un espacio en cualquier parte del campo santo se agarraban de los pelos en batallas campales sin control. Y ahora, ¿de qué comandante están hablando? Se preguntaban todas las familias devastadas, ya quedaban contados hombres en la faz de la tierra y «venir a distraer el dolor que todos sentían con la supuesta comandante como si no tuvieran suficiente tormento, ¿quién le va a hacer caso a esa advenediza?», dijo una mujer que había perdido a su esposo, a sus tres hijos y a su padre, «¡Estamos solas en el mundo! ¿Dónde está el presidente? Ese sinvergüenza debe estar bien guardado en su búnker mientras nosotros, el pueblo, estamos exterminándonos». «¡No tenemos comida!», protestaban otras.

Daba un hondo pesar ver los campos yermos en la mayoría de las poblaciones, el clamor era general, no había un lugar donde abastecerse de alimentos y lo poco que las personas habían almacenado estaba a punto de terminarse. A pesar de aquella tragedia que enlutaba al mundo y a las protestas generales, la curiosidad de las personas fue más poderosa, todas las familias prendieron sus televisores o sus radios y esperaron con ansias la aparición de aquella imagen anunciada, después de tanto tiempo.

En un inicio los televisores estaban granizados por unos cuantos minutos, luego salieron esas barras de colores desesperando a la gente que esperaban impacientes, por fin apareció un escritorio vacío con una bandera desconocida de color blanco y negro con un águila en vuelo en color dorado en el centro. La incertidumbre se apoderó cada vez más al mirar aquella silenciosa y tácita escena, los minutos se hicieron eternos como si el tiempo se hubiera detenido presagiando peores catástrofes. Finalmente salió la misma mujer que dio el anuncio hace exactamente dos horas, informando que La Comandante haría su aparición en cinco segundos. La pantalla se negreó y en el centro salió el número cinco en conteo regresivo. «¡Tanto misterio!», vociferaban en todas las calles y casas las sobrevivientes, muchas mujeres al verse solas y con semejante dolor, preferían unirse al sueño eterno de sus familiares fallecidos.

En la pantalla apareció por fin una mujer joven de pelo castaño con corte masculino llevaba una gorra negra con la misma águila dorada en la parte frontal, su uniforme era negro y en el pecho el águila dorada al lado izquierdo sumada a otras insignias.

—¡Buenas noches, pueblo! Soy su comandante y desde hoy soy su gobernante, mi nombre no lo necesitan saber. Lo que sí necesitan saber es que desde hoy en adelante seguirán mis reglas. Debido a esta devastación masculina, he decidido tomar el control y poner orden, la persona o personas que no sigan las ordenanzas de mi gobierno, serán encarcelados y de acuerdo con su falta serán condenadas previo a un juicio que lo haremos en nuestros juzgados. Tengo que informales que en mis manos está terminar de un solo tajo, si es que yo quiero, el mundo entero con solo aplastar un pequeño botón. ¡No aceptaré por ningún motivo protestas ni revueltas de nadie! He redactado nuevas leyes y reglamentos para poder subsistir y sobrevivir ante esta plaga que está exterminando con la raza masculina y de ninguna manera serán cambiadas ni modificadas por persona alguna. Los conspiradores tendrán pena de muerte inmediata. Más resoluciones se les informaran periódicamente, gracias.

Las pantallas se granizaron y luego todo quedó negro y en silencio.

¡Oh, Dios mío, es el fin del mundo! ¡Esta mujer está loca! Pero, ¿quién es esta? ¿Dónde están las verdaderas autoridades? Fueron muchas de las preguntas y clamores que la gente se hacía y que algunas fueron respondidas y otras nunca.

—Eso es lo que ha pasado en todo este tiempo y me extraña mucho que tú no estés al tanto de la situación que estamos atravesando —dijo Fernando.

—Es que como te dije, estoy recluido en un sótano con mi esposa y mi hermana y no hemos salido para nada desde que empezó la pandemia y no funcionan ni los televisores, ni los teléfonos. Teníamos mucho miedo de salir, ahora me vi obligado a hacerlo porque ya no tenemos alimento. Tuvo que mentir Lorenzo ante el desconcierto del hombre que lo miraba como si fuera un bicho raro.

Cuando Gina y las tres militares estaban por fin reunidas en las oficinas del que alguna vez fue el general Roger y que ahora la ocupaba Martha, La Comandante, ella les comunicó que desde ese instante tomaría el mando y que tenían que obedecer al pie de la letra sus órdenes, las que estaban con ella serían muy bien recompensadas, a más de que gozarían de muchos privilegios entre uno de ellos subir su rango a corto plazo, y ser dueñas de algunas propiedades o si escogían no hacerlo serían encarceladas bajo el cargo de alta traición a su superior.

—¿Se unen a mí o no?

Ninguna de ellas vaciló, estaban dispuestas a hacer lo que sea, además todas habían perdido a sus padres y hermanos y vivían solas o con sus madres.

—Usted Zabala, pasará al rango de coronel, y ustedes dos serán capitanas. Y tú, Gina, te voy a dar una oportunidad de demostrarme fidelidad nombrándote mi brazo derecho —dijo.

—¡Y no te vas a arrepentir! —le respondió.

Lo primero que ordenó fue convocar a todas las militares que quisieran unirse a la mueva mandataria, muchas acudieron, otras se negaron a hacerlo con consecuencias fatales. La Comandante ordenó el reclutamiento de cuanta mujer encontraran en su camino *so pena* de cárcel o muerte en caso de no aceptar, ella misma salió en un camión junto con las cuatro mujeres todas vestidas de militares, lo que se convirtió en una terrible cacería por no decir otra cosa. El centro de mando temporal lo hicieron en la base militar en New York, tras dos semanas de haber realizado estas actividades, habían reunido casi quinientas mujeres que se vieron obligadas a seguir órdenes.

El momento en que Martha decidió nombrarse gobernante, el mundo dio un giro de ciento ochenta grados, de lo que antes fue no quedó ni la pálida sombra.

Los camiones de reclutamiento, posteriormente llamados de la muerte, salían a las calles y avanzaban lentamente en el día o en medio de la oscuridad de la noche como animal salvaje a su presa atrapando a punta de revolver a cuanta mujer aparecía, en un inicio nadie sabía lo que pasaba, luego cuando los veían, todas huían porque muchas de las que eran reclutadas nunca más regresaban.

El primer día de reclutamiento habían logrado traer a veinte mujeres, una vez en la base, les ordenaron que bajaran del camión, algunas lo hicieron, pero otras se resistieron por lo que las tuvieron que bajar con amenazas. Todas protestaban ante la agresividad lanzando insultos y vituperios en contra de las militares, ninguna quería obedecer, ni doblegarse ante las ordenes que les daban. Una de las mujeres sin aguantar más los abusos a los que eran objeto, dio la media vuelta para marcharse, esto enfureció a La Comandante, que sin más le vociferó ordenándole que regresara y se pusiera en la fila, la mujer hizo caso omiso de la orden, entonces La Comandante sacó su arma y le disparó con tal sangre fría que su insensibilidad heló los huesos de todas las reclutadas, que sin chistar palabra, con sus cabezas gachas y aterrorizadas, corrieron a colocarse como las militares les habían ordenado.

—¿Alguien más osa desobedecerme? —gritó, todas guardaron silencio y continuó—: las que quieren serme fieles voluntariamente tendrán muchos privilegios en mi gobierno y las que no, me veré forzada a darles el mismo destino que a aquella mujer que yace en el piso, desde hoy en adelante yo soy la ley, y lo que yo diga se cumple. ¿Entendido?

—¡Sí, señora! —se escuchó indistintamente.

—Señora no. ¡Sí, mi comandante! ¡Entendido!

—Sí, mi comandante —apenas pronunciaron.

—¡Entendido! —vociferó una y otra vez hasta que las mujeres lo vocearon una y otra vez a una sola voz.

Les informó además que quedarían acuarteladas y que serían entrenadas y al final seleccionadas de acuerdo a sus habilidades y a sus estudios. A medida que pasaban los días, seguían reclutando más y más mujeres, algunas por más amenazas que recibían, no querían doblegarse así que las encerraban sin comida y con una pequeña cubeta con agua que se repartían entre ellas. Estaban desesperadas y no sabían el fin que iban a tener. El lugar donde se encontraban era oscuro y el piso de cemento, unas con otras se acurrucaban para poder soportar el frío, allí permanecían hasta cuando se decidían a servir a La Comandante en completa sumisión.

A las que se humanaron a ser fieles las colocaron en las barracas asignándoles una litera a cada una. Al siguiente día, ni bien empezaba a clarear, eran despertadas con una estruendosa trompeta que pitaba en la puerta del cuarto donde dormían.

—¡A levantarse haraganas! —gritó Adams.

—¿Qué le pasa? ¡Déjenos dormir! —se oyó una voz desde el fondo del cuarto.

—¡Silencio! —vociferó la militar—. Soy la sargento Adams y les ordeno que salgan al campo de entrenamiento, soy la encargada de entrenarlas.

Nadie quiso obedecerla.

—No queremos estar acá déjenos ir —gritó otra.

Adams se acercó a la mujer que protestó y le disparó a quemarropa ante el horror del resto, que sin chistar palabra salieron y siguieron al pie de la letra las ordenes que les había dado.

—¡La que se niegue a obedecer tendrá el mismo trato! —gritó.

Se abrieron las escuelas y empezaron a lavar el cerebro a todas las niñas. De los abusos y los autoritarismos que estaba cometiendo la mentada Comandante llegó a los oídos de la general Reynolds, que como todas las mujeres se había retirado a llorar a sus muertos, había perdido a su esposo y sus dos hijos, pero después de oír las múltiples quejas que le llegaban decidió enfrentar de inmediato a la advenediza.

En cuestión de un par de horas Reynolds llegó a la base, algunas de las militares la reconocieron y dieron informe a La Comandante, quien mandó a que la hicieran pasar a su oficina, ni bien entró, con voz autoritaria le ordenó que se retractase del mandato y que se rindiera entregando sus armas y por su puesto el balón. Pero La Comandante pidió de manera muy comedida y con respeto al rango de la general que se uniera a sus filas y que fuera la segunda al mando, lo cual la indignó y la amenazó con realizarle un consejo de guerra si no deponía su cargo.

La Comandante se paró de su escritorio con el rostro sereno y frío sin demostrar en lo más mínimo lo que le quemaba por dentro, dio la vuelta, se paró junto a la general y la miró de pies a cabeza, luego con voz pausada le preguntó:

—¿Es su última palabra?

—¡Absolutamente! —voceó—. Su general le está ordenando que deponga su postura inmediatamente.

Comprendiendo que no lograría nada con aquella mujer, La Comandante ordenó que la llevaran detenida. De esta manera Reynolds fue conducida sin ningún reparo ni consideración a un calabozo donde le interrogaron acerca de quién le informó que la comandante tenía el balón, nunca pudieron hacerla hablar a pesar de las torturas que sufrió, por lo que la dejaron encerrada sin ningún juicio y solo salió de allí el día de su fallecimiento.

Con el pasar del tiempo y a pesar de la represión a la que empezaba a sufrir el pueblo poco a poco se fue restituyendo las instituciones más importantes con las diferentes profesionales mientras los pocos hombres que quedaban continuaban desapareciendo atacados por aquella terrible enfermedad completamente desconocida sin una cura inmediata o asesinados en los laboratorios.

CAPÍTULO XXIX
OTRA VEZ

Sin nada más por hacer, Lorenzo se dispuso a regresar a la institución, luego de haber escuchado aquella terrible historia solo sabía que su regreso debía hacerlo con mucho cuidado y alerta a todo acontecimiento, su mente estaba muy confundida con todo lo que estaba pasando y más aún de haberse enterado de cosas que jamás imaginó que estaba pasando. Ahora más que nunca tenía que acelerar el trabajo para poner a funcionar el *airsible* y huir hasta que quizá algún día todo llegue a la normalidad nuevamente, que lejos estaba de la realidad.

Ni bien oscureció se despidió de su nuevo amigo, los dos se desearon suerte, «¡la vamos a necesitar!», le dijo Lorenzo agradeciéndole, estrechando fuertemente la mano y palmeando la espalda de aquel hombre que le había brindado refugio.

Las calles estaban completamente vacías de seres humanos como cuando llego a la ciudad, pero los vehículos en chatarra ocupaban la mayor parte de aceras y avenidas, las tiendas que alguna vez fueron tiendas elegantes estaban completamente en escombros como si hubiera pasado por ellas un tornado, los cristales rotos tapizaban las aceras, los portones de fierro estaban deformados y otros tirados a un lado, maniquíes despedazados, brazos, piernas y cabezas esparcidos por doquier, de ropa u otros productos no quedaba ni la sombra. Ahora su forma de caminar no era la misma que cuando llegó, iba escondiéndose en cualquier chatarra que veía más aún cuando escuchaba algún ruido, siempre alerta, estaba desesperado por salir de la ciudad lo más pronto posible.

Finalmente, tras un largo y estresante recorrido, por fin llegó a la institución, era casi la medianoche. El regreso fue más largo, estaba agotado, se acercó a la entrada principal y pulsó su clave, una profunda respiración expandió sus pulmones, se cercioró de que nadie lo hubiera seguido y entró, «deben estar durmiendo», susurró mientras se encaminó a su cuarto, lo primero que pensó en hacer era ir a la ducha que mucha falta le hacía, miró a Natalie estaba dormida, cuando regresó ya refrescado y cómodo, se recostó junto a ella con mucho cuidado para no despertarla dando gracias a Dios de estar nuevamente allí sano y salvo.

Apenas sonó el despertador, Natalie se sorprendió al ver a su esposo que dormía plácidamente a su lado, se levantó con cuidado, tomó una ducha y luego caminó hasta la isla para tomar el desayuno, cuando estuvo a punto de terminarlo, Lorenzo ingresó en el comedor, todas se alegraron de verlo.

—Amor, no quise despertarte —se acercó emocionada, lo abrazó y le dio un beso.

—Te extrañé, les extrañé, pensé que nunca iba a regresar...

—Pero, ¿por qué? ¿Qué es lo que está pasando allá afuera? ¿Por qué dices eso?

—Debemos apurar el trabajo porque afuera las cosas no están bien —Lorenzo contó sin mayor detalle lo que había visto y oído para no preocupar a su esposa, luego cuando ella se fue al laboratorio relató a las demás mujeres lo que realmente estaba pasando.

—¿Así de mal están las cosas?

—Así es, Ross, tenemos que apresurarnos en hacer funcionar las computadoras de lo contrario no podremos programar el *airsible* para poder marcharnos.

—Sabes, desde que murieron mis padres he vivido sola y tenía la esperanza de ir a visitar sus tumbas y ahora que me dices lo que está pasando, siento una gran nostalgia y me tendré que hacer a la idea de que lo haré cuando todo esto pase, ojalá y sea muy pronto.

—Ojalá, Ross, ojalá... —dijo Lorenzo con un fraternal abrazo.

Ross fue a continuar con las investigaciones en el laboratorio junto a su inseparable amiga Natalie, mientras Lorenzo llamó a María y a su madre y les preguntó si alguna de ellas sabía acerca del sembrado de semillas, Lucrecia asintió con su cabeza.

—Tenemos que estar listos para cualquier eventualidad, ya que lo más pronto que podamos nos vamos y quiero que comiencen a sembrar, si no están seguras, Natalie puede darles algunas indicaciones.

—Sí, doctor, estamos listas para lo que sea.

Esa noche Lorenzo se propuso no dormir y continuar trabajando, además de hacer hasta lo imposible por desbloquear el celular de George, «quiero saber qué es lo que guardabas aquí, aunque a estas alturas ya no me importa realmente, pero, la curiosidad me mata», se habló mirando el celular por todos los lados. Pues, no demoró mucho en lograrlo, «¡bingo!», exclamó y empezó a abrir los archivos, lo que encontró le heló la sangre, «pero, ¿qué iba a esperar de un traidor como este?», se dijo mirando una serie de fotos de Natalie que habían sido tomadas en todos lados, incluso a través de las ventanas. «¡Estaba espiando a Natalie! ¡Era un enfermo!», se dijo. Continuó revisando y encontró el contrato de compra y venta del Proyecto Bosque Verde a China por una suma billonaria. «¡Maldito traidor!», gritó en la soledad de la noche, su grito retumbo todo el gran salón, afortunadamente Natalie y las otras mujeres estaban en sus dormitorios y no escucharon nada.

Inmediatamente pensó en que Natalie no debía enterarse de nada para no perturbar su embarazo, por lo que decidió destruir el celular, en realidad al inicio solo Ross llegó a saber la verdad, años después se lo confesó a Natalie.

Lorenzo, Natalie y Ross trabajaban sin descanso al igual que las dos mujeres del servicio que se esmeraban por atender bien a los doctores que se trasnochaban por lograr activar las computadoras. Tras quince días de ardua labor ya casi estaban listas las maquinarias, solo tenían que hacer una prueba final y se marcharían lo más pronto posible.

Esa noche todos se habían quedado hasta muy tarde dejando finalmente todo dispuesto para la prueba, estaban muy cansados, «pero valió la pena», dijo Natalie, por lo que ya tendrían tiempo para poder descansar de mejor manera, dormirían unas cuantas horas y mañana muy temprano luego de la prueba final se marcharían.

Natalie despertó asustada y se sentó, «estoy

soñando sin duda», se dijo, restregó sus ojos con los dorsos de sus manos y luego lanzó un grito que se escuchó en todo el edificio. Lorenzo saltó del susto aún semidormido, también pensó que estaba teniendo la misma pesadilla que su esposa, pero no fue así, frente a ellos estaban cuatro mujeres vestidas de militares con uniforme negro apuntándoles con sus armas.

Lucrecia se dirigía al gran salón para decirles a los doctores que el desayuno estaba listo, en cuanto entró escuchó aquel terrible grito y unas voces que salían de los dormitorios, la pobre mujer asustada no sabía qué hacer, se escondió en medio de las maquinarias, estaba temblando del miedo, su cuerpo era una bola de nervios, se quedó paralizada cuando vio que los tres doctores eran llevados a empujones por las militares.

—¡Busquen en el resto de la institución! —ordenó una de las mujeres.

Lucrecia temblaba y oraba a todos los santos en su pequeño escondite, no sabía qué hacer, trató de no moverse. No sabía ni cómo, en esa ocasión había cerrado la puerta de acceso a la isla, ya que siempre se olvidaba de hacerlo por no estar poniendo esa molestosa clave de tantos números. María siempre le decía, pero ella nunca le hacía caso, «¡pero esta vez sí la cerré, Dios mío!», rezaba. «Que no me encuentren, que no me encuentren», oraba mentalmente apretando su boca con las dos manos para no gritar. «¿Cómo le aviso a la María?», pensaba.

—¡No hay nadie más, mi comandante! —vociferó una mujer

—¡Entonces vámonos! —dijo, llevándose consigo a los tres científicos.

Natalie y Ross lloraban y preguntaban quiénes eran y a dónde los llevaban, pero no obtuvieron respuesta. Los subieron a un camión militar con rumbo desconocido. Cuando quedó todo en silencio, Lucrecia se arriesgó a asomar solo la punta de su cabeza para ver si las intrusas se habían marchado, no vio a nadie, pero no estaba tan segura, así es que decidió quedarse unos minutos más en su pequeño agujero por si las extrañas mujeres decidían regresar, su cuerpo no paraba de temblar, enseguida casi sin poder pararse y agarrándose por donde más podía, se puso en pie y mirando de un lado a otro se acercó hasta la puerta de acceso y empezó a teclear, una vez, dos veces, la puerta no se abre, estaba muerta de miedo, corrió nuevamente a su escondite. «¡Dios mío, ayúdame! No me acuerdo de los números, ¿cómo le aviso a la María?», se decía en susurros. Como un ratón asustado nuevamente asomó la cabeza, todo estaba en completo silencio, nuevamente se arriesgó y se acercó a la puerta, se quedó parada por unos segundos pensando en qué números iba a aplastar, luego se decidió, «estos tienen que ser», se decía. Finalmente, la puerta se abrió y entró de un solo tas, luego la cerró lo más rápido que pudo y corrió por la angosta vereda, subió las escaleras de metal y luego avanzó hasta la casona.

—¡María! ¡María! —gritaba casi sin aliento.
—¿Qué pasa? Mamá, ¿qué le pasa, por qué está así? Venga, siéntese.

La mujer casi no podía respirar, estaba a punto de desplomarse, María corrió a la cocina y le trajo un vaso con agua.

—¡Tome! —le dijo—. ¡Cálmese! Cálmese y dígame qué es lo que le está pasando.

Inmediatamente se puso en un mar de llantos desahogando todo el pánico que acababa de experimentar.

—Los doc... los doctores —Lloraba.

—Cálmese, le va a hacer daño, cálmese, respire profundo y ahora dígame qué pasa con los doctores.

—¡Se llevaron a los doctores!

—¿Qué?

—Se llevaron a los doctores y yo no pude hacer nada —continuaba sollozando.

—¿Está segura? Iré a ver...

—No, no vayas, tal vez esas mujeres regresaron y no quiero que te pase nada.

—Pero, ¿qué mujeres?

—Estaban vestidas de militares y apuntaban a los doctores con unas armas.

—¡Dios mío! ¿Cerró la puerta?

—Sí, sí la cerré, mijita...

—¿Está segura? Iré a chequear...

—No vayas, no vayas, por favor.

—Tengo que ir. Ya sabe lo que dijeron los doctores, esta puerta nunca tiene que permanecer abierta y nadie tiene que enterarse de lo que aquí hay.

—Entonces iré contigo.

Las dos mujeres caminaron a paso ligero, bajaron rápidamente las escaleras de metal y llegaron hasta la puerta de acceso comprobando que afortunadamente estaba cerrada, se quedaron paradas por unos segundos mirándola, luego María pegó el oído en la puerta.

—No se oye nada. Voy a abrir...

—No, no lo hagas, mijita, puede ser que esas mujeres hayan regresado.

—No se preocupe, mamá, lo haré con mucho cuidado —susurró.

Las dos mujeres temblaban, abrieron la puerta cuidadosamente, María sacó la cabeza por una pequeña hendidura comprobando que todo estaba en un sepulcral silencio, luego se arriesgaron a ingresar al gran salón, una iba detrás de la otra, estaban asustadas, se escuchaba tan solo el eco de sus pasos, Lucrecia estaba tan aterrada que tropezó en los pies de María y casi fue a parar al piso de no ser por la rápida acción de su hija, que la agarró por el brazo. María pidió a su madre que se escondiera en lo que ella revisaba los dormitorios. No había nadie, las camas estaban desechas y ninguno de los doctores estaba por ningún lado, luego caminó hasta la puerta de salida, estaba abierta, se arriesgó a salir y vio los cuatro vehículos que siempre han estado allí desde que llegaron, el de George, el de Ross, el de los esposos Leiva y el desconocido. Todo estaba solitario, no había nadie, María entró nuevamente en el edificio y cerró la puerta, luego llamó a su madre para que saliera de su escondite, no se explicaba cómo habían entrado las intrusas. Se vieron solas, lo único que decidieron fue encerrarse en la isla por tiempo indefinido.

CAPÍTULO XXX
LO COMPROBARÉ POR MÍ MISMA

Las mujeres reclutadas fueron clasificadas y colocadas en diferentes grupos como frutas de un canasto, las profesionales, las que tenían solamente estudios secundarios, las que no tenían estudios, las niñas escolares desde los cinco hasta los dieciséis con sus respectivos subgrupos y las menores de cinco con sus madres en otro grupo. A cada una de ellas les daban un trabajo según su profesión, nivel de estudios y capacidad para desarrollar la actividad asignada.

Las que no eran profesionales les asignaban a trabajos que normalmente no lo hubieran hecho, pero por falta de la fuerza masculina les obligaban a realizarlos. Las enviaban a la construcción, agricultura, cocina, costura y a un sinnúmero de diferentes actividades. Las madres con niños pequeños para ir a trabajar tenían que dejar a sus hijos en centros de cuidado infantil que fueron creados. Todos y cada uno de los grupos eran obligados a vestir del mismo color según su actividad. «Habrá para escoger o bien vestidos o bien pantalones», dijo La Comandante. Lo que identificaría los diferentes trabajos y profesiones sería su respectiva insignia, las militares vestirán uniforme negro para el diario y negro camuflado para otras actividades.

Cada fin de semana La Comandante se dirigía al pueblo informando los avances para reactivar la economía, según decía en sus discursos televisados, después de lo cual durante la mayor parte del día se transmitía solo programas educativos en cada canal y solo por la noche series o películas.

Por otro lado, no más teléfonos móviles, se restauraron nuevamente los públicos, no se podía utilizar computadoras en los hogares solamente en las oficinas y centros educativos «¡Para las niñas que realmente son inteligentes y se esmeran en sus estudios!», dijo. Las niñas con problemas en sus estudios iban a realizar otro tipo de trabajo según el escogimiento que las expertas hacían sin darles una segunda oportunidad para el estudio.

«¡Estamos viviendo una nueva era, y esta es la era de La Comandante!», decía cada vez que se presentaba en sus discursos semanales. Ninguna mujer podía protestar o quejarse del trabajo que realizaba, porque o era encarcelada tras una pequeña lección para que no se le olvidara o asesinada si el delito que cometía se consideraba grave. Todas las propiedades pasaron al poder del Estado, solo las mujeres privilegiadas podían utilizar casas familiares y ser propietarias.

La milicia y la policía eran los grupos privilegiados, al igual que las científicas y profesionales a las que proveía de todo lo necesario.

La Comandante estaba empeñada en que se realizara los estudios necesarios para saber por qué esta enfermedad atacaba únicamente al sexo masculino y «encontrar una vacuna lo más pronto posible antes de que desaparezcamos todos de la faz de la tierra», dijo, por lo mismo autorizó la experimentación en los hombres que quedaban con resultados catastróficos. Pocos fueron los que llegaron a escapar de aquella crueldad, como Fernando que estaba en una celda próximo a ser el conejillo de indias de las crueles pruebas de las científicas de turno. Con la habilidad y pericia que siempre se había caracterizado abrió la celda y en un descuido de las guardias salió de aquel lugar sin hacer el menor ruido refugiándose en el subterráneo de la casa del que fue su vecino, pero no corrió con mucha suerte, ya que lamentablemente se había contagiado sin saberlo. Cuando salió en busca de algún alimento, vio a ese pobre individuo que andaba perdido exponiéndose a que lo atraparan, lo salvó llevándolo a su refugio, lo alimentó con lo poco que tenía y que había logrado encontrar en las casas vecinas. «¡Qué individuo tan extraño ese tal Lorenzo!», se repetía después que este se despidió y se quedó solo nuevamente, tratando de sobreponerse al malestar que se había apoderado de su cuerpo.

Su organismo luchaba por sobrevivir, no quería darse por vencido, trataba de reanimarse ante la fiebre que lo incendiaba por dentro y por fuera, arrastrándose se metía en el chorro de agua helada con el propósito de bajar la calentura, pero lastimosamente su cuerpo no resistió ante la maldad de aquella terrible enfermedad y fue consumido poco a poco hasta quedar tendido en medio de la oscura y solitaria habitación.

Gina fue ganándose a La Comandante poco a poco, aunque esta no estaba muy bien convencida de la supuesta fidelidad que ella le profesaba, pero como quería librarse de ser otra vez humillada y maltratada, además de que quería tener seguridad y comodidades para ella y también para sus dos únicos familiares, que eran su madre y su hermana, hacía todo lo que La Comandante le pedía, de esa manera obtuvo libertad y poder para hacer y deshacer a su gusto cualquier cosa que se le antojaba, sin darse cuenta paso a ser la segundera y tenía libre albedrío para atormentar, torturar y asesinar a las rebeldes convirtiéndose en el perro fiel que La Comandante necesitaba.

Para lograr de una vez la total confianza de La Comandante, decidió contarle acerca del secreto que dijo tener y que le salvó la vida aquel día en que la madre de la entonces Martha fue asesinada accidentalmente por el capitán Roldan y así consolidarse para siempre, secreto que en esos momentos de intenso dolor Martha no tomó en cuenta y que con el pasar del tiempo lo había olvidado, pero ahí estaba Gina para recordárselo y tentarle, pues esto iba a hacer más poderosa a la ambiciosa mandamás, el Proyecto Bosque Verde del que nunca llegaron a conseguir nada cuando perteneció al comando.

La Comandante escuchaba la historia de la existencia de aquel extraordinario proyecto gubernamental secreto que Gina no sabía cómo explicarle, aunque en realidad no conocía qué mismo era aquel mentado proyecto, pero que era de un costo billonario según supo y que ella era parte de un comando que habían secuestrado a los científicos tratando de conseguir los planos, pero luego cuando estuvieron a punto de obtener lo que querían, con gran desgracia se vino la pandemia desapareciendo a todos los hombres de los que nunca llegó a saber qué les pasó. Contó que había tenido que salir a la ciudad después de que murió su amigo John para saber qué mismo estaba pasando, ya que todos la habían abandonado. A su regreso tuvo que arrastrar el cuerpo inerte y pesado de John para darle cristiana sepultura, él era su amigo, era muy religiosa y no podía dejarlo sin una pequeña oración, «aunque sea», se dijo persignándose hasta dar con algún familiar, pero nunca encontró a nadie que lo conociera, luego colocándose el pasamontañas fue a ver a los rehenes para decidir qué hacer con ellos, encontrándose con la gran sorpresa de que los infelices habían escapado, sin duda por la diminuta ventana, ya que la encontró rota. Estaba furiosa por todo lo que le estaba pasando así es que decidió quedarse en la casa del coronel, por un lado, confiada en que este iba a regresar en cualquier momento y por otro esperando a que todo aquel desbarajuste de la ciudad fuese controlado. Cansada de esperar y viendo casi terminados los suministros resolvió salir, encontrándose con que la situación estaba peor, por lo que sin más decidió ir a casa de sus padres, «fue cuando tú me encontraste», dijo. «Pienso que el científico a estas alturas ya debe haber fallecido sin duda, contagiado por mi amigo, por lo cual ya no contaríamos con él para conseguir la información del proyecto, pero su esposa y la otra científica deben saber todo y estoy segura de que están con vida en sus casas o en la institución», concluyó.

La Comandante se animó a ir a buscar a las dos científicas, prepararon todo para la misión, nada podía fallar porque cada vez que planeaba algo lo hacía perfectamente bien estudiado, primero irían a sus casas, que sin duda como todas las mujeres que aún no han sido reclutadas deben estar escondidas allí. En caso de no encontrarlas irían a la institución, pero antes que nada de entre todas las mujeres reclutadas buscaron a una experta en sistemas para poder ingresar al edificio, ya que Gina explicó cómo lo habían hecho anteriormente, porque todo era computarizado. «Y si logramos el ingreso al CIE y todo sale bien, tú, técnica en sistemas, pasarías a ocupar un lugar privilegiado en mi gobierno, ya que tú eres la clave principal para apagar las cámaras de vigilancia y abrir todas las puertas de acceso», manifestó La Comandante. Por fin, el equipo de búsqueda estaba conformado por La Comandante, cuatro militares y Gina que era la que reconocería a las científicas, pero a pesar de tener ya todo listo la comandante no estaba del todo convencida de llevar a cabo aquella misión.

—En caso de que me estés mintiendo, por hacerme perder mi tiempo, ¡ahora si te mataré! —dijo con su cara congelada y alexitímica.

Esa actitud le heló la sangre a Gina al comprobar una vez más la transformación de lo que alguna vez fue su amiga y compañera, de la alegre, dinámica, respetuosa y compadecida Martha ya no quedaba ni la pálida sombra, ahora era vil, cruel y sanguinaria y por nada quería provocarla o darle motivo para enojarla más, ahora que había logrado reunir un ejército que le obedecía ciegamente e inclusive estaban dispuestas a dar sus vidas por ella. «¡Es una manipuladora!», se decía en sus adentros y a pesar de la rabia que sentía por la forma como la humillaba, estaba consciente de que tenía que seguir siendo su perro fiel, lo cual realmente sí le favorecía, ya que ella también ganaba y mucho, porque gracias a eso le dejaba hacer todo lo que quería.

Cuando llegó el día fueron a la dirección que Gina había dado, entraron intempestivamente tanto en la casa de los esposos Leyva como en la casa de Ross, que por cierto ya habían sido vandalizadas con antelación y encontraron solo escombros y las ratas habían hecho allí su hogar como en la mayoría de las viviendas.

Examinaron todo desordenando, más de lo que ya estaba, pensando encontrar algo que ni siquiera sabían qué. Cansados de ir y venir de un lado a otro y sin encontrar nada, decidieron ir a la institución sospechando que con seguridad las encontrarían allá. La Comandante se comunicó por radio con la experta en sistemas ordenándole que estuviese alerta para cuando ella le pidiera que abriera las puertas, de este modo el camión militar se trasladó inmediatamente en busca de las científicas.

Tras un corto viaje se estacionaron a las afueras, se bajaron del vehículo y se acercaron a la caseta de control, no había nadie, pero las puertas de acero estaban cerradas, parecía que todo estaba abandonado, ordenó inmediatamente que desconectara las cámaras de seguridad para no alertar y el grupo militar ingresó con un pequeño trote escondiéndose y alertas como si estuvieran realizando una misión muy peligrosa, llegaron hasta la entrada de la institución y luego, tras una pequeña y casi inaudible orden la puerta se abrió, dos militares se quedaron haciendo guardia y las otras incluida La Comandante se deslizaba como gato confundiéndose con la negrura del lugar, avanzaron por los pasillos hasta llegar al gran salón, todo estaba en silencio, no se veía nada, solo unas extrañas maquinarias con pequeñas luces que titilaban sin parar, continuaron por otros corredores, llegaron hasta los dormitorios, luego en completo silencio abrieron las únicas dos puertas que encontraron cerradas y despertaron a sus ocupantes apuntándoles con sus armas, grande fue su sorpresa cuando vieron con vida a Lorenzo. «Creo que este es uno de los últimos sobrevivientes», susurró Gina a La Comandante.

CAPÍTULO XXXI
REBELDE

Natalie, Ross y Lorenzo fueron encerrados en una habitación de algún lugar de la base, pero en medio de toda esa desgracia una pequeña alegría los mantenía optimistas, los tres estaban juntos, aunque no sabían hasta cuándo ni por qué los habían llevado hasta allá, durante todo su traslado ninguna de las militares les había dado ninguna explicación, el resto de la tarde la pasaron con el corazón en la boca haciéndose mil ideas y suposiciones.

En contra de su voluntad, Lorenzo tuvo que contarle a Natalie lo que le había dicho el hombre con el que se encontró cuando salió a investigar, ella le reclamó no haberle dicho toda la verdad.

—Lo siento mucho, amor, no quise que te preocuparas, además nunca imaginé que algo como esto nos iba a pasar, no entiendo cómo pudieron burlar la seguridad.

—Si lo hicieron la primera vez... —dijo Ross.

—Debe ser un pirata muy experto porque yo recodifiqué todo —dijo Lorenzo.

—Pero, ahora lo que me pregunto es, ¿quién les dio información acerca de nosotros? ¿Cómo sabían que estábamos allá?

—¡Y ahora! ¿Qué pensarán hacer con nosotros?

—No lo sé, Ross, tengo mucho miedo. Según lo que le han dicho a Lorenzo esta mujer es una criminal.

—Algo quieren de nosotros, ojalá que no sea lo

que estoy imaginando…

—¿Y qué estas imaginando, amor?

—¡Santo Dios! —corearon las dos mujeres al unísono, mientras Lorenzo movía su cabeza en forma afirmativa, pues a los tres les vino la misma idea.

—¡El Proyecto Bosque Verde! —corearon.

—¿Será posible que haya algún vínculo entre los que nos secuestraron y esta mujer? —pregunto Natalie.

—¡Dios mío! —exclamó Ross.

En ese instante entraron dos mujeres vestidas con trajes de militar en color negro, los tres se quedaron asombrados pensando lo peor. El terror se apoderó de Natalie, convencida de que se llevarían a Lorenzo para experimentar con él como le había contado aquel hombre.

—Buenos días, señores, soy su comandante y estoy aquí para proponerles un trato.

—¿De qué se trata esto? —se adelantó Lorenzo a responder.

—Primeramente, estoy admirada de que usted esté muy saludable y no se haya contagiado hasta ahora. ¡Muy interesante!

—¿Qué quiere de nosotros y como ingresaron al CIE?

—¿No cree que son muchas preguntas, doctor? El trato es este, usted me da los planos del proyecto secreto llamado Bosque Verde y me explica de qué se trata y les dejo libres para que vayan y vivan tranquilamente donde quieran y nunca más serán molestados.

—Es que no sabemos de qué nos está hablando...

—¡Mentiroso! Por eso mismo los teníamos encerrados allá en la casona —vociferó Gina.

Los tres se espeluznaron al escuchar la voz de aquella mujer. Lorenzo quedó tartamudo y no supo qué responder.

—Les voy a dar hasta mañana para que lo piensen, se quedarán aquí y luego al cabo de ese tiempo, regresaré y más les vale que me tengan una respuesta —dijo dando la media vuelta y marchándose junto con la otra misteriosa mujer.

Una vez que se habían ido, Natalie les dijo en susurros que la voz de la segunda mujer era idéntica a la que les había secuestrado, los tres estuvieron muy de acuerdo, aunque no le vieron la cara porque siempre estaba con un pasamontañas, su voz era inconfundible, en ese instante supieron quién les dio información acerca del proyecto. Ahora realmente no sabían qué hacer, Lorenzo pensó que lamentablemente tenía que dar la información para no poner en riesgo a su esposa y a su hijo que venía en camino. Por más que las dos trataban de convencerlo, él no estaba dispuesto a exponerlas sobre todo ahora que iba a ser padre.

Natalie estaba en los brazos de su esposo y no dejaba de llorar, la maternidad la había puesto muy sensible. En ese momento la puerta se abrió nuevamente, los tres se pusieron alerta y retrocedieron. Una militar entró con una bandeja con comida colocándola en una pequeña mesita que estaba junto a una de las camas.

—Soy la sargento Collins y no tengo mucho tiempo —dijo—. Quiero ayudarlos a escapar...

Los tres se vieron las caras en silencio y no sabían si lo que estaban escuchado era verdad.

—¿Por qué quiere ayudarnos? —preguntó Ross.

—Solo deben saber que no estoy de acuerdo con el régimen de La Comandante y eso es todo.

—¿Qué quiere a cambio de ayudarnos? —preguntó Lorenzo poco convencido de la buena fe de la militar.

—Absolutamente nada, ¿quieren escapar o no? —preguntó tajantemente.

—Por supuesto, ¡claro que sí! —respondieron uno y otro

—Entonces escuchen muy bien lo que les voy a decir...

A raíz de los decretos de La Comandante, Jessie, su madre y sus dos niñas pequeñas, habían huido fuera de la ciudad a su casa de campo cuando se corrió la noticia del reclutamiento femenino. Después de tan terrible experiencia vivida en el CIE y que terminó en el asesinato de su jefe y el secuestro de sus amigos, el ingeniero Douglas había podido finalmente ir a su casa y a pesar del tiempo transcurrido el estado de su esposa también lo tenía muy preocupado. Cuando llego su suegra le salió a su encuentro, lo que le sobresaltó, ni bien la saludó corrió escaleras arriba y entró en su habitación, Jessie estaba en la cama, la miró preocupado pensando que le había pasado algo a ella o al bebé, sentándose la besó y le preguntó si todo estaba bien, en ese instante sus dos niñas irrumpieron en el dormitorio y gritando se abalanzaron sobre él.

—Mis dos amores, las cargó, las besó y dio unas cuantas vueltas con ellas, las puso en la cama mientras su esposa le dijo apesadumbrada:

—Tengo dos noticias, el bebé es varón y viene en mala posición.

—¡Es varón! ¿¡Es varón!? —Saltaba de alegría, la segunda frase ni la escuchó, estaba tan feliz—. Por fin un varón —decía una y otra vez, la besaba y la abrazaba, luego preguntó—: Pero, ¿por qué estás en la cama, te pasa algo? ¿Continuas con el malestar que me dijiste cuando me fui?

—Amor, ¿no me escuchaste?

—Claro que sí, ¡nuestro bebé será varón! —dijo una y otra vez abrazando a sus dos pequeñas.

—¡El bebé viene en mala posición! —le repitió

—¡Oh Dios! No puedo creer, ¿qué te dijo el ginecólogo? Finalmente preguntó ya más calmado después de su arranque emotivo y que a pesar de aquella noticia preocupante, estaba muy feliz.

—Que debo guardar reposo unos días y que tenemos que esperar a ver si él solo se da la vuelta.

—¡Y yo confío en que así será!

—Ojalá.

—¿Y si no se da la vuelta?

—Tendrán que hacerme cesárea.

—No te preocupes, amor, vas a ver que todo va a salir muy bien, ya lo verás. Pero, qué bribón, ¿verdad que te vas a dar la vuelta? —dijo tan emocionado tocando la pancita de su esposa, nada en ese momento le haría perder su felicidad.

Pocos días después de la conferencia de prensa que dio el presidente anunciando la existencia de la terrible enfermedad contagiosa, cambió la vida de todos para siempre, el día se convirtió en noche para todo el mundo. De inmediato Samuel empezó a abastecerse de todo lo necesario comprando cuanta cosa indispensable pudo, algo en su interior le decía que se acercaba una terrible catástrofe mundial después de ver cómo murió uno de sus compañeros de trabajo. Pero lamentablemente como todas las familias Jessie también tuvo que sufrir y llorar junto a su madre y sus dos hijas la perdida primero de su hermano y luego el de su esposo Samuel, que irremediablemente se había contagiado en el proceso de abastecerse de todo lo necesario.

Luego de sufrir semejantes dolores, completamente destrozadas y al darse cuenta de lo que estaban haciendo con todas las mujeres, Jessie y su madre recogieron todo lo que pudieron en sus dos camionetas y se fueron a su finca en la complicidad de la noche. Estaban tan asustadas, Jessie tenía pesadillas frecuentes pensando en que su bebé podría morir en cualquier momento, había escuchado de muchas mujeres embarazadas de niños varones que habían muerto dentro del vientre o en el parto y eso la tenía cada día muy temerosa, de no ser por la presencia de su madre que la reconfortaba en todo momento, ella realmente hubiera perdido su embarazo mucho antes debido a su estrés y el dolor de todas sus pérdidas, pero el tiempo pasaba día tras día, mes tras mes y aunque no tenía los controles médicos necesarios, su bebé continuaba moviéndose por lo cual se sentía agradecida por aquel gran milagro. Finalmente, después de cinco meses de haber perdido a su esposo, las contracciones empezaron en la madrugada, su madre se levantó inmediatamente a preparar todo lo necesario para traer al mundo a su nieto, eso es lo que tenía que hacer así no supiera nada ni cómo lo haría.

El miedo y la incertidumbre se apoderó de las dos mujeres, pero tenían la esperanza de que el niño resistiera como hasta ese momento lo había hecho. Estaban solas y aisladas en el campo y no sabían si el bebé se había dado la vuelta como le dijo el ginecólogo, su madre le pidió innumerables veces que salieran a un hospital, pero la negativa de Jessie fue terminante. Ella sabía que si salían a la ciudad experimentarían con su hijo como se rumoraba, si es que sobrevivía.

Mil ideas terribles le venían a su cabeza en medio de sus contracciones mientras que su madre sudaba fríos porque a pesar de que había tenido dos hijos, no sabía absolutamente nada de lo que debía hacer, pero por su hija estaba dispuesta a cualquier cosa. En medio de la fría y solitaria noche se escuchaban los gritos de la mujer que sufría y se contraía en un gran esfuerzo por traer con vida a su único hijo varón, mientras su madre oraba a todos los santos para que lo ayudaran en esos momentos tan difíciles, el capricho de aquel nacimiento ponía en peligro la vida de la madre y de su hijo.

El bebé empezó a nacer, Alicia trataba de no perder la calma y de sobreponerse, sabía que este era un momento crucial, el momento de vida o muerte y no podía darse el lujo de estar nerviosa, sintió que en sus manos estaba tratar de cambiar el destino final de aquellos dos seres que amaba con toda su vida, en cuestión de segundos rebuscó en la biblioteca olvidada de su cerebro lo que había visto en una serie televisiva acerca de doctores, enseguida puso en práctica lo que recordaba.

—Puja, hija mía, puja —le voceaba.

Tanto ella como su hija estaban empapadas en sudores, Jessie gritaba y se retorcía del dolor, por fin, después de tanto esfuerzo empezaron a salir los pies y luego el cuerpo.

—¡Dios mío, el niño no se dio la vuelta! —exclamó Alicia en el fondo de sus pensamientos para no asustar a su hija. La cabeza estaba atrapada en el interior, no sabía qué hacer, su cuerpo no dejaba de temblarle, hizo un esfuerzo sobrehumano por calmarse, a pesar de que los nervios la consumían y el sudor no dejaba de aflorar a su piel, respiró profundo y se encomendó al Creador—. ¡Hágase tu voluntad, Señor! —clamó—. Puja con toda tu fuerza, hija mía, a la cuenta de tres… ¡si no lo haces, el niño puede morir! —voceó desesperada y a la vez templando sus nervios.

Sabía que cada segundo era vital, imprescindible, necesario, de vida o muerte para la criatura, la naturaleza de la sobrevivencia y su subconsciente la hizo colocar inmediatamente el cuerpo del bebé sobre su brazo, contó hasta tres y gritó: «¡puja, puja!», haló el pequeño cuerpecito con movimientos suaves de abajo hacia arriba y de arriba hacia abajo, la cabeza iba cediendo poco a poco y finalmente salió, un grito de aleluya inundó el lugar, la orgullosa abuela cubrió inmediatamente a su rebelde nietecito con una manta. El bebé empezó a llorar vigorosamente y un profundo suspiro salió de las entrañas de aquellas dos madres, que se sintieron triunfadoras al haber logrado lo que nadie quizá hubiera podido hacer en esas circunstancias, Alicia agradeció infinitamente al Creador por haberla iluminado cuando más lo necesitaba colocando luego a la criatura en los brazos de su amada hija.

—Mi pequeño Sam, ¡Dios te bendiga! —Jessie lo besó.

CAPÍTULO XXXII
SIN RASTRO

Los tres científicos estaban encerrados en una vivienda militar en el segundo piso, contaban las horas y los minutos para poder marcharse de aquel lugar, esperaban impacientes, Lorenzo estaba más preocupado que nunca por su esposa, qué no hubiera hecho él para no exponerla de esa manera.

Cuando el manto de la noche se había apoderado del lugar y el reloj apuntaba las doce en punto, Lorenzo se asomó a la ventana trasera, ahí estaba la militar, les hizo una seña indicándoles que ya era hora. Lorenzo abrió la ventana y la militar le lanzó un rollo de soga anudada, no estaba seguro de querer que Natalie bajara de esa manera, pero era la única alternativa que tenían, ya que en la entrada había dos guardias. Como Lorenzo no quería exponer a que Natalie cayera, se apresuró a atar la cuerda alrededor de su cintura y junto con Ross la fueron bajando poco a poco hasta que topó el piso sin ninguna dificultad, la militar ayudó a deshacer el nudo y Lorenzo subió nuevamente la cuerda.

—Sigues tú, Ross —le dijo tratando de atar la cuerda alrededor de su cintura a lo que se negó.

—Asegura la cuerda y no te preocupes por mí, yo bajaré sola —le dijo.

—¿Estás segura?

—Sí, ¡apresúrate!

Ross se arriesgó a bajar y lo hizo poco a poco, luego le tocó el turno a Lorenzo, que también lo hizo lentamente, por fin todos estaban fuera de la casa.

Los tres siguieron a la sargento, pero estaban muy nerviosos, todo parecía aparentemente tranquilo, las luces de los faros eran tenues y proyectaban sus sombras como si extraños seres los persiguieran y no estaban tan lejos de la realidad, ya que unos minutos después, una de las guardias entró en la habitación sorprendiéndose sobremanera al encontrar el cuarto vacío y con una cuerda colgando de la ventana, enseguida dio la alarma y se inició la casería.

—¡Busquen todo palmo a palmo! —gritó La Comandante, levantándose de su cama de un solo tas.

Los cuatro corrían lo más rápido que podían para tratar de huir y llegar donde les estaba esperando un todoterreno, pero no tuvieron tanta suerte, ya que tres militares les pisaban los talones, una de ellas alcanzó a divisarlos dando la alarma, le gritaron que pararan o les dispararían, ellos no hicieron caso y continuaron corriendo, a pesar de que la sargento se estaba jugando el pellejo no dudó en decirles que no pararan mientras ella los distraía y empezó los disparos que ensordecían en el silencio de la noche dando rienda suelta a un terrible tiroteo. Los tres continuaron corriendo hasta que un estruendoso disparo les reventó los oídos, Lorenzo se desplomó en el piso mal herido, las dos mujeres retrocedieron gritando.

—Lorenzo, mi amor —Natalie se abalanzó para socorrerlo sollozando como una loca, alzó su cabeza para tratar de ayudarlo, él agonizaba.

—¡Corre, amor! Sálvate y salva a nuestro hijo, vete a la isla —balbuceaba.

—No quiero dejarte... ¡levántate! —le decía con un llanto desesperado.

—Amor, ya no hay tiempo, vete... Ross, huyan —alcanzó a decir colgando su cabeza ante el llanto incontrolable de Natalie que no quería dejarlo. En ese instante Ross la asió por el brazo obligándola a dejarlo y correr.

—Hazlo por tu hijo. ¡Natalie, corre! —le insistió.

Las dos mujeres corrieron y corrieron en medio de una lluvia de balas. En cuestión de pocos minutos la balacera terminó cogiendo prisionera a la sargento Collins.

—¡Eres una maldita traidora! —le gritó La Comandante apuntándole en la cabeza—. No te voy a matar, te haré arrepentir de haberme traicionado —voceó—, ¡llévenla a la base y enciérrenla! —ordenó mientras ella y Gina continuaron persiguiendo a las dos mujeres, en el camino encontraron a Lorenzo tirado en el suelo, Gina le tocó el pulso en el cuello.

—¡Está muerto! —dijo.

—¡Estúpido! —gritó La Comandante pateándolo—. ¡Vamos! —dijo y continuaron la persecución, mientras Ross conducía el vehículo a toda velocidad.

—¡Idiotas, buenas para nada! —gritaba La Comandante al haber perdido la pista de sus rehenes, decidiendo volver a la base para reunir más militares e iniciar la búsqueda por cielo mar y tierra!

Ross y Natalie llegaron por fin al CIE, mientras el cielo empezaba a pintar los primeros albores rojinaranjas, a Ross se le ocurrió dejar el vehículo escondido en medio de unos arbustos, «Esto nos dará un poco de tiempo», dijo mientras agarraba por el brazo a Natalie que estaba fuera de sí en un llanto incontrolable.

—Natalie, amiga, tienes que ser fuerte, ahora más que nunca, tu bebé te necesita, vamos, corre —le dijo.

Jadeantes llegaron hasta la entrada, Ross puso la clave en la puerta e ingresaron al gran salón.

—¡Debemos hacer funcionar la isla! Natalie, escúchame: debemos hacer funcionar el *airsible* y escapar, si no lo hacemos, nos matarán. ¡Ayúdame! —la sacudió haciéndole reaccionar.

—Sí. Tienes razón. Hay que huir. Lo hare por ti, amor, y por nuestro hijo —dijo tratando de sobreponerse.

Inmediatamente pusieron a funcionar las computadoras para activar el funcionamiento del *airsible*, además de que activaron el sistema de autodestrucción automática. La computadora inició el conteo regresivo, Natalie y Ross corrieron a la puerta de acceso, pusieron la clave y se apresuraron por la vereda, subieron las escaleras de metal y luego la descolgaron, se dirigieron directamente al cuarto de controles y coordinaron el funcionamiento con las computadoras centrales, el conteo regresivo continuaba, tenían menos de diez minutos para escapar. La isla empezó a vibrar y luego a tambalear, Lucrecia y María que estaban en el comedor también se movían y un vaso de cristal cayó al piso haciéndolas gritar, ellas no tenían ni la menor idea de lo que estaba pasando, salieron de la casa pensando que era un terremoto, cayeron de rodillas y empezaron a orar, estaban convencidas de que ese sería su fin, mientras que en el cuarto de controles Ross y Natalie también se bamboleaban de un lado a otro, se asieron fuertemente a los umbrales y también oraban, pero para que el mecanismo de la isla funcionara, no sabían si en realidad el proyecto que tanto y tantas veces quisieron probar y nunca lograron hacerlo trabajaría, ahora estaban ahí jugándose el todo por el todo mientras el conteo regresivo continuaba.

Los motores de la isla empezaron a emitir ensordecedores sonidos tratando de despegarse del suelo para luego alzarse lentamente en medio de algunos sacudones en su afán por estabilizarse, pusieron las coordenadas que Lorenzo ya había programado en días anteriores y sin más, las turbinas de la isla empezaron a procesar y a trabajar sin ningún problema estabilizándose paso a paso para luego irse elevando a una velocidad considerable, mientras los cristales retractiles la englobaban, hasta que finalmente los sacudones cesaron paulatinamente. Natalie y Ross aceleraron el movimiento de la isla porque contaban con pocos segundos, esperaban estar lejos para no ser afectadas. La voz de la computadora empezó el último conteo regresivo: diez, nueve, ocho, siete, seis, cinco, cuatro, tres, dos, uno. Una gran explosión se produjo en los edificios del CIE, y que afortunadamente la onda expansiva apenas hizo tambalear la isla, ya que se habían alejado rápidamente entonces las dos mujeres chequearon inmediatamente los altímetros de presión para conocer su altitud y lograr colocar a la isla a una elevación adecuada, según Lorenzo les dijo que debía estar a doce o quince mil metros sobre el nivel del mar, luego de lo cual la programaron logrando que la isla quedara suspendida en el aire sin ningún problema. Natalie y Ross respiraron profundamente y a pesar del dolor que las invadía por la pérdida de Lorenzo saltaron y gritaron de felicidad mientras María y Lucrecia continuaban sin saber qué es lo que pasaba, estaban sentadas en medio de la vía atónitas y completamente asustadas contemplando como los cristales se iban cerrando poco a poco, luego dándose cuenta de que estaban siendo englobadas empezaron a llorar y a desesperarse sin saber que hacer.

—Dios mío, ¿qué está pasando? —clamaban.

Ya cuando la isla se había estabilizado completamente Natalie y Ross salieron del centro de controles a contemplar cómo había quedado la capsula de cristal. María y Lucrecia se quedaron atónitas al mirarlas y corrieron hacia ellas, se abrazaron mutuamente llenas de felicidad de volverse a ver.

La Comandante y el resto de los habitantes de los alrededores escucharon la terrible explosión y miraron el gran incendio que se había producido en los edificios del CIE, enseguida ordenó al cuerpo de bomberos que se dirigiera al lugar para combatir las terribles llamaradas que se alzaban sin control. Tres horas después, lo que un día había sido el centro de investigaciones estatales quedó en ruinas y toda la información que La Comandante hubiera podido obtener quedó reducida a escombros y cenizas.

Las bomberos encontraron tres cuerpos carbonizados que supusieron era de las desgraciadas que se habían escapado, lo cual por un lado se alegró, pero por otro estaba enfurecida porque quiso saber qué era aquel misterioso proyecto que según Gina le hubiera dado mucho poder y que nunca logró saberlo, sin nada más que hacer en aquel lugar, se dirigieron a la prisión de la base donde estaba recluida «la traidora de Collins», dijo con rabia. En cuanto La Comandante la vio, se llenó de furia y le preguntó por qué ayudó a que los tres científicos se escaparan, qué sabía acerca del proyecto secreto, pero la sargento no contestó ni una sola palabra, lo que la enfureció más. Ordenó a Gina que se hiciera cargo de ella y le sacara la verdad.

«¡Con el mejor placer!», dijo la desalmada, que mandó a atarla a una silla y la golpeó hasta que se cansó tratando de sacarle alguna información, información que nunca pudieron conseguir porque no tenía ni la menor idea de qué cosa le estaban preguntando. En vano fueron las suplicas de la víctima que luego de la golpiza quedaba inconsciente y que luego la despertaban con un cubetazo de agua y como si esto fuera poco le colocaban electricidad que la hacía gritar y retorcer. El tormento que sufrió fue tan cruel que falleció dos días después, lo que enfureció aún más a La Comandante, porque no logró sacar nada a la traidora, por lo que fuera de sí atacó a Gina, llenándola de un sinnúmero de insultos y vituperios que tuvo que aguantarse con la cabeza gacha y en silencio.

Con todo lo que había pasado y con la decepción de no haber conseguido nada, olvidó completamente el cuerpo de Lorenzo, por lo que al siguiente día ordenó a tres subalternas que fueran a recoger el cadáver, lo llevaran a la morgue y lo incineraran.

CAPÍTULO XXXIII
EL PROYECTO RENACER

La crueldad de La Comandante y de Gina no tenían precedentes, una era peor que la otra, obligaban a todas las mujeres a hacer lo que ellas querían y si se negaban las fusilaban o las encarcelaban.

Desde el momento en que decidieron tomar el poder, nadie pudo hacer nada para impedirlo, a pesar de que en un inicio se produjeron revueltas protestando aquellas políticas detestables, las agrupaciones eran disueltas con potentes chorros de agua y las que por desgracia eran capturadas eran fusiladas o encarceladas de por vida. A pesar de toda la crueldad, esta había logrado reorganizar más o menos bien a la población, pero quería la perfección y según ella vivir en un mundo sin crimen y sin miserias, cosa que nunca cumplió, ya que el pueblo estaba sumido en la más triste pobreza, abuso y crimen por ordenanzas de ella o de su perro fiel Gina.

Uno de los principales objetivos fue recoger todos los cadáveres para cremarlos y así evitar más pestes, también quería que las científicas descubrieran el tipo de microbio, por qué atacó solo a los varones causando el exterminio de toda la raza masculina y descubrir una posible vacuna, pues se había llenado de temores de que el mismo microbio mutara y empiecen a contagiarse las mujeres causándoles enfermedad, luego la muerte y una posible extinción de la raza humana. Pero la ansiada vacuna nunca pudieron concretarla. En vano las científicas habían experimentado a todas las madres con embarazos de varones, no obtuvieron ningún resultado, más bien los desenlaces fueron catastróficos hasta que finalmente ya no tuvieron con quien más experimentar debido a que habían quedado solo embarazos del sexo femenino, esa fue la desilusión más grande que sintió La Comandante.

—Pero, ¿por qué no han encontrado aún ninguna vacuna, ninguna cura o algo? —vociferó

—Ya no hay más hombres en que realizar los estudios. ¡Tú exterminaste al último hombre!

—¿Yo exterminé al último hombre?

—Sí. El día que disparaste a ese científico, ¿recuerdas?

—¡Bah!

Pero, La Comandante no se quedó con los brazos cruzados, ya que organizó una comisión para que embarazaran in vitro a jovencitas escogidas utilizando el esperma de donadores que tenían almacenados en los diferentes laboratorios y así continuar con la experimentación.

—Lo que quiero es que nazcan más bebés, ¡aunque sean niñas! Porque ya no había embarazos ni nacimientos y la humanidad por primera vez en los anales de la historia estaba en peligro de extinción en un lapso calculado de cien años.

Al proyecto que tenía por objeto regenerar la humanidad lo llamó Proyecto Renacer, el mismo que en nombre de este supuesto proyecto se realizaron las más terribles experimentaciones con seres humanos. A pesar de haber facilitado estos experimentos y los estudios necesarios para el Proyecto Renacer, nada de lo que hicieron pudo mantener con vida a los varones, porque lamentablemente morían en el vientre materno o pocos días después de su nacimiento.

Por otro lado, las cárceles ya no estaban llenas de criminales, ahora se habían llenado de presas políticas, ahí estaban entre otras la general Reynolds que incontables veces trató de convencer a las guardias para que la dejaran salir, pero no le hacían el menor caso, más bien la amenazaban con dispararle.

Contrario a lo que La Comandante se jactaba en sus discursos semanales delante de todo el pueblo, a Reynolds nunca se le hizo juicio y nunca recibió una sentencia, igualmente sucedía con todas las que estaban presas que permanecían aisladas unas de otras e incomunicadas de sus familiares, que entre lágrimas y sufrimientos las daban por muertas.

Con el pasar del tiempo, desde que Martha se convirtió en La Comandante iba analizando a todas sus oficiales, su fidelidad, sus trabajos, entre otras cosas, por lo que decidió ascenderlas siendo Zabala una de ellas, quien pasó al rango de general de todos sus ejércitos, celebrando su ascenso en una ceremonia con todos los lujos y condecoraciones, cosa que realmente le hizo acrecentar su ego comprometiéndose aún más a realizar sus funciones lo mejor posible, además de ser fiel hasta la muerte, según dijo. Es así como nada se salía de sus manos, cumplía al pie de la letra todo lo que su comandante le pedía y ordenaba. Ella siempre recordaba cómo La Comandante la había ascendido de capitana a coronel, a pesar de que no se pudo desempeñar bien por su embarazo, a más de eso le otorgó un permiso especial para que terminara su periodo gestacional y parto con todas las comodidades que jamás imaginó, ahora su niña gozaba de los mejores cuidados en una casa de asistencia de primera categoría y como si eso fuera poco, cuando la bautizaron, allí estaba La Comandante, por eso con mucho gusto y con sangre fría realizaba su trabajo a cabalidad. Una de las cosas que más le gustaba era despojar de las riquezas a cuanta rica encontró desapropiando sus bienes, dinero y joyas hasta dejarlas prácticamente en la calle, jactándose delante de su jefa que aún quedan muchas ricas más a quienes desplumar.

Gina había sido asignada a cumplir un capricho de su comandante, por lo que un día ingresó en la oficina diciendo que le tenía una gran noticia.

—¡Mi comandante, su casa esta lista!

—¡Por fin! Ya te habías tardado, pensé que nunca la acabarían, ya estoy cansada de vivir en este lugar —exclamó—. ¿Y de lo otro qué noticias me tienes?

—También tengo buenas noticias.

—Entonces, ¿qué esperas para decírmelas?

—¡La Casa Blanca está funcionando perfectamente! ¡Es un museo muy hermoso! Se ha programado las visitas y como le dije está funcionando muy bien y está dando buenas ganancias.

—¡Perfecto!

—Pero ahora… tiene que ir a conocer su nuevo centro de mando.

—Claro que sí… ¡vamos pues!

Y es así como la casa que hizo construir, donde iba a vivir y desde donde gobernaría la habían construido nada más y nada menos que en Manhattan en la que algún día fue la Quinta Avenida porque ahora se llamaba Avenida de La Comandante.

La isla funcionaba a la perfección, las cuatro mujeres estaban muy felices de volverse a ver, sobre todo María y Lucrecia que no salían de su alegría al ver a sus dos doctoras. Natalie les explicó a breves rasgos el funcionamiento de la isla, además de que se quedarían a vivir allí por tiempo indefinido y que no se preocuparan por nada y pensar que hasta hace unos minutos ellas pensaron que era un terremoto. Natalie y Ross también les enseñarían lo que corresponde al cultivo y algunas actividades más, luego Ross les relató cómo se habían fugado, lo que les había ocurrido y que a Lorenzo lo habían asesinado cuando estaban escapando.

—¡Pobre doctorcito! —Se persignaron con lágrimas en sus ojos abrazando a Natalie que también lloraba.

—Ahora el país está gobernado por unas crueles mujeres vestidas de militares y aquí viviremos en paz, nadie sabe de nuestra existencia ni nunca nos detectarán porque tenemos un sistema computarizado antirradar —dijo Ross.

—¡Nunca imaginamos que esta era una isla que se movía y que volaba! Pensamos que era solo una granja escondida y rara. —María y su madre estaban muy impresionadas y no salían de su asombro, dándose cuenta del estado en que se encontraba Natalie le preguntaron cómo se sentía.

—Lo que ahora me preocupa es mi embarazo, yo tenía esperanza de ir a algún hospital —dijo sollozante.

—Usted no se preocupe, doctora, ya verá que su bebé va a nacer muy fuerte y sano, yo misma le voy a ayudar, he ayudado a muchas mujeres en el parto —expresó Lucrecia muy contenta.

—¡Oh! ¡Qué bueno Lucrecia, es una sorpresa! —exclamó Ross.

Pero a pesar de que todo hasta ese momento les había salido bien, Natalie no hallaba consuelo para su pérdida, Ross siempre la encontraba llorando, ella trataba de animarla diciéndole que se tranquilizara, que se resignara y que hiciera un esfuerzo por no sufrir más, ya que le podía hacer daño a su bebé, pero su tristeza era más fuerte que ella, no le cabía en la cabeza que Lorenzo se haya ido para siempre, no dejaba de recordar los momentos que vivieron, lo bueno, lo inteligente y valiente que fue, agradecía todos los días a Dios por haberle dado aquel esposo que si no hubiera sido por él, ahora Ross y ella estuvieran muertas o presas y sobre todo por su bebé del único hombre que ella amaba y amó por el resto de su vida.

A pesar de la tristeza y dolor tan grande que invadía el corazón de Natalie, quería continuar con sus estudios de laboratorio, ya que sus investigaciones habían quedado a medias, quería encontrar una vacuna, pero Ross le dijo que no debía exponerse y esperar por lo menos hasta que naciera su bebé, a lo que por fin le hizo caso, siempre había sido tan testaruda.

«Además, no sabemos el sexo del bebé y no debes arriesgarte», le dijo Ross. Las cuatro mujeres vivían en armonía, todas se colaboraban mutuamente, Natalie enseñó a Lucrecia y a María a cultivar la tierra, habían logrado tener una huerta con una variedad de hortalizas, frutas y la debilidad de Natalie, las flores. Su pequeño jardín estaba lleno de rosas y claveles; a Ross, en cambio, le gustaba cultivar hortalizas y cuando no estaban en el cultivo estaban en la biblioteca. Por su parte, Lucrecia y María también se encargaban de los animales, todas las mañanas ordeñaban la vaca y recolectaban los huevos.

A Natalie también le encantaba leer biología y lo que se relacionaba a la medicina, estaba obsesionada con encontrar la vacuna porque no sabía el sexo del bebé, tenía mucho temor de que al ser varón no hubiera heredado la inmunidad de su padre, en cambio, a Ross a más de que le gustaban los libros de biología, se entretenía leyendo novelas, es así que para cuando Natalie estaba en su último trimestre Ross ya había leído algunas de las novelas que había en la biblioteca.

—¡Debes leer también estas novelas! —le dijo—, están muy buenas e interesantes.

—¡Ya lo haré cuando tenga más tiempo!

¡Bah! Acuérdate que no solo de pan vive el hombre. Aquí encontré una muy buena que te va a gustar mucho —indicó un libro de color negro con rojo.

—¡De terror no me gusta! —respondió.
—¡Pues no! Fíjate que no es de terror…

—La pasta indica lo contrario.

—Es un libro muy interesante, me ha gustado mucho, más que los otros y te recomiendo que lo leas, es de drama y suspenso...

—Déjame ver... mmm... *El ojo de la muerte* de Marcia Gomezcoello. ¡Qué interesante! Lo voy a leer muy pronto, para que después no digas que no me gustan las novelas. —Las dos rieron.

CAPÍTULO XXXIV
POR FIN LA LUZ BRILLÓ

Despertó con un intenso dolor en su abdomen, se arrastró hacia los arbustos se tocó el flanco derecho y vio su mano llena de sangre, luego se tocó su cabeza y su cara, también había sangre, alguien le había disparado y no supo quién ni por qué, se sacó la camisa y rompió las mangas, las dobló y se lo colocó en el lugar de las heridas, había perdido mucha sangre, la bala había entrado y salido por otro agujero en la espalda y afortunadamente no dañó ningún órgano vital, estaba muy cansado y confundido, perdió el conocimiento nuevamente y se quedó allí hasta que el sol encandiló sus ojos. Se miró la herida, había parado de sangrar, su cara estaba tiesa debido a la sangre seca. Se incorporó y luego se paró cuidadosamente, tenía la cabeza muy pesada y no sabía para donde ir, caminó tambaleando por medio de unas solitarias calles hasta que llegó a una vivienda que estaba en medio de unos espesos arbustos donde se desplomó una vez más perdiendo el conocimiento.

Despertó cuando el manto de la noche ya se había apoderado, ofuscado y sin saber en donde estaba, se sentó y miró alrededor, todo era desconocido, se vio en un porche de madera, la casa estaba oscura y solitaria, trató de incorporarse agarrándose de una banca, golpeó varias veces la puerta y nadie salió, parecía completamente abandonada, movió la manija y cedió sin problema. Se paró en el umbral y gritó a ver si alguien aparecía, pero todo estaba tan silencioso, buscó el interruptor y encendió las luces, nuevamente voceó preguntando si había alguien para que lo ayudaran y nadie contestó, en la mesa se veían platos a medio comer y un par de sillas viradas como si hubieran tenido mucha prisa por irse o como si alguien les hubiera obligado a salir.

Estaba temeroso e intrigado, pero sin más remedio se atrevió a registrar la casa, quizá sus ocupantes se habían escondido en algún lugar, pero no encontró nada, una vez que comprobó que no había nadie entró al baño, buscó algunas cosas para limpiar sus heridas, bebió algo de agua, se sentó en el sofá de la sala y ahí se quedó dormido hasta el siguiente día en que se levantó asustado y tratando de identificar el lugar, no sabía ni la hora y tampoco recordaba nada, se miró en el espejo preguntándose quién era, sin obtener respuesta.

Pensando que el dueño quizá ya había llegado, llamó de nuevo, nadie contestó, sintiéndose un poco más recuperado, caminó hacia las habitaciones, las camas continuaban muy bien tendidas como las vio al inicio, regresó a la sala y se sentó por un largo rato en el sofá, contempló la cocina, pero no tenía ningún apetito, solo mucha sed, así que se acercó a la alacena y cogió un vaso que lo llenó con agua y se la bebió con desesperación.

«¿Quién vivirá en esta casa?», se preguntó acercándose a unas fotos que estaban en la chimenea, vio a una mujer con una niña de no más de cinco años. «Estas personas deben ser los dueños», se habló, pero estaba muy intrigado preguntándose qué había pasado con ellas, «¿Qué habrá sido de ellas?», dijo en susurros.

Quería abandonar la casa, pero aún no se sentía lo suficientemente fuerte. Además, ¿a dónde iría si no recordaba nada? Sin duda la hemorragia produjo una isquemia cerebral borrando su memoria. Ahora lo importante era recuperarse bien y «luego ya veré lo que hago», se habló.

Después de quince días de haber permanecido en aquella casa, se sintió con más fuerza, sus heridas estaban mucho mejor, afortunadamente la de su cabeza era superficial, su apetito se estaba restituyendo poco a poco, aunque surgió un nuevo problema, a pesar de que la alacena estaba muy bien surtida y parecía que habían almacenado suficiente comida como para quedarse para siempre en la casa, pensó que tenía que salir a buscar algo de gasas, alcohol y otras cosas para continuar curando su herida, pero no estaba seguro de salir, ya que si estaba herido pensó que o es un asesino o un ladrón y si es un fugitivo deben estarlo buscando, «pero, ¿qué habré hecho?», o quizá sea un policía o algo así «y también me estarán buscando», se dijo y por más que daba vueltas y vueltas en su cabeza no podía encontrar nada, el disco de la memoria se le había borrado por completo.

Mientras descansaba en el sofá se fijó en una puerta que tenía candado, se acercó a ella, no sabía qué había allí, le vino una terrible idea, pensó que tal vez los dueños estaban allí y quizá muertos. Le tembló el cuerpo, buscó las llaves por todos lados, en la cocina, en la sala de estar, en el comedor y no la encontró, así que se decidió a romper el candado, encontró un martillo y lo golpeó hasta que por fin cedió. Era la puerta del subterráneo, encendió la luz y bajó temeroso de lo que podía encontrar, se quedó boquiabierto, había una gran cantidad de alimentos enlatados, agua embotellada, papel de baño y de cocina, ropa, algunas armas y unos tres álbumes de fotos.

«Pero, ¿por qué tanta cosa? ¿Acaso pensaron que se iba a acabar el mundo? ¿O será un depósito de algún supermercado?», se dijo. Más allá un radio transmisor destrozado, una computadora de mesa destruida; temeroso de lo que veía, subió al piso superior y le puso seguro a todas las puertas y ventanas, luego bajó nuevamente y empezó a mirar los álbumes, había una pareja con una niña en algunos lugares. «¡Yo conozco a este hombre! ¿Dónde lo he visto?». Cogió otro álbum, era más antiguo, allí miró un grupo de estudiantes y lo que vio le heló la sangre, pero no sabía por qué, la cara de uno de los integrantes había sido cortada. «¿Quién es?», se preguntó tratando de reconocer la foto, pero no recordó nada, luego dándose cuenta se dijo «estoy loco, ¡cómo voy a saber quiénes son!». Pero sus pensamientos revoloteaban en su cabeza tratando de recordar sin lograrlo.

«¡La televisión!», se dijo y se dirigió al aparato buscando el control remoto, lo prendió y en ese mismo instante apareció La Comandante en la pantalla dando el informe semanal.

—Esa mujer... ¡yo conozco a esa mujer!

Se quedó mirando y escuchando con atención lo que decía hasta que la televisión se granizó desapareciendo la imagen, desde ese día aquella mujer se le clavó en su cabeza tratando de recordar quién era y por qué salía cada semana y hablaba de repoblar la tierra y que ya no había más hombres... «¿Y entonces qué soy yo? ¿Qué está pasando? ¿Está loca o yo estoy loco? ¿Quién soy? ¿Será que por eso estoy herido? Es mejor que no salga hasta por lo menos recordar algo, y en tanto no aparezcan los dueños permaneceré aquí», decidió.

Había pasado cuatro meses de su reclusión, ya se sentía completamente curado, pero aún no sabía quién era, quizá si salía tal vez recordaría algo por lo que decidió ir a la ciudad, pero lo haría por la noche, por si acaso, buscó algo de ropa de color negro, se vistió y salió, «¡Qué extraño! Esta ropa me queda muy bien y es de mi talla», se dijo al salir de la casa, caminó cerca de una hora hasta que ingresó en la ciudad, estaba solitaria, había chatarra por doquier, continuó caminando, de repente escuchó unos gritos de mujer, se escondió en el interior de un auto abandonado y desde ahí contempló cómo tres mujeres vestidas con uniforme militar de color negro tironeaban a la joven mientras esta gritaba.

—¡Asesinas!

—¡Cállate! —le dijo una de ellas disparándole, la muchacha cayó al piso sin vida.

—¿Por qué lo hiciste? —preguntó la otra.

—Era una inútil, de todas maneras hubiera muerto.

—¡A La Comandante no le va a gustar esto!

—Espero que tú no le digas nada, porque si no, las dos nos vamos a meter en serios problemas.

En ese momento Lorenzo sintió su cabeza agrandarse y un helado escalofrío cubrió todo su cuerpo, se agachó y se recostó en el piso del vehículo para no ser descubierto y ahí permaneció hasta que las voces desaparecieron, luego salió del vehículo y corrió hasta casi perder el aliento, nuevamente se agachó detrás de unas chatarras al contemplar cómo unas militares, no sabía si eran las mismas, ingresaban a una casa y sacaban a tirones a todos los ocupantes, que gritaban por auxilio sin que nadie las socorriera. Estaba completamente confundido, caminó a prisa en medio de las tinieblas llegando hasta la casa en la que se alojaba y entró sin prender las luces, a pesar de que estaba tan nervioso pensó que no debía encenderlas para que no lo descubrieran. Desde ese incidente habían transcurrido algunos meses, pero sin aguantar el encierro decidió salir de vez en cuando tratando de encontrar algo que lo hiciera recordar quién era sin obtener ningún resultado. Continuó viviendo en la casa sin mayor novedad tratando de arreglar la computadora o realizando cualquier otra actividad hasta que nuevamente se puso a mirar las fotos buscando en su memoria el por qué algunas le eran tan familiares. De inmediato como una película, en segundos le cruzaron los recuerdos por su cerebro iluminándose con una luz intensa que hería sus sentidos.

Ahora lo tenía todo bien claro, su memoria se activó poco a poco. Por fin recordó lo que le había pasado y lo que estaba sucediendo en el mundo, ¿y este hombre quién es?

«¡Dios mío!», cayó de rodillas. «Natalie, Ross, mi hijo, ¿qué habrá sido de ellos?», sin aguantar más se puso a llorar como un niño, nunca se había sentido tan desesperado y desolado. «¡Es una maldita asesina!», se dijo. «Si le hizo algo a mi familia juro que la mataré. Tengo que saber si lograron huir», sollozaba.

«Ahora sé quién eres», dijo mirando las fotos, «eres un maldito traidor, hipócrita, siempre nos hiciste creer que estabas solo y tenías mujer e hija. ¿Cómo pude ser tan estúpido y confiar en ti y cómo vine a parar aquí, justo en tu casa?», rio sardónicamente sin dar crédito de su suerte y de lo irónica que es la vida, «¿Y la mujer con la niña, qué habrá sido de ellas?», se preguntó. «¡Esa mujer! ¡Ella debe ser la culpable de que hayan desaparecido! ¡Pobres!», se hablaba lleno de ira, mientras empezaba a oscurecer. «¡Tanto tiempo perdido!», suspiraba entristecido.

Debía tener mucho cuidado y pensar muy bien ahora que por fin sabe quién es, afortunadamente la casa estaba en medio de un grupo de frondosos arbustos sin duda gracias a eso no había sido vandalizada hasta ese momento.

En la penumbra de la habitación, ya que no se atrevía a prender la luz por temor a ser descubierto, cavilaba acerca de la suerte que habían corrido su esposa, su hijo o hija, y su amiga; pasó toda la noche en duermevela y cuando el ansiado día empezaba a despertar su nerviosismo y preocupación se incrementaban, se puso alerta a cualquier sonido y miraba a través de las cortinas por si alguien se acercaba.

¡Qué diferente era ahora su actitud! Fue un cambio tan radical, después de haber descubierto quién era, a pesar de que su estadía en aquella casa había sido su salvación, ahora sentía que estaba en peligro real, pero se tranquilizó un poco porque sin duda lo daban por muerto. «¡Y así tienes que permanecer Lorenzo!», se dijo. «¡Ni volviendo a nacer hubiera imaginado alojarme en tu casa, traidor, asesino! Cortaste mi cara, porque este soy yo, no me había reconocido por lo antigua que es esta foto, ahora entiendo tantas cosas y sin duda tenías los contratos de venta en tu computadora, por eso la destruiste», dijo. Buscó entre los papeles algo que corroborara la venta del proyecto, pero no encontró nada, solo unas tarjetas con dedicatoria donde decía: Para mi único amor, George, de Stephanie y tu hija Analie. Lorenzo no salía de su asombro.

Asomándose por la ventana constató que todo por el momento estaba tranquilo y solitario, entonces le vino la idea de ir a la institución a como diera lugar. «Debo tener cuidado, no puedo dejarme ver de nadie, debo ser muy cuidadoso para no ser descubierto», se dijo.

Esperó a que oscureciera, pero su espera fue tan larga como nunca, no supo qué hacer durante todo el día, cuando estaba en las tinieblas de su amnesia el tiempo era en lo último que pensaba y ahora se desesperaba contando los minutos y los segundos.

Finalmente, después de un largo y tormentoso día el sol empezó a esconderse perezosamente por detrás de los arbustos con el mismo cansancio con el que Lorenzo esperaba el anochecer, poco a poco los últimos rayos rojidorados iban desapareciendo y la tarde tornándose azulada, luego gris y por fin la oscuridad había terminado de devorar la luz, dejando ver el alumbrado tenue de las turbias lámparas de los postes. «¡Es hora!», se dijo y se vistió todo de negro, tomó un cuchillo, luego un revolver que los puso en la parte posterior de su cintura, salió confiado en que a pesar del tiempo que había transcurrido las encontraría, aunque no tenía modo de comunicarse, «Deben estar en la isla escondidas», era su esperanza y su desesperación. «¿Mi hijo habrá sobrevivido? ¿Cuál será su sexo? Tengo que encontrarlas. Solo ruego a Dios que no las hayan atrapado», iba pensando todo el trayecto.

Estaba muy lejos de la institución, esperaba y con suerte llegar a la media noche o a la madrugada, en todos lados había escombros, chatarra y basura, caminaba con cuidado y alerta a cualquier eventualidad, las calles estaban desiertas, a lo lejos vio a un par de militares que caminaban por allí y tuvo mucho cuidado para no ser visto, por fin tras una larga caminata reconoció el sendero que llevaba a la calle de la entrada del CIE, siguió y caminó unos diez minutos.

Con su pequeña linterna iluminó la puerta principal por donde incontables veces entró y salió con su auto, luego de que el guardia les saludara. La encontró semiabierta, oxidada, la hierba se había apropiado de los alrededores, la garita de control estaba deteriorada, continuó avanzando hasta llegar al parqueadero, allí estaban los escombros de lo que algún día fueron su auto, el de su amiga y el de ese traidor volcados por doquier, calcinados, se quedó petrificado, enseguida restregó sus ojos pensando que la falta de iluminación le estaba jugando una mala pasada a su cerebro, abrió nuevamente sus ojos y se quedó espeluznado al contemplar que todo era un montón de chatarra, estaba fuera de sí como si el alma le hubiera salido de su cuerpo y no hallaba explicación para lo que veía, trató de tranquilizarse para no sacar conclusiones sin antes haber analizado bien las cosas, así es que sin más que hacer decidió descansar, porque con tantas emociones y después de haber caminado tanto, estaba agotado, se acurrucó en medio de las chatarras esperando a que clareara el día, ahí permaneció tratando de mantenerse alerta, pero a pesar de su lucha por no cerrar sus ojos, Morfeo fue más poderoso y se lo llevó en sus brazos hasta que despertó asustado con los primeros albores.

A pesar de que aún el día no había despuntado del todo, vio la destrucción, no había quedado absolutamente nada de aquel edificio en el que algún día le nació la idea del sueño de su vida. En toda su existencia nunca imaginó tamaña tragedia. Caminó alrededor y constató que no estaba la isla, en cambio en aquel lugar había crecido generosamente todo tipo de hierba y arbustos. Por un lado, se puso feliz porque estaba convencido de que quizá habían logrado escapar, pero al mismo tiempo le asaltaron las dudas y el pánico, pensando que tal vez las obligaron a revelar el proyecto y podrían estar presas o muertas. Un escalofrío lo envolvió, tenía que saber qué mismo había pasado en aquel lugar con Natalie, su bebé, Ross, Lucrecia y María.

CAPÍTULO XXXV
INTERFERENCIAS

El reloj marcaba las once de la noche, Natalie se sentía muy mal, sus contracciones habían iniciado, eran leves y no quiso molestar a nadie aún, en ese momento supo que su bebé en contadas horas nacería, así es que se puso a caminar en su habitación y se hablaba a sí misma diciendo cuánto le hubiera gustado que Lorenzo estuviera con ella, estaba llena de nostalgia y también de dudas, a pesar que el bebé había llegado a su término, todavía no estaba muy confiada porque sabía que podía también contagiarse en el parto. En pocas horas por fin sabrá si es niña o niño, Lucrecia aseguraba que era niño, pero Ross y María apostaron por la niña, ella también pensaba que era niño y por eso estaba más preocupada, haciéndose miles de preguntas y suposiciones, «¡Es mejor no saber nada para no sufrir!», se dijo. En ese momento una contracción fuerte la hizo gritar escuchándose en toda la casa, Lucrecia y María corrieron a la habitación de Natalie, la miraron apoyada en la cama quejándose por la contracción. «¡Santo Dios! El bebé ya está en camino», exclamó Lucrecia.

Ross también se presentó y ayudó a Natalie a caminar mientras Lucrecia y María preparaban todo lo necesario para el parto. Las contracciones iban en aumento, las horas pasaban y aún no se producía el parto, el día empezó a clarear, nadie había podido dormir aquella noche, todas estaban tan cansadas y preocupadas de que todavía no hubiese nacido la criatura. Natalie se quejaba que ya no podía más, pero Ross le recordó que era normal la tardanza en una primeriza, pero aquellos dolores eran tan fuertes que la hacían retorcerse. Al cabo de un par de horas Ross y Lucrecia chequearon a Natalie.

—¡El bebé por fin coronó! —exclamó Lucrecia poniéndose al frente—. Ahora sí, doctora, tiene que pujar con toda su fuerza.

Las tres mujeres la animaban y Lucrecia se encargó de la atención, por fin el bebé nació y estaba vigoroso, rosado y bullicioso, llorando enérgicamente, las cuatro quedaron agotadas, pero felices.

—¡Ya soy abuela! —exclamó Lucrecia.

—¡Y yo tía! —voceó Ross.

—¡También yo seré su tía si me lo permiten! —dijo María.

—¡Claro que sí! —corearon Natalie y Ross.

Después de aquella emoción tan grande que sintieron, las tres mujeres se turnaron para ir a descansar y poder atender a la madre y al niño. En medio de aquella felicidad de tener un nuevo miembro, la duda asaltaba tanto a Natalie como a Ross pensando si el recién nacido era inmune o no, pero al contemplarlo, todas se pusieron nostálgicas porque Lorenzo no estaba presente y no pudo conocer a su hijo, Natalie se puso a llorar como una niña.

—¡Tienes que ser fuerte! —le dijo Ross abrazándola y dándole ánimo para que luche por su hijo. Pasó una semana, pasaron dos, pasaron meses y nada sucedió, el bebé continuaba fuerte y saludable.

Lorenzo regresó a la casa donde se estaba quedando, se sentía descontrolado y desorientado porque ahora sí, no sabía qué hacer. Su cabeza se llenó de mil ideas. «¿Y si murieron en ese incendio que tal vez fue producido por esa malvada o se apropiaron de la isla y todas están prisioneras? Y si Natalie perdió... No, no puedo pensar en eso... ¡Dios!», clamó. Tantas preguntas sin respuesta le quemaban el alma, había momentos en que se volvía loco, pero trataba de controlarse para poder pensar mejor y buscar una solución. Decidió continuar saliendo algunas noches para tratar de encontrar a alguien conocido que le diera alguna información de lo que había pasado en la institución. Fue a su casa y la encontró toda destruida, luego fue a la casa de Ross y estaba igual o peor, no sabía qué hacer, a más de que él era hombre y estaba en constante peligro, no tenía recursos ni cómo conseguirlos para intentar hacer algo, vivía en constante zozobra y el tiempo corría inclemente. Consultó el calendario que el mismo había dibujado y no pudo creer lo que veía, habían pasado casi cuatro años. Se quedó en *shock*. Había estado más de dos años en la inconciencia tratando de recordar quién era y el resto haciendo lo imposible por encontrar a su familia. «Estoy avergonzado, desesperado, maniatado, sin recursos, sin ideas, sin nada, ¡nada!», se hablaba porque temía quedarse mudo.

Se dio cuenta de que esa casa ya no era segura para él, además de que ya casi no tenía alimentos, se sentía inútil, hasta que mirando la pantalla negreada de la televisión se le iluminó el cerebro. «¡La radio!», exclamó. «Eso es, ¡pondré a funcionar la radio! ¡Qué estúpido, cómo no me había venido esa idea antes!», se recriminó. «¡Trataré de contactarme con la isla, tengo que arriesgarme!», se dijo. «Tengo que saber si en la isla está Natalie o está en manos de esa asesina».

Mientras sus pensamientos fluían en medio de las tinieblas, unos fuertes golpes se escucharon en la puerta, aunados a unas voces que pedían que abrieran, Lorenzo sintió que su corazón le salía por la boca, en esos momentos se vio como un ratón enjaulado, no sabía qué hacer, «piensa, piensa», se decía, tenía contados segundos para encontrar una solución, estaba atrapado, si lo descubrían sin duda alguna lo matarían o lo utilizarían como conejillo de indias como le había relatado Fernando. Mientras tanto lejos de allí, su pequeño hijo jugaba con su madre a las escondidillas, Natalie contaba de forma regresiva diez, nueve, ocho, siete… el niño corrió a esconderse, en su inocencia se había metido en el baúl de juguetes de su cuarto y ahí se quedó muy callado y quieto, Lorenzo en cambio bajaba las escaleras al subterráneo en absoluto silencio ignorando los terribles golpes que azotaban el portón de la vivienda, avanzó a cerrar la puerta y a ponerle seguro, mientras las militares irrumpían en la casa buscando alguna fugitiva, buscaron por toda la casa y al ver una puerta cerrada empezaron a azotarla. Lorenzo no sabía qué hacer ni en dónde esconderse, estaban a punto de echar la puerta abajo cuando se le vino la idea de trepar por la pequeña ventana, recordando lo que hace algunos años había hecho Ross. Justo cuando acababa de desaparecer las mujeres tumbaron la puerta e invadieron el lugar.

¡Yo exterminé al último hombre!

Simultáneamente Natalie encontró al pequeño Lorencito dentro del baúl. Las mujeres buscaron por todos los lugares y sin encontrar a nadie, se marcharon.

Lorenzo se había escondido en una de las casas vecinas que estaban abandonadas, allí esperó cerca de una hora, luego comprobando que ya no había nadie, regresó. Asustado bajó al subterráneo pensando que quizás descubrieron la radio y que tal vez la habían destruido, pero no, ahí estaba, muda, inerte, parecía un pequeño horno al que ventajosamente no tomaron en cuenta. Subió nuevamente y cerró la puerta con seguro, ahora sabía que tenía el tiempo en su contra. Consciente del peligro que corría se ocupó en componer la radio lo más pronto posible. Por fin con el aparato listo, se sentó en frente y sintonizó la frecuencia de la isla que gracias a Dios no la había olvidado.

Ross como todas las noches, se quedó en la biblioteca pintando, era otra de las habilidades que tenía, estaba muy concentrada y la noche estaba más silenciosa que nunca, pero eso no le llamó la atención hasta que un extraño ruido radial llegó a sus oídos que venía desde el centro de controles, un escalofrío le cubrió todo el cuerpo pensando que habían sido descubiertas, presurosa dejó todo lo que estaba haciendo y corrió hacia a la sala donde estaban Natalie, Lucrecia y María, llegó acezante y con el alma en la boca provocando una gran sorpresa a las tres mujeres que trataban de calmarla.

—¡Creo que estamos siendo localizadas!
—¿Qué?
—Escuché sonidos de la radio en el cuarto de controles como si alguien quisiera comunicarse.

Sorprendidas las tres mujeres se dirigieron de inmediato al lugar, mientras Lucrecia se quedó en el cuarto del niño orando para que no fuese nada malo.

Con cuidado se acercaron a la puerta como si temieran que alguien las fuera atacar en cualquier momento, Natalie había llevado un arma como protección. Se pararon en el umbral y escucharon la voz de un hombre, se quedaron espeluznadas.

—Pro… bove … Pro… bove… me escuchan… —la comunicación era entrecortada.

—¡Es un hombre! —exclamó María.

—Shhhh… —dijeron las dos.

—Probo… ve… Había mucha interferencia y hacían lo imposible por tratar de descifrar lo que decían. Minutos después la comunicación desapareció.

—¡Fue un hombre! —se repetían—.

—Pero, ¿cómo puede ser, será que algún sobreviviente está pidiendo ayuda? —dijo Ross.

—No entendí lo que dijo.

—Yo escuché probando, probando —intervino María.

—¡Creo que nos han localizado! —respondió Ross completamente asustada.

—No, no lo creo, en el radar no aparece nada, todo está limpio, además la isla es antirradar y ya hubieran sonado las alarmas si alguien se nos hubiera acercado.

—Entonces, ¿quién crees que está tratando de comunicarse? —Ross preguntó temerosa.

—Parecía la voz… No, no, olvídalo, es una idea tonta.

—¿Qué, en qué estás pensando? ¿De quién

piensas que fue esa voz?

—¡Parecía la voz de Lorenzo! Además, parece que decía Probove —respondió Natalie.

—Parecía, pero no creo. María, ¿tú que escuchaste?

—Yo solo oí, zzzz, wiii, zzzz, probando, probando y era un hombre.

—Sí ves. María también entendió, solo que no entendió bien la palabra, yo oí Probove, ¡estoy segura!

—Parecía, pero me niego a creer, ¡imposible! —exclamó Ross.

La radio ya no sonó más y aunque Natalie estaba convencida de que la voz que oyó era parecida a la de su esposo, no descartó la posibilidad de que alguien quizá descubrió la ubicación de la isla y esto sería muy peligroso. «Tenemos que movernos a otro lado», dijo.

CAPÍTULO XXXVI
SOBREVIVIENDO

Jessie había sido reclutada para trabajar en la red de telecomunicaciones para las transmisiones de La Comandante y afortunadamente era una de las privilegiadas. Un año después de que dio a luz a su pequeño Samuel, que inexplicablemente había sobrevivido, fue reclutada cuando regresó a la ciudad por alimento. Pero Jessie sabedora de que la vida de su hijo estaba en gran peligro, no por la enfermedad, sino porque lo descubrieran, tenía pánico de que la denunciaran y llevaran al niño para experimentar como lo habían hecho con todos los demás, entonces se le ocurrió una idea que puso en práctica jugándose el todo por el todo. En complicidad con su madre y sus dos hijas habían convencido a todos de que Samuel era una niña y lo llamaron Sam, sin embargo temiendo de que el niño se traumatizara debido a sus vestimentas y el trato que le daba la gente, que muy bien convencidos estaban de que era una niña, lo aleccionaban día con día con que tenía que verse igual que el resto para que no le hicieran daño a él y a su familia, pero cuando le tocó ir a la escuela, ahí sí que se armó el verdadero problema para el pequeño, se sentía extraño en medio de tantas niñas, sobre todo aquel día en que una compañerita lo molestó y lo empujo haciéndolo caer en el piso, entonces su furia masculina le salió a flote, se abalanzó sobre la niña, le haló de los pelos y le daba de puñetes. Una de las maestras escandalizada los separó y por poco, digamos que, por un pelito, descubre la verdadera identidad del niño. De modo que Jessie sintiéndose en real peligro fue a pedirle consejo a su única amiga, casi hermana y cómplice, la doctora Rachel Williams para que la ayudara.

—¡Es un milagro que no te hayan descubierto! —le dijo.

—Es cierto, por eso vengo a pedirte que me ayudes.

—No sé qué decirte, es un milagro también que ese niño esté con vida.

—Sí, hasta ahora no se ha contagiado del virus...

—No lo digo solo por eso, sino por lo que hiciste, eso de huir al campo y dejar que tu pobre madre atienda el parto exponiéndote tú, tu bebé y también tu madre.

—Tienes toda la razón, pero no podía hacer otra cosa, si se enteraban de que mi niño continuaba con vida en mi vientre quien sabe que me hubieran hecho.

—Pues sí, pero por lo menos me hubieras avisado y yo hubiera estado al pendiente.

—Es cierto, pero en esos momentos no lo pensé, pero ahora he venido para que me aconsejes, me ayudes, no sé qué hacer, no puedo seguir enviándole a la escuela, ¡lo van a descubrir tarde o temprano! El otro día se había peleado con una compañerita —dijo muy angustiada.

—Bueno, tengo una idea, pero esto que vamos a hacer solo debe quedar entre tu madre que es la que lo va a cuidar, tú y yo; y por supuesto, aleccionar a tus otras niñas. Si nos descubren, todos estaremos cantando aleluya junto a san Pedro.

—¡Haré lo que sea!

Desde ese día Jessie aleccionó a las niñas día tras día hasta que se lo aprendieron de memoria de que por ningún motivo deben comentar absolutamente nada acerca de su hermano y al niño de que nunca debe contestar ni hablar con nadie cuando estén fuera de casa y cuando haya visita, disfrazarse o esconderse en su cuarto. Es así que con la promesa de Jessie de que iba a cumplir al pie de la letra todas las indicaciones y arriesgando su pellejo, «solo porque eres mi mejor amiga, te voy a extender este certificado donde dice que el niño no puede asistir a la escuela por presentar una patología de autismo», dijo Rachel, algo que les dolió a todos hacerlo, pero que era una decisión de vida o muerte. De este modo, Alicia, la abuela del niño se convirtió en su profesora y el niño permaneció educándose en su casa mientras crecía y se hacía más juicioso. Niño al fin, Sam estaba muy feliz de quedarse en casa, allí se sentía libre, ahí era el único lugar donde podía ser él mismo, jugaba como un niño con sus carritos y su pelota, no así cuando salía, tenía que verse como niña y ser tratado como niña, con el paso del tiempo Sam se había acostumbrado a vivir de esa manera y no daba mayor importancia de lo que ocurría a su alrededor y lo más sorprendente es que estaba muy saludable y no se había contagiado con el virus, crecía como un niño sano e inteligente, aunque Jessie supuso que como ya no existían más hombres el virus también había desaparecido.

Vivir en aquel tiempo era demasiado peligroso, andar por ahí engañando o queriendo derrocar a La Comandante era cuestión de vida o muerte, sabiendo eso Jessie siempre vivía con el corazón en la boca.

Un secreto a voces que se dispersaba por todos los lugares hasta el más remoto era de que La Comandante se hacía algunas inseminaciones artificiales, que lamentablemente no dieron resultado, lo que la alteró sobremanera y la hizo más cruel y que a raíz de este fracaso ordenó que destruyeran e incendiaran el laboratorio donde murieron calcinadas todas las científicas que trabajaban en aquel lugar.

—Pero, ¿estás loca? ¿Cómo pudiste dar una orden así? ¡Estaban a punto de descubrir la vacuna!

—¡Cállate! ¡Tú no me digas lo que tengo que hacer! Recuerda que si estas con vida es solo porque yo quiero —vociferó

Gina se marchó contrariada, es cierto, ella no podía hacer nada, estaba con las manos atadas, la innombrable tenía al ejército a su favor y lo que es más a todas las niñas que iban a la escuela se les enseñaba a amarla y respetarla y cuando la veían tenían que corearle «¡Gloria a La Comandante por siempre y para siempre!», similar a lo que sucedió con las juventudes hitlerianas en la Segunda Guerra Mundial con la única diferencia de que su mano la colocaban en el pecho. A las jovencitas las ponían a estudiar y las preparaban en diferentes actividades de acuerdo con su inteligencia, según decía.

El pueblo vivía sumido en un ambiente de terror y zozobra, las conspiradoras eran castigadas con torturas, latigazos, fusilamientos o encarcelamientos de por vida. Las mujeres nunca olvidaron el día en que la general Edison y Charlotte, la esposa del difunto general Roger, comandaron una manifestación en contra del régimen, fueron acusadas de conspirar, sobre todo a Charlotte que la acusó de lavado de dinero, usando como prueba los documentos que encontró en el cajón secreto del occiso general donde se le veía claramente junto a un gran narcotraficante en una de las fotografías, la mujer ni siquiera sabía de qué estaba hablando.

Para dar una muestra de lo que les podía pasar a las militares y en general a todas las que se atrevían siquiera a pensar en conspirar contra de ella, mandó a fusilar a Edison en media plaza a vista y presencia de un gran número de mujeres, tanto militares como civiles, igual hizo con Charlotte que por más que gritaba y se defendía diciendo que era inocente y que no sabía nada, el corazón de la desalmada no se conmovió, más bien se congració mirando como acribillaban a la víctima. Como si eso fuera poco mandó a colgar los cadáveres en los postes de luz para que sea una muestra clara de lo que les puede pasar a las que la traicionaban.

Todos aquellos hechos hacían que las mujeres fueran sumisas, trabajadores y ágiles porque, a las ociosas o lentas según decía les mandaba a dar unos cuantos latigazos, cosa que las esbirras lo realizaban con el mejor agrado.

Había creado nuevas leyes porque las leyes de los «hombres» eran leyes favorables solo para los hombres, ahora lo importante era sobrevivir y las mujeres también eran muy capaces de realizar cualquier trabajo, a ninguna mujer se le justificaba que se quedara en casa de ociosa, inclusive las de la tercera edad tenían que dedicarse a realizar cualquier labor, solo las abuelitas que cuidaban a sus niñas escolares se les permitía quedarse en casa y Alicia era una de ellas, ya que cuidaba a sus tres nietas, que digo, nietos.

Dos días después Lorenzo intentó nuevamente comunicarse con la isla, perfeccionó un poco más el sistema de transmisión, tenía el corazón en la boca solo en pensar que en cualquier momento volverían las militares, aunque por otro lado estaba un poco confiado porque ya lo habían hecho lo cual le daba algo de tranquilidad, se cuidaba de no prender las luces por la noche, prácticamente se acostumbró a andar en las tinieblas, en el subterráneo utilizaba un antiguo candelero de aceite cubriendo la única ventana de forma temporal con un pedazo de madera para que la luz no se filtre.

Esperó a que se hicieran las ocho de la noche para intentar comunicarse nuevamente, tenía esperanza de que esta vez sí le diera resultado y que lo pudieran escuchar.

En vano trató varias veces, nadie le contestó, estaba desesperado porque sentía que tenía los días contados y que en cualquier momento lo descubrirían. Coincidencialmente, en ese momento todos estaban reunidos en la sala de estar con música, pitos, y gritoríos, las cuatro mujeres celebraban con gran entusiasmo el tercer cumpleaños de Lorencito, le cantaban el *happy birthday* a todo pulmón, estaban tan felices, sobre todo Natalie, que veía a su niño muy saludable y ya había confirmado que también era inmune al virus, por lo que decidió que tenía que retomar sus investigaciones y encontrar una vacuna, aunque pensó que era casi imposible por la escasez de insumos médicos.

Lorenzo por su parte esa noche se dio por vencido pensando que el aparato no estaba bien calibrado y que tenía que arreglarlo, estaba tan desesperado sin saber si su esposa, y su amiga habían logrado escapar, por su afán de encontrarlas sabía que se jugaba el pellejo, porque si la isla estaba en manos de esa asesina y lo escuchaban, lo localizarían, vendrían por él y quién sabe qué le harían.

Dormía a saltos y durante el día estaba alerta a cualquier ruido, revisaba una y otra vez la radio para encontrar la falla, «Está bien y no necesita ningún arreglo. ¡Quizá ellas no están en la isla! Tal vez están en manos de esa mujer. No, no quiero pensar en nada. ¡Dios, me voy a volver loco!», se martirizaba como alma en pena. No se explicaba por qué no contestaba nadie. «Si está en manos de esa asesina, por lo menos alguien debería contestar, ¿o será que no la pudieron hacer funcionar y está apagada?», se hablaba.

En su soledad pensaba mil cosas que en realidad no sabía qué mismo pensar, su cabeza era una bola confusa de pensamientos sin explicación, «¡Mi hijo o mi hija, si nació debe tener tres años! ¿Qué será de ellos, los volveré a ver algún día? Supongo que todos piensan que estoy muerto. ¿Cómo les digo que estoy vivo? ¿Cómo saber si están en la isla?», se hablaba a veces en voz alta luego cayendo en cuenta, susurraba.

La bodega del subterráneo ya estaba casi vacía, solo quedaba algunas latas con habichuelas y garbanzos, ese era otro problema, «¿dónde buscar comida en caso de necesitarlo, qué voy a hacer?», se rascaba la cabeza mirando las contadas latas. «A pesar de que me hiciste tanto daño, te agradezco en donde quiera que estés, George, también agradezco a tu mujer y a tu hija y ruego a Dios por ellas para que se encuentren bien y no les haya pasado nada, ¡lo que es la vida! ¡Nadie sabe para quien trabaja! Nunca hubieras imaginado que toda esta comida la almacenaste para mí, ya me pagaste todo el daño que me hiciste y desde el fondo de mi corazón te perdono.

CAPÍTULO XXXVII
MÁS QUE LA CRUELDAD

Gina por primera vez en su vida, se sentía muy nostálgica pensando que quizá su existencia hubiera sido diferente, durante su vida siempre recordaba el día en que fue a visitar a su familia; a su padre lo vio tan fuerte y vital, nunca imaginó que de un momento a otro se convirtió en uno más de las estadísticas de esa maldita enfermedad, se arrepintió como nunca el no haber compartido más con todos ellos y sobre todo con su padre, al que casi nunca le quiso hacer caso. Ella siempre se caracterizó por ser rebelde y desobediente, incluso antes de cumplir su mayoría de edad ya se había liberado de su hogar desapareciéndose por días, motivo por lo cual su padre le propinaba severos castigos que nunca le sirvieron de escarmiento, más bien se sentía tan resentida que se escapaba como fuese, sin importarle el enojo que le producía no solo a su padre, sino a toda su familia y ya para cuando cumplió sus dieciocho se separó definitivamente de su hogar, trabajaba por aquí, por allá, viviendo al día hasta que decidió ingresar al Ejército, donde conoció a su ahora comandante, pero como no le gustaba seguir ninguna regla, antes de finalizar su carrera se retiró y se dedicó a trabajar, primero de mesera y después de *bartender*.

Ahora que había tomado una decisión tan importante en su vida y que casi tuvo que ponerse de rodillas para que La Comandante le concediera aquel preciado deseo, se arrepintió de no haber disfrutado de su familia, de sus hermanos, de su padre, le pesó tanto su muerte, la muerte de su hermano y de no haber tenido el coraje suficiente para asistir al funeral y aunque se había convertido en una desalmada eso sí le dolía en lo más hondo y su corazón siempre le sangraba y lloraba desesperadamente cuando se encontraba en la soledad de su habitación.

Cuando fue a visitar a su madre y a su hermana no la quisieron ni ver, estaban tan resentidas que la desconocieron como familia, desde ese día se sentía tan sola, por lo que tomó aquella decisión tan importante en su vida, por supuesto La Comandante puso el grito en el cielo porque sabía muy bien que, si ella se iba, en cierto modo quedaría desprotegida, pero sin saber cómo, logró convencerla y de esa manera Gina ingresó en la clínica de maternidad y se realizó una inseminación artificial. Con gran suerte el producto se había implantado y ya presentaba síntomas de embarazo, contrario a los deseos de Martha, ella escogió tener una niña, de modo que Gina estuvo al frente hasta cumplidos los cinco meses, luego de lo cual se retiró temporalmente hasta que su bebé naciera.

El tiempo en que Gina se ausentó fue aprovechado por un grupo de diez mujeres que se habían organizado y habían logrado reunir algunas armas. El plan de aquellas rebeldes estaba aparentemente muy bien estructurado, llegado el día ingresaron en la Casa Nueva, como todos llamaban a la vivienda de La Comandante, era una madrugada lluviosa y Martha se había levantado por un vaso con agua y como era su costumbre antes de ir a la cama miró las cámaras de vigilancia que había mandado a colocar en la sala, en ese momento le pareció mirar una sombra, puso atención, efectivamente era alguien, se sorprendió sobremanera de que sus vigilantes no se hayan dado cuenta del acercamiento de aquellas intrusas que vestían de negro y con pasamontañas, inmediatamente aceleró el paso hasta su habitación. «¡Estas ineptas o están dormidas o confabuladas!», dijo cogiendo sus armas.

Las intrusas ingresaron a la casa, estaban armadas hasta los dientes, en medio de la oscuridad dispararon a las guardias con sus armas silenciosas, continuaron directamente al dormitorio deslizándose como gatos en las tinieblas con sus pasos imperceptibles, abrieron suavemente la manija introduciéndose una tras otra hasta rodear la cama donde el perfil del cuerpo dormido se dibujaba en medio de la oscuridad, ansiosas de cumplir su cometido y rezando a todos los santos para que nada fallara en el último momento dispararon a mansalva descargando toda su furia sobre La Comandante. Ilusionadas de haber cumplido con aquella misión imposible, una de ellas alzó el cubrecama para celebrar lo que jamás imaginaron lograr, se llevaron la más grande decepción de sus vidas al contemplar un montón de almohadas, en cambio las luces se prendieron y un pelotón de militares junto con La Comandante les gritaron que tiraran sus armas y se echaran al piso. Ataron sus manos con cintas plásticas y se las llevaron presas, de las diez habían quedado siete porque tres fueron degolladas.

La Comandante estaba furiosa, «¿Como es posible que hayan roto la seguridad de su domicilio y se hayan metido sin ningún problema? ¡Por suerte esas guardias vendidas están muertas! Porque de otro modo las hubiera torturado hasta morir», gritó llena de rabia.

Restablecida nuevamente la seguridad de la Casa Nueva, cansada como estaba después de una larga noche, fue a ver si podía conciliar el sueño, pero con su arma bajo la almohada, lamentándose de la ausencia de Gina y de Zabala, «Sin duda las insurgentes lo habían planeado todo aprovechando la ausencia de mis dos guardianas», pensó.

Tras unas cuatro horas de sueño, estaba de muy mal humor y como si fuera poco el nuevo día estaba nublado, briznoso y triste como si presintiera lo que iba a suceder, a pesar de su mal humor La Comandante fue al comedor donde le sirvieron como siempre su desayuno favorito y en el transcurso de su recorrido pudo observar los agujeros de las balas de la noche anterior, lo cual la llenó de más coraje, comió casi sin ganas porque sabía que tenía que cumplir con su deber.

Primero averiguó quién fue la encargada de la seguridad de la casa y la mandó a traer con urgencia hasta su oficina, la mujer estaba muy nerviosa pensando que ese sería su final.

—Ingeniera, ¿qué pasó con la seguridad?

—Mi comandante, todo estaba en completo orden, el sistema de seguridad fue saboteado, pensamos que era un virus pasajero, nunca imaginamos que pasaría lo que pasó.

—¡Usted no tiene que pensar nada! Solo tiene que estar alerta ante cualquier eventualidad, su pensamiento casi me manda a la tumba. ¿No se da cuenta que por un maldito virus estamos como estamos?

—Perdóneme, mi comandante, le ruego —dijo la mujer con lágrimas en los ojos y poniéndose de rodillas.

—¡Guardia, llévatela!

—No, por favor, por favor —suplicaba la mujer.

Nada conmovió a la malvada que estaba enceguecida de odio y rabia con la ineficiencia, según dijo. Todo el mundo sabía que cuando La Comandante enviaba a prisión a cualquier mujer, nunca más se sabía de ellas, así que sus familiares y amigos las daban prácticamente por muertas en medio del desconsuelo y las lágrimas.

La segunda cosa que se apresuró a realizar la innombrable fue trasladarse con urgencia a la isla Ellis, lugar donde algún día en el pasado allá por los años 1.800 llegaban los inmigrantes de todo el mundo para poder entrar a los Estados Unidos y cumplir sus sueños en el país de las grandes oportunidades y que luego en 1.975 pasó a formar parte del Museo Nacional de la Estatua de la Libertad, y ahora sintiendo que era una buena área para sus propósitos, La Comandante la había convertido en una prisión para sus enemigas haciendo colocar en las instalaciones de lo que alguna vez fue un centro de salud, algunos instrumentos de tortura.

A las siete mujeres las habían colocado en un solo calabozo, todas se hicieron al dolor y a lo que venga cuando se propusieron matar a la asesina, ellas fueron las únicas que se atrevieron a realizar aquella misión suicida, nadie más se atrevió a conspirar porque sabían que nunca lo podrían lograr. El hecho de que hayan podido ingresar en la casa y hasta el dormitorio ya fue considerado como una hazaña y el pueblo agredido y esclavizado las consideraban como unas heroínas, aunque nunca se atrevieron a mencionarlo por temor a terminar como ellas.

La Comandante ordenó que las torturaran para darles la lección, «que sin duda sus padres nunca les dieron», según dijo, y para que el resto de la población sepa que a ella nadie debe atreverse a faltarle al respeto y menos atreverse a atentar contra su valiosa vida como lo habían hecho aquellas infelices.

Ocho días después de que las mujeres fueron encarceladas las mantenían con grilletes en sus manos y sus pies, estaban al borde de la muerte, ya que habían sido latigueadas, golpeadas y cuanta tortura se les ocurría a las desalmadas.

Cuando se cansó de verlas sufrir, mandó a construir un patíbulo con graderío en la avenida más concurrida donde asistirían las más altas autoridades. En uno de sus discursos semanales informó al pueblo lo que les iba a pasar a las insurgentes y rebeldes que se atrevieron a invadir su honorable vivienda, agredir y tratar de asesinarla. Todo estaba listo, se habían desplazado cientos de militares para controlar algún disturbio durante el atroz acto que estaban por presenciar, al cual las empleadas publicas fueron obligadas a asistir.

La Comandante llegó en un auto blindado negro, se bajó del mismo con cuatro guardaespaldas, su cara había cambiado drásticamente, se la veía arrogante, altiva y en su rostro no se veía ni una sola seña de sentir ninguna emoción. Como siempre llevaba uniforme negro, igual que las demás, ese día se había puesto unas charreteras doradas y algunas medallas colgaban de su pecho, sus botas acordonadas le llegaban a la media pierna y su boina la llevaba a medio lado. A pesar de la cantidad de mujeres que se encontraban reunidas en aquel lugar, el silencio era sepulcral, parecían estatuas de cera o maniquíes, todas vestían sus uniformes y ocupaban un lugar correspondiente a su estatus y estaban paradas en completo orden, mientras las militares las rodeaban y estaban armadas hasta los dientes con ametralladoras, granadas y escudos antimotines. Pero, ¿quién iba a sublevarse en ese momento? Todas temblaban de terror solo en imaginarse en que alguna de ellas podría ser acusada de cómplice o cualquier otro delito inventado por la perversa.

Poco a poco fueron acomodándose en los graderíos las autoridades como en un desfile de celebridades, allí se congregaron tres generalas, entre ellas estaba Zabala, las jefas de los distintas instituciones y otras autoridades de alto rango. Una vez que todas las invitadas estaban presentes se procedió al infame acto con una sola señal de La Comandante al estilo emperador romano, nadie se atrevió a decir nada.

Las prisioneras fueron conducidas con grilletes y con vestimentas en color café oscuro, se las veía completamente agotadas, que su caminata parecía de muertos vivientes, a paso lento fueron avanzando por en medio de las espectadoras que sin mover un solo músculo permanecían paradas en su lugar. Una vez en la plataforma, la verduga que llevaba un pasamontañas para no ser reconocida, colocó una bolsa negra a cada una de las reas y luego otra fue poniendo una gruesa soga al estilo viejo oeste, a una orden de la innombrable la verduga haló una palanca y las siete quedaron colgadas balanceándose de un lado a otro, mientras los ojos de todas las presentes se humedecieron por el llanto al contemplar semejante crueldad que jamás hubieran imaginado vivir, ninguna se atrevió a moverse y permanecieron inmóviles hasta que les dieran la orden de retirarse a sus respectivos trabajos, nadie podía comentar nada de lo sucedido en las horas de labor ni en ningún lugar, para eso estaba los boletines semanales que daba La Comandante por la televisión.

CAPÍTULO XXXVIII
DECISIÓN

Esperó otros tres días más para intentar de nuevo, no quería exponerse a que lo descubrieran, esos días fueron desesperantes y los más largos de su vida. Era un castigo psicológico, el no saber nada de su familia lo desesperaba, ya se había leído todos los libros de la pequeña biblioteca de aquella generosa casa y ya no tenía idea de que más hacer, por lo que tratando de ocupar su mente para no volverse loco, se puso a pensar en algún nuevo proyecto que quizá le serviría para el futuro en caso de tenerlo, albergaba la esperanza de encontrar a su esposa, todos los días la pensaba y le asaltaba el miedo de no volverla a ver, de no poder nunca más acariciar su suave piel y aspirar aquel perfume suave y su hijo, «¿Habrá nacido? ¿Cómo será? ¿Estará con vida? ¿Será niño o niña?», trataba de no pensar mucho porque cada vez que lo hacía le invadía una profunda nostalgia, el hecho de vivir como estaba viviendo, de no poder salir y ser libre, de quizá ser el único sobreviviente eso lo atormentaba.

Buscó un cuaderno y se puso a dibujar lo que le salía de su mente, ¿qué podría inventar? No hay nada que inventar, todo es un caos, ¿a quién le podría interesar y cómo lo haría? No tenía objeto, sin embargo se hizo la idea de estar en la isla y se puso a pensar en qué cosa le haría falta, se concentró, pero nada le vino a la mente, miró por la ventana por detrás de las cortinas, todo estaba muy tranquilo, no se veía nadie alrededor y eso apaciguaba su preocupación, cuando regresó de su ensimismamiento miró aquel cuaderno lleno de garabatos inentendibles, con mil rayas negras, cubos, círculos radiados marcados una y otra vez, flechas tan marcadas que casi rompían el papel, «¡Estoy casi loco!», se dijo y dejó el cuaderno de un lado, cogió uno de los libros que ya lo había leído y empezó a leerlo otra vez, «este me gusta», se dijo, «La reliquia, ¡Invasión Mortal! ¡Me encanta! ¡Es muy interesante!».

«¡Tres días, por fin ya pasaron tres días! ¡Hoy trataré de comunicarme!», se habló. «¡Espero que esta vez tenga más suerte que la anterior!», susurró.

Se acercó al pequeño aparato y en punto de las ocho sintonizó la frecuencia. El sonido de la radio llamó la atención de María que en esos momentos estaba desempolvando el área. Al escuchar la voz de un hombre corrió asustada a llamar a Natalie y Ross, atravesó el sendero hacia la casa y entró en la sala acezante, los gritos de la mujer inundaron todo.

—¿Qué está pasando? ¿Por qué tantos gritos? —preguntó Ross que en esos momentos estaba junto a Lucrecia en la cocina.

—Doctora... la radio... ¡un hombre!

—¡Natalie! ¡Natalie! —gritó Ross, señora Lucrecia avísele a Natalie, yo iré a ver —dijo corriendo detrás de María.

—¡Doctora Natalie! —voceó Lucrecia.

—Qué pasa? ¿Por qué tanto escándalo?

——Deme al niño, corra al cuarto de controles, un hombre, han oído a un hombre.

No escuchó la frase completa y corrió lo más que le era posible hasta llegar casi sin aliento.
—Shhh...
—Zzzz... wiii... zzzz... Probove... Probove... ¿me escuchan?

Natalie se espeluznó, su cabeza le estallaba, María cayó en la cuenta de que estaba a punto de caer y la agarró haciéndola sentar en una de las sillas, Ross cogió el pequeño micrófono y puso el dedo índice en su boca, no sabía si contestar o no, también estaba muy nerviosa e intrigada, ¡era un hombre! Y en cuestión de segundos le vino la idea de que era un sobreviviente. La radio sonó otra vez haciendo reaccionar a Natalie que en susurros dijo.
—Es... es...
—¿Quién es? —Ross se impacientó.
Haciendo un esfuerzo sobrehumano por el *shock*, Natalie se levantó de la silla y se apresuró a coger el micrófono para contestar, Ross trató de quitárselo pensando que las pondrían en peligro y aunque Natalie estaba tartamuda defendió el micrófono detrás de su espalda mientras la radio volvió a sonar.
—Zzz... wiii... Probove... Probove... ¿me escuchan? ¡Por favor, contesten!
En ese instante Natalie hizo una señal a Ross para que se tranquilizara y titubeante susurró:
—¡Es Lorenzo!
Las dos mujeres quedaron espeluznadas y no podían dar crédito a lo que escuchaban, enseguida Ross le preguntó si estaba segura.
—Sí, estoy completamente segura, solo él sabe

las siglas del proyecto. Déjame contestar, por favor...

—¡Ten cuidado! —recomendó Ross, mientras María cruzaba los dedos y rezaba para que lo que dijo Natalie no sea una equivocación que las pondría en peligro.

—Aquí Probove —dijo con la voz temblorosa—. ¿Quién es?

—¿Na...talie? —se escuchó entrecortado.

Una increíble emoción de felicidad inundó el ambiente haciendo que las dos mujeres gritaran de alegría.

—Shhhh... —dijo Natalie tratando de escuchar—. Lorenzo, ¿eres tú? Se atrevió a preguntar.

Un largo silencio de unos diez segundos se produjo, luego se escuchó nuevamente la interferencia.

—Sí, soy Lorenzo, estoy feliz de poderme comunicar... —Se produjo una interferencia.

—Lorenzo... Lorenzo... ¿dónde estás? —preguntó con desesperación.

—Escucha con cuidado, no tengo mucho tiempo, te voy a dar las coordenadas...

Ross se apresuró a tomar nota, segundos después la comunicación desapareció.

—Lorenzo... Lorenzo... ¿me escuchas? —dijo entristecida.

Las tres mujeres estaban completamente sorprendidas, felices, y no daban crédito a lo que les acababa de suceder, salieron de la caseta de control y se dirigieron a la casa mientras Lucrecia las esperaba con el niño en brazos. María estaba más alborotada y ni bien puso un pie en la sala gritó: «¡El doctor está vivo!

¡El doctor está vivo!».

—Pero, ¿qué dices muchacha loca?

—¡Es cierto! Lorenzo está vivo, se da cuenta. ¡Lorenzo está vivo, señora Lucrecia! —replicó Natalie.

—¿Y piensas en ir a buscarlo? —preguntó Ross.

—¡Por supuesto!

—Pero, ¿y si no es realmente Lorenzo y es una trampa y alguien se está haciendo pasar por él?

—No lo creo, estoy segura de que fue Lorenzo, yo sé que es Lorenzo, ¡el corazón me lo dice!

Todas se quedaron impresionadas preguntándose cómo fue posible que Lorenzo estuviera con vida, «Yo misma lo chequeé y estaba muerto», dijo Ross. No se explicaban y se hacían miles de interrogantes y suposiciones, «¿En dónde estuvo y cómo sobrevivió todos estos años?». Esa noche casi no pudieron conciliar el sueño, cada una con sus respectivos pensamientos y preguntas. Lucrecia y María que dormían en el mismo cuarto, se habían quedado conversando hasta la madrugada haciéndose miles de ideas hasta que por fin cansadas, se habían dormido un par de horas.

El reloj biológico del cerebro de Natalie se había programado automáticamente desde que nació su bebé, haciendo que se despertara exactamente a las seis antes que sonara su despertador, estaba desconcertada pensando que quizá todo lo que había vivido la noche anterior era un sueño, se levantó y fue a la cocina, allí estaba también Lucrecia que al igual que ella su cerebro estaba programado de la misma manera.

—Voy a chequear al *baby* para comprobar que todo funcione y poder partir.

—Pero, ¿cómo? ¿Está enfermo Lorencito?

—No, señora Lucrecia, el *baby*, el helicóptero... en la institución lo llamábamos así.

—Ah, ya. Entonces le voy a servir un desayuno muy delicioso antes que se vaya para allá.

—Gracias, pero mejor cuando regrese —dijo saliendo para el helipuerto, si bien no pensó en utilizar el pequeño aparato, ella nunca se descuidó de aquella sofisticada máquina que la prendía a menudo para que no se oxidaran los motores como le aleccionó Lorenzo. Se subió en el minicarro y llegó hasta donde estaba el *baby*, en esos momentos recordó cuantas veces Lorenzo le insistió en que aprendiera a manejarlo, a ella nunca le gustó hacerlo, tenía aerofobia, pero finalmente la convenció. «¡Puede que algún día lo necesites!», le decía y tenía razón, «¡A veces soy cabeza dura!», se reprochó. Pero finalmente logró aprender y lo hizo muy bien, aunque aún sentía miedo. Chequeó todo y también si tenía combustible. «¿Y qué más? No sé qué más chequear... ¡espero que vuele!».

Prendió el motor, los rotores empezaron a girar a toda velocidad luego se alzó un poco, afortunadamente todo parecía estar bien. Satisfecha regresó a la casa, saludó a Ross y a María, que ya estaban desayunando, y luego dio un beso a su pequeño que estaba en brazos de Lucrecia tomando su jugo, ella se acercó a la cocina y se sirvió el desayuno.

—¿Estás segura de ir? —preguntó Ross.

—No estoy segura, pero tengo que ir y estoy muy nerviosa.

—También estoy nerviosa, creo que todas lo estamos y pensamos que no debes ir.

—Es que tengo que ir, debo ir, no puedo fallarle a Lorenzo.

—¿Y si no es él y es una trampa? ¿Qué haremos nosotros si es una trampa y te atrapa esa mujer?

—No me va a pasar nada, estoy segura de que es Lorenzo, aunque no pudimos escuchar bien la radio, estoy segura de que es él.

—¡No lo sé!

Natalie estaba decidida a lo que sea. Ross hubiera querido acompañarla, pero sabía que el *baby* era solo para dos personas, por lo que se lamentó, las tres mujeres estaban tan asustadas e intranquilas por la decisión de Natalie, que Ross sugirió que debía llevar algunas armas y municiones por si las necesitaba, ella no estaba tan confiada de que aquella voz que escucharon el día anterior fuera de Lorenzo, a pesar de que lo conocía muy bien y lo había escuchado miles de veces cuando trabajaban juntos, tenía dudas debido a la situación que estaban atravesando.

—¡Tienes razón! —le dijo Natalie—. Llevaré algunas armas.

CAPÍTULO XXXIX
LA HUIDA

Todo parecía tan tranquilo y silencioso, era como las cuatro de la tarde y la temperatura estaba un poco fría, ya se notaba que la madre tierra se estaba preparando para la llegada del otoño. Lorenzo cogió un abrigo del armario pidiéndole prestado al ausente dueño. Se despidió de la casa que le había acogido pensando quizá en nunca más volver.

Se puso una gorra para disimular su cara y estaba listo para salir hacia el lugar donde apenas había logrado indicar a Natalie debido al tiempo y a la interferencia, confiaba en que ella había cogido las coordenadas correctamente, sin embargo tenía que estar preparado para cualquier contingencia, ya que en caso de fallar el encuentro se vería obligado a regresar nuevamente a la casa de modo que bajó al subterráneo y escondió el radio transmisor en un rincón, disimulándolo para que nadie sospechara.

Estaba tan nervioso que le temblaba todo el cuerpo, después de haber sido testigo de tanto horror le ponía los pelos de punta, la tarde continuaba oscureciendo poco a poco, afortunadamente nadie se cruzó en su camino, solo las hojas continuaban en su constante y sonoro danzar, aceleró el paso, estaba muy excitado y ansioso, con interminables retahílas de preguntas sin respuestas, no sabía cómo reaccionaría Natalie al verlo después de tanto tiempo, tenía premura en llegar al solitario parquecito donde sería el encuentro, de pronto escuchó:

—¡Párate allí y levanta lentamente los brazos! —Le gritó una mujer uniformada.

Alzó sus brazos y luego la mujer le dijo que se volteara, se viró con cuidado, eran cuatro militares que le apuntaban, en fracciones de segundos le vino la idea de huir o estaba muerto, se lanzó y rodó ladera abajo arrasando cuanto arbusto su cuerpo encontró a su paso, las mujeres disparaban tratando de dar en el blanco, él continuó rodando hasta llegar a una pequeña planicie, avanzó a incorporarse y se echó a correr lo más rápido que pudo mientras las mujeres le pisaban los talones. Trataba de perderlas en medio de una lluvia de balas y continuó corriendo con todas las fuerzas que su cuerpo le permitía, tenía que perderlas porque no quería poner en peligro a Natalie que sin duda ya le estaba esperando.

Efectivamente ya había transcurrido algunos minutos, estaba muy preocupada al no encontrarlo, pensó que había llegado muy temprano o quizá muy tarde. Chequeó su reloj de pulsera, pero comprobó que estaba a tiempo, todo se veía tan solitario, no había ni un alma, era muy sospechoso que el supuesto Lorenzo no estuviera allí. «¿Y qué tal si Ross tenía razón y todo era una trampa? ¿O si las coordenadas las cogió mal y se equivocó de lugar?», dijo, se preocupó más aún solo en pensarlo, de todas maneras, hacía oraciones para que todo saliera bien, estaba alerta, cogió una de las armas que había traído y la preparó revisando el cargador, miraba de un lado a otro, no había nadie. Como no vio a nadie, ni nada sospechoso decidió esperar unos minutos más.

Lorenzo corría sin parar, ya no daba más, sabía

que estaba retrasado, pero no quiso poner en riesgo a Natalie y no podía decidirse si dirigirse allá o no. Acezante paró de correr al mirar que las mujeres habían dejado de seguirle, convencido de que por fin las perdió y además sumamente preocupado de que lo vieron con vida se apuró a llegar al lugar de la cita con la esperanza de que Natalie estuviera aún allí. Mientras se apresuraba, un terrible pensamiento le cruzó por su cabeza al darse cuenta de que la transmisión de la radio sin duda lo había delatado y ahora sí estaba convencido de que su esposa estaba en peligro. Nuevamente se puso a correr como más pudo tratando de llegar al lugar donde debía estar Natalie, oraba para que ella no se hubiese marchado o quizá hubiera sido mejor que ya se fuese ido, en fin, su cabeza estaba hecha bolas y no sabía qué hacer solo correr y correr. Por fin avanzó a divisar el *baby*.

«¡Ahí está!», se regocijó, pero en ese instante divisó al grupo de militares que se dirigían directamente hacia donde estaba Natalie. Mientras corría, Lorenzo gritaba lo más que podía haciendo señas con sus brazos para llamar la atención de Natalie que estaba a punto de abordar el *baby*, sin duda cansada de esperar.

Por milagro, telepatía o quien sabe por qué, Natalie viró su cabeza al lugar donde estaba Lorenzo. «¡Dios mío! ¡Es Lorenzo! y pensar que estuve a punto de irme», exclamó. Lorenzo le gritaba que encendiera el motor, pero Natalie no le entendía hasta que indicó con su mano el lugar por donde se acercaban las militares que empezaron a disparar, con gran suerte alcanzó a llegar antes que las militares, Natalie estaba muy asustada y de un salto se introdujo en el minihelicóptero y encendió el motor, las balas les llovían, en fracción de segundos Lorenzo miró las armas que estaban en el asiento del pasajero, cogió la ametralladora y empezó a disparar mientras le decía a Natalie que se elevara. Despegó justo a tiempo, aunque las militares continuaban disparando. Ni bien empezaban a alejarse le salió al paso un helicóptero militar, pensaron que ese era el fin, no podrían luchar contra semejante monstruo.

—Intérnate en el bosque —Lorenzo le vociferó presuroso.

—¡Dios mío! —exclamó Natalie.

El helicóptero militar comenzó a dispararles y Natalie maniobró de un lado a otro logrando evadirlo, les estaban pisando los talones, Lorenzo les devolvía los disparos tratando de darle a la que les disparaba.

—¡Intérnate en el bosque! —le gritaba en medio del estruendo de las balas y rotores, ella estaba fuera de sí, templó sus nervios e hizo lo que Lorenzo le decía.

Tratar de perderlas era por no decirlo imposible, porque la militar que piloteaba era la experimentada Gina y ella no estaba dispuesta a dejar que se escaparan ahora que descubrió que Lorenzo estaba con vida, «¡Esta vez no se me escaparán! Los voy a atrapar y los voy a atrapar con vida. ¡Esto le va a encantar a Martha!», pensó.

La persecución se volvió infernal hasta que a Lorenzo finalmente se le ocurrió una idea que quizá los podría salvar de morir de manera catastrófica, era lo último que podían hacer, porque ya las municiones estaban a punto de acabarse. Sin saber ni cómo cambiaron de lugar, Lorenzo le indicó que debía continuar disparando mientras él chequeaba el panel del helicóptero.

«Sí está, sí está», gritaba lleno de euforia. «Solo esperó que esto dé resultado, de lo contrario estaremos perdidos», dijo virando y deslizando el aparato hacia un lado, se internó nuevamente en el bosque en medio de los frondosos árboles, tenía que ser muy cuidadoso de no toparse con ninguno de ellos, aumentó la velocidad a la máxima potencia una vez que estaba seguro aplastó un botón rojo y salió disparado un pequeño misil provocando una gran explosión en medio del bosque, mientras Lorenzo bajó el helicóptero a un lugar que no podían verlo y allí se quedó.

Gina los había perdido hasta que contempló la explosión, ella sobrevoló el lugar varias veces y lo único que vio fue un gran incendio acompañado de una fuerte humareda.

«¡Mierda!», exclamó al contemplar el gran incendio. «¡Martha me va a asesinar!», pensó.

Las dos militares que estaban con Gina se pusieron muy asustadas y nerviosas porque no sabían cuál sería la reacción de La Comandante al haber fallado la misión, ella los quería vivos y no lo pudieron cumplir, con preocupación contemplaron las intensas llamaradas en medio del bosque. Sin nada más que hacer en aquel lugar, las militares decidieron marcharse y el sonido del helicóptero militar desapareció poco a poco, en ese momento Natalie salió del aparato cerro los ojos y suspiró profundamente, igual hizo

Lorenzo que se quedó paralizado por unos segundos sin creer lo que acababan de vivir, segundos después de despertar de su ensimismamiento corrió junto a Natalie, los dos se miraron en silencio por unos segundos incrédulos luego ella se echó en sus brazos llorando incontrolablemente, se abrazaron tan fuerte como nunca lo habían hecho antes, se besaron apasionadamente mientras una densa cortina de humo los hizo recordar la realidad.

—¡Tenemos que irnos! ¡Dios mío, estás herido! —exclamó Natalie, mirando la herida que Lorenzo tenía en su brazo izquierdo.

—No es nada, es solo un rasguño. Vamos, ¿estás en la isla?

—Así es, logramos alzarla, ya te contaré todo cuando estemos allá, estoy tan contenta de volver a verte, pensamos que habías muerto.

—Yo también estoy muy feliz, no sabes cuanto, ¡estás tan hermosa!

Subieron al *baby*, Natalie tomó los controles y se alejaron del lugar sintiéndose afortunados de haber sobrevivido. Cerca de la isla, Natalie accionó los controles, los cristales del helipuerto se abrieron y el *baby* finalmente aterrizó.

Gina también aterrizaba con la amarga y defraudante noticia para La Comandante.

—¡Son unas inútiles! —Golpeó sus puños en el escritorio—. ¿Cómo pudiste haber perdido al único hombre? Hubiéramos podido hacer muchos experimentos con él, y quizá hubiéramos logrado la vacuna.

—Lo siento, mi comandante —respondió Gina, hicimos todo lo que pudimos, pero ellos se estrellaron en su afán de escapar.

—¿Y a ti te consta que murieron? O me vas a salir con el cuento de que murió y resulta que el individuo está vivito y coleando de nuevo.

—Pues esta vez estoy segura de que murieron porque los buscamos y solo se veía un enorme incendio. Además, ¿quién va a sobrevivir en semejante explosión?

CAPÍTULO XL
YA SON DOS

Las tres mujeres estaban ansiosas esperándolos en el helipuerto, en cuanto bajaron del helicóptero Ross abrazó a Lorenzo incrédula aún de que estuviera vivo y sin entender cómo había sobrevivido, él se quejó por el apretón.

—¡Lo siento! Estás herido, ¿qué les pasó?

—¡Qué no nos pasó! Espera que te contemos...
—Los dos estaban encenizados y desgreñados además de muy cansados.

—Doctor, bienvenido. ¡Dios mío, qué dicha que esté con vida! —dijo María abrazándolo.

Lorenzo se quejó nuevamente y lo llevaron a la enfermería, donde Ross le limpió la herida y le dijo que se recostara en la camilla en lo que ella le colocaba algunos puntos, y luego ahí se quedó Lorenzo, completamente dormido, estaba realmente agotado.

—Tendremos que dejarlo que duerma aquí —susurró Natalie tapándolo con un cubrecama, mientras las cuatro mujeres fueron a la casa que estaba adjunta al centro de salud, reuniéndose todas en la sala, Natalie preguntó por su hijo.

—Está dormido, no se preocupe —le contestó Lucrecia.

Natalie soltó un profundo suspiro imaginándose qué hubiera sido de su amado hijo si a ella le hubiera pasado algo, pero por otro lado se consoló porque sabía que si ella le faltaba aquellas tres mujeres lo hubieran cuidado con todo amor. Les contó con lujo de detalles todo lo que habían pasado, ante el asombro de las mujeres que se habían quedado boquiabiertas sin dar crédito a tanta maldad.

—No sabes cuánto te agradezco, Ross, de que me hayas insistido que llevara algunas armas.

—¡Qué bueno que me hiciste caso! ¡Sin duda detectaron la radio!

—Es lo más probable por eso te pido, Ross, que muevas inmediatamente la isla para estar más seguras, yo estoy muy cansada y me voy a dormir.

—Doctora, ¿no quiere comer algo antes de irse a la cama?

—No, gracias, señora Lucrecia, no se preocupe.

Lorenzo despertó sobresaltado, desconociendo el lugar, Natalie que estaba a su lado lo tranquilizó, él preguntó la hora, «son las siete», le dijo. Sus ojos le pesaban, quería continuar durmiendo, a pesar de que aquella camilla era incómoda, desde hace mucho tiempo no había dormido así tan placenteramente sin despertarse preocupado de que en cualquier momento lo fueran a descubrir. En ese momento Ross, Lucrecia y María ingresaban al consultorio, Ross traía en brazos al pequeño Lorencito que se lo puso en los de Natalie.

—Este es nuestro hijo Lorencito... —Natalie indicó al niño, tenía la piel muy suave y blanca con su cabellera rubia con sus ojos azules y vivaces.

Lorenzo se quedó en silencio, petrificado sin quitarle la mirada, perdió el habla por unos cuantos segundos, todas se vieron las caras sin saber qué decir, luego soltó en llanto agarrando su cabeza entre las manos, Natalie entregó el niño a Ross y lo abrazó consolándolo.

Él no podía creer que su hijo estaba allí, que estaba sano, lleno de vida y era un niño. ¿Cuántas ideas se agolparon en su cabeza? Nunca pensó conocerlo ni siquiera tenía idea de que había nacido saludable, todos los días y todas las noches rogaba a Dios para que así fuera y para que le concediera volver a ver y reunirse con su familia, era como un sueño, después de tanto sufrimiento, tanta soledad, incertidumbre, insomnio, pesadillas, por fin pudo conocer a su amado hijo. En ese momento desfogó todo el pesar y dolor que había guardado durante tanto tiempo, la incertidumbre en la que vivía lo estaba consumiendo y enloqueciendo y ahora estaba allí feliz, lloraba de felicidad. Las cuatro mujeres también sollozaban y hasta el niño se puso a llorar, Lorenzo reaccionó y miró nuevamente a su hijo, estiró sus brazos, Ross entregó al niño y Lorenzo lo abrazó y lo llenó de besos. En ese momento Lucrecia se puso fuerte y para tratar de aliviar aquel cuadro de sentimientos encontrados los invitó a que pasaran al comedor para servirse el desayuno.

Después de haber contado toda la odisea vivida durante su etapa de ausencia, las mujeres quedaron impresionadas, más aún con lo que estaba pasando con la nueva regencia de aquella hostil y cruel mujer. Estaban felices de no estar bajo el dominio de esa mujer, se dijeron todas, pero lo que no podían creer es que su traidor amigo George haya tenido mujer e hija.

—Pobre señora y pobre niña, ¿quién sabe qué les habrá pasado? —dijo Natalie.

—Lo que más me preocupaba es que no me hubieran entendido las coordenadas o de que no me creyeran, debido a la estática que no me permitía comunicarme con claridad.

—Yo no te creí —contestó Ross—. Estaba muy dudosa, pensé que era una trampa de esa mujer. Aunque conozco tu voz, no estaba convencida del todo.

—Yo sí te creí totalmente y a pesar de que no se escuchaba muy bien la transmisión, estaba segura de que eras tú, pero confieso que tenía mucho miedo, pero estaba dispuesta a arriesgarlo todo y ahora no me arrepiento —suspiró Natalie.

—Es verdad, todas teníamos mucho miedo —dijo María.

—Yo me puse a orar todo el tiempo —concluyó Lucrecia.

Lorenzo estaba muy curioso de ver cómo estaba la isla y cómo estaban funcionado todas las maquinarias, si bien él había hecho muchas pruebas en un modelo a escala ahora quiso comprobar que todo continuara en perfecto estado.

—Mañana haré un chequeo general, ahora quiero disfrutar de su compañía y sobre todo de la compañía de mi hijo —dijo besando su pequeña cabecita.

Al siguiente día muy temprano empezó a chequear el sistema operativo. Las maquinarias, incluidas las computadoras estaban funcionando muy bien, todo estaba en perfecto orden, y más se impresionó con lo que las mujeres realizaron durante su ausencia, habían plantado algunas semillas y todas según le dijeron habían nacido sin problema, ahí pudo ver desde hortalizas, algunos árboles frutales que ya estaban dando su fruto y hasta algunas variedades de flores, los animales se habían duplicado y había varias aves de corral.

El sistema de recolección de agua era un éxito y todo funcionaba a la perfección, estaba sorprendido. Natalie y Ross estaban trabajando en conseguir una vacuna y finalmente habían detectado el microorganismo, era un nuevo virus muy extraño que nunca lo habían visto ni registrado y que tenía la forma de una estrella, por lo que lo llamaron starvirus, aún no tenían ni idea de dónde salió ni por qué atacaba solo a los seres del sexo masculino. Lorenzo estaba tan sorprendido por todo lo que habían logrado que las felicitó a todas y estaba muy feliz de estar allí con su familia y con su hermoso hijo.

Mientras todo seguía su curso de una forma monótona, injusta y represora en la tierra, en la isla Natalie los había reunido en la sala a todos para darles una nueva noticia que la tenía muy asustada y preocupada.

—Ya dinos de qué se trata, por favor, cariño, que estamos todos muy nerviosos —dijo Lorenzo impaciente.

Luego de vacilar un poco paseándose pensativa dijo:

—¡Estamos embarazados! Creo que tengo unas cuatro o cinco semanas.

—¿Qué? —todos dijeron al unísono muy sorprendidos.

Lorenzo se acercó a ella y la abrazó, estaba lleno de felicidad, la cargó y la alzó en medio del júbilo de todas.

—Pero, ¿por qué te siento preocupada? —preguntó Lorenzo.

—Es que como tú sabes, cariño, tengo mucho miedo de que no sea inmune como tú y Lorencito y...

—Cariño, no veo por qué preocuparse desde ahora, lo que si te voy a pedir es que la investigación de la vacuna tendrá que esperar...

—Pero...

—No hay peros, tienes que cuidarte y más vale que busques otra actividad.

—No te preocupes, Natalie, yo continuaré con la investigación y ahí tú vas opinando a medida que vaya avanzando.

—Sí, tienen razón, no me voy a arriesgar y sobre todo, no voy a arriesgar al bebé.

Todos estaban muy felices con la nueva noticia, aunque Lorenzo también estaba preocupado no se dio a notar y más bien aprovechó aquel momento para él también darles una noticia.

—¿De qué se trata, amor? Ahora tú estás de misterioso...

—Estoy trabajando en una nueva arma.

—¿Qué? —nuevamente todos corearon.

—Pero, amor, no necesitamos armas aquí...

—Es cierto, pero no pienso quedarme de brazos cruzados viendo como esa loca acaba con la humanidad.

Todas se miraron las caras en silencio, luego Ross reaccionó dándole la razón a Lorenzo. Por otro lado, ¿cómo un solo hombre iba a poder contra aquella mujer tan poderosa y cruel? Esa era la pregunta del millón, Lorenzo sabía que no iba a ser nada fácil hacerlo, por lo pronto decidió continuar con su proyecto y así se mantenía ocupado.

　　El tiempo transcurrió y ya habían pasado nueve meses desde que Natalie dio la noticia de su embarazo, afortunadamente este se estaba desarrollando sin ningún contratiempo, todo transcurría muy normal mientras cada uno de los habitantes de la isla se ocupaban en sus respectivos quehaceres y actividades. Lorenzo amaba a su familia cada día más, él nunca pensó tener esa grandiosa oportunidad de ver cómo Lorencito crecía día a día, por lo cual daba gracias a Dios, jugaba con el niño y con sus dos perros Fifí y Roco, estaba pendiente de que aprendiera muchas cosas, aunque era muy travieso y muchas veces les sacaba canas verdes a todos, especialmente a Lucrecia a la que llamaba abuelita. Ellos nunca olvidaron aquel día en que en un pequeño descuido y sin que nadie se diera cuenta el niño desapareció, ese día fue una revolución en la isla, todos estaban completamente asustados, buscaron palmo a palmo toda la isla y lloraban creyendo lo peor al no encontrarlo, aunque Lorenzo trataba de mantenerse fuerte y pensando en cómo y en dónde pudo haber desaparecido un niño de apenas cuatro años, «¡no hay forma!», se dijo, «debe estar escondido en algún lugar», susurró. Lo llamaba por todos lados y nada, lo peor fue que ya empezaba a oscurecer, Natalie estaba desesperada y lloraba mientras María trataba de consolarla, finalmente a Lucrecia se le ocurrió algo y corrió en busca del travieso.

«¡Ya sé dónde puede estar!», dijo, todos la siguieron, finalmente llegaron y efectivamente, el niño dormía plácidamente, Lorenzo había dejado semiabierta la puerta del *baby*, después que encendió el motor para que el aparato no se malograra, lo cual fue aprovechado por el pequeño que sin más se metió, cerró la puerta y luego no la pudo abrir, después de tanto llorar se quedó dormido, afortunadamente una de las ventanas había quedado a medio cerrar y al niño no le pasó nada, todos suspiraron y celebraron haber encontrado a la alegría de la isla como le decían.

Después de semejantes trajines, Natalie empezó con dolores en la madrugada, todo era completamente diferente al anterior embarazo, y ahora las contracciones eran tan fuertes que se retorcía, la fuente se había roto y casi no tuvieron tiempo de preparar nada cuando la cabeza del bebé empezó a asomar, en ese momento se formó un caos. Todos gritaban iban y venían sin saber qué hacer, sin poder aguantar más Natalie empezó a pujar y sin más Ross tuvo que recibir el bebé.

—¡Santo Dios! ¡Es un varón! Pero, ¡qué apuro en nacer, ahora ya son dos! —dijo Lucrecia que en esta ocasión también había pronosticado que iba a nacer un varón, estaba feliz de haber acertado y apenas pudo llegar con sabanas limpias para recibir al nuevo miembro. Las cuatro mujeres rieron y se pusieron de acuerdo en que Ross tenía que ser la madrina del niño.

—Tú serás la que escojas el nombre —le dijo Natalie.

CAPÍTULO XLI
¡CÓMO HA PASADO EL TIEMPO!

—¡Ya no aguanto esta vida, mamá! —protestó Sam.

—Hijo mío, tú sabes que tienes que hacerlo porque de otro modo esa malvada te vendría a buscar y te llevaría, quizá para experimentar contigo y luego te mataría.

—Pero, ¿no ves que no puedo ser yo mismo? ¿Hasta cuándo tengo que usar este maldito disfraz? —dijo saliendo de la casa a toda prisa sin escuchar los llamados de su madre.

—Sam, Sam. Escucha, no vayas a hacer ninguna tontería... ¡Sam!

—Tranquila, hija.

—¡Qué difícil es lidiar con los adolescentes! —dijo Jessie—. Y ahora estoy tan preocupada, si Sam comete una locura todos estaremos perdidos.

—No te preocupes, hija mía, a pesar de que todos estamos viviendo este infierno, yo sé que Sam es juicioso y no se va a exponer ni nos va a poner en peligro.

—¡No sé hasta cuándo vamos a tener que sufrir así de este modo, mamá! No sé qué hacer, me siento perdida, esto que nos ha tocado vivir es muy difícil, muy duro, ¡es inconcebible! ¡Cómo extraño a mi esposo, estoy segura de que él sí hubiera sabido que hacer! —Lloraba mientras su madre la abrazaba consolándola.

—Menos mal que Zara y Chelsea están estudiando, son niñas muy inteligentes y no tienen que sufrir en las factorías o en otros trabajos más duros como les ha tocado a otras jovencitas —la consoló su madre.

—Es cierto, mamá, pero ellas nunca podrán tener una pareja, nunca podrán tener hijos, nunca podrán tener una familia, ¡esto es una horrible pesadilla!

Su madre se quedó callada y también lloraba en silencio, sabía que era verdad y lo más doloroso no podían hacer nada para solucionarlo.

Sam había pasado toda la primaria en la casa y su abuela se había esmerado en enseñarle e igualarle en los estudios, afortunadamente hasta ese momento nadie sospechaba nada del niño y se fue desarrollando de manera normal, aunque cuando llegaba alguna visita a la casa siempre lo tenían que esconder para que no metiera la pata, era un gran sacrificio para la familia tener que protegerlo de ese modo, hasta cuando Sam cumplió los doce y ya más juicioso le pudieron explicar la situación en la que vivían.

Jessie sintió que su hijo no podía seguir así todo el tiempo, poco a poco se estaba convirtiendo en un joven y necesitaba salir para desarrollarse como un ser humano normal, porque si ella no lo dejaba o no le permitía, el muchacho lo haría por su cuenta y sería peor, así que tuvo que ir nuevamente a casa de su amiga la doctora con una nueva idea, que por supuesto hizo que su amiga pusiera el grito en el cielo, pero estaba dispuesta a jugarse el pellejo por su hijo, ya que no quería que creciera aislado de la civilización, aunque esta fuera hostil y monótona.

—¡Lo que me estás pidiendo es loco, descabellado e imposible! —vociferó.

—Pero, tú tienes la potestad, tú puedes hacerlo, tú eres la jefa y puedes ayudarme, por favor, ¡te lo pido de rodillas si es posible!

—Es que quieres que siga mintiendo y me ponga en peligro y los ponga en peligro a todos ustedes. ¿Y si nos descubren? ¡Jummm! No quiero ni imaginarme, nos torturarán, a mí me quitarán la licencia y hasta pueden matarme. El niño es un niño y tarde o temprano nos delataría por su inocencia.

Pero Jessie le aseguró que su hijo era muy maduro e inteligente y que el contacto con su abuela lo hizo madurar y ser diferente a los niños de su edad, es por eso que se arriesgaba a pedirle semejante favor.

—¡Te suplico! —rogó Jessie—. ¡Ayúdame! Si no lo hacemos así, él va a enloquecer encerrado y luego va a querer salir por su cuenta y ahí si estaremos perdidas.

—Está bien, está bien, pero antes de tomar cualquier decisión tengo primero que hablar con Sam y según eso te voy a dar cualquier resolución. Tráelo mañana a mi consulta.

—Muy bien amiga, así lo haré y confío en los resultados, ¡te agradezco tanto por todo lo que has hecho por nosotros! —Jessie la abrazó y se despidió.

Como le había dicho su amiga, al siguiente día llevó a Sam al consultorio, Rachel le pidió a Jessie que saliera mientras ella hablaba con el niño, Jessie estaba muy nerviosa, ya que de esto dependía el futuro de su hijo, ella confiaba en el buen juicio y madurez de su hijo y tenía la esperanza y el convencimiento de que su amiga tomaría una resolución positiva. Diez minutos después, Rachel llamó a Jessie.

—Está bien, los voy a ayudar, ¡Sam me ha convencido!

—Te agradezco enormemente.

—Si pasa algo... ¡Dios! ¡Me estoy jugando el pellejo! —dijo

—No va a pasar nada, hasta ahora no ha pasado nada y así seguirá.

Rachel explicó que cambiaría todos los datos del diagnóstico de Sam, que los borraría del sistema y también que movería algunas influencias por favores recibidos para que una amiga suya directora lo hiciera constar como alumno de su escuela. Jessie lloró de la emoción, ella no sabía cómo pagarle aquel favor tan enorme que le acababa de hacer su amiga a lo que ella respondió que lo único que quería era que Sam siendo el único sobreviviente de la raza masculina siguiera con vida, sano y saludable, tanto física como mentalmente, ya que si ahora no puede darse a conocer cómo es, tenía la esperanza de que algún día pueda hacerlo, evitando así la extinción de la raza humana. «¡Eso es lo que más me importa!», le dijo abrazando a Jessie.

—¡Cuídalo mucho! Y en realidad a mí no me importa lo que me pase, ¡yo ya viví!

—¡Eres el mejor ser humano sobre la tierra! —dijo Jessie—. ¡Dios te bendiga siempre!

Ya en casa, Jessie explicó a Sam que desde ese día en adelante tendría que tener mucho cuidado con todo lo que hiciera, ya que de eso dependía la vida de él, de su familia y de la doctora, y aunque era una enorme responsabilidad para un niño aún pequeño, con tal de que lo dejaran salir e interactuar, Sam estaba dispuesto a todo.

Su primer día en la escuela fue horrible después de haber estado encerrado toda su niñez, pero le prometió a su madre y estaba dispuesto a lo que sea para no defraudar a la familia, sabía muy bien el peligro que corrían. Sus hermanas siempre estaban alertas para protegerlo ante cualquier contingencia, le costaba mucho trabajo tener que vestirse de mujer, pero finalmente se dio cuenta de que tenía obligatoriamente que hacerlo si quería estar en la escuela. Miró muy extrañado a su alrededor a todas las niñas que entraban, todas con el mismo uniforme, había altas, bajitas, gordas, delgadas, rubias, morenas. «Soy una más, además son solo niñas», pensó y se encogió de hombros, todas eran tan delicadas de lo cual empezó a sacar provecho. Se adaptó muy bien al sistema, era muy bromista y servicial por lo que empezó a hacer muchas amigas y nadie sospechaba nada de él, pero a pesar de ser divertido en la escuela, en el fondo no le gustaba disfrazarse y cuando llegaba a su casa inmediatamente se quitaba sus vestiduras y tomaba su verdadera identidad. Sus hermanas siempre le regañaban y recordaban que debía tener cuidado de no salir de la casa sin el disfraz. «Ya sé, ya sé», les respondía, se encogía de hombros y se iba a su habitación.

Con el paso del tiempo su cuerpo fue cambiando y sin pensarlo empezó a fijarse en las niñas, especialmente en una que le impresionó como nunca al mirarla pasar, su corazón sin explicación le latía como potro desbocado y todo su cuerpo le temblaba, es que le pareció la niña más hermosa que jamás había visto, a pesar de estar rodeado de un mar de niñas. La había visto miles de veces coger el bus en su misma estación y no le daba importancia, pero ese día, cuando pasó por su lado con ese delicioso perfume a violetas, enloqueció por ella. Entonces sí, se sintió impotente y empezó a detestar lo que hacía, lo que aparentaba ser y la forma que vestía. Muchas veces se enojaba y discutía con su madre por tener que disfrazarse, quería ser normal y gritarle al mundo lo que era, pasara lo que pasara. «¡Ya tengo diecisiete!», le contestaba luego salía sin escuchar sus llamados.

El día en que vio a aquel ángel quería presentarse como era y a su madre y abuela casi les da un infarto, discutió fuertemente con su madre y sin querer escucharla más, salió de su casa como enloquecido, caminaba por las calles sin rumbo, no sabía qué hacer, miró a su alrededor, las mujeres iban y venían en grupos y vestían diferentes uniformes, era una masa femenina de colores, él se paró frente al ventanal de un almacén y pudo mirar su cuerpo entero, ese horrible uniforme azul con blanco que empezó a odiar, se desilusionó más que nunca, ya estaba cansado de ser como quería su madre que fuera, con ese disfraz que le hacía verse terrible, caminó más a prisa maldiciendo su apariencia y el no poder decirle a esa hermosa muchacha de la escuela que la amaba y se preguntó por qué tenía que ser justamente él diferente a todas, por qué solo él sobrevivió a semejante pandemia y hasta cuándo tenía que aparentar lo que no era. Por primera vez mirando a su alrededor se vio perdido en un mar de mujeres y sin poder gritarle al mundo que era diferente, no sabía qué hacer, era como si le hubiesen quitado una venda grande y negra de sus ojos, estaba completamente desorientado.

Caminando por el malecón se sentó en una de las banquetas y se puso a pensar en cómo se llamará esa hermosa niña. Desde ese día se fijó más en ella y se dio cuenta que vivía a unas cuantas casas de la suya y a veces coincidían en el mismo bus.

Tenía que hacer algo para acercarse a ella, pero no sabía ni cómo ni cuándo, ya su voz había cambiado de tono y tenía que disimular con otra voz, todo su cuerpo estaba cambiando, cada día debía afeitar su rostro, al principio fue fácil porque su bigote parecía un lanugo, pero ahora por más que se afeitaba le quedaba micro puntos negros y ásperos que tenía que cubrir con el maquillaje de su madre. Estaba tan desilusionado que muchas veces pensaba en tirarse al río y dejarse llevar hasta la eternidad, embebido en sus interminables pensamientos contemplaba el atardecer hasta que recordó que tenía que volver a su casa.

—Lorencito, ordena tu cuarto, esto es un tiradero —dijo su madre al mirar el revolú.

—Te dije que no me llames Lorencito, ya no soy un niño mamá, ¡tengo dieciséis años! Además, no quiero que me llames con el nombre de mi papá, porque es una confusión que no me gusta.

—Pero, hijo...

—Estoy cansado de estar aquí, de no tener amigos, de no salir a ningún lugar.

—Ya te hemos dicho lo que está pasando allá abajo, hijo mío, ¡aquí estas seguro!

—¿Cómo sabes que es igual que antes si nunca hemos salido para ver lo que está pasando? ¡Yo pienso que todo debe ser diferente y que todo ya está normal!

—¡Pues no es así! —dijo su padre al escuchar la discusión.

—¿Cómo lo sabes?

—Hace un mes he bajado y todo sigue igual o peor.

—¿Sí ves, sí ves, ma? Solo él tiene derecho de salir y yo...

—¡Cálmate, hijo! —le pidió su padre.

—¿Por qué no te comportas como Peter? Él es un niño bien portado —le reprochó Natalie.

—¡Claro, es tu favorito! —diciendo esto salió de su habitación con rumbo desconocido.

—Lorenzo... Lorenzo Javier, ¡no me dejes con la palabra en la boca!

—¡Déjalo! Tú sabes que está en la edad del burro, no te va a escuchar —la calmó Lorenzo.

Pero Javier, como le gustaba que le dijeran, salió de la casa y fue directo al salón militar como llamaban al lugar donde tenían algunas armas y ahí se quedó extasiado contemplándolas una a una.

«Soy capaz de ir yo mismo y matar a esa mujer

perversa de la que mis padres tanto hablan», se dijo. Pensó que debía hacer algo y pronto, no se quedaría con los brazos cruzados y encerrado allí de por vida, de regreso a la casa ya tenía una idea. Cenó en silencio, se despidió de todos y se fue a su habitación. Al siguiente día mientras su padre trabajaba en el salón militar, le pidió que le enseñara a manejar el *baby* y algo sobre el funcionamiento de las armas que pendían mudas sobre las paredes del salón, a lo que su padre estaba entusiasmado con la idea, pues el muchacho siempre había estado apático con todas esas cosas, estaba dispuesto a enseñarle, él sabía que era muy necesario para quizá en un futuro poder defenderse en caso de que estuviera en peligro.

Lorenzo estaba sorprendido con la inteligencia y facilidad de aprendizaje de su hijo, en muy poco tiempo aprendió a dominar el *baby* y ya sabía armar y desarmar una que otra arma.

Peter miraba de lejos las actividades de su padre y su hermano, pero no le interesaba para nada lo que ellos dos hacían por lo que más bien se inclinó a la ciencia y al igual que su madre le encantaba lo referente a la medicina y se pasaba horas mirando y leyendo los libros de Anatomía y de Clínica.

Los dos jóvenes eran muy diferentes en sus deseos, aspiraciones y gustos, pero de igual manera ambos eran muy inteligentes, a pesar de sus diferencias los dos se llevaban muy bien, siempre se los veía jugando tenis o fútbol, aunque Javier a veces le daba por molestar a su hermano.

—¡Cómo ha pasado el tiempo! —exclamó Ross mirando la forma cómo se divertían los dos jóvenes en la cancha de tenis.

—¡Ya tus hijos están jóvenes!

—Es cierto. Lorencito pronto va a cumplir los diecisiete y Peter los trece y tengo mucho miedo por eso mismo.

—No debes preocuparte, son buenos muchachos.

—No, no me preocupo por eso, sino porque van a querer salir del *airsible* y tú sabes lo que les puede pasar.

—No lo creo, ellos ya saben todo y no creo que se arriesguen...

—No me confío mucho de eso, ya sabes como son los adolescentes, Lorencito está muy rebelde y tú ya lo escuchaste, ni siquiera quiere que le llamemos Lorenzo.

—Pienso que tiene razón, quiere tener su propia identidad.

—Pues me va a costar mucho llamarlo por el otro nombre.

—Creo que a todos, pero hay que hacerlo...

—Cierto, hay que hacerlo.

Algo parecido como sucedió hace casi trece años, una tarde de verano Lorencito, ahora Javier por exigencias del muchacho a que lo llamaran con ese nombre, «y no es porque no me guste tu nombre, papá». Le dijo, desapareció una vez más, todos los habitantes de la isla lo buscaron por todos lados sin encontrarlo y es que el muchacho no había bajado ni a desayunar ni a almorzar. Pensando que quizá estaba enfermo, María fue a buscarlo, golpeó la puerta y al no contestarle la abrió encontrando el cuarto vacío, entonces dio la alarma y se pusieron a buscarlo por todos lados, pero no lo encontraron, luego dándose cuenta de que al único lugar donde no habían ido como pasó aquella vez que se perdió hace algunos años atrás, todos fueron al helipuerto y efectivamente solo que ahora no lo encontraron dormido en el *baby*, sino que, ¡él y el *baby* habían desaparecido!

CAPÍTULO XLII
LO IRÓNICO DE LA VIDA

Estaba tan feliz, quizá esta sea la oportunidad de hacerme amigo de ella y es que una vez al año la escuela tenía orden de realizar un campamento con los dos últimos grados, y Sam se enteró de que la niña estaba alistándose para ir, de modo que él estaba dispuesto a ir también, finalmente llegó a saber el nombre de la niña y desde ese día soñaba con eso y lo repetía hasta el cansancio «June... June... se llama June», feliz esa tarde le comunicó a su madre que la próxima semana iría al paseo de la escuela.

—¡No puedes ir! Le dijo su madre tajantemente.

—Es que tú no me puedes impedir que vaya. ¡Tengo que ir! —protestó.

—Entiende, hijo, no puedes ir porque estarías expuesto y no quiero que te descubran...

—Nada me va a pasar, ya tengo diecisiete y sé lo que hago, voy a ir así no quieras, mamá, además es mi último año.

Sam estaba empecinado con la idea de ir y por lo visto nada ni nadie se lo impediría, en vano su abuela y sus dos hermanas trataron de convencerlo sin ningún resultado, de manera que al mirar la terquedad del muchacho y pensando que quizá por la desesperación era capaz de escaparse, su abuela convenció a su hija para que lo dejara ir. Muy a su pesar, Jessie aceptó aquella idea tan descabellada y le recomendó hasta el cansancio que debía ser sumamente cuidadoso, ya que de eso dependía el bienestar suyo y el de toda la familia.

La hora cero había llegado, Sam preparó todo para ir de camping, estaba tan feliz que su madre y el resto de la familia nunca lo habían visto así, aunque desafortunadamente la felicidad del muchacho era la zozobra para la familia.

En el claroscuro de la madrugada, Sam ya estaba en pie, su madre y su abuela lo escucharon y se levantaron. Sin convencerse aún de lo que su hijo quería hacer, Jessie trató de persuadirlo hasta el último momento para que no fuera, pero nada dio resultado. Se despidieron de él con el corazón en la boca y orando para que no ocurriera una desgracia.

A Natalie nadie podía consolarla, todos en la isla estaban reunidos en la sala sin saber qué hacer, Lorenzo se sintió con las manos atadas, no sabía ni cómo ni en dónde irlo a buscar, porque además se había llevado el único vehículo con el que se podía salir de la isla. Lorenzo decidió que esperarían hasta la tarde, él confiaba en que como su hijo ya manejaba muy bien el *baby* nada le iba a pasar, a pesar de eso pensó que era un imprudente y aunque estaba muy preocupado y enojado trató de disimularlo para no agravar la situación.

—Debe estar por ahí dando una vuelta —dijo—, no hay nada de qué preocuparse, lo esperaremos hasta la tarde.

—¿Y si no aparece? ¿Qué haremos si no aparece? —vociferó Natalie desesperada.

—Tendremos que bajar el *airsible* y yo lo iré a buscar. No sé cómo ni en dónde, pero de algún modo lo haré.

Lorenzo les dijo que no debían comunicarse ni siquiera por radio debido a que había la posibilidad de que les detectaran y no quería correr el riesgo.

El muchacho se había ido a acostarse muy temprano, casi sin cenar y se despidió de todos. En su duermevela su subconsciente le dijo que tenía que madrugar y así lo hizo, sin ninguna pereza ni fatiga y más bien lleno de emoción, se levantó a las tres de la madrugada, se vistió, se puso una capucha de color negro y unas gafas, cogió su mochila en la que ya había colocado algunos *snacks*, se la echó al hombro y salió en puntillas como un ladrón. Todo estaba tan silencioso que su respiración la escuchaba amplificada. No sabía a donde iría, pero quería salir de la isla y conocer el mundo que tanto sus padres le habían relatado. No estaba tan convencido de que en la tierra había solo mujeres, quería comprobarlo con sus propios ojos. «Mucho me tardé en tomar esta decisión», se decía sin medir las consecuencias, mientras iba camino al helipuerto. Subió al *baby*, lo encendió, abrió las compuertas, se elevó, salió, cerró las compuertas y se marchó, perdiéndose en medio de los grises nubarrones.

Nadie escuchó absolutamente nada, ni siquiera Lucrecia que tenía el sueño liviano. Javier volaba bajo para no ser detectado como le había aleccionado su padre, no sabía a dónde ir, «Al norte, al sur... voy al norte», se dijo, vio un claro en medio de un pequeño bosque y allí bajó, no había nadie, todavía estaba oscuro y apenas el horizonte se pintaba en color naranja bordando algunos celajes, escondió muy bien el pequeño aparato con algunos arbustos y ramas que encontró en el lugar. No sabía en dónde estaba y tampoco había nadie, decidió caminar a sabiendas que ponía en riesgo su vida, pero lo haría con mucho cuidado, se dirigió hacía un pequeño caserío que lo había divisado desde el aire y que estaba a una corta distancia. En el transcurso de su caminata, el día se fue clareando y por fin llegó hasta la entrada del pueblo, se escondió en medio de unos arbustos y ahí pudo observar el movimiento de la población. Las mujeres empezaron a salir vestidas con uniformes de diferente color, como le había dicho su padre, no vio ni un solo hombre en aquel lugar, pero lo que más le llamó la atención es que no había ni un solo niño. Estaba completamente sorprendido, decidió retirarse y regresar inmediatamente al *baby*, se elevó y se fue, el sonido del aparato llamó la atención de las habitantes, pero no les sorprendió, pues no era la primera vez que un helicóptero sobrevolaba el área.

Hizo un corto recorrido volando un poco bajo hasta que una masa azul y blanco llamó su atención. Decenas de mujeres se movían hacia el bosque, luego de bajarse de unos buses de color amarillo. Decidió aterrizar a una distancia considerable para averiguar quiénes eran, una vez más escondió el aparato que por ser pequeño era muy fácil de hacerlo.

Se bajó del *baby* y caminó por entre los árboles y se escondió en un pequeño espacio donde crecían algunas matas generosamente, puso atención y vio que todas eran mujeres jóvenes, habían algunas adultas que les daban órdenes de plantar unas tiendas de campaña, se quedó allí por algunos minutos contemplando lo que hacían, luego divisó un angosto sendero bordeado del verdor y la espesura de la vegetación, decidió seguirlo y tras un considerable trayecto llegó hasta una laguna de aguas cristalinas rodeada de un increíble y eterno verdor de plantas, arbustos y árboles, que le hacía ver como un lugar paradisíaco, se escondió entre la maleza y se acuclilló para contemplar a cinco muchachas que se habían apartado del grupo, estaban en traje de baño y se lanzaban al agua desde una pequeña plataforma de madera en medio de gritos y algarabía.

Se quedó embobado luego de plantar sus ojos en una jovencita de pelo largo, negro y lacio, tez canela, que reía y se meneaba al son de una canción que ella misma entonaba, «¡Es un ángel caído del cielo!», dijo cayendo de espaldas, gracias a que las muchachas hacían bulla no pudieron escuchar el crujido de las hojas que aplastó con su cuerpo. Se incorporó con cuidado y continuó mirándolas, las amigas la llamaban Kelly, estaba tan concentrado que no se dio cuenta que alguien se había parado tras sí, miró de reojo, era una muchacha que llevaba el uniforme azul y blanco.

—¿Qué haces aquí y quién eres? —le preguntó.

Sintió que le salía el corazón por la boca y le temblaba todo el cuerpo, agarró la parte delantera de su capucha y trató de taparse la cara, se paró lentamente sin darse la vuelta para que no le descubriera y sin chistar palabra echó a correr, para su sorpresa se dio cuenta que la muchacha lo seguía atrás, él trató de escabullirse por entre los árboles, pero aquella extraña continuaba detrás de él, estaba realmente asustado, sabía que si lo alcanzaba estaba perdido, corrió lo más rápido que su cuerpo le permitía, pero en contados segundos un aplastante peso se lanzó sobre él y cayó de bruces. Estaba fuera de sí y comenzó a defenderse tratando de zafarse, pero se vio envuelto en una batalla campal hasta que se dio cuenta que estaba peleando con la muchacha, tenía la cabellera hasta los hombros y era rubia, entonces sacó fuerza de donde no tuvo y se puso sobre ella tratando en lo posible de no lastimarla, logrando dominarla en el piso aplastando sus hombros.

—¡Suéltame! —le dijo la muchacha con voz grave.

Javier se sorprendió sobremanera al escucharla, pero no la soltó y le preguntó por qué lo había seguido y quién era.

—¿Quién eres tú? —le contestó con otra pregunta, entonces Javier temeroso de lo que la muchacha podía hacerle, sacó un revólver que llevaba en su cintura y se apartó de ella apuntándola.

—Si gritas te dispararé —la amenazó—. ¿Quién eres y por qué me seguías?

La muchacha se paró lentamente todo destartalada y cabezona y alzó las manos diciéndole que no le hiciera daño y que solo quería hablar con él. Pero Javier no bajó el arma y continuó preguntándole quién era y por qué lo había seguido hasta el punto de verse envueltos en aquella pelea tan extraña. La muchacha insistió en que solo quería hablar con él, que no le hiciera daño y que no iba a gritar, de modo que convencido de las palabras de la joven, Javier bajó el arma mientras ella lo veía completamente sorprendida como si estuviera viendo a un fantasma.

—¡Pensé que ya no existían hombres! —exclamó admirada y ya más calmada.

—¿Y me has atacado porque soy hombre? Creí que las muchachas no tenían tanta fuerza.

—Es que... es que... no sé cómo decirte, no soy una muchacha... —Javier se espeluznó y se puso alerta mirándola de pies a cabeza pensando que le estaba tomando el pelo y que estaba tramando algo.

—Entonces, ¿qué eres? —preguntó Javier, mirando a la muchacha con los pelos alborotados y llena de hojarasca.

—Soy como tú.

Javier se quedó paralizado y la veía de arriba abajo sin entender, trató de hacerse a la idea de, en qué forma era como él, pero no veía ninguna similitud así que lanzó una carcajada.

—¿A qué te refieres con que eres como yo? —le preguntó volteando con cuidado su cabeza de un lado a otro pensando que era una trampa, sacó de nuevo su revolver y quiso huir.

—No te vayas —le dijo tratando de calmarlo sacudiendo sus manos cuidadosamente—. Si me dejas y no me interrumpes, te puedo explicar —le dijo la muchacha.

Javier estaba nervioso y al mismo tiempo muy ansioso de querer saber qué es lo que estaba ocurriendo.

—Yo soy hombre, como tú.

—¿Qué? ¿Y por qué te ves como una niña? Tienes el pelo largo, vistes como niña con uniforme de la escuela.

—Estoy obligado a disfrazarme de este modo, si no lo hago estaría expuesto a que experimenten conmigo o me maten. ¿Acaso no escuchas mi tono de voz? Estoy hablando con mi verdadera voz, en la escuela tengo que fingir y ya estoy cansado de hacerlo, a veces quisiera gritarle al mundo la verdad, pero no puedo, tengo que continuar con esta farsa para no poner en peligro a mi familia —Javier se quedó paralizado y más espeluznado de lo que ya estaba y sintió compasión por aquel joven. Pero Sam como era divertido y carismático le estiró su mano y le dijo—: Me llamo Sam, ¿y tú?

Javier se quedó contemplando la mano estirada del muchacho sin saber si estrecharla o no, «¿Qué tal si es una trampa?», pensó. Miró de un lado a otro, todo estaba muy silencioso, solo se escuchaba el canto del riachuelo y de algunos insectos del lugar, comprendiendo las dudas del joven, Sam sacudió su mano invitándole a que la estreche sin ningún temor, finalmente Javier lo hizo.

—Soy Javier…

Los dos muchachos estaban completamente sorprendidos mirándose el uno al otro, pero decidieron mutuamente darse una oportunidad, se sentaron sobre la hojarasca y cada quien contó la historia de su vida, los dos se quedaron pasmados y no salían de su asombro, eran dos vidas, dos historias diferentes que nunca hubieran pensado escuchar, a Javier le dio mucha pena que Sam tuviera que vivir de ese modo, de manera que lo invitó a que se viniera con él a lo que Sam le contestó que no podía porque tenía una familia que lo esperaba, que las quería mucho y que no podía desaparecer así de la nada.

Por fin tratando de romper un poco el hielo, los dos se dirigieron cuidadosamente escondiéndose en medio de los arbustos hasta donde estaban las jóvenes, Javier le preguntó si conocía a la muchacha de pelo largo y negro con bikini rosa, Sam se sonrió y le dijo que sí, que era amiga de la joven que a él le interesaba.

—Se llama Kelly —le dijo—. ¡Y en cuanto me haga amiga de June te la presentaré!

—¿Estás interesado en una muchacha llamada June?

—Sí, desde hace algún tiempo, es la que está sentada, la rubia, ¡es tan hermosa!

—¿Y cómo piensas decirle lo que sientes?

-No lo sé. Ese es mi gran problema, por lo pronto tengo que aprovechar este campamento para hacerme su amigo... que digo, su amiga... —Ambos rieron silenciosos.

—¿Y cómo me vas a presentar a Kelly? Mírame cómo soy, cómo visto. Nunca podré ni siquiera mirarla de frente, mucho menos ser amigo de ella.

—¡Es cierto! —dijo mirándolo—. Pero ya pensaré en algo, no te preocupes.

Los dos jóvenes se miraron mutuamente y rieron pensando en lo tan irónica que era la vida.

Desde ese momento los dos entablaron una amistad como si siempre se hubieran conocido y compartieron el *snack* que Javier había llevado, luego se citaron para encontrarse nuevamente en aquel lugar, ya que Javier había insistido en llevarlo al lugar donde él vivía, lo cual entusiasmó sobremanera a Sam, estaba tan feliz de haber encontrado una persona igual, con el que sí pudo identificarse tal cual era y eso le pareció grandioso y fenomenal. Por su parte, Javier también estuvo muy contento de haber encontrado un amigo en la tierra al que tenía que ayudar como fuese. Luego de despedirse mutuamente, se fueron felices a sus respectivas actividades, más aún Sam que brincaba de emoción como un pequeño potro desbocado que por primera vez salía libre a la pradera.

CAPÍTULO XLIII
DECISIÓN

La Comandante enfrentaba serios problemas, y es que a pesar de que se esmeraba en la limpieza de la ciudad, no lo habían podido lograr del todo, aún había una gran cantidad de cascotes. Increíblemente muchos edificios estaban abandonados y se habían convertido en refugio de algunas mujeres que se daban a la fuga desdeñando el sistema gubernamental o en nido de ratas y otros animales. No tenía una solución inmediata para aquel problema, había intentado derrumbarlos, pero la cantidad de escombros que se formaba era desastroso, más aún por la limpieza que tenía que realizar, por lo que decidió que debía dejarlos tal cual.

Pocos edificios estaban ocupados, pues la mitad de la población mundial había desaparecido desde que se inició la pandemia y continuaba desapareciendo por falta de nacimientos. Ya no quedaban más bancos de esperma y lo peor era que hasta ese momento no tenían ninguna vacuna para tratar de salvar las vidas de los contados nacimientos de niños del sexo masculino, debido a que el virus se había mutado y era más agresivo, no hubo forma de poder mantener un bebé del sexo masculino con vida.

Este era un problema dantesco para la comandante, que muchas veces quería tirar la toalla y desaparecer, ya que no había forma de solucionarlo, a pesar de lo avanzado que fue la ciencia en esa época, no se veía una solución inmediata, esto ponía a la comandante más agresiva de lo normal y completamente desorientada, que la llevaba a cometer matanzas a las científicas inútiles, gritaba enloquecida, se convirtió en una asesina sin corazón sobre todo cuando miraba la ausencia de población infantil.

Habían tratado de todo para poblar nuevamente el mundo, inclusive experimentando con la partenogénesis humana que es la reproducción asexual donde no se necesita de la presencia del varón, pero nada había dado resultado. La edad del último parto realizado in vitro era una niña de diez.

No se había dado cuenta de la hora, era como las dos de la tarde, estaba asustado, después de haberse despedido de su nuevo amigo se dirigió a su helicóptero, que afortunadamente estaba en el mismo lugar que lo había dejado, retiró todos los arbustos que lo escondían, prendió la máquina y se fue, el sonido llamó la atención de las muchachas del campamento que alzaron sus cabezas para mirar, pero no le dieron mayor importancia, Sam en cambio alzó su cabeza y sonrió diciendo para sí: «¡Hasta pronto amigo!».

Las compuertas del helipuerto se abrieron y el sonido de los rotores llegó hasta los oídos de los habitantes de la isla, todos se prepararon para salir corriendo al encuentro del rebelde, pero a Natalie se le ocurrió decir que quizá estaba herido o quien sabe si estaba obligado por otra persona a aterrizar en la isla, por lo que Lorenzo les dijo que esperaran en la casa y se encerraran que él iba a mirar. Peter quería ir con él, pero Lorenzo le contestó que se quedara a cuidarlas, porque ahora él era el hombre de la casa, de tal forma que se fue en el minicoche, lo estacionó a una distancia considerable y luego caminó con mucho cuidado y miró cómo su hijo bajaba del aparato sin ningún problema.

—¡Hijo! —le voceó.

—Papá, lo siento. ¡Lo siento mucho!

—Nos tuviste todo el día demasiado preocupados.

—Lo siento, papá, pero tenía que hacerlo —dijo muy apenado.

—Me alegra que estés bien, pero por lo menos nos hubieras dejado una nota o algo.

—Perdóname, papá, estoy muy avergonzado.

—Está bien, hijo. —Lorenzo lo abrazó sintiendo un gran alivio, no tenía caso regañarlo o darle algún castigo, pensó que no era el momento.

Padre e hijo caminaron al minivehículo y regresaron a la casa.

—Ahí vienen, ahí vienen —voceó Peter que había estado parado en la ventana pendiente de lo que pasaba.

Natalie fue la primera en correr a la puerta y en cuanto Javier bajó del vehículo lo abrazó fuertemente con lágrimas en sus ojos, suspiró profundamente aliviando en parte su acongojada alma. Después que todos habían abrazado al joven, ella no quiso dejar pasar aquella falta y le regañó diciéndole que era un inconsciente que había puesto en peligro a todos incluido él.

«Lo siento, mamá», fue todo lo que se limitó a contestar. «Les pido perdón a todos por haberlos hecho sufrir». Luego dijo que estaba muy cansado, que después les contaría todo lo que le había pasado y sin más se fue a su habitación, se acostó en su cama y se quedó dormido hasta la hora de la cena, en que su madre lo llamó.

Sam estaba tan ilusionado con aquel paseo de la escuela. Las campistas se quedarían esa noche y regresarían mañana por la tarde, durante todo el día realizaban actividades de juegos, concursos, lecturas, recitales, y más. Sam no le perdía ni pie ni pisada a June y no sabía cómo acercarse y conseguir su amistad, hasta que por cuestiones del destino los dos fueron escogidos al azar para participar en un concurso de parejas. Él no lo podía creer, estaba que no cabía de la felicidad, la miró extasiado, pero June lo vio como algo natural para realizar un juego, Sam se desleía con solo el contacto de su compañera.

Los ataron con una cuerda más arriba de los tobillos para que corrieran juntos, cogieran un banderín, regresaran y colocaran el banderín en un jarrón que estaba en una mesa. El gusto que tuvo la profesora para escogerlos fue por la desigualdad de estaturas, Sam era mucho más alto que June y eso sin duda causaría más gracia a las espectadoras.

Él agarró por la cintura a June y a la cuenta de tres se echaron a correr todas las parejas, los dos llevaban la delantera y en medio del alboroto y griterío de las espectadoras ganaron la competencia, estaban tan felices que se abrazaron fuertemente, se hicieron amigos, compartieron el resto del campamento y finalmente quedaron en reunirse otro día para tomar un helado.

Desde ese día Sam pasó a formar parte del grupo de las cinco chicas, y a pesar de que era de un grado superior, siempre se encontraba con ellas, lo que por un lado lo tenía feliz, pero por otro lo tenía desesperado sin poder confesarle su amor a su amada, sin otra opción se conformaba con mirarla, estar cerca de ella y compartir momentos divertidos pensando que quizá algún día no muy lejano se le cumpliría sus sueños.

Todos estaban reunidos en la sala luego de la cena por petición de Lorenzo, una vez reunidos se dirigió a Javier.

—¡Sabía que era por mí! —protestó el joven por rebeldía.

Lorenzo le pidió que dijera a dónde había ido y por qué lo hizo, sabiendo que era tan peligroso y desconocido para él, que si él le hubiera pedido salir juntos, hubiera buscado la forma de hacerlo sin ponerse en peligro y poner en riesgo a todos, y luego relató, dirigiéndose a sus dos hijos, lo que él había sufrido cuando aquella mala mujer le había disparado y toda la odisea que había tenido que vivir en la zozobra, en la soledad y en las tinieblas. Los dos jóvenes quedaron asombrados y sin palabras, por lo que Javier se decidió a contar a todos lo que le había pasado durante su viaje clandestino.

—Les pido perdón una vez más —dijo y luego les relató con lujo de detalles lo que había visto y oído—, ¡No hay niños! —exclamó—. Conocí a un pobre joven que tiene que vestirse de mujer para poder sobrevivir y lo que es peor ni siquiera se lo puede confesar a la niña que él ama. Me ha dado mucha tristeza, lo invité a venir conmigo y no quiso porque dijo que tenía que regresar con su familia, pero quedé en encontrarme en una semana en el mismo lugar, por lo que les pido, papá, mamá, que me permitan ir a buscarlo y traerlo….

Todos quedaron completamente sorprendidos del relato de Javier.

—¿Hay un varón en la tierra? —preguntó Ross.

—Así es, también me sorprendí mucho, ya que según la historia de ustedes, todos los hombres están extintos excepto los de nuestra familia.

—¿Y es joven como tú? —indagó María.

—Sí, creo que tiene mi misma edad.

—Siendo así ya deben haber encontrado la vacuna —comentó Natalie.

-No lo creo. Según me dijo Sam, él es el único en la tierra, por eso tiene que vestir de mujer.

—¿Sabes su apellido?

—Pues no, no se me ocurrió preguntarle.

—¡Dios mío! Pobre joven —exclamó Lucrecia.

—¡Yo también quisiera conocerlo! —dijo Peter.

—¿Puedo traerlo? —volvió a preguntar.

—¡Eso es imposible! —respondió Natalie—. No podemos exponernos de ese modo, no sabemos la condición del muchacho y lo que podría hacer después si se entera que estamos viviendo en el *airsible*.

—No creo que haga nada, es un pobre joven que quiere liberarse de su forma de vida, mamá, y no pienso dejar que siga sufriendo.

—Tiene razón tu madre, no podemos exponernos.

—Pero, papá, no puedo dejar que Sam vaya a aquel lugar y yo no vaya porque para él ese lugar le queda muy lejos de su casa.

—Pero no puedo dejar que vayas otra vez solo y te expongas a tantos peligros. Lamentablemente el *baby* es solo para dos personas.

—Pero Sam es un buen muchacho y no puedo dejarlo solo.

—¿Y qué tal si es un aliado de esa mujer o puede ser que ya informó de tu existencia a esa mujer?

—¡Eso es imposible! Me dijo que le temía, muchas veces quería gritarle al mundo que era hombre pasara lo que pasara, pero que no lo hacía por amor a su familia porque no los quería exponer.

—Está bien, hijo, yo voy a ir en tu lugar y no se diga más, solo dame las coordenadas y yo lo iré a buscar, ¡vamos a ver qué pasa!

—Pero Lorenzo...

—Papá, tú no puedes ir, si Sam te ve a ti y no a mí, él va a escapar y nunca más lo voy a volver a ver.

—Pero no puedo permitir que te arriesgues, qué tal si tu amigo viene con esas militares y te agarran para experimentar contigo. ¿Dónde voy a ir a buscarte?

—Eso no va a pasar, yo confío en Sam, él es mi amigo.

—¿Cómo va a ser tu amigo si apenas lo has visto una sola ves y ni siquiera lo conoces? —vociferó preocupado.

—Por favor, ¡cálmense! —pidió Natalie.

—Está bien. —Suspiró Lorenzo—. Esto es lo que haremos, iré contigo, eso es. ¡Iré contigo pase lo que pase!

—Pero, ¿cómo vas a ir tu? Javier quiere traer a su amigo y el *baby* es solo para dos —intervino Ross.

—Pues tendremos que hacer dos viajes, y me quedaré por ahí en lo que trae a su amigo y luego irá por mí.

—¡Te has vuelto loco! —protestó Natalie

—No hay otra solución, no quiero que Javier, por ser buen corazón se vea en peligro, y nosotros acá sin saber qué le pasa, prefiero ir yo, esconderme por ahí y luego regresará por mí. No le veo el problema. ¡He dicho y no se hable más! Así es que partiremos juntos.

—¡Ni modo! —contestó Javier encogiéndose de hombros.

CAPÍTULO XLIV
LAS SORPRESAS DE LA VIDA

Después del campamento, una extraña sensación empezó a cubrir todo el cuerpo de June, algo que jamás había sentido, pero esa sensación más bien apareció en el mismo momento en que esa niña alta y fuerte la agarró por la cintura y corrieron, aunque en realidad ella ni siquiera corrió, estaba prácticamente en el aire, se rio sola al imaginar cómo habían ganado las medallas del primer lugar. Ella flotaba liviana como una pluma, en esos momentos se admiró de la fuerza de su nueva amiga, pero luego le dio tanta gracia que no paraba de reír cuando se lo contaba a sus amigas. La nueva amiga le caía muy bien, no entendía qué sentimiento empezaba a unirla a aquella niña, esto no le había sucedido nunca con ninguna de sus amigas, ni con nadie, en realidad no le gustaban las niñas, pero Sam tenía algo que no sabía que era y solo de imaginar que ese sentimiento extraño nacía para otra niña se sentía incómoda, ya que esas emociones las tenía con todos esos chicos guapos que coleccionaba en su cuaderno y que los encontró en algunas revistas antiguas que su madre tenía en la casa, muchas de las veces hasta soñaba con alguno de ellos. Siempre se lamentaba por no haber sido privilegiada de tener un papá, un hermano o un amigo del sexo opuesto, cada vez que lo recordaba se ponía triste y pensativa en cómo hubiese sido tener un papá y vivir en una familia, pero ahora lo único que tiene como recuerdo es haberse criado en esos centros infantiles.

A su madre la veía solo por las tardes y cuando tenía misiones ni siquiera la veía.

«Mi madre hace todo lo que esa vieja le ordena. ¡Nunca le dice no a nada! Parece su perro faldero. ¡Odio a esa vieja!», vociferó dando un puñetazo en su escritorio. Y es que June no podía ni siquiera compartir un día en paz con su madre, porque siempre tenía que acudir a su trabajo o salir cuando le llamaba La Comandante. Esa falta de amor y comprensión la empezó a encontrar en Sam aquella niña que era tan dulce, la cuidaba, le daba algunos regalos y por las noches trepaba por la ventana y se metía en su cuarto, las dos compartían una película, o se pasaban horas conversando, nadie sabía de aquella amistad que fue creciendo como la espuma, pero a veces June se ponía triste cuando pensaba, ¿qué iba a pasar cuando Sam termine la escuela? ¿A dónde la mandarían? Ella estaba dispuesta a hacer cualquier cosa para que no la enviaran lejos.

A veces se preguntaba: «¿Por qué me siento rara cuando estoy cerca de Sam?». Y se respondía encogiéndose de hombros. «¡Lo que sea, que sea, pero la quiero y nadie me va a apartar de ella! ¡Es mi mejor amiga!».

Sam en cambio soñaba con ella día y noche, escribía su nombre haciendo corazones, acrósticos y poemas, la amaba.

Cuando llegó del campamento su madre suspiró profundamente aliviada y se quitó un gran peso de encima al mirar que a su hijo no le había pasado nada, lo abrazó y lo besó al igual que su abuela y sus dos hermanas que estaban tan contentas. Sam estaba feliz, con gran euforia, y contó a todas la odisea que había vivido en el campamento, cómo se había hecho amigo de June, hablaba de ella con tanta ilusión que su madre empezó a preocuparse por lo peligroso que podría ser esos sentimientos. Luego asombrado y aún más emocionado les relató que no era el único hombre en la tierra, que se había encontrado con un joven igual que él, a lo que su madre y todas se quedaron espeluznadas, su madre le preguntó en dónde vivía aquel joven y como es que andaba por ahí mostrándose tal como es.

—¡No lo sé! —le contestó Sam—. Solo sé que la próxima semana me voy a encontrar con él para que me lleve al lugar donde vive.

—¡Qué! —corearon todas.

—¡Qué tiene de malo! Por fin, encontré uno igual a mí.

—Pero, hijo, ¿acaso no te das cuenta de que es extremadamente peligroso? No ves que tal vez alguien sospecha que tú eres un varón y que puede ser una trampa de aquella malvada. Ese niño pudo ser creado en el laboratorio y esta mujer lo está utilizando para descubrir a más hombres que quizá como tú, se andan escondiendo y luego cuando los encuentre empiecen a experimentar con ellos o los mate —dijo completamente asustada.

—Creo que has visto muchas películas, mamá...

—No estoy bromeando Sam, ¡no irás y punto!

—Lo siento, madre, pero una vez más no te daré gusto.

Su madre no sabía qué hacer para convencerle

de lo contrario, nadie lo pudo convencer de modo que Jessie decidió que ella pediría permiso en el trabajo y conduciría hasta el lugar donde se había citado su hijo con aquel joven.

—¡Yo iré contigo! —dijo—. No se hable más... ¡y que Dios nos ayude!

Jessie había logrado conseguir permiso en su trabajo para poder acompañar a su hijo. Una semana después, Sam se levantó muy temprano y empezó a preparar una mochila para el viaje, Jessie también se levantó albergando la esperanza de que quizá Sam se había olvidado de aquel descabellado encuentro. Pero no fue así, ya que Sam apareció en el comedor, saludó a su abuela, luego a su madre y estaba muy contento y decidido para irse a encontrar con su amigo.

—Hijo, ¿estás seguro de querer ir a aquel lugar? —le preguntó su madre.

—¡Sí, mamá, estoy decidido!

Mal que no tiene remedio, Jessie empezó a preparar unas viandas, cogió algunos *snacks* y un par de emparedados. Madre e hijo se despidieron del resto de la familia.

—¡Cuídense mucho! —dijo la abuela con lágrimas en sus ojos.

—Cuídate, mamá, y tú, loco, ¡cuídense! —dijeron sus hermanas Zara y Chelsea.

El recorrido fue de dos horas aproximadamente, durante casi todo el viaje Sam estaba embebido en sus pensamientos, contemplaba el paisaje a través de la ventana, mientras su madre conducía, ella le preguntó en qué pensaba, pero el joven le contestó: «¡En nada!», pues su mente estaba en un mundo desconocido para él, ese mundo que jamás había tenido antes, llamado amor, además de otro que se llamaba amistad y que por albures del destino nunca pudo disfrutarla plenamente como él hubiera querido. Su madre supo respetar su silencio y conducía preocupada, llena de nerviosismo sin saber qué iba a encontrar en ese descabellado viaje. Tenía miedo de que fuese una trampa como aquellas numerosas en las que habían caído muchas mujeres llamadas conspiradoras y que ahora estaban desaparecidas, en la cárcel de por vida o muertas.

Cerca del lugar donde había quedado de encontrarse con Javier, Sam le dijo que, para estar seguros de cualquier eventualidad, sería mejor dejar el auto a unos metros del lugar y avanzar el resto a pie, en lo cual su madre estaba muy de acuerdo.

En la isla todos, con excepción de Peter, se levantaron muy temprano. Lorenzo casi no había podido conciliar el sueño, pues en cierto modo no confiaba en su hijo, tenía miedo de que, en su afán de encontrarse con aquel supuesto amigo, el muchacho repitiera la locura de irse solo y en silencio. Pero gracias a Dios, el joven estaba desayunando cuando él se levantó. Ni bien terminaron, padre e hijo se alistaron y luego todos fueron al helipuerto, allí se despidieron, no sin que antes Natalie les dijera hasta el último momento que reflexionaran y no se arriesgaran, pero nada les hizo cambiar de opinión, sobre todo a Javier que estaba muy entusiasmado con este viaje.

Lorenzo se había preocupado de cargar nuevamente con un cohete y de llevar algunas armas, «¡Ojalá no tenga que utilizarlas!», pensó.

El *baby* se fue alzando poco a poco, se abrieron las compuertas y desaparecieron en medio de algunos nubarrones que parecían gigantescas motas de algodón. Todos se quedaron tan preocupados que lo único que podían hacer en esos casos era orar.

El *baby* surcaba el cielo e iba bajando poco a poco hasta tomar una adecuada altura y no ser detectados, aunque como el aparato era pequeño además de que tenía una protección antirradar, no se preocupaban mucho en eso. Lorenzo conducía el aparato mientras Javier contemplaba maravillado el paisaje desde arriba, cosa que no lo había podido hacer cuando se escapó, ¡qué diferente se veía todo!

—¿Estás seguro de que tu amigo va a acudir al lugar? —Lorenzo preguntó tratando de que Javier le prestara atención.

—Sí, papá, estoy seguro.

—¿Y si se arrepintió por cualquier circunstancia?

-No lo creo, él me aseguró y me dio su palabra de que vendría pasara lo que pasara.

—Bueno, ya veremos. ¿Hacia dónde voy?

—Dirígete al norte.

Tras una hora de viaje se iban acercando, Javier reconoció el lugar por la pequeña laguna que se iba dibujando a medida que avanzaban.

—Aterricemos en ese pequeño claro —le indicó.

Descendieron lentamente al lugar indicado, todo parecía aparentemente tranquilo, de momento no se veía a nadie por ningún lado. Ya en el suelo, bajaron del *baby*. Mientras Lorenzo estaba alerta mirando de un lugar a otro, Javier estaba muy tranquilo apoyado en la cola del aparato, estaba tan silencioso que solo se escuchaba el canto del pequeño riachuelo que servía de desembocadura a la laguna, el canto de las aves y el croar de las ranas. Lorenzo se apartó unos dos pasos examinando el área, no había nadie, tras diez minutos de una interminable espera, rompió el silencio.

—Hijo, creo que tu amigo no va a venir.

—Shhh —dijo Javier.

Se escucharon las pisadas de alguien haciendo crujir la hojarasca y unas voces inentendibles. Los dos pusieron atención, caminaron en silencio escondiéndose detrás de un grupo de arbustos.

—Yo conozco a esa mujer —susurró Lorenzo. Javier quiso alzarse para saludar a su amigo, pero su padre lo detuvo.

—Espera —le dijo—. Veamos si nadie más viene con ellos. Los recién llegados miraban de un lado a otro.

—Mi amigo dijo que iba a estar aquí —comentó Sam.

—Estás seguro de que este es el lugar? preguntó preocupada Jessie.

—Sí, estoy seguro. Ahí está el árbol donde nos arrimamos —Sam señaló con su dedo.

—Parece que están solos —masculló Lorenzo.

—Eso parece —susurró Javier—. Sin aguantar más, el joven salió de entre los arbustos y vociferó:
—¡Sorpresa!

La mujer gritó del susto y estuvo al punto de un infarto, Sam se volteó y los dos jóvenes se abrazaron eufóricos de volverse a encontrar. Lorenzo también salió de su escondite, pero estaba aún dudoso de este encuentro, luego miró a la mujer extrañado sin poder quitarle la vista de encima. Mientras ella trataba de salir del *shock*, Lorenzo se había quedado petrificado, dándose cuenta de la actitud de su padre, Javier le preguntó si se sentía bien.

—¡No lo puedo creer! —vociferó saliendo de su asombro.

Los tres se quedaron estáticos mirándolo, pero intempestivamente Jessie reaccionó y atravesando por en medio de los dos adolescentes se colgó en el cuello de Lorenzo y luego se abrazaron fuerte y visiblemente conmovidos sin poder contener el llanto, mientras los dos amigos se miraban las caras preguntándose en silencio y a señas qué es lo que estaba sucediendo, aunque tenían mucha curiosidad, esperaron parados y estáticos hasta que sus respectivos padres se desahogaran. Finalmente, Jessie mirando a los dos muchachos con caras conmovidas y de espanto se echó a reír mientras secaba sus lágrimas. La risa se tornó incontenible contagiando al resto. En medio de aquella risa que se tornó nerviosa ella intentaba hablar y de explicar su actitud, pero no pudo hasta que su hijo se acercó a ella y trató de calmarla preguntándole si se encontraba bien.

Y es que el mundo es tan grande y a la vez tan

pequeño, que por coincidencia o por azares del destino Sam era mayor a Javier con apenas cuatro meses, era hijo del amigo de Lorenzo y mejor amigo de Ross y lo más increíble es que trabajaron juntos en el CIE en el mismo proyecto, pero eso los dos jóvenes no lo sabían ni tenían la más mínima sospecha, hasta cuando Lorenzo ya más tranquilos les explicó.

—¡No puedo creer haberte encontrado y saber que estas vivo! —dijo Jessie emocionada—. ¿Este joven es tu hijo? —preguntó.

—Sí, es mi hijo.

—¿Y el joven es tu hijo?

—Sí, él es mi hijo Sam.

Los cuatro estaban tan emocionados que no salían de su asombro por todo lo que les había tocado vivir. Javier miraba a su amigo muy contento.

—Te ves muy bien, amigo, sin el disfraz —le dijo palmeando su espalda.

—Sí, bueno, no quería venir a la cita disfrazado como el otro día, ¡odio ese disfraz!

Los cuatro estaban tan felices y cada uno trataba de contarse sus cosas sin darse cuenta del paso del tiempo.

CAPÍTULO XLV
¡QUÉ PEQUEÑO ES EL MUNDO!

Cuatro horas después de que Lorenzo y su hijo habían partido para encontrarse con el supuesto amigo sobreviviente que Javier había encontrado, todos en la isla estaban completamente preocupados, más Natalie que no podía concentrarse en la investigación que continuaba haciendo tratando de encontrar una vacuna para aquel terrible virus que acabó con la población masculina, además de que la investigación que realizaban junto con Ross era muy rudimentaria por carecer de muchos de los implementos y suministros necesarios, Ross trataba de calmarla pero en esos momentos María y Lucrecia las interrumpieron diciéndoles que habían escuchado los rotores del helicóptero.

—Peter ya fue al helipuerto —dijo María.
—¿Están seguras? —preguntó Natalie
—Sí, doctora. A menos que sea otro helicóptero.
—¡Que su lengua se haga chicharon, señora Lucrecia! —dijo Ross.

Las mujeres salieron rápidamente del laboratorio y se dirigieron al helipuerto, efectivamente el sonido de los rotores se hacía cada vez más intenso hasta que por fin vieron cómo se abrían las compuertas e ingresaba el *baby*. Todos se imaginaron que Lorenzo y Javier no habían encontrado al supuesto amigo y que por fin regresaban desilusionados, pero otra fue la historia. Una vez que se abrieron las puertas del *baby* salieron Javier y su amigo.

—Mamá, te presento a mi amigo Sam.

—Hola, Sam, ¿cómo estás? ¡Bienvenido! ¡Qué gusto que estés aquí! —Natalie abrazó al muchacho y después a su hijo y luego mirando de un lado a otro como si no supiera que en el *baby* cabían solo dos personas preguntó: Pero, ¿y tu padre?

—Él está bien, se quedó con la mamá de Sam y ahora debo regresar para poder traerlo. Sam, quedas en tu casa —dijo despidiéndose nuevamente de todos.

—¡Cuídate mucho, hijo! —le gritó Natalie a lo que Javier le respondió alzando su brazo.

Sam era la novedad, todos lo miraban con mucha curiosidad, sobre todo Peter que no paraba de verlo de pies a cabeza, le llamaba la atención sobre todo su melena rubia a la altura de los hombros. Natalie invitó a que fueran a la casa a tomar un refrigerio, por su lado, Sam estaba boquiabierto mirando todo con fascinación, pero no se atrevía a preguntar nada, Natalie se dio cuenta y le dijo que en cuanto Javier regresara irían a conocer toda la isla.

Dos horas después el *baby* arribó, pero esta vez nadie fue al helipuerto, todos se encontraban en la casa muy entretenidos con Sam que ni siquiera se habían dado cuenta del tiempo ni del sonido del helicóptero. Estaban embobados con la historia de Sam, quien les relataba con lujo de detalles lo que había tenido que hacer para no ser descubierto y poder sobrevivir en ese ahora hostil mundo.

Lorenzo y Javier llegaron a la casa y los recibieron con algarabía, Javier y Sam se abrazaron mientras Lorenzo rompiendo la bulla preguntó si ya sabían quiénes eran los padres del joven.

—¡No lo sabemos aún! —dijo Ross.

—Pues, en realidad no se nos ha ocurrido preguntarle —añadió Natalie.

—¡Cuéntales! —pidió Lorenzo.

Todos prestaron atención, estaban muy intrigados por saberlo.

—Bueno, mi padre fue el ingeniero Samuel Douglas, que lamentablemente no conocí, ya que según mi mamá falleció antes de que yo naciera a causa del virus y mi madre la ingeniera eléctrica Jessie Douglas.

—¿Que? —corearon Natalie y Ross quedando completamente sorprendidas.

—Así es —acotó Lorenzo—. Hoy cuando llegamos al sitio de la cita llegaron Sam y Jessie, cuando la vi me pareció conocida, pero luego cerciorándome que era ella también me quedé paralizado, Jessie me reconoció al instante y nos abrazamos.

—¡Santo Dios! —Ross se llevó las manos a su cara sin poder creer lo que estaba escuchando. Al enterarse de la suerte de su amigo y al mirar al muchacho se echó a llorar, enseguida Lucrecia acudió a consolarla y María le brindó un vaso con agua.

—Pero, ¿cómo? ¡Qué pequeño es el mundo! —exclamó Natalie—. Pero, ¿cuéntanos hablaste algo con ella?

—Así es... —Todos prestaron mucha atención al relato de Lorenzo, luego dijo que le había propuesto que se viniera a vivir a la isla.

—¿Y que dijo? —se apresuró a preguntar Ross.
—Que lo iba a pensar.
—¡Yo si quisiera vivir aquí! —dijo Sam emocionado—, pero no puedo...
—¿Cómo? ¿Y por qué? —interrogó María consternada después de todo lo que había escuchado.
—Aquí estarías seguro y ya no tendrías que vestirte de mujer como nos has contado —se apresuró a decir Lucrecia.
—Es que él tiene que hacer muchas cosas allá abajo. ¿Verdad, amigo? —apoyó Javier.
—Así es, por el momento no puedo.
—¡Qué pena! —se quejó Peter que había compaginado más que bien con el muchacho—. Pero sí puedes venir de visita, ¿verdad?
—Claro que sí, siempre y cuando tus papás estén de acuerdo.
—¡Como no! —se escuchó indistintamente.

Ese día, sobre todo para los tres jóvenes, fue el mejor de sus vidas, los dos anfitriones dieron un recorrido a Sam por la isla, el mismo que se quedó impresionado con lo que veía y no terminaba nunca de preguntar, ya que todo le llamaba la atención.

En cuanto empezó a caer la tarde regresaron a la casa donde los estaban esperando para cenar y luego Javier lo llevaría de regreso y le acercaría lo más posible para que pueda coger algún transporte público para su casa. «Ni modo, ¡a disfrazarme otra vez!».

En cambio, Jessie manejó de regreso, su madre y sus hijas la esperaban ansiosas, ella contó lo que le había ocurrido, pero del ofrecimiento que Lorenzo le había hecho solo se lo dijo a su madre, ya que no quería crear falsas ilusiones a sus hijas.

—¡Debemos aceptar hija! —le insistió su madre.

—No lo sé, mamá, ya veremos...

En el transcurso del viaje en que estuvieron solos Javier y Sam, este le dijo la idea que tenía para hacer que Javier conociera a Kelly. A Javier por su puesto le pareció algo muy descabellado e imposible de realizar.

—Es la única forma para que te acerques a ella —le dijo.

—¡Pero es que nunca lo podría hacer! ¡Vestirme de mujer! No, no, no, definitivamente, debe haber otro modo.

—Pues, es lo único que yo he encontrado, si tú tienes alguna otra idea, bienvenida sea.

—Primeramente, mis padres no me van a dejar hacerlo, ¡nunca! Y segundo, ¿cómo diablos voy a llegar hasta allá? Mi padre jamás me prestaría el *baby* para ir a la ciudad, antes me mata, y si no lo hace él lo haría esa loca. ¿Qué tal si mejor me presento ante ella como soy y ya?

—¿Estás loco? ¡Eso si sería tu muerte segura!

—Pero, ¿por qué? Más bien creo que ella se emocionaría de ver alguien diferente...

—¿Cómo crees? Puede asustarse y denunciarte. Mi madre me ha contado que a los últimos sobrevivientes les habían experimentado horriblemente y

como si eso fuera poco, murieron con los peores tormentos, y lo peor... escucha bien esto, lo peor por tu mala suerte o qué se yo, June me ha contado que la niña de la que estás interesado es la hija del brazo derecho de la loca esa de La Comandante.
—¿Que?
—Como lo oyes, hermano.
—¿Y cómo se llama su mamá?
—Gina Lawrence

Javier no contaba con semejante hecho, ahora nunca conocería a aquella muchacha que había cavado hondo en su corazón y no sabía cómo la iba a sacar de su mente, cómo la iba a olvidar; sintió que su sangre le hervía por dentro, tenía que tomar una decisión, ¡o se arriesga con lo que su amigo le dijo o se olvida de ella para siempre!

Kelly, como la mayoría de las últimas jóvenes que existía ahora en la tierra, fue concebida *in vitro* y eso ella lo sabía, lo cual odiaba, porque en muchos libros y revistas que ella acostumbraba a leer, porque le gustaba enterarse del pasado, veía familias conformadas por un padre, una madre y sus hijos. Desde que empezó a tener conciencia de su complicada vida se puso a investigar qué era eso de *in vitro*, su madre le explicó, pero no contenta con eso lo estudió a fondo, estaba desilusionada de haber sido creada en un laboratorio como un experimento, de no saber quién era su padre y de nunca poder conocerlo, ella era una jovencita de muy buen corazón, a pesar de tantas cosas feas que decían de su madre.

Cuando estaba sola, que esto era casi la mayor parte del tiempo, le gustaba leer y peinar su larga cabellera negra, que hacía tono con su piel bronceada y que resaltaba sus ojos azules y sus labios carnosos, era una hermosa jovencita con una figura envidiable.

Ella y June compartían el mismo sentimiento de orfandad con la diferencia de que June sí sabía quién era su padre, y que según su madre, había muerto a causa de la pandemia. Se habían conocido en la Casa Nueva de La Comandante y desde ahí se hicieron muy buenas amigas, al igual que su madre, la madre de June siempre estaba metida en ese lugar con esa mujer.

Mirando el álbum de fotos donde aparecían su madre, la madre de June, en el medio La Comandante, ella y June junto a sus respectivas madres no sabía si estar contenta o infeliz. Por un lado, tenía todos los privilegios que pocas jóvenes tenían por ser hijas de las mandamases, y por otro, se sentía muy mal, ya que en el colegio algunas de sus compañeras sin importarles nada se atrevían a decirles que sus madres eran el perro faldero de la asesina. Algunas veces se veía envuelta en peleas que la hacían rodar por el piso tras halarse de los cabellos con la otra niña. Al final cuando iban a la dirección y tenía que decir quién era la culpable de la trifulca, ella tenía compasión de su contendiente y siempre terminaba acusándose, desde aquel día en que inculpó a una niña cuando se vio envuelta en una de esas peleas, aparecieron tres militares en su aula, agarraron a la niña por los brazos, se la llevaron y nunca más la volvieron a ver, entonces las otras compañeras empezaron a susurrarle para que los profesores no las escucharan, que ella había sido la culpable de la desaparición de la desdichada y eso le causó mucho dolor. Cuando preguntó a su madre a dónde se llevaba a todas las niñas que eran sacadas de la escuela, ella nunca le dio una explicación, siempre la evadía y cambiaba el tema. En la soledad de su habitación, pensaba que aquel horrible sistema tenía que cambiar de algún modo, ella quería cambiar esta situación, pero, ¿cómo? Tenía que hacer posible lo imposible de alguna manera, se repetía, ya que quería vivir una vida diferente junto a su madre, que siempre estaba ausente por culpa de esa malvada.

CAPÍTULO XLVI
INCREÍBLE

La tercera vez que Sam se encontró con Javier le tuvo una noticia que en realidad no sabía si le podía servir o no, y es que le dijo que pronto terminarían el año escolar y comenzarían las vacaciones y que Kelly siempre iba a su casa que tenía en la playa junto con su amiga June, y que posiblemente también iría él. «¡Bueno, como una niña, claro!», agregó. Cuando Javier terminó de escuchar la nueva de su amigo, se puso muy feliz, pero al mismo tiempo pensó que de nada le servía esa información ya que de igual modo no podría hacerse amigo de aquella hermosa niña.

—Planeo dar a conocer mi verdadera identidad —dijo Sam decidido.

—¿Qué? ¿Estás loco?

—Pues sí, estoy loco, pero loco por todo, loco por la vida que llevo y no ser yo mismo, loco por estar enamorado de aquel ángel y no poderle decir nada, loco, ¡sí, muy loco! —Explotó dando una vuelta en su propio sitio—. Sabes, el otro día estuve a punto de decirle la verdad y estaba así... —indicó con sus dos dedos—. Así de besarla, sé que a ella también le atraigo, pero me contuve porque sé que, si me hubiera descubierto en esos momentos, no te estuviera contando todo esto, ya estuviera muerto porque su mamá es el otro perro fiel de la asesina. ¿Sabes quién es su madre?

—No.

—¡Nada más y nada menos que la general Zabala!

—¿Y quién es esa tal general Zabala?

—¡Ah! No sabes nada, amigo. Como se ve que no has vivido aquí.

—Por eso mismo, cuéntame todo, quiero saber a qué me enfrento.

Sam contó con lujo de detalles todo lo que sabía de aquellas mujeres y terminó diciendo que La Comandante vivía en una fortaleza infranqueable desde que intentaron asesinarla y las únicas que tenían realmente contacto directo con ella era la mamá de June y la de Kelly. «¡Por eso, ahora mismo estuvieran experimentando conmigo o muerto si hubiera cometido semejante error!».

—¡Estamos hechos! —exclamó Javier—. ¡Y venir a enamorarnos justamente de ellas!

—Eso es lo que yo siempre me he preguntado. Estoy rodeado de miles de mujeres y justo me fijo en ella, ¡no sé qué me sucedió! Pero desde aquel día en que pasó junto a mi lado con ese perfume a violetas, ¡Jummm! Que por cierto lo usa de vez en cuando, ¡me volví loco!

—Y yo, desde que la vi con ese traje rosa… jummm… ¡también me volví loco!

—¡Dos burros se contaban sus penas!

—¿Qué burros?

—Jajaja, ninguno. Mi mamá suele decir así cuando dos personas se lamentan y no saben qué hacer.

—En realidad sí somos dos burros porque no sabemos qué hacer…

—Me tienes que avisar si te animas a ir o no lo

más pronto, para decirles que invitaré una amiga.
—Pero es que no quiero disfrazarme, me voy a ver ridículo.
—Bueno, tú decides.

Por primera vez Javier estaba en una encrucijada, no pensó que enamorarse y hacerse adulto antes de hora como tanto pregonaba a su madre, era tan difícil, y ahora tenía que tomar una decisión, de eso dependía su felicidad, entonces le dijo que si se decidía él iría y si no, que se encontrarían la próxima semana en el lugar que siempre lo hacen.

Javier, Peter y Sam se habían hecho muy buenos amigos, Sam estaba muy feliz de tener aquella amistad, a veces se quedaba a dormir en la isla, ahí se sentía en su mundo, disfrutaba y se admiraba de la hermosura de aquel lugar y más admiración le tenía al doctor como él llamaba a Lorenzo. En aquel lugar él podía ser lo que era y cuando le tocaba regresar a su casa, su desilusión era grande, pero lo tomaba con calma porque no quería hacer sufrir a su familia.

El tiempo pasó y no pasó en vano, las vacaciones habían llegado y tal como Sam le había dicho a Javier, se decidió a ir algunos días con las muchachas, ya que estas prácticamente le habían rogado para que él también fuera. Sam era muy divertido y las había conquistado fácilmente, con él se divertían y siempre estaban riendo con sus ocurrencias y por fortuna ellas ni siquiera se percataron de que él era diferente. Javier finalmente se había decidido, iba a acudir pasara lo que pasara.

Una semana después de que Kelly y June estaban en la casa de la playa, llegó Sam y en ese mismo instante se armó la fiesta, las dos muchachas estaban tan contentas de tenerla. Ese día se divirtieron mucho y aunque fueron a la playa Sam no se metió al agua so pretexto de estar enferma, tenía un short holgado a media pierna y playera, por más que las jóvenes trataron de convencerla no lograron que lo hiciera, Sam se sentó bajo el parasol y contemplaba embobado el jugueteo de las dos jóvenes.

El siguiente día estaba brumoso y amenazaba con llover y las tres amigas se habían quedado dormidas hasta muy tarde. Gina y La Comandante arribaron a la casa, querían saber cómo la estaban pasando. A su llegada preguntó a la empleada de servicio por su hija, ella les informó que aún no se habían levantado, entonces se dirigió al dormitorio y vio a Kelly que aún dormía plácidamente, pero su madre quería que se levantara ya, a lo que la muchacha le contestó a refunfuñones.

—¡Tienes que levantarte para que saludes a La Comandante! —le dijo.

—¡Ay, mamá! ¿No ves que estoy aún durmiendo? ¿Quieres que baje en estas fachas?

—Tu madrina ya te ha visto en fachas antes, así que levántate y ve a saludarla.

—Pero, mamá, ¿por qué tenías que venir sabiendo que nos pones en peligro? Alguien puede venir y atacarnos sabiendo quienes somos.

—Tu madrina insistió, además el auto es discreto y a nadie le importa, La Comandante quiere que les dejemos dos guardaespaldas.

—¡Eso nunca! Si lo haces me escaparé con mis

amigas.
—No puedes hacer eso...
—Sí puedo y si las dejas, me escaparé, te lo juro.
—Está bien, tú ganas, no voy a dejarte a nadie. —dijo de mala gana—. Pero ahora ve a saludar a La Comandante.
—Está bien —respondió perezosamente.
Sam se había levantado escuchando el ruido y había escapado por la ventana. Para cuando las llamaron al desayuno Sam no estaba, Kelly preguntó a la muchacha de servicio, ella les dijo que no sabía nada.
—No te preocupes, hija, debe andar por ahí, ya regresará —dijo Gina.
Media hora después de haber desayunado y constatando de que todo estaba normal, las dos mujeres decidieron marcharse lamentando el no haber podido conocer a la otra muchacha.
Sam se apareció tan pronto vio que las dos mujeres se marcharon y su explicación fue que había ido al pueblo en busca de la amiga que había invitado, pero que lamentablemente no la encontró y no estaba segura de que viniera. Este suceso realmente no alteró el buen humor de las tres muchachas que se apostaron a mirar unas películas.
Dos días después mientras las jóvenes estaban jugando en la arena, Javier decidido aparecer. Escondido en medio de las rocas trataba de llamar la atención de Sam, que se encontraba como siempre debajo del parasol, mientras las muchachas jugueteaban en las blancas y espumosas olas. Exponiéndose a que lo

vieran Javier salió de en medio de las rocas, alzaba los brazos, le lanzaba piedrecillas, silbaba, pero nada de eso llamaba la atención de Sam, que se encontraba de lo más cómodo acostado en una tumbona hasta que por fin volteó la cabeza y lo vio con gran sorpresa. Estaba completamente impresionado, se levantó de la silla y corrió hacia las rocas, Kelly había visto como Sam se perdía en medio de los peñones, estaba muy sospechoso, se lo dijo a June y juntas fueron para mirar. Los cuatro se quedaron espeluznados, sorprendidos y sin palabras hasta que Kelly gritó.

—¡Es un hombre!

—Kelly... Kelly, tranquila... tranquila. Te voy a explicar todo, solo tranquilízate —dijo Sam.

—¿Qué nos vas a explicar? —gritó June—. ¡Te has estado viendo con un hombre y no nos dijiste nada! ¿De dónde salió? ¿Quién es? Corre, Kelly, debe haber más y nos pueden hacer daño.

—No, no, señoritas. Por favor, escuchen. Nadie les va a hacer daño. ¡Estoy solo! —dijo Javier tratando de calmarlas.

—Dejen que yo les explique, por favor —suplicó Sam.

—¡Está bien! Pero pronto —vociferó Kelly en medio del golpe de las olas y el soplar del viento que jugaba inquieto con los cabellos de los cuatro jóvenes.

—Vamos, sentémonos para que les pueda explicar todo —rogó Sam muy nervioso.

El sol empezaba a dibujarse en el horizonte como una gran bola incandescente, afortunadamente la playa era privada y no había ni una sola alma a la vista.

Sam tartamudeaba y no podía explicar hasta que por fin Javier tomó la palabra y dijo que él era un sobreviviente de la pandemia y que se había estado ocultando para que no lo experimentaran o mataran.

—¿Y quién va a querer hacerte daño? —preguntó Kelly sin estar convencida aún de las palabras del joven.

—¡La Comandante!

—Pues no te creo nada, La Comandante es muy buena y lo único que ha hecho es protegernos y darnos todo lo necesario —defendió Kelly.

—¡Pues, no es así! —respondió Sam—. Ahora que estamos en esto, diré toda la verdad.

—No lo hagas —pidió Javier.

—¿Qué verdad quieres decir? —preguntó intrigada June.

—Lo voy a decir porque ya no aguanto más, yo... yo estoy enamorado de ti, June —alcanzó a decir.

—¿Qué? —corearon las dos muchachas.

—Pues, qué pena por ti, Sam, a mí no me gustan las mujeres.

—Bueno, ¿qué tiene que ver eso con la presencia de este tipo y con lo que está diciendo? —se apresuró a interrumpir Kelly.

—Pues, sí tiene que ver, porque... porque —Sam tartamudeaba.

—Habla de una vez —se impacientó June.

—¡Es que yo también soy un hombre! —declaró.

—¿Qué?

—No, no, no, no, ¡esto es una locura! —June se

agarró la cabeza parándose de un solo tas, Kelly la siguió atrás.

—Por favor, June, Kelly, tienen que escuchar toda la historia, por favor, ¡escúchennos! —rogó Sam.

Las dos muchachas se volvieron a sentar y Sam les hizo jurar que no dirían nunca nada a nadie de lo que iban a escuchar, «¡porque de eso depende nuestras vidas!», dijo. Las dos jóvenes hicieron una solemne promesa de no revelar aquel secreto, acto seguido, Sam contó toda su historia con lujo de detalles, así como el sufrimiento acarreado por no poder presentarse al mundo tal como es, luego le tocó el turno a Javier quien contó parcialmente su historia, sin revelar la existencia de la isla porque entonces sí pondría en peligro a toda su familia, Sam escuchó en silencio y tampoco dijo nada acerca del lugar donde venía su amigo.

Las dos jóvenes no daban crédito a lo que acababan de oír, estaban anonadadas, no sabían qué hacer ni qué decir, miraron con curiosidad y a la vez con mucha lástima a Sam, pensando en todo lo que el pobre joven había tenido que soportar hasta ese momento, si la historia que les acababan de contar era realmente verdadera, luego miraron al otro joven desconocido y no podían creer lo que veían, por fin terminados los relatos. Sam decidió hablar algo más y que no pudo callar, por más señas que Javier le hacía.

—Kelly, Javier te ama desde hace mucho tiempo, así como yo te amo a ti, June —terminó diciendo lo más rápido que pudo.

—¡¿Qué!? —corearon una vez más las dos muchachas. Entonces en ese momento por fin June entendió aquel extraño sentimiento y atracción que sentía hacia Sam.

Esa tarde había sido una tarde que jamás pensaron vivir los cuatro jóvenes y que nunca olvidarían por el resto de sus días, todos estaban completamente asustados sin poder procesar tanta información.

Luego de unos segundos de silencio, en medio del estruendo de las olas golpeando las formaciones rocosas, Kelly y June estaban envueltas en una maraña de preguntas mentales que en esos momentos no se atrevían a realizar, empezaron a mirar a Javier y a Sam como unos seres extraños, estaban impresionadas y no sabían qué hacer. Finalmente se atrevieron a preguntar si se volverían a ver algún día, pero los dos jóvenes dijeron que después de haber revelado aquella dantesca verdad con el dolor en sus corazones lo mejor sería despedirse y desaparecer.

—Solo si ustedes desean —concluyó Javier marchándose.

Por su lado Sam entendió que debía recoger sus cosas y también marcharse. Las dos estaban resentidas con Sam por haberlas engañado tanto tiempo, aunque no querían que se fuera, finalmente decidieron que era mejor que se fuera.

CAPÍTULO XLVII
UNA SEMANA INOLVIDABLE

Javier se había despedido de Sam con un gran dolor por la forma como los descubrieron, con mucho miedo y arrepentido de que las dos muchachas los fueran a delatar.

«Hice bien en no decirles del *airsible*, me voy confiado en que tampoco Sam dirá nada», pensó.

Sam estaba en su cuarto terminando de hacer su maleta para marcharse de inmediato y estaba también con miedo, además de muy avergonzado de que las dos jóvenes ahora lo vean vestido de mujer. Se sobresaltó y pensó que a partir de ese momento tenía que desaparecer de la vista de Kelly y June. Se consoló un poco porque ese era su último año en la escuela, con gran suerte, aunque también con mucha mala suerte, porque ya no las volvería a ver, tenía que obligadamente perderse para siempre en medio del resto de mujeres o huir a otro lado para que no lo encuentren. «Ya pensaré lo que voy a hacer», se decía para sí, «soy un tonto, ¿qué estarán pensando de mí?», se reprochó. «¿Cómo pude haberles revelado mi verdad? Ahora sí estoy en grave peligro y también mi familia», se impresionó. En el momento en que aseguraba el último cierre, entraron Kelly y June, Sam se asustó, las dos lo miraron de pies a cabeza y luego se echaron a reír.

—Lo sé, lo sé, me veo ridículo, les pido perdón por haberlas engañado, y por favor, más bien, les ruego que no me vayan a delatar porque mi familia y yo estaremos en verdadero peligro.

—¡Tonto! Las dos nos hemos puesto de acuerdo que no te vayas, te pedimos que te quedes.

—Pero, ¿cómo? ¿Están conscientes de que ya no soy igual que ustedes?

—¿Y qué? ¡Mejor! —Se rieron a carcajadas—. Si quieres puedes quedarte como estás y si no puedes vestirte de hombre. —Continuaron riendo.

—¿De verdad me aceptan como soy? ¿Ya no están enojadas diciendo que las he engañado?

—Pues, enojadas sí estamos. Pero queremos que te quedes, además prometemos que esto será nuestro secreto.

—¿De verdad? ¿Están seguras?

—¡Sí, tonto! O mejor te decimos tonta... —los tres rieron.

Estaban felices, jóvenes al fin, solo querían vivir, querían divertirse y habían encontrado un gran motivo, una felicidad que nunca habían tenido ni sentido, algo nuevo, desconocido y que no permitirían que nada ni nadie destruyera aquel secreto, permanecieron durante algunos días más en la casa de la playa disfrutando de sus vacaciones y Sam continuó vistiendo de mujer para no llamar la atención de nadie.

Kelly quería volver a ver a Javier, a pesar de la impresión que tuvo al verlo, no le fue indiferente por lo que preguntó a Sam si lo podía traer. Sam explicó que en tres días lo vería nuevamente pero que tenía que ser muy cuidadoso, de modo que para Kelly ese tiempo fue interminable, de un momento a otro su mente se llenó de muchas ilusiones, además de preguntas, pero también de dudas porque nunca había escuchado por boca de su madre lo que los muchachos les habían revelado, igual cosa le sucedía a June por lo que las dos hicieron un pacto de averiguar todo lo concerniente a los experimentos y los asesinatos de los que tanto miedo tenían sus nuevos amigos, querían saber si todo lo que les habían dicho era real.

Cuando Sam se encontró nuevamente con Javier estaba feliz, le comentó que había sido aceptado por las dos muchachas y que querían verlo nuevamente. Esto llenó de emoción al joven, había sufrido tanto desde aquel día, todos en la isla lo vieron decaído, cabizbajo, callado, ya no era el joven alegre y rebelde de siempre. Natalie estaba intranquila de verlo en ese estado y no sabía qué era lo que le estaba pasando, a pesar de que era cercano con su padre, este tampoco pudo sacarle ni una sola palabra, por lo que estaban muy preocupados pensando que quizá se había enojado con Sam.

«¡Debe ser eso!», aseguró Natalie. Nada lo animaba, hasta dejó de molestar a su hermano, eso sí que era completamente extraño, ya que esto lo alegraba y en cierto modo disfrutaba haciéndolo enojar, por su lado, Peter estaba muy contento de que por fin lo había dejado en paz.

Javier no dejaba de pensar en que quizá puso en peligro a su familia y lo peor no podía olvidar a Kelly, en su cuaderno había escrito el nombre de la niña en medio de un corazón, pero lo que también lo atormentaba era quien realmente era, la hija de aquella mujer malvada que tantas veces había oído hablar a sus padres.

Natalie a pesar de mirar la actitud de su hijo,

estaba más tranquila pensando que Javier ya no se arriesgaría para traer a su amigo, y por otro preocupada, por su inesperado proceder. Todos se sorprendieron cuando Javier se apareció en el comedor y les dijo que ese día le tocaba ir a ver a su amigo, en vano Lorenzo trató de averiguar su actitud de los días anteriores, además de persuadirlo para que no fuera, nada lo hizo cambiar de opinión, el joven le respondió que él era su único amigo y no estaba dispuesto a renunciar a él.

«¡Hay que dejarlo, es joven, ya le pasará! —opinó Ross. Y ahí estaba, frente a su amigo, paralizado como una momia, Sam le chasqueó los dedos en su cara para que reaccionara y le preguntó nuevamente.

—¿Quieres ir? ¡Sí o no!
—¡Por supuesto! —contestó finalmente.

Escondió el *baby* detrás de unas rocas que habían encontrado y lo cubrieron con arbustos y luego caminaron para llegar a la casa de la playa. Como no querían que la muchacha del servicio lo viera, tuvo que trepar por la ventana, el joven saludó tímidamente a las dos jóvenes igual hicieron ellas, pero poco a poco fueron tomando confianza y comenzaron a divertirse, Kelly dio a la muchacha del servicio el día libre y luego hicieron una gran fiesta, nunca aquellos jóvenes se habían divertido tanto, lo cual quedó grabado en sus memorias para siempre. Al final del día cuando el astro rey estaba a punto de esconderse tras la línea que une el mar y el cielo, se despidieron prometiendo volverse a encontrar otro día.

Javier regresó muy feliz, aquel cambio tan radical llamó la atención a todos los habitantes en la isla, que quisieron preguntarle por qué se había tardado tanto y por qué había venido sin su amigo. Y es que el joven no quiso dar explicaciones a nadie, solo dijo que Sam no pudo venir y se encerró en su cuarto, se tiró en su cama y se perdió en un interminable laberinto de recuerdos y pensamientos de lo que había vivido aquel día. Todos quedaron muy intrigados por su actitud, a lo que su padre dijo que posiblemente era porque aún estaba en la edad del burro.

Con el pasar del tiempo, Javier comunicó a sus padres que Sam lo había invitado a su casa de la playa y que iría a pasar una semana con él, Natalie puso el grito en el cielo pensando en que pondría en gran riesgo a todos, pero él les explicó que la casa estaba muy alejada y solitaria y que no había peligro. Lorenzo confió en él, aunque le pesaba hacerlo, pero comprendió que era joven y que era mejor que lo hiciera con permiso a que intentara nuevamente escaparse y no saber nada de él. Así es que, el mismo lo llevó y lo dejó cerca de la vivienda.

Kelly despidió definitivamente a la muchacha de servicio amenazándola que si daba aviso a su madre no le iría nada bien, de ese modo la casa fue toda para los cuatro jóvenes que se divirtieron como nunca. En el transcurso de aquellos días, se formaron las dos parejas, los cuatro jóvenes estaban tan felices que ni cuenta se dieron de la llegada del auto de Gina, Zabala y La Comandante. Cuando Gina llamó a su hija, lo primero que se le vino a la mente a Kelly fue poner seguro en su dormitorio donde los cuatro estaban disfrutando de una película y luego hacer que los dos muchachos escaparan por el balcón. Los dos jóvenes corrieron como pudieron y se escondieron en medio de los arbustos, mientras Gina se desgañitaba llamando a la muchacha de servicio. Sin obtener respuesta subió al segundo piso y golpeó la puerta del dormitorio de su hija.

—¿Dónde está la muchacha del servicio? —preguntó contrariada—. ¿Están solo las dos?

—¿Acaso ves a alguien más?

—Kelly, siempre tan grosera. Te pregunté dónde está la muchacha del servicio.

—La envíe a la ciudad por algunas cosas.

—Bueno, bajen a saludar, aquí esta tu madre también —dijo a June.

Las dos muchachas bajaron y saludaron primero a La Comandante y luego a Zabala, mientras Gina fue a preparar algo de café, todas se reunieron a conversar en la sala. Zabala estaba muy satisfecha de ver bien a su hija y comprobar que se estaba divirtiendo, pero para Kelly y June, a pesar de que estaban contentas de que sus madres las habían ido a visitar, fueron minutos interminables y ya querían que ellas se marcharan.

Habiendo constatado de que todo estaba normal y sin novedad, las tres mujeres se fueron y las dos jóvenes corrieron al segundo piso para comprobar como el auto desaparecía tras unas pequeñas colinas, momento en el cual fue aprovechado por Kelly que había aprendido a silbar, sacando del escondite a los dos muchachos que felices regresaron para continuar la diversión. Fue una semana inolvidable, luego de lo cual todos tenían que despedirse y regresar a sus respectivos hogares. Javier y Kelly se abrazaron y se besaron profundamente jurándose amor eterno, al igual que Sam y June, esa tarde fue la más triste para los cuatro jóvenes, las dos muchachas no paraban de llorar, mientras permanecían abrazadas a los muchachos, los mismos que prometieron volverse a ver muy pronto.

Ya en la ciudad Kelly y June se propusieron investigar lo que estaba pasando realmente, de modo que empezaron a acudir a la Casa Nueva y a algunas instituciones para mirar cómo funcionaban.

Una tarde, las dos jóvenes decidieron seguir a Gina luego de escuchar que tenía que ir a arrestar a una joven insurrecta, que según investigaciones era la líder de un grupo de mujeres que se habían formado para derrocar a La Comandante, en el lugar ya estaba Zabala y la madre de la joven le suplicaba que no se la llevaran porque era inocente, pero Gina ordenó a dos militares que la apresaran inmediatamente y la encerraran en los calabozos, la madre se puso de rodillas y se abrazó a las piernas de Gina, esta la apartó y se fue junto con el resto de las militares, mientras la desconsolada madre se quedó de rodillas suplicante y llorando que su hija era inocente. Kelly y June continuaban ocultas en su auto y contemplaron toda la lamentable escena, y no contentas con eso, siguieron al camión militar para ver a dónde llevaban a la joven.

Kelly siempre se caracterizaba por hacer labor social en la comunidad, de modo que con este pretexto ingresó en el centro correccional sin que su madre se enterara y pudo contemplar los horrorosos castigos a los que eran expuestas algunas presas. Ahí estaba la joven que había visto en días anteriores, colgada por las muñecas, con grilletes en manos y pies, sangrante, devastada e inconsciente por las heridas que le habían infligido como castigo. Desde ese día Kelly se quitó la venda de sus ojos y con más énfasis trataba de convencer a su madre que se revelara en contra de La Comandante y que no hiciera lo que ella le ordenaba.

CAPÍTULO XLVIII
DILEMA

—Tú no eres así, madre, sé que tienes un gran corazón y pienso que debes ayudarnos a acabar con este modo de vida.

—¿Estás loca? No lo digas ni de broma, y no hables tan alto que alguien nos puede escuchar —respondió Gina.

Kelly y June habían recorrido algunos lugares en los que la gente común generalmente no ingresaba y pudieron darse cuenta de la injusticia que todas las mujeres estaban viviendo, en las fábricas, en la agricultura, en las instituciones y en todo lugar que visitaban. Las mujeres trabajaban como robots y cuando se retrasaban las latigueaban y las dejaban horas extras para, según decían, compensar el retraso y lo que es peor, esas horas no se las remuneraban, esta época era la peor esclavitud femenina que hasta ese entonces se había registrado en todos los anales de la historia y solo las militares, policías y unas cuantas eran privilegiadas, pero solo mientras se mantenían fieles.

Las dos muchachas estaban completamente en *shock*, admiradas, con desilusión y apenadas de todo lo que habían descubierto, era como haberse quitado una venda de sus ojos y a pesar de su juventud eran muy maduras y estaban dispuestas a cualquier cosa con tal de cambiar de algún modo, todo lo que habían visto.

Un mes después, como habían quedado, los cuatro jóvenes se volvieron a encontrar en la casa de la playa, estaban tan felices que se abrazaron, se besaron, saltaron y ya después de aquel eufórico encuentro fueron a caminar en la playa contemplando el crepúsculo, aquel hermoso paisaje que iba tiñendo de fuego el atardecer, luego regresaron a la casa que afortunadamente estaba solitaria y prepararon algo para comer, mientras lo hacían, Kelly y June les dieron la razón de todo lo que ellos les habían dicho acerca de La Comandante la vez en que se conocieron.

—¡Tenemos que hacer algo! —dijo Javier—. ¡Además de que todas las mujeres están sufriendo semejantes maltratos, nosotros vivimos en el anonimato en zozobra y en peligro de muerte!

—¡Es cierto! —acotó Sam.

Después de una tarde inolvidable los cuatro muchachos se pusieron de acuerdo en reunirse los fines de semana en la casa de campo de Sam, que era la que más aislada estaba de la ciudad. Javier no sabía cómo lo haría, pero estaba dispuesto a hacer lo que sea con tal de no perderse ni una cita. Con el paso del tiempo las dos parejas se amaban cada vez más.

Kelly y June no tenían ningún problema con sus respectivas madres para trasladarse a la casa de Sam, pues como siempre ellas andaban muy embebidas en sus ocupaciones junto a La Comandante, pero Sam cada vez que iba a salir y se despedía de su madre, tenía serias discusiones con ella y al final salía prácticamente huyendo en medio de los gritos de Jessie que no sabía para dónde iba su hijo.

—¡Sam me va a matar, mamá! Tengo miedo de que lo vayan a descubrir…

—También yo tengo mucho miedo, hay que hablar seriamente con él cuando regrese.

—¡Si es que regresa! —intervino una de las hermanas.

En la isla, Javier también se vio envuelto en serios problemas debido a que había salido en el *baby* varias veces, unas alegando que se encontraría con Sam y otras prácticamente huyendo. Sin más, una seria discusión se armó en la isla entre Javier y sus padres debido a las salidas clandestinas del muchacho.

—¡Tienes que decirnos qué es lo que está pasando! —le preguntaron.

—Está bien. Se los diré: Sam y yo… Sam y yo… mmmh… bueno, hemos conocido dos muchachas…

—¡¿Que!? ¡Pero te has vuelto loco! —su madre se exasperó.

—Por favor Natalie cálmate, deja que el muchacho nos explique, continúa por favor.

—Pues sí, hemos conocido dos muchachas, yo estoy enamorado de una de ellas y la amo, se llama Kelly. Ustedes me han pedido honestidad y lo estoy haciendo, pues, no sé cómo decírselos, espero que no se molesten conmigo y me entiendan. ¡Y los cuatro hemos decidido derrocar a La Comandante!

—¡¿Que!? —corearon todos.

—Pero, ¡cómo! Hijo, ¿te das cuenta de lo que nos acabas de decir? —Natalie se sentó al filo de la cama donde estaba Javier y acarició su pierna.

—Sí, mamá, los cuatro estamos decididos.

—Es una broma, ¿verdad? —preguntó Natalie.

—No, mamá, no es una broma, esto es muy serio y como te dije, los cuatro estamos decididos a lo que sea así ustedes no me apoyen.

—Hijo, creo que lo que ustedes están queriendo hacer es imposible, es muy arriesgado y precipitado, ¡algo así no se lo toma a la ligera! —intervino Lorenzo y continuó—. Esa mujer ha estado en el poder muchos años, ha manipulado todo a su antojo, donde ella vive es una mansión infranqueable, ¡es una asesina! ¡Y querer hacer lo que ustedes quieren hacer, es un suicidio!

—Lo sé, papá, y por eso quiero que te unas a nosotros, ¡únanse a nosotros! —dijo poniéndose en pie de un solo salto—. Estamos reclutando mujeres que quieren unirse a nuestra causa y lo mejor es que Kelly y June están tratando de convencer a sus madres de que se unan a nosotros, claro que sus madres no saben aún que nosotros existimos.

—¿Y quiénes son y de dónde salieron esas muchachas?

—Son amigas de Sam.

—Y sus madres, ¿qué papel juegan en esto? —preguntó Natalie muy curiosa y con un pálpito que no entendía por qué.

—La mamá de June es la general Zabala y la madre de Kelly es Gina Lawrence —terminó bajando su voz.

-No! No... no... no... ¡Dios mío! —Su madre se agarró la cabeza—. Esto no puede ser posible, esto no puede estar pasando, ¡esto es una pesadilla!

—Pero, ¡cómo! ¿Y tú has confiado en esas niñas? —exclamó Lorenzo también, completamente asombrado.

—Papá, mamá, entiendan Kelly y June están trabajando muy duro para convencer a sus madres de una forma disimulada para que se unan a nuestra causa y poder derrocar a esa asesina.

—Pero, hijo, ¿no te das cuenta que ellas también son unas asesinas al servicio de ese monstruo?

—¿Y les has revelado lo de nuestro *airsible*? —interrumpió Lorenzo completamente descompuesto.

—No, claro que no, ellas no saben nada, solo le he comentado de ti, papá.

—¡Ay Dios! —exclamó Natalie—. ¡Tú no sabes, no tienes ni la menor idea en que te has metido!

—Ven, hijo, te voy a contar quiénes son lamentablemente las madres de esas jóvenes. Lorenzo invitó a su hijo a sentarse a su lado y explicó con lujo de detalles, todo lo que les había pasado antes de que el naciera, desde cómo habían sido secuestrados, encarcelados y luego perseguidos por Gina Lawrence y Zabala por orden de La Comandante hasta casi haber sido asesinados en tres ocasiones.

Una vez terminado el cruel relato, le dijo que quedaba completamente prohibido de utilizar el *baby*, de volverse a ver con aquella niña y mucho menos de pensar siquiera en esa idea tan descabellada y loca de querer derrocar a La Comandante. Pero al muchacho le hervía la sangre y no quería aceptar la decisión de sus padres, dijo que confiaba completamente en Kelly y June y que hagan lo que hagan y digan lo que digan, él estaba listo para continuar con sus planes y si no lo querían apoyar se marcharía de la isla. De inmediato, sin decir más, salió corriendo de la casa con rumbo desconocido sin escuchar los llamados de su madre.

—Lorenzo, ve tras él, no quiero que cometa una locura y se vaya en el *baby*...

—No te preocupes, tengo las llaves, no podrá prenderlo.

Javier deambulaba por la huerta de la isla en medio de los árboles frutales, se sentó bajo un árbol de manzana, se puso a pensar qué podría hacer para convencer a sus padres que lo apoyen. Había hablado con su tía Ross, que le ayudara a convencerlos, pero no le dio muchas esperanzas. Peter lo apoyaba, «pero es un niño aún», pensó. Sin saber qué hacer, decidió regresar a la casa, demostrar una aparente tranquilidad para que sus padres lo dejen salir nuevamente. «Pasado mañana me tengo que encontrar con los muchachos y si no hago algo», se repetía mientras caminaba.

Durante la cena todos estaban muy callados, luego de haber terminado Javier se paró, se despidió y subió a su habitación, media hora después alguien golpeaba su puerta.

—¡Oh! Eres tú, enano, ¿qué quieres?

—Sé que papá te prohibió salir en el *baby*, yo sé cómo ayudarte.

—¡Ah sí! ¿Y qué quieres a cambio?

—Pues...

—Vamos, ya dilo.

—Que me lleves contigo, quiero ser parte del ejército que derrocará a esa tal Comandante.

—Espera... espera... espera... ¿quieres que te lleve conmigo? —Peter movió su cabeza afirmativamente—. Eso no va a ser posible.

—Pues, si no va a ser posible, nunca sabrás dónde están las llaves del *baby*...

—Pero, es que no puedo incluirte, ¡entiende!

—¿Por qué no?

—Solo tienes trece...

—¿Y qué?

—Eres un niño.

—Soy solo cuatro años menor que tú. Bueno, piénsalo, hermanito. —Peter salió de la habitación.

—¡Ay Dios! ¿Y ahora qué voy a hacer?

CAPÍTULO XLIX
CONFESIÓN

En los tiempos de La Comandante, la tecnología se había limitado tan solo a las más altas esferas e instituciones educativas, solo se permitía los teléfonos de casa y se había vuelto a las casetas telefónicas. Muchas mujeres murieron tratando de hacer valer sus derechos, pero finalmente las ordenanzas de la comandante habían logrado imponerse por completo. Todo era muy sistematizado y controlado, ella había logrado poner el mundo a sus pies.

Se había hecho costumbre celebrar los ascensos de las militares cada año, ella siempre decía que su ejército era lo primero y como tal eran tratadas. La gran celebración se iniciaba en la mañana, donde cada una de las militares en ascenso eran condecoradas, luego se realizaba una parada por la avenida de La Comandante, con las diferentes instituciones milicianas, de policía y escolares. Por la noche la fiesta de gala que iniciaba exactamente a las nueve de la noche, donde era la única celebración en la que las asistentes tenían libertad de vestir cualquier traje de noche con excepción de Gina, Zabala y La Comandante, que eran las únicas que vestían su uniforme lleno de medallas de honor. La Comandante se sentaba en una especie de trono para contemplar a cada una de las asistentes. A la fiesta acudían mujeres selectas y destacadas, las de la plana mayor y por supuesto las condecoradas del Ejército. Una orquesta femenina amenizaba la noche. En el banquete había de todo, desde licores, exquisitos platos y golosinas.

Kelly y June asistieron por primera vez a esta gala, las mismas que aprovecharon para mirar y sopesar con lujo de detalles todo el desenvolvimiento y derroche de aquella farsa, según dijo indignada Kelly a su amiga June, ellas no entendían cómo es que se derrochaba tanto, mientras en muchos hogares se sufría de carencias y cómo es que esta mujer logró adquirir tanto poder.

En la isla Javier empezó a desesperarse porque no había logrado convencer ni a su madre, peor a su padre de que lo dejaran usar el *baby*, sin más, mal que no tiene remedio, tuvo que acudir a su pequeño hermano a quien regaló el amuleto que tanto a él le gustaba, convenciéndole de que lo ayudara y prometiéndole que lo llevaría consigo en la próxima ocasión, pero antes, Peter le hizo jurar de que no lo involucraría en nada si le entregaba las llaves del *baby*. Hecho el trato de esta manera, Javier esperó hasta que todos se durmieran para salir, encender el *baby* y marcharse en medio de la oscura y fría noche. Se dirigió directamente a la casa de campo de Sam. Todo estaba en tinieblas, aterrizó como siempre en el amplio parqueadero y decidió esperar dentro de la nave hasta la llegada de los muchachos. Javier había pasado en vela y aburrido el resto de la cansada y larga madrugada hasta que el astro rey empezaba a lanzar sus primeros hilos tenues de luz, momento en que su cuerpo no aguantó más quedándose profundamente dormido hasta que un pequeño golpeteo en el cristal del *baby* lo hizo saltar, más aún al contemplar una cara aplastada pegada al cristal con sus ojos desorbitados y sus labios deformados haciendo mil muecas, Javier entre dormido y despierto se dio cuenta de que aquel monstruo en el cristal era su amigo Sam, lanzando una leve sonrisa, salió del aparato y lo saludó con un fuerte abrazo.

—¡Me la debes! —le dijo y luego le confesó que se había escapado de su casa.

—¿Por qué? ¿Qué paso? Les conté toda la verdad a mis padres.

—¿Cuál de las verdades?

—¡De las muchachas y de nuestro movimiento!

—¡No! ¿Y que dijeron?

—Me prohibieron salir, me robé el *baby* y pasé toda la noche aquí. ¡Estoy molido!

—Pues, no eres el único, amigo.

—¿Qué quieres decir?

—Mi madre está aquí.

—¿Qué? ¿En dónde?

—Adentro, también le conté toda la verdad...

En ese momento Jessie salió a la puerta y los llamó. Los dos ingresaron al interior de la casa, Javier saludó a la madre de Sam con cierta timidez.

—Sé lo que tratan de hacer —dijo—. Y por eso quiero que, en este instante, antes de que lleguen las muchachas, me lleves con tus padres —Javier se quedó petrificado.

—¿Te pasa algo?

—No, es que... me he escapado de la casa y si regreso mis padres son capaces de matarme.

—¡Con mayor razón! —respondió—. ¡Me urge hablar con ellos! Sam se quedará aquí a recibir a las muchachas mientras regresamos.

—¡Si es que regresamos! —murmuró Javier.

—¿Decías algo?

—Oh, no, no, vamos entonces —dijo haciendo muecas a Sam de ¡y ahora sí que se fregó!

Una hora después Javier y Jessie estaban aterrizando en la isla. El sonido de las hélices alertó a todos los habitantes que se apresuraron en llegar al helipuerto.

—¡Jovencito! Estás castigado. Pero, ¿a quién has traído? —se sorprendió Natalie al contemplar que una persona desconocida descendía del aparato. Lorenzo la reconoció y se adelantó abrazándola ante la mirada atónita de todos.

—¡Es Jessie! —exclamó Lorenzo.

Natalie y Ross lograron reconocerla, después de tantos años y aunque había cambiado, su esencia estaba ahí, sus facciones, más envejecidas, pero su risa era inconfundible cuando la miraron. Ella las reconoció al instante, casi no habían cambiado a su modo de ver, solo un poco más envejecidas, pero eran las mismas. Las tres mujeres se abrazaron y lloraron como nunca lo habían hecho. Luego ya más calmadas le dieron la bienvenida. Con la emoción, ella no había caído en la cuenta del lugar donde realmente estaba, miró de un lado a otro secando sus lágrimas, estaba asombrada de lo que veía, jamás se imaginó algo así.

—¡Qué hermoso es este lugar! —exclamó.

—Sí, es verdad —respondió Natalie—. Pero, ¿cómo te animaste a venir? Porque Lorenzo nos contó que te había invitado y no habías podido.

—¡Es cierto! Pero ahora tengo algo muy importante que decirles...

Se dirigieron a la casa, y de momento por la emoción habían olvidado a Javier. Jessie empezó a relatar que desde hace algunos años había estado reuniendo mujeres para derrocar a la malvada Comandante y cuando se enteró de que su hijo estaba con las mismas ideas estuvo al borde del colapso, en vano trató de persuadirlo a que no siguiera con ese asunto porque primeramente era muy joven y segundo porque se había enterado de que andaba con la hija de la segundera, otra asesina despiadada. Le entró un terrible pánico solo en pensar que le pasara algo a su hijo y de que echara a perder todo el trabajo que le había costado de convencer a todas aquellas mujeres durante tantos años.
Todos quedaron boquiabiertos ante semejantes declaraciones, más aún Javier, que se petrificó en un rincón sin dar crédito a lo que acababa de escuchar.
Y continuó: «vengo a pedirles que me ayuden y se unan a nosotros y que a pesar de que estoy en contra de que los muchachos estén también con esas ideas, pienso que ellos tienen ideas más frescas y sobre todo las muchachas nos podrían ser muy útiles para lograr nuestro cometido». Todos se miraron los unos a los otros sin dar crédito a lo que escuchaban y no supieron qué responder.
Minutos después Lorenzo rompió el silencio diciendo que lo que pensaban hacer era un suicidio, que era imposible realizar lo que estaban pensando, pero Jessie insistió en que, con su ayuda, con los co-

nocimientos científicos que ellos poseían podrían armar un plan.

—¡Tú sabes muy bien de lo que es capaz esa malvada! —dijo Natalie.

—¡Además, de que es una asesina desalmada! —exclamó Ross.

—Yo la apoyo, señora Jessie, y estoy dispuesto a hacer lo que sea —interrumpió Javier. En segundos un sepulcral silencio se produjo al tiempo en que todos voltearon sus cabezas para mirar al joven.

—¡Contigo arreglaré cuentas después jovencito! —reprendió su padre.

—Piénsenlo, se los ruego, Lorenzo, piénsalo, apóyanos en esto, demasiadas mujeres han muerto y están siendo torturadas, están presas de por vida y todas estamos siendo esclavas y como si fuera poco la raza humana está en peligro de extinción como saben, además ustedes nunca podrán ser libres y siempre estarán confinados a vivir de este modo. Muchas mujeres han tratado de derrocarla sin mayor éxito y han terminado muertas, por eso les he venido a pedir ayuda.

—¡Tienes razón! —respondió Lorenzo—. Desde hace mucho tiempo he querido hacer lo mismo que ustedes y no lo he hecho porque hemos estado solos y he desistido de esa idea, pero ahora que me dices que hay más personas que están dispuestas, pues creo que debemos hacerlo...

—¡Pero, Lorenzo! —protestó Natalie.

—¡Únete a nosotros, Natalie, de esa forma nuestros hijos podrán ser libres!

—Tienes razón —dijo recordando todo lo que

habían sufrido y de la ilusión que tenía de ser libres y tal vez de esa manera pudieran ir a encontrarse con sus familias, que nunca más habían sabido nada de ellos.

— Yo los apoyo! —dijo Ross.

—¡Yo también! —dijeron al unísono Lucrecia y María.

—¡Y yo! —exclamó Peter.

—Tenemos que ponernos de acuerdo y planearlo muy bien. Recomendó Lorenzo.

Acto seguido Natalie invitó a Jessie a conocer la isla, mientras Lorenzo arreglaba cuentas con su hijo Javier, quien pidió perdón luego de recibir una buena reprimenda, afortunadamente no pasó a mayores, ya que su padre entendió la situación que lo llevó a realizar este desesperado hecho.

Jessie estaba muy emocionada después de haber recorrido y conocido el lugar del que tanto le había hablado su esposo, ella nunca pensó que aquel proyecto existía realmente, Natalie le confesó que ellos trataron de contactar a todos los científicos allegados al proyecto y que nunca dieron con ninguno, Jessie explicó que ella había tenido que huir a su casa de campo y allí se quedó a vivir por algún tiempo y que no sabía el fin del resto hasta aquel día en que por casualidad ella y Lorenzo se reencontraron cuando su hijo le confesó que había encontrado a otro sobreviviente del sexo masculino.

De ese modo y después de haber tenido aquellos acuerdos, Javier y Jessie regresaron a la casa de campo donde les esperaban con ansiedad los muchachos, Kelly y June se impactaron de ver a la mamá de

Sam ingresar a la casa junto con Javier.

Sam explicó que aquel día había tenido que revelar todo a su madre, pero lo que ellos no sabían era lo que Jessie les acababa de confesar y además les dijo que se uniría a los planes que ellos tenían para derrocar a La Comandante. Los tres muchachos se quedaron impactados. En un inicio Kelly estaba contrariada pensando que Sam una vez más le había ocultado las cosas y no había confiado en ella, pero Jessie supo manifestarles que su hijo acababa de enterarse al igual que el resto.

Desde ese día todos quedaron en recabar información lo más posible acerca de los movimientos de La Comandante, Jessie les comunicó que ella, los padres de Javier y Ross se reunirían con ellos cada quince días para ver los avances. De este modo Jessie se despidió de los muchachos deseándoles que se diviertan aquel fin de semana y que fueran muy precavidos para no dejarse ver.

CAPÍTULO L
ESPERANZAS

Lorenzo tomó la resolución de bajar la isla a pesar de las insistencias de Natalie de que esto sería muy peligroso, pero tenían que hacerlo, de otro modo no podrían reunirse con los demás debido a la dificultad de la transportación. Encontraron un excelente lugar en Target Rock, Lorenzo había divisado un claro en medio del bosque, excelente lugar para perderse y pasar desapercibidos, aterrizarían ahí y se confundirían con la arboleda, el lugar era apropiado ya que les quedaba muy cerca de la casa de campo de Jessie.

Hacía ya tantos años que no pisaban tierra, a pesar de todo estaban muy contentos, por fin, les daba mucha alegría volver nuevamente. La isla quedó completamente acoplada y disimulada, nadie se imaginaría que estaba allí, además el lugar estaba completamente solitario, había abundantes árboles y tupido follaje. Desde este paraje podían trasladarse con mayor facilidad y era muy ventajoso para Javier que era el más interesado.

Así como crecía el amor entre Javier y Kelly y de Sam con June, así crecía el número de mujeres que asistían a la finca y se unían a la causa a la que denominaron Mundo Nuevo, y donde cada una de ellas eran entrenadas.

La tarde en que Kelly se había retrasado traía una importante noticia, estaba feliz, finalmente tras meses de insinuaciones, sugerencias e indirectas había podido convencer a su madre que los ayudara, todos la escucharon sin dar crédito de sus aseveraciones y dudaron de su madre, pero Kelly les garantizó que ella era sincera, que estaba también cansada de siempre recibir maltratos, vejámenes y humillaciones de La Comandante y como prueba de su honestidad y compromiso, le prometió convencer a Zabala para que se las uniera, «¡cosa que yo no he podido hacer», interrumpió June. «Si esto sucediera, sería un gran logro y podríamos realizar algún plan», exclamó Ross. Lorenzo y Natalie no estaban tan convencidos y recomendaron a las dos jóvenes de que estén alertas y continúen manteniendo el secreto de las reuniones.

—Kelly es muy joven para entender lo que es su madre —dijo Natalie cuando estaban de regreso a casa.

—¡Yo confío plenamente en ella! —la defendió Javier.

—Puede ser que la muchacha tenga buenas intenciones, ¿pero su madre?

—Debemos tener mucho cuidado, ya hemos avanzado demasiado, tenemos armas, hemos reunido a muchas mujeres que están dispuestas a todo y nada tiene que fallar —acotó Lorenzo.

Y es que el tiempo transcurrió de una manera acelerada para todos, Peter cumplía ya los quince, y junto con su madre y Ross, estaban a punto de terminar la elaboración de la tan anhelada vacuna. Lorenzo y Javier habían modificado el *baby* y lo ampliaron para dos personas más. Lucrecia y María estaban orgullosas de haber podido cultivar las huertas donde se podía ver una gran variedad de frutos, hortalizas y granos. Jessie junto a sus hijas, en cambio, continuaban tratando de conquistar a más mujeres que quisieran unirse a la causa y cada día se jugaban el pellejo. Sam se había graduado y como no quería continuar vistiendo de mujer, se trasladó a vivir en la finca, Kelly y June también se habían graduado y como era de esperarse, sus madres querían que continuaran sus estudios en la universidad, ninguna de las dos bajaba la guardia, mientras que por fin Gina poco a poco fue convenciendo a Zabala para que se uniera.

La tarde en que todos los miembros del movimiento Mundo Nuevo se habían reunido en la finca se quedaron paralizados por unos segundos al contemplar que un vehículo negro entraba al parqueadero donde estaban reunidos, la reacción automática de las mujeres fue gritar y huir despavoridas por entre la maleza para tratar de escapar al reconocer quiénes se bajaban del auto.

Los cuatro hombres que estaban dentro de la casa se asomaron a la ventana para saber a qué se debía aquellos gritos, Natalie y Lorenzo se sorprendieron al mirar a la mujer que tanto les había hecho sufrir.

—¡Quédense aquí, escóndanse y no vayan a salir! —susurró Natalie.

—¡No, iré yo!

—¡No seas necio, Lorenzo, iré yo! ¡Escóndanse y no vayan a dejarse ver! —Natalie salió con un arma en su mano—. ¿Se puede saber qué hacen ustedes aquí?

—Cálmese, doctora, ¡venimos en son de paz! —dijo Gina

June y Kelly también estaban paralizadas sin

dar crédito a lo que veían.

—¿Cómo llegaste hasta aquí mamá? —preguntó Kelly.

—Las seguimos y como ya les dije, venimos en son de paz, y aunque ustedes no lo crean estamos aquí para apoyar su causa.

—¿Y cómo podemos confiar en ustedes? —preguntó Natalie poco convencida.

—Porque amamos a nuestras hijas y no queremos que sigan viviendo esta esclavitud moderna que nos ha impuesto La Comandante.

—¿Quiere decir que ustedes están dispuestas a traicionar a su comandante? —preguntó Natalie sin pelos en la lengua.

—¡Traicionar no, hacer justicia y ser libres! Desde hace mucho tiempo he soñado con este momento, pero nunca pensé que llegaría, porque aunque usted no lo crea, estoy cansada de tantas humillaciones y maltratos, no queremos eso para nuestras hijas. Zabala y yo estamos dispuestas a entrenar a todas las mujeres, que veo que son muchas las que se han reunido, para que puedan enfrentarla, porque ustedes no tienen ni idea de a quién quieren enfrentar. Pero que irónica es la vida, doctora, después de habernos conocido como nos conocimos ahora uniremos fuerzas y podremos luchar juntas.

Natalie no contestó, prefirió guardar silencio, mientras tanto en el interior de la casa Lorenzo estaba como león enjaulado.

—¿Cómo sabemos que dicen la verdad? —preguntó nuevamente Natalie.

—Todo lo que he dicho es completamente la

verdad, de lo contrario ya hubiéramos venido con toda la Guardia Nacional. Si están de acuerdo con nuestra ayuda, estaremos acá desde la próxima semana para iniciar los entrenamientos. Se lo comunican a Kelly. ¡Hija mía! —Se acercó a su hija, la abrazó y la besó, igual hizo Zabala con June. Las dos mujeres subieron nuevamente al auto negro y se marcharon.

Después de comprobar que las dos mujeres se habían ido, Natalie regresó a la casa y les explicó el motivo de su visita, luego Lorenzo preguntó a las dos muchachas si les habían contado de la existencia de ellos, a lo que ellas lo negaron alegando que mientras no las autoricen continuarían manteniendo el secreto.

Todos estaban confundidos, pero Kelly los tranquilizó diciendo que su madre estaba completamente decidida a unirse a la causa, entonces ahora estaban en la disyuntiva de si decirles la existencia de los hombres o no. La mayoría opinó que no era el momento.

Pasaron seis meses, Gina y Zabala acudieron puntualmente a todas y cada una de las reuniones en la finca y entrenaron a las mujeres que acudían. La finca de Jessie se había convertido en un campo de entrenamiento militar. Afortunadamente La Comandante no sospechaba nada.

La vida en la ciudad continuaba monótona y sin mayores contratiempos y Gina como siempre cumpliendo todos los caprichos de La Comandante, pero alerta tratando de averiguar en dónde había escondido el balón, esa era la clave para poder luchar contra ella. A pesar de que ella también había sido cruel y sanguinaria, estaba completamente arrepentida y por amor a su hija estaba dispuesta a hacer lo que sea para no continuar con esa vida. Por fin vislumbraba la posibilidad de ser libre de todas las humillaciones que durante tantos años había sufrido, en su mente quedó grabado para siempre aquel castigo que recibió cuando le trató de sacar la verdad acerca de quién había informado a aquellos militares sobre el balón. Ocho días estuvo encadenada en el subterráneo solo a pan y agua, a más de la latiguiza que recibió, y como si fuera poco, la obligó a que la tratara de «comandante» a más de decirle que tendría que hacer muchos méritos para ganarse su confianza. Desde ese día su rencor había ido creciendo más y más. Siempre era obligada a seguir trabajando para ella so pena de recibir peores castigos y ahora cuando tienen una discusión la amenaza con hacerle daño a su hija. El día en que decidió unirse a los científicos se agradeció a sí misma el que ellos hubieran podido escapársele. Estaba admirada de las vueltas que da la vida, jamás se hubiera imaginado unirse a ellos y pensar que en algún momento en el pasado en algunas ocasiones estuvo a punto de matarlos, ahora se arrepentía de toda la horrorosa vida que había llevado y que continuaba teniendo. Cada vez que miraba a su hija, le causaba tanta ternura y tristeza, el saber que ella es un ser inocente y que tenía que vivir bajo este régimen opresor que nunca la dejaría superar como ser humano, «Ahora es la hora de tratar de componer las cosas», se dijo en medio del silencio y la oscuridad de la noche en su habitación.

Con mil enredos en su cabeza, en ese momento recordó algo que la inquietaba, le llamaba la atención sobremanera y le sorprendía, «¡No he visto al científico!», se dijo. En todo el tiempo que había estado entrenando a las mujeres nunca lo había visto. Varias veces quería acercarse a la doctora y preguntar, pero no se atrevía, «¡Y pensar que es tan buena gente! Quizá si la hubiera conocido en otras circunstancias hubiéramos sido muy buenas amigas, sin duda el marido murió por el virus o en aquella explosión», cavilaba sin hallar respuesta. Aún no sabía qué mismo era lo que iban a hacer, ese día había conversado con la doctora Leiva acerca de algún plan, pero ella le dijo que todavía no habían concretado nada. «Pero, sin el balón pienso que no hay nada», se dijo apesadumbrada en su duermevela hasta que, por fin, logró conciliar el sueño.

CAPÍTULO LI
REVELACIÓN

Tras la preparación de las mujeres que se habían adherido al grupo, que estaban dispuestas a dar todo, absolutamente todo por su libertad y que habían sacrificado sus días de descanso para aprender lo concerniente a las estrategias milicianas y al manejo de las armas; Lorenzo, Natalie y los que sabían, consideraron que era hora de que los varones se den a conocer para así poder armar un plan definitivo en contra de La Comandante.

A las mujeres se les había comunicado la semana anterior de que antes de las prácticas se congregaran en el estacionamiento. Aunque no estaban todas, muchas habían acudido, eran casi doscientas incluidas Gina, Zabala y la doctora Rachel, que se les había unido en los últimos meses. Estaban en completa formación y esperaban impacientes.

Kelly, June y Jessie estaban muy nerviosas, ellas sabían que muchas de las mujeres no tenían ni la menor idea de lo que iba a pasar en los próximos minutos y esto incluía a sus dos madres.

Natalie salió de la casa y se paró al frente, saludó a todas y como siempre les dio la bienvenida, luego dijo:

—Veinte años hemos vivido bajo un régimen nefasto, autoritario, sanguinario y cruel, ya es hora de ponerle un alto a todo esto, y aunque somos pocas por el momento, muchas más se nos unirán, estoy segura. ¡No estamos solas! Algunas de ustedes lo saben, pero a las que no saben, hoy les quiero presentar a un gran ser humano, un genio de la ciencia tecnológica y que junto a él lucharemos... —Todas se miraban en silencio unas a otras sin saber de qué hablaba—. Les presento a mi esposo: ¡el físico Lorenzo Leiva! —Las mujeres se quedaron boquiabiertas y paralizadas al contemplar a un hombre después de casi veinte años—. También se nos une a nuestra causa tres jóvenes inteligentes y valientes, que gracias a ellos hoy estamos reunidos aquí para realizar esta heroica lucha: ¡Javier, Peter y Sam!

Gina, Zabala y el resto, se quedaron en *shock* al mirarlos sin poder dar crédito a lo que veían. Los tres jóvenes se despojaron de sus capuchas y se pararon junto a Lorenzo y Natalie.

—¡Ellos lucharán con nosotros! —gritó Natalie.

Se produjeron segundos interminables de silencio, luego murmullos, finalmente todas reaccionaron eufóricas y empezaron a aplaudir y lanzar hurras y vitoreos, era un día de fiesta, sintieron en sus corazones una gran esperanza y corearon a viva voz: «¡Mundo Nuevo... Mundo Nuevo... Mundo Nuevo!».

En medio del furor, Gina se acercó a su hija Kelly y le susurró:

—¡Tú sabías todo y no me dijiste nada!

—Luego hablamos, mamá —le contestó.

Mientras tanto, un gran alivio sintieron los cuatro hombres al haberse mostrado, estaban tan preocupados porque no sabían cómo iban a reaccionar las que no sabían nada de ellos, afortunadamente todo salió bien y ahora sí podrían formular un plan definitivo, sobre todo con las dos militares que era lo que más les preocupaba, por lo que Natalie y los cuatro hombres se las acercaron y les explicaron las razones por las que no les habían revelado aquel secreto antes.

—Teníamos miedo de la reacción de ustedes —les supo manifestar.

—Pues, ¡tenían razón! —respondió Gina—. Creo que escogieron el momento justo. Porque ahora me alegro de que existan, antes yo misma los hubiera asesinado.

Al final del día, fue un gran alivio y esperanza para todos, aunque Zabala estaba muy dudosa y se lo comentó a Gina.

—No estoy segura de lo que estamos haciendo...

—¿A qué te refieres?

—Todos los días siento que alguien me observa y esto de traicionar a nuestra comandante, no me gusta nada.

—¿Cómo? ¿Acaso estás dispuesta a vivir esta vida sin vida? Nuestras hijas serán esclavas como nosotros si no hacemos algo. Hoy ha renacido mi esperanza y mis ilusiones, ¿no te das cuenta? Hoy hemos constatado que la raza humana no va a desaparecer como todos pensábamos y que quizá esta esclavitud termine para siempre.

—¡Cómo ha cambiado tu forma de pensar! Pero tienes razón. Aunque tengo mucho miedo de que La Comandante nos descubra en cualquier momento, ella no va a tener compasión de nosotras.

—Por eso tenemos que ser muy cuidadosas.

—Lo que vayamos a hacer, tenemos que hacer-

lo perfectamente planeado y ya.
—Es cierto, ¡hay que hacerlo ya!

De igual manera pensaban los habitantes de la isla, de modo que la siguiente semana se reunieron en la finca con las dos militares para formular un plan.
—¡Es la única forma! —exclamó Gina—. No podemos hacer nada más, La Comandante tiene el balón y ella sin dudarlo lo usaría y sería el final del mundo como ahora lo conocemos.
—¿Y quién puede ser la persona adecuada?
—Yo conozco a alguien —manifestó Zabala.
—Entonces, ¡encárgate tú de eso! —respondió Gina.
—¿Está segura de que esto dará resultado? Ella ha de estar muy bien resguardada —dijo Lorenzo.
—Voy a estudiar el lugar y la próxima semana les doy el resultado, si es que esto va a resultar o no, mientras tanto tenemos que proveer a todas las miembros de un distintivo, ya que como ustedes saben todas se confunden por los uniformes —dijo Gina.
—También lo había pensado —Natalie se apresuró a decir—. Y por eso junto con Ross, Kelly y June hemos realizado estas cintas rojas discretas que no llamarán la atención, ese día todas se pondrán y podremos identificarnos.
—¡Pues sí! Creo que es una buena idea. —Gina tomó una y la miró de un lado a otro—. Bueno pues, nos vemos la próxima semana si así el Creador lo permite.

Todos se despidieron y cada quien se dirigió a

sus respectivos hogares, pero como siempre con las más estrictas medidas de precaución.

Los habitantes de la isla junto con Jessie, Sam, Kelly y June permanecieron por dos horas más en la finca, discutían acerca del plan y sus opciones. Jessie no estaba del todo de acuerdo, ella sabía muy bien los peligros a los que se enfrentarían, tenían que ser extremadamente cuidadosos y estar dispuestas a todo y esto significaba, si es posible estar dispuestos a dar su propia vida.

—Cuando iniciamos esto sabíamos y sabemos que nuestras vidas están en constante peligro, no solo cuando nos enfrentemos a La Comandante sino todos los días y si no nos arriesgamos con la opción que nos ha dado Gina, creo que nunca podremos hacer nada, es ahora o nunca —dijo Lorenzo—. Todos se quedaron pensativos y luego le dieron la razón, estaban dispuestos a lo que sea con tal de ser libres.

Con el furor del momento Javier le dijo a su padre que quería invitar a las dos muchachas a conocer el lugar donde vivían, pero lamentablemente consideró que no era el momento adecuado, así es que con el dolor del alma lo tuvo que dejar para otra oportunidad.

La Comandante estaba muy contrariada con Gina, porque ya no la veía con frecuencia, es más los días libres se desaparecía, no sabía qué pensar, presintiendo algo raro, la mandó a llamar.

—¡Comadre! ¡Te has desaparecido! Antes siempre estabas aquí con tu hija, ¿está pasando algo que yo no sepa?

El cuerpo de Gina se sacudió como si hubiera recibido un balde de agua fría, en cuestión de segundos supo que, si no inventaba algo, estaba perdida. Tratando de no demostrar su nerviosismo con sangre fría se echó a reír.

—Pero, ¿cómo puedes imaginar que puede estar pasando algo? Bueno, sí está pasando algo, la razón por la que no hemos venido es que estoy ayudando... —Toce—. Estoy ayudando a Kelly porque ya casi empieza la universidad, la carrera que quiere estudiar está un poco difícil, tú sabes...

—¿Y qué es lo que está pensando estudiar mi ahijada?

-Pues... —Gina no sabía que decir—. Pues... Medicina, eso es Medicina...

—¿Y cómo se supone que tú la ayudas?

—¡Ay, Martha!

—No Martha, ¡Comandante!

—Sí, claro, lo siento. Bueno, ella está estudiando, se está adelantando, tú sabes... y yo pues, tengo que estar con ella, le cocino, trato de distraer a la muchacha de rato en rato para que no se funda su cerebro... —Ríe nerviosamente—. Bueno pues, tú no lo vas a entender porque no tienes hijos —dándose cuenta de la metedura de pata se disculpa—. Lo siento, lo que quise decir es que tengo mucha pena de verla tan concentrada y no quiero dejarla sola.

—Vaya, me alegro de que mi ahijada sea tan dedicada. ¡La mandaré a traer inmediatamente!

—No creo que sea necesario, mañana que es mi

día libre puedo traerla y…

—¡No! ¡Quiero verla ya!

Gina se paralizó y un escalofrío cubrió todo su cuerpo, sintió que su cabeza le iba a reventar, no sabía cómo salir del paso.

—Está bien, la traeré yo misma.

—¡No! ¡Sargento! —vociferó.

—¡Sí, mi comandante!

—Tráigame de inmediato a la señorita Kelly Lawrence.

—¡Sí, mi comandante!

En esos momentos Gina pensó lo peor, se vio perdida, estaba completamente convencida de que La Comandante sabía todo. «¡Estoy muerta!», pensó.

Media hora después, la sargento golpeaba la puerta.

Enseguida, Gina se abalanzó sobre su hija abrazándola y le susurró al oído: «¡Medicina!». Luego vociferó: «Hija mía, ¿cómo estás?». La muchacha se quedó muda y sorprendida, apenas si logró abrazar a su madre, sin saber lo que estaba ocurriendo, miles de ideas le cruzaron por su cabeza, sin duda ya nos descubrieron, pensó inmediatamente, pero a pesar de todo trató de mantener la calma.

—¡Ahijada, qué bella te has puesto! ¡Hace algún tiempo que no te he visto! ¿Por qué te has vuelto tan ingrata? —La Comandante se apresuró a saludarla—. Sé que has estado muy ocupada estudiando, tu mamá me estaba comentando que quieres estudiar. Mmm… ¿qué es lo que vas a estudiar?

Kelly se quedó por unos segundos completamente en blanco, su cabeza se embotó y sintió una corriente eléctrica recorrer todo su cuerpo, como una autómata y sin saber ni como, repitió lo que su madre le susurró:

—Medicina.

—¡Oh! ¡Sí, claro! Eso me estaba comentando tu mamá, quieres ser doctora…

Los corazones de Gina y Kelly regresaron a su sitio con un profundo suspiro, mientras Kelly le hacía unas disimuladas señas a su madre como tratando de adivinar lo que estaba sucediendo.

—Sí, madrina, usted sabe que hay que estudiar mucho.

—Ahora entiendo sus ausencias.

En ese momento Kelly cayó en la cuenta de qué se trataba todo aquel asunto, aunque aparentemente La Comandante no sospechaba nada, ¡tenían que ser muy cuidadosas! La joven le dio un sinnúmero de inventadas justificaciones, «¡que ojalá las crea!», oró en sus adentros tratando de no exagerar. Al parecer La Comandante quedó satisfecha.

Cuando salieron del lugar, madre e hija se pusieron de acuerdo en que tenían que venir más a menudo para evitar sospechas. Gina abrazó y agradeció a su hija por haber sido tan inteligente de haber podido interpretar el mensaje que les salvó de ser descubiertas y de recibir algún terrible castigo o quizá de morir. Por su parte, La Comandante no tenía motivos para desconfiar de Gina hasta ahora le había sido fiel, «¡pero nunca se sabe!», dijo.

CAPÍTULO LII
DOMINGO

«Domingo... domingo, hoy es domingo», susurró Natalie mirando el reloj, eran las cuatro de la madrugada, había despertado súbitamente sin poder conciliar el sueño. Trató de no moverse mucho para no despertar a Lorenzo, ese era un día muy importante y tenía que mantener la calma, aunque para ella era casi imposible. En medio de la oscuridad contemplaba a su esposo dormir plácidamente, «¿cómo puede dormir tan tranquilo?», se preguntaba, pero Lorenzo también estaba en su desvelo, aunque permaneció estático para no despertarla. Como el reloj estaba al otro lado, calculaba que era entre las tres o cuatro, sus ojos se esforzaban para no abrirse, trataba de no pensar en nada y conciliar el sueño, afortunadamente los dos se durmieron, luego de minutos interminables de intentarlo hasta que el estruendo del reloj los despertó a las cinco en punto.

—No he podido dormir muy bien —murmuró Lorenzo estirándose como gato perezoso.

—¡Jumm! Que yo sepa toda la noche dormiste como un lirón. Fui yo la que no pude dormir.

—Pues, ¡yo te oí roncar toda la noche!

—Pues, ¡no es así!

—Bueno, basta de discusiones, querida, sabes muy bien que hoy es un día sumamente importante y tenemos que mantenernos muy calmados. ¿Habrán despertado los demás?

—¡No lo sé! Pero, tengo mucho sueño.

—Vamos, querida, que tenemos muchas cosas que hacer hoy.
—¡Es cierto!

Los dos se levantaron y cada uno realizó su respectiva rutina, luego bajaron al comedor, eran los últimos en aparecer.
—¡Como siempre! ¡Somos los últimos! —dijo Natalie, luego de saludar a todos.
—¡Buenos días! —saludó Lorenzo—. No pensé que estaban todos acá.
—Papá, sabes que este es un día muy importante —respondió Peter.
—¡Todos estamos nerviosos! —acotó Ross.

Javier se mantuvo en silencio mientras desayunaba.
—¿Y tú, hijo, qué dices?
—También estoy nervioso por Kelly.
—Todo va a salir bien, hijo, ya verás... —Lorenzo palmeó la espalda del joven.

Como todos los años, La Comandante estaba aburrida de realizar la misma rutina, pero tenía que hacerlo, no podía faltar, de lo contrario perdería el respeto delante de sus ejércitos y de la gente que siempre la quería ver. A pesar de todo, se levantó muy temprano, se dio una ducha ligera, desayunó y se vistió con su tradicional uniforme de fiesta negro con dorado lleno de medallas e insignias, botas a media pierna con cordones dorados y una boina a medio lado de color negro con un águila en el centro. Gina llegó puntual a la Casa Nueva, también llevaba su uniforme de fiesta adornado con las medallas que se había ganado durante toda su vida al servicio de La Comandante y aunque demostraba su rostro sereno, estaba muy preocupada.

Todo estaba dispuesto para la parada militar y el desfile de algunas instituciones, el graderío donde iban las autoridades también estaba listo y adornado con la bandera del régimen, que era de color blanco y negro con un águila en vuelo en color dorada en el centro y para la noche la gran gala donde se premiaría a todas las militares en ascenso.

Gina le dijo que este año sería diferente, ya que todos los años se había desarrollado solo la parada y no había ningún atractivo acto para el público, pero esta vez se presentarán algunas comparsas:

—Hace muchos años que se ha perdido esta tradición y creo que vale la pena renovarla.

—¡Me da igual! —respondió La Comandante sin darle mayor importancia. Si la gente se siente contenta, por mí está bien.

—Vas a ver que te va a gustar, ¡este año será muy diferente! Además, tu popularidad va a subir, eso es lo que interesa.

—Pues sí, eso es lo que quiero, que no haya tantas por ahí conspirando en contra de mí, quiero que me respeten, que me amen, que agradezcan todo lo que hemos logrado después de la pandemia —respondió.

Las autoridades empezaban a llegar y se acomodaban en sus respectivos lugares para presenciar la gran parada. La Comandante arribó en una limosina blindada que paró justo al frente del graderío, se bajó seguida de Gina y de cuatro guardaespaldas, Zabala ya estaba en los graderíos y llevaba un banderín en su mano. Todas la saludaron como siempre lo hacían.

Igual que todos los años, las mujeres se habían alineado en perfecto orden a lo largo de la avenida para contemplar el magnífico espectáculo con sus respectivos uniformes.

El desfile inició puntual a las diez de la mañana con la gran parada militar. Las mujeres robotizadas marchaban con sus uniformes negro y dorado como un todo, sin mover un solo músculo de sus caras, perfectamente alineadas y similares en sus movimientos, cuando cada pelotón llegaba al graderío, estiraban su brazo horizontalmente y luego colocaban el puño sobre su pecho voceando: «¡Gloria a La Comandante por siempre y para siempre!» dos veces y pasaban. Detrás venían las mujeres de cada institución que habían sido escogidas para el desfile, luego algunas escuelas con sus bandas de guerra. Como ningún otro año lo habían hecho, empezaron a pasar las comparsas con hermosos trajes típicos multicolores. Cuando estaban a la mitad del desfile de las comparsas Gina dio un codazo a Zabala que estaba a su lado, pero ella ni se inmutó, la mujer estaba llena de terror, por lo que nuevamente Gina le dio otro codazo y por fin Zabala blandeó el banderín que llevaba en su mano y se escuchó un sonoro disparo que hizo que las guardaespaldas cubrieran a La Comandante llevándola de inmediato fuera del lugar, mientras el griterío, el caos y el tumulto de las mujeres era aplastante, la Policía no se daba abasto para controlar aquella inesperada situación.

«¡Maldita sea, falló!», pensó Gina. En medio de aquel desbarajuste empezaron a escucharse múltiples disparos tratando de alcanzar a La Comandante que junto con sus guardaespaldas se vieron envueltos en un terrible fuego cruzado en contra de los subversivos.

«¿Dónde está la Guardia Nacional?», gritaba La Comandante. Pero todas las fuerzas del Ejército no iban a hacer absolutamente nada por mandato de la general Zabala. Dándose cuenta de que en ese momento no podía dar órdenes ni hacer nada, corrió lo más que pudo ingresando al subterráneo del tren para tratar de escapar, atrás le seguían las cuatro guardaespaldas que a gritos pedían a la gente que desalojaran el lugar.

«¡Esto es una maldita conspiración!», pensaba mientras corría. Bajó las escaleras y llegó a la plataforma que había quedado vacía por la huida de la gente. «¡Cuando salga de esto, no tendré compasión de nadie!», pensaba.

Lorenzo, Javier y Sam cubiertos con pasamontañas la siguieron atrás y también llegaron a la plataforma disparando, armándose una terrible balacera.

—Deténganse, soy su comandante o juro que los despellejaré.

—¡Ríndanse! ¡Están rodeadas! —gritó Lorenzo.

Un terrible escalofrío se apoderó del cuerpo de La Comandante y de las guardaespaldas al escuchar la voz de un hombre.

—¿Quién eres y de dónde saliste? —gritó. «¡Es un hombre!», pensó y se llenó de horror sin imaginarse en cómo era posible de que existiera un hombre sin que ella se haya enterado, se dio cuenta en ese momento de que habían estado conspirando en contra de ella y no se había percatado a tiempo, aunque sí sospechaba, pero no lo dio mucha importancia y se descuidó «¡y ahora esto me está costando caro! ¡Qué estúpida que fui!», se dijo.

«¿Quién eres? si eres hombre de verdad muéstrate, ¡porque así podré darme el gusto de enviarte al infierno!», le gritó. ¡Maldita sea! ¿por qué no viene nadie en nuestra ayuda? ¿Dónde están Gina y Zabala?», preguntó a sus guardaespaldas. Todas encogieron sus hombros dando a entender que no sabían nada de lo que estaba ocurriendo.

«Sé más hombre y muéstrate», gritó. Lorenzo se sacó el pasamontañas y le dijo que se rindiera. «¡Eres tú! Ahora si te mataré definitivamente», le gritó disparándole.

Afuera Zabala y el resto del grupo Mundo Nuevo se vieron envueltas en un feroz combate en contra de los miembros de la Policía de los cuales Zabala no tenía control.

Finalmente, Gina apareció en medio de la balacera. «¡Por fin apareció Gina!», pensó. Pero ella en vez de defenderla le empezó a disparar uniéndose a los tres enmascarados.

—¡Maldita traidora! —le gritó La Comandante.

—¡Ríndete, Martha! ¡Estás rodeada!

—¡Ni loca! ¡Ven por mí, maldita traidora!

El terrible fuego cruzado continuó, las tres

guardaespaldas cayeron abatidas. Una bala alcanzó el hombro de Javier, su padre va en su ayuda y lo esconde tras los pilares, mientras Sam y Gina continúan disparando. Lorenzo mira a su hijo desesperado, en ese instante llega Peter. «¡Yo me hago cargo, papá!», le dijo.

Mientras la única guardaespaldas que queda le dice a La Comandante que deben huir, que al parecer nadie llegaría en su ayuda. Las dos mujeres se lanzan a los rieles y comienzan a huir. Gina hace lo mismo en medio de interminables disparos.

—Ve, papá, agárrala, yo estaré bien. ¡Estoy en buenas manos!

—¿Están seguros, hijos?

—Sí, papá, no te preocupes —corrobora Peter.

Lorenzo y Sam le siguen a Gina, era ahora o nunca. La última guardaespaldas cae abatida, La Comandante coge su arma y continúa disparando. Una bala alcanza la pierna de Lorenzo y cae al piso, Sam se apresura a ayudarlo, La Comandante continúa corriendo, Gina le dispara y le alcanza en una de sus piernas.

—Todo terminó, Martha. ¡Ríndete! —gritó Gina.

—¡Ni muerta! ¡Debí haberte matado, maldita traidora! —Devolvió el disparo.

Mientras tanto en el exterior continuaba la batalla campal, ahí estaban Zabala junto con Natalie, Ross, Jessie, Kelly, June y el resto del grupo Mundo Nuevo disparando y defendiéndose en un feroz combate, con las armas que habían llevado y las habían escondido estratégicamente en las carrosas del desfile.

La Comandante continuó corriendo arrastrando su pierna en medio de la oscuridad, tratando de encontrar una salida a la superficie para quizá lograr llegar a la Casa Nueva «¡y cuando lo haga los despellejaré vivos!», pensaba mientras avanzaba. Llegó hasta un claro, ahí estaba la otra plataforma, la gente huyó al escuchar los disparos, Gina le pisaba los talones.

—¡Ríndete! —Continúa disparando.

Finalmente se encuentran cara a cara.

—Ríndete, Martha, nadie te va a defender, tus días de terror han terminado.

—¡Ni loca! Debí haberte matado aquel día que por tu culpa murió mi madre... —le dispara varias veces y Gina cae al piso malherida.

La Comandante sube la plataforma, Natalie aparece y le empieza a disparar. Luego constatando que solo le quedaba una bala, decide que se jugará el todo por el todo.

—¡Me rindo! —grita, sale alzando las manos.

Natalie le apunta con su arma y le pide que tire la suya.

—Vaya, vaya, ¡pero si es la doctorcita! Debí imaginarlo. Ahora entiendo todo. Lamento no haberme deshecho de usted y de su amiga como lo hice con su esposo.

—Mi esposo está con vida para su pesar...

—Estaba, pero hace unos minutos terminé con él definitivamente.

La Comandante baja sus brazos lentamente y se abalanza sobre Natalie enfrascándose en una batalla campal, el arma que sostenía Natalie cae al piso mientras continúan peleando con puñetes y patadas, luego las dos ruedan en la plataforma, se arrastran en un intento por alcanzar el arma, la misma que estaba a una pulgada de los dedos de Natalie. En su lucha por impedírselo, La Comandante le hala por los pies propinándole varios puñetazos y dejándola casi inconsciente, pero logra recuperarse inmediatamente lanzándose sobre la malvada que cae justo encima del arma, esta logra agarrarla y dispara a Natalie, ella cae irremediablemente malherida, en ese instante llega Ross grita desesperada y dispara varias veces a La Comandante, su cuerpo se precipita en medio de los rieles, luego en un mar de llantos Ross corre a ayudar a su amiga que yace en el piso, segundos después llegan Jessie y Kelly y constatan la muerte de la malvada.

«¡La Comandante ha muerto! ¡Viva Mundo Nuevo!», grita Kelly. Aquel grito salió del fondo de sus entrañas y se regó como aceite en papel. Al escuchar aquella noticia, las balaceras cesaron y todo quedó en silencio, ya se ven cientos de mujeres muertas y heridas en el piso.

«¡Mundo Nuevo! ¡Mundo Nuevo!», gritaban, grito que se generalizó, civiles, policías y militares lo gritaban a todo pulmón.

En medio del tumulto June ve a su madre que yacía malherida en la calzada, desesperada se acerca y alza su cabeza en medio de sollozos.

—Mamá...

—Hija mía, ¿por fin somos libres?

—Sí, mamá, por fin somos libres —responde con un llanto incontenible, segundos después, Zabala dio su último suspiro. June llora desesperada abrazando a su madre, en ese momento Sam aparece cargando a Lorenzo por el brazo.

—Ve con ella, yo estoy bien —le dijo.

Sam corrió junto a June y la abrazó mientras ella descargaba todo su dolor.

Por fin las ambulancias llegaron haciendo un infernal ruido y empiezan a recoger primero a las mujeres heridas y luego a las que habían fallecido en aquella histórica batalla.

CAPÍTULO LIII
UN NUEVO COMIENZO

Zabala ingresó al interior de la cárcel donde meses antes había puesto en prisión a la joven líder del grupo subversivo. Ahí estaba en medio de la semioscuridad, apenas recuperándose de las torturas que le habían infligido.

—Vengo a hacer un trato contigo —le dijo.

—¡Yo no hago trato con perras!

—Pues creo que esto te conviene a ti y a todos y además vas a poder cumplir tus sueños de libertad, tanto para ti, como para tus compañeras, que eso es lo que te interesa, ¿no?

—¿De qué se trata?

—Bueno, ya nos vamos entendiendo. Voy a ir al grano, sé que eres buena tiradora, ¡así es que quiero que mates a La Comandante!

—Con gusto lo haría, pero lamentablemente estoy aquí encerrada.

—Si te saco de aquí, ¿lo harías?

—¡Por supuesto! Sin dudarlo, ¡mataría a esa perra con mucho gusto!

—Bien pues, daré las instrucciones necesarias para que salgas de aquí mañana mismo, si no cumples con el trato te buscaré y yo misma te mataré con mis propias manos, a ti y a tu familia.

De este modo Lisa fue puesta en libertad con las instrucciones de que a la señal de Zabala blandiendo un banderín, ella dispararía para lo cual le entregaron un rifle con mira telescópica. Fue estratégicamente ubicada en el edificio del frente, de tal forma que nadie sospecharía nada. La hora cero había llegado y Lisa estaba lista esperando la orden. Zabala alzó el banderín, Lisa afina puntería y justo en ese instante alguien se cruza fallando lamentablemente el disparo. La muchacha asustada guarda el arma en el estuche y sale corriendo y se pierde en medio de la multitud, nunca más se supo de ella.

Peter sale despavorido al escuchar las ambulancias y pedir ayuda, las mujeres se asustan al mirarlo.

—Por favor, señoras, mi hermano está muy mal herido...

Las paramédicas sin salir de su asombro lo siguen y llevan a los dos jóvenes al hospital donde también quedan asombradas como si hubieran visto un fantasma, al contemplar a los dos jóvenes sin explicarse de dónde habían salido, finalmente la doctora reacciona y lo llevan a cirugía.

De la estación contigua sale Kelly gritando por ayuda para Natalie. Conducen a Natalie a otro hospital y la acompañan Ross y Kelly. A Lorenzo también lo llevan en otra ambulancia en la que se embarca junto con Jessie, mientras June y Sam se trasladan a la morgue con el cadáver de Zabala. En esa confusión, nadie se acordó de Gina que quedó tendida en la oscuridad del subterráneo.

Dos horas después Gina recuperó el conocimiento y siente que un frío helado cubre todo su cuerpo, trata de levantarse, tapa la herida con su mano, se incorpora y avanza hasta la plataforma donde cae sin conocimiento.

—Familiares del joven Javier Leyva...

—Yo, soy su hermano —dijo Peter.

—¿No hay algún adulto con usted? ¿Están solo los dos?

—Sí, estamos solos por el momento.

—Bueno, terminamos la cirugía y todo salió bien, afortunadamente la bala no afectó ningún órgano vital. Ahora mismo lo tenemos en observación y después de una media hora lo sacaremos a la sala para que lo puedan visitar.

—Gracias, doctora. —Suspiró Peter.

En ese momento se preguntó qué habrá pasado con sus padres. «Tengo que salir a buscarlos. ¿Pero dónde? Esta ciudad es enorme y ni siquiera la conozco». Peter pidió ayuda en la clínica para que lo ayudaran a localizar a alguno de sus familiares.

«Tenemos que esperar que todo se calme, la ciudad está revuelta por la muerte de La Comandante», le dijeron. De hecho, en la televisión no se hablaba más que de aquel suceso, por lo que lo único que pudo hacer Peter fue sentarse y esperar.

Al otro lado de la ciudad operaban también de emergencia a Natalie, los médicos no daban mucha esperanza, había perdido mucha sangre, Ross sollozaba mientras Kelly trataba de calmarla. Luego le dijo que tenía que salir y averiguar dónde estaba su madre y el resto. «Ve, hija mía. Yo esperaré aquí». Las dos se despidieron.

Kelly se valió de las influencias que tenía para

tratar de localizar a todos, al primero que encontró fue a Lorenzo, por la novedad que las mujeres habían hecho al darse cuenta de que era el único sobreviviente masculino, estaba hospitalizado porque su pierna había sido intervenida quirúrgicamente. Kelly le contó que Natalie lamentablemente había sido herida y que estaba en el quirófano.

—Llévame donde está ella —le pidió.

—¡Señor, usted no puede levantarse! —le dijo la enfermera a lo que Lorenzo no hizo el menor caso, se sentó en la silla de ruedas y le pidió a Kelly que lo llevara junto a su esposa, Ross en cuanto lo vio llegar lo abrazó llorando.

¿Cómo está, Natalie? ¿Dónde está?

—La están interviniendo, dicen que está grave, todavía nadie me ha dicho nada.

Ross contó cómo habían sucedido los hechos y que esa mala mujer la había disparado con toda la sangre fría, que ella al ver caer mal herida a su amiga había disparado a La Comandante y la había matado, sollozaba hecha una bola de nervios.

—Cálmate, Ross, todo va a salir bien, yo tengo mucha fe.

—¿Has sabido algo de Jessie? —preguntó Ross

—Sí, ella fue a su casa junto con Rachel.

Lorenzo le pidió a Kelly que buscara a sus dos hijos, ya que Javier también había sido herido y no sabía nada de ellos.

—Estoy muy preocupado por mis dos hijos. Además, le contó que Zabala había muerto y que June con Sam habían ido a la morgue para hacer el papeleo necesario para los funerales.

—¡Pobre amiga mía! ¿Sabe algo de mi madre?
—Lo único que sé, es que ella fue persiguiendo a La Comandante.
—¿Y tú, Ross, sabes algo?
—No, no la he visto para nada.
—¡Dios mío! ¿Dónde estará? Espero que esté bien, ¡iré a buscarlos inmediatamente! —se despidió.

Como lo había hecho con Lorenzo, le fue fácil también dar con Javier y Peter por la novedad que se había formado alrededor de ellos, afortunadamente a Javier ya lo habían pasado a la sala y Peter estaba junto a él.

Kelly saludó a Peter y luego abrazó y besó a Javier y les dijo que sus padres estaban en otro hospital, que su padre estaba bien, pero que a Natalie la estaban interviniendo.

—Llévame con mis padres —pidió Javier.
—No puedo hacer eso, amor, tienes que recuperarte primero.
—Sí, hermano, tienes que recuperarte.

Kelly llamó a Lorenzo por el teléfono de la clínica informándole que sus dos hijos estaban bien luego se despidió de Javier y Peter para continuar buscando a su madre.

Cinco horas después, el médico de la clínica llamó a los familiares de Natalie y les informó que afortunadamente la operación fue un éxito que estaba fuera de peligro y que en unas tres horas ya podía recibir visitas. Lorenzo se enteró por boca de una enfermera cuando le chismeaba a su compañera de que la segundera estaba hospitalizada en el mismo lugar donde ellos se encontraban, en ese instante llega Kelly desilusionada y muy preocupada de no haber podido saber nada de su madre, entonces Lorenzo le comunica que ella está hospitalizada justo en esa misma clínica.

La noticia de que La Comandante había muerto fue recibida con gran algarabía por todo el mundo, las mujeres salieron a la calle a celebrar con bailes, fuegos pirotécnicos, música y comida; por fin eran libres de la cruel opresión que habían sufrido por años. Ya se veía en las calles grupos de mujeres quemando los odiosos uniformes que no les permitían tener personalidad propia. Se abrieron las cárceles quedando en libertad todas aquellas que habían sufrido por culpa de la malvada.

La algarabía era mundial, sorpresivamente la familia de Lorenzo y Natalie al verlos en la televisión junto a Jessie y Gina anunciando que se realizaría elecciones para nombrar un nuevo presidente fueron a su encuentro.

Tres días después, una gran fiesta se celebraba en la Casa Nueva, allí estaban todos los habitantes de la isla, Javier con Kelly y Sam con June demostrando su amor a los cuatro vientos y Sam feliz de poder por fin ser lo que era. Gina estaba muy contenta de ver libre a su hija y junto al joven que amaba.

La sorpresa más grande que nadie imaginó fue la llegada de la familia de Lorenzo y Natalie, que habían sobrevivido después de haber huido a las montañas, era increíble aquel encuentro, ahí estaban sus padres, los dos hermanos de Lorenzo con sus esposas e hijos, su último hermano soltero que ni bien vio a Ross se enamoró de inmediato, también estaban la hermana de Natalie, que había quedado viuda pero que su hijo sí había sobrevivido y también su hermano con su esposa e hijos, sumaban nueve jóvenes, siete de los cuales eran varones y todos estaban saludables. «¡Tenemos nueve sobrinos!», exclamó Natalie. Todos los asistentes quedaron emocionados de ver a los sobrevivientes, más allá Jessie contemplaba con alegría como sus dos hijas conversaban felices con los jóvenes recién llegados y se armó la fiesta.

Semanas después, Natalie, Ross y Peter anunciaban al mundo que por fin habían logrado conseguir la vacuna contra el starvirus que atacaba al cromosoma Y. Lo que no sabían aún es dónde y cómo se originó.

Con el tiempo alzaron monumentos en algunos parques en honor a las mujeres que habían dado su vida por querer ser libres.

Lorenzo había llevado nuevamente la isla al lugar donde algún día fue la institución del CIE convirtiéndose en un lugar turístico, que maravilló a quien lo visitaba y donde Lucrecia y María la cuidaban y eran sus anfitrionas. Con la ayuda de Jessie y Gina, que eran la presidenta y vicepresidenta interinas, lograron reconstruir nuevamente un edificio donde realizaron nuevos proyectos, finalmente Gina se enteró de que se trataba el famoso proyecto Bosque Verde, además de que encontró el balón en una caja fuerte de la Casa Nueva dejándolo en el mismo lugar hasta la llegada de las nuevas regentes.

A todos les renació la esperanza de que la raza humana no desaparecería y gritaban ¡Mundo Nuevo, Mundo Nuevo!

BIOGRAFÍA

Marcia Gomezcoello González nació en la ciudad de Azogues, Ecuador. Realizó sus estudios primarios en la escuela Dolores Sucre; estudios secundarios en el colegio Manuela Garaicoa de Calderón de la ciudad de Cuenca, Ecuador; y sus estudios superiores los realizó en la Universidad Estatal de Cuenca, obteniendo el título de «Doctora en Medicina y Cirugía»; también realizó estudios de cuidados a personas de la tercera edad en CUNY.

Nacida en cuna de artistas, heredó la pasión por el arte, la música y la literatura. Es escritora, poeta, diseñadora gráfica, promotora cultural, instructora voluntaria de talleres de crochet, creadora y productora de videos, cantante y compositora.

Su primer cuento corto lo escribió a la edad de once años. Tiene en su haber más de cien canciones inéditas, con letra y música de su autoría, de las cuales cinco fueron ya arregladas y grabadas, una de ellas fue grabada en los estudios de Opus Ethica, la misma que en la actualidad circula por YouTube titulada «Corazón Valiente». Canción que fue creada y dedicada a los niños enfermos cuando se realizó una donación de prendas tejidas a crochet, después de haber brindado talleres gratuitos a las señoras de la comunidad de Corona en Queens, NY.

Ha escrito más de doscientos poemas de amor y desamor, así como también más de cien poemas infantiles de carácter inédito. Además, ha escrito alrededor de ocho libros de drama, suspenso, aventura, y cuentos infantiles, que están siendo publicados.

Es fundadora, creadora, organizadora y promotora de Tardes Literarias y Artísticas NY (TARLITEART) y creadora de videos y propagandas de estos eventos que se vienen llevando a cabo desde enero del 2019 hasta la actualidad, donde se presenta, apoya y promueve a diferentes escritores, poetas, pintores, cantantes, bailarines y todo tipo de artistas; programa que se realiza el último sábado de cada mes en la Biblioteca de Corona en Queens, NY, siendo este un evento sin fines de lucro donde trabaja como voluntaria de la Biblioteca.

Tiene dos canales en YouTube: Uno de crochet «Marcia Gomezcoello Creations» con más de 150,000 suscriptores debido a lo cual ha recibido una placa de reconocimiento por parte de YouTube y otro canal de tejidos a dos agujas «Knitting with Marcia Gomezcoello» con más de 80,000 suscriptores. Le gusta hacer del tejido un verdadero arte por lo cual realizó flores gigantes para el Museo de Queens, NY, las mismas que han adornado algunos eventos que esta institución ha realizado y también para el festival de las flores que se realiza cada año en Queens. En el 2011 fue una de las ganadoras del concurso de cuentos cortos que realizó LAIA Internacional con el tema «Viajes», donde su cuento fue incluido en una antología.

Forma parte de la antología poética y narrativa «Serpientes y Escaleras» de la Academia de Literatura Latinoamericana de San Luis Potosí de México.

En el 2019 recibió un reconocimiento de Walking Through Art. Corp.

En el 2020 publicó su primera novela de drama

y suspenso «El Ojo de la muerte». En el 2021 publicó la novela de aventura y fantasía «La Reliquia- Invasión mortal».

En el 2021 fue reconocida por el Multicultural Poder Hispano en el Día de la Mujer.

En el 2022 recibió un reconocimiento internacional de Ciudades Didácticas, avalado por la UNESCO y otras instituciones.

También en el 2022 recibió un reconocimiento por parte de la senadora Jessica Ramos, y otro del asambleísta Manny De Los Santos.

Ha participado en varias ferias del libro y eventos literarios realizados en la ciudad de New York.

Es una mujer luchadora, emprendedora y altruista que siempre le ha gustado salir adelante.

ÍNDICE

EL PRINCIPIO DEL FIN	7
EL COMANDO	14
LA CAPITANA	21
AIRSIBLE	29
ASCENSO	35
LOS PREPARATIVOS	43
INEXPLICABLE	51
SORPRENDIDOS	58
¡HEMOS FRACASADO!	65
EL ENEMIGO INVISIBLE	71
TODO FUE UN FRACASO	78
¿VAN A ALGÚN LADO?	85
CAOS	92
¡ESTAMOS EN PELIGRO!	99
LA ESPERA	107
LOS CUERPOS	115
EXTRAÑO SILENCIO	122
LA TRISTE REALIDAD	131
CASUALIDAD	139
DESPEDIDA	146
ESTAMPIDA	152
DEMASIADO TARDE	160
TRAIDOR	167
EL BALÓN	174
SIN CULPA	181
COMPLOT	190
IRÉ YO	196
FIDELIDAD O MUERTE	205
OTRA VEZ	214
LO COMPROBARÉ POR MÍ MISMA	222
REBELDE	230
SIN RASTRO	239

EL PROYECTO RENACER	246
POR FIN LA LUZ BRILLÓ	254
INTERFERENCIAS	264
SOBREVIVIENDO	271
MÁS QUE LA CRUELDAD	279
DECISIÓN	287
LA HUIDA	294
YA SON DOS	301
¡CÓMO HA PASADO EL TIEMPO!	309
LO IRÓNICO DE LA VIDA	320
DECISIÓN	330
LAS SORPRESAS DE LA VIDA	338
¡QUÉ PEQUEÑO ES EL MUNDO!	347
INCREÍBLE	355
UNA SEMANA INOLVIDABLE	364
DILEMA	372
CONFESIÓN	379
ESPERANZAS	387
REVELACIÓN	394
DOMINGO	402
UN NUEVO COMIENZO	412

Made in the USA
Middletown, DE
30 March 2024